전쟁자본주의의 시간

한국의 베트남전쟁 담론과 재현의 역사

전쟁 자본주의의 시간

김주현 지음

한국의 베트남전쟁 담론과 재현의 역사

성균관대학교 출판부

머리말

한국전쟁의 문학사적 장면 하나

전쟁이 바꾸어놓은 가족사는 흔하다. 단 3세대만 거슬러보면 태평양전쟁이든 한국전쟁이든 친족 중 누군가는 강제로 재난에 휩쓸린 이들이 있다. 탈냉전기 반공국가에서 태어난 나는 역사적 상상력이 빈약했는데도 그 시간을 살았던 어른들이 전쟁으로 비틀린 분들의 삶을 안타까워할 때마다 어쩐지 '끝나지 않은 전쟁의 시간' 속에 있는 것 같았다. 남북 이산가족은 드물어도, 태어나보니 조부가 징용피해자라는 정도는 현해탄 가까운 지역의 시골에 흔했다. 그 전쟁이 없었더라면 지금 무엇이 달라졌을까. 누구나 할 법한 가정이다.

베트남전쟁은 알지 못했다. 1960년대 한국소설의 전통 연구로 학위논문을 준비하던 때도 이 주제는 완전히 관심 밖이었다. 한국전쟁도 소설에 있으니 보았지 그 자체가 연구 주제는 아니었다. 60년대의 전통론은 전후의 폐허를 극복하는 주체적이고 근대적인 전통인식이 핵심이라 세대론을 경유하지 않으면 한국전쟁의 기억을 호출하는 것도 저어했다. 근대화와 성장 외 다른 길이 없다는 당대 지식인의 절박한 심경이 납득되었지만, 그 결과로 주어진 내 세대의 풍요가 치른 대가를 알게 되고서는 아쉬운 마음이 더 컸다. 어떤 명분을 붙이든 자연과 공동체가 희생되는 것을 당연시하는 담론이 불편했다. 그것은 내게 깊은 인상을 남긴 소설들이 60년대 전통논쟁에서 이른바 '전근대적' 감정인 '정한'과 '애수'를 품은 구세대의 문학인 것과도 관련이 있었다.

한국전쟁이 끝난 추운 날 쓰러지기 직전인 나그네를 환대하는 외딴 집의 사람들은 동화 속 인물 같다. 나그네의 정체를 알려 하지 않고 지친 몸을 뉠 자리를 봐줄 뿐이다. 이들의 초연한 태도를 60년대 젊은 지식인들이 '몰역사적'으로 보는 관점이 이해되면서도, 그 독특한 정서를 '비애미'에 이어진 피식민지 미학의 영향으로 읽어내는 것이 거북했다. 한스러운 것을 선호하지도 않거니와, 한국인이라면 알 만한 어떤 근원적인 정서를 제대로 봐주지 못하고 있다는 느낌. 하지만 당시에는 이를 어떻게 불러야 할지 몰라 60년대 근대적 전통론의 주류에서 떨어진 전근대적 감성, 민족적 모성성 정도로 뭉쳐서 밀어두었다. 그 후로도 가끔 이 작품들을 읽었지만, 여전히 문협의 '보수적' 문인들의 문학세계에 품은 내 호의를 해명하지 못한 채, 대충 문학사에 기재된 '보편적 휴머니즘'을 끌어다 썼다. 어쨌든 틀린 평가가 아니건만 뭔가 본질을 놓친 듯했다.

그런데 베트남전쟁을 연구하며 나름의 이유를 찾았다. 내가 보기에 이들은 전후세대와 다른 깊이로 이 동족상잔의 냉전을 '몸서리치는' 내전으로 앓고 있었다. 화해하지 않고는 견딜 수 없는 세상이 거기에 있었다. 핵심은 반공도 냉전도 아니었다. 모든 것이 파괴된 전쟁을 겪은 공동체가 괴물이 되지 않는 길은 슬퍼하고 용서하는 것밖에 없어서였다. 문협의 문인들이 세계사적 냉전인 한국전쟁 이후의 민족적 심성으로 상정한 환대는 극악한 생존경쟁에 몰린 부산 광복동의 피란민들이 손을 잡아줄 누군가를 희구하는 절박한 심리와 같았다. 한국전쟁과 베트남전쟁 문학의 재현 차이를 보다가 알게 된 이 당연한 사실이 오래 품었던 문제 하나를 푸는 열쇠가 되었다. 우리에게 두 전쟁은 '감정적'으로 너무 다른 전쟁이었다. 이 책에는 이러한 '문학적' 인식이 전제돼 있다.

전쟁자본주의를 들여다본 시간들

2013년경 60년대 주체적 근대화론에 앞장선 『청맥』을 찬찬이 읽던 중 베트남전쟁이 눈에 들어왔다. 아시아내셔널리즘의 맥락 안에 이를 의도적으로 배치하고 있는 편집 태도는 동시대 다른 신생 잡지와도 확연히 달랐다. 중요한 문제가 분명해 보이는데 학위논문을 쓰면서 참여한 몇 개 세미나팀에서 한 번도 이를 다룬 적이 없었다. 아마 보고도 간과했겠지만, 호기심이 생겨 수기류부터 자료를 찾아 읽었다. 몇 년간 서너 편 논문을 썼고, 그러면서 베트남전쟁을 한국의 '과거사'로 인식하게 되었다. 한국전쟁과 '근대화된 조국' 사이에 우리가 잊은 '제2의 한국전쟁'이 있었다. 미국이 연합군을 모으고자 다소 의도적으로 쓴 용어를 덥석 한국이 받았다. 한국은 명명되는 쪽이 어떻게 반응하건 베트남전쟁을 시종 이렇게 명명하며 8년 6개월 동안 전투를 치렀고, 종전 25년 만에 파월 한국군의 전쟁범죄 문제로 참전군인단체와 시민사회 진영 간에 심각한 충돌이 발생했다. 여전히 두 진영이 싸우고 있는데 양국 정부를 비롯해 한국사회는 이상할 정도로 이 문제에 냉담했다. '잘못된 전쟁'에 뛰어든 한국은 그렇다 치더라도 '과거를 닫겠다'는 베트남정부의 태도도 이해되지 않았다.

이러한 궁금증을 풀어보고자 2018년 한국연구재단에 이 주제로 저술출판지원을 신청한 것이 여기까지 왔다. 그 사이 좋은 연구들이 나와 늦게 결과물을 내는 것이 민망하지만, 문학연구자의 눈으로 참전 이후를 보자는 취지에서 적지 않은 시간을 썼다. 그런데 통시론적 연구기는 해도 50년 넘게 축적된 자료들을 무턱대고 볼 수는 없어 현재까지 계속되는 쟁점을 추리면서 이에 접근할 방법론으로 전쟁자본주의를 택했다. 전쟁자본주의는 엄밀한 개념과 계보를 갖는 용어라기보다는 전쟁이 자본주의 발전을 촉진한다는 사실로부터 성립한다. 자본이 국민국가의 경계를 벗어나 전쟁을 자본 축적의 수단으로 이용하며 주변부 지역을 약탈해온 숱한 사례들이 증명하듯이, 국민국가는 전쟁을 기회로 경제개발을 성취할 수 있다. 그것이 성공하면 전쟁의 시간은 성장의 시간으로 미화되고, 전쟁에 대한 구성원의 이성적 판단이 정지된다. 전후의 막막한 폐허 위에서 한국이 베트남에 참전한 8년 6개월은 역사상 처음으로 이 전쟁자본주의를 체험한 시간이었다. 동족상잔의 비극을 겪은 한국이 불과 12년 뒤 잡은 기회가 하필 한국전쟁을 닮은 이국의 전쟁인 것이 부끄럽지만, 이를

파월백마부대 환송국민대회

부정할 수는 없다. 그렇지 않고는 '월남 패망' 후 참전한 사실을 잊었다가 2000년 벽두에 다시 시작되어 현재까지 계속되는 우리 사회의 내부 갈등을 설명하기 어렵다.

참전을 결정한 정권 스스로 공표했듯이 참전은 60년대 가난한 반공국가의 야심찬 국책사업이었다. 성과 역시 국가적으로 포장되었다. 이 연구가 긴 시간을 가로지르는 담론과 재현의 문제를 전쟁자본주의로 설명하는 까닭은 바로 반공국민국가와 그 구성원의 눈으로 과거사를 볼 필요가 있어서다. 이것은 지금 한국과 베트남의 '경제적 결속'을 이해하는 열쇠기도 하다. 2017년, 한국과 베트남이 수교 25주년을 맞아 합의한 '전략적 협력 동반자' 관계는 2023년 '포괄적인 전략적 파트너십'으로 격상될 예정이다. 정확히 양자의 차이는 모르겠으나 한류는 식을 줄 모르고, 베트남 학생들은 점점 더 많이 한국에 유학 온다. 이에 화답하듯이 한국인들은 국민 휴양지 다낭을 찾아 해산물과 열대과일이 넘치는 영상을 올린다. 양국 관계는 지금 '최상의 시기'를 맞고 있다.

이런 상황에서 한국의 시민단체와 진보언론이 지난 20여 년간 베트남전쟁을 돌아보며 주장해온 과거사 인식이 어떤 의미가 있을까. 승전국 베트남정부가 한국정부의 사과를 달가워하지 않는다면, 이른바 상대 정부가 원치 않는 사과는 정말 필요치 않을까. 이 문제를 제기해온 이들은 베트남정부가 아니라 베트남인 피해자들이다. 강제 징용과 일본군 위안부 피해 문제를 한국정부가 임의로 처리해서는 안 되듯이, 베트남정부의 정책이 그렇다고 과거를 닫을 권리가 베트남정부에 있지는 않을 것이다. 한국의 태평양전쟁 피해자들이 30여 년간 일본을 상대로 제기한 문제가 이것이 아닌가. 이 문제에 관한 국가책임론은 성숙한 한베 과거사 인식을 위한 최소공약수지, 문제의 시작과 끝일 수 없다. 한국의 과거사로서 베트남전쟁을 응시하며 내가 말하고 싶은 핵심은 바로 이런 덕성, 철 지난 반공국민국가의 이데올로기에 더 이상 구속되지 않는 정의와 윤리에 관한 상식적 판단이다. 이 연구를 통해 반세기에 걸친 전쟁자본주의의 내적 논리 안에서 그 정당성을 말하고 싶다.

제1장은 연구의 도입부다. 한국에서 베트남전쟁이 잊었으나 잊히지 않는 전쟁인 이유와 한국의 과거사로서 이를 수용해야 하는 까닭을 한국전쟁이라는 프리즘을 빌려 설명했다. 참전-종전-한베 재수교-2000년-시민평화법정을 계기로 담론이 전환되는 형태를, 공식 담론 지배-참전 기억 투쟁-대항 기억 형성-시민 화해 실천으로 범주화하면서 각 단계에서 살필 주요 텍스트를 밝혀놓았다.

제2장은 전쟁자본주의의 관점에서 반공개발의 '기회'로 베트남전쟁을 대하는 반공국민국가의 민족주의와, '제2의 한국전쟁'인 베트남에서 같은 것을 기대한 한국인들이 전혀 다른 베트남 민족주의와 조우하며 느끼는 논리적 모순과 혼란한 심리를, 아시아내셔널리즘의 충돌 및 한국전쟁과 다른 진실로부터 회피하려는 국민국가적 무의식으로 분석했다. 공식 담론의 모순을 인지하면서도 이를 부인하고 속절없이 모순된 논리로 빨려 들어가

맞은 '월남 패망'이, 참전을 잊은 어느 날 한국의 '과거사'로 등장한 것은 역사적 필연이라는 것이 제2장의 결론이다.

제3장은 제1장에서 구분한 담론 변천사를 시기별로 자세히 살폈다. 이후의 담론에 의해 지양되는 참전 담론의 전체적 양상을 1. 동질성 담론과 반공개발론, 2. 경제 담론과 휴(종)전 반대론, 3. 타자성 담론과 기억의 공백기, 4. 탈냉전과 대항 담론의 심층 파트로 나누어 썼다. 한국사회에서 참전의 기억은 베트남전쟁을 기술한 교과서를 보아도 여전히 1절의 이념과 2절의 성장론이 지배적이다. 경제성장 신화는 부단히 자랑하고픈 민족사였다. 과거사로서 기억은 여기에 끼어든 불청객이지만 진영 대립의 논쟁점을 짚지 않고는 앞으로 나갈 수 없으므로, 월남 패망 후 한국사회가 난민을 수용하는 태도와 20년간 계속된 두 진영의 논리 싸움을 검토했다. 이 절을 읽으면 문제의 핵심인 참전 군인의 모순적 위치를 기존 연구자들이 편협하지 않게 다루고자 애쓴 까닭을 알게 될 것이다. 4절 끝에서 한국사회를 경험한 국내 거주 베트남인들의 과거사 인식을 알아본 것도 이 문제를 내부적 문제로만 둘 수 없다고 판단해서인데, 인터뷰 결과는 별로 예상을 벗어나지 않았다. 표본의 한계와 언어의 장벽 등이 있지만, 현재 베트남 청년들이 양국 관계를 보는 태도는 '자본친화적'인 태도가 역력하다.

제4장은 이 연구의 문제적 주역들이 재현되는 관습과 문법을 분석했다. 한국군, 베트콩, 난민이 그 주인공들이다. 베트콩은 한국군이 '황색 거인'으로 존재하기 위해 필요한 절대적 타자였다.

베트콩이 시체로 물화되는 만큼 한국군은 자아를 부풀릴 수 있었다. 휴전으로 중지된 한국전쟁의 빨갱이 색출이 한국군 승전담을 통해 완료되는 담론의 효과를, 인도적 한국군 대(對) 체포되는 베트콩의 대비로 풀어보았다. 베트남전쟁을 통해 초라한 비체(卑體, abject)가 된 사회주의가 다시 사상의 지위를 회복했을 때, 이들은 이제 친자본적 관료가 되어 있다. 한국의 공식적인 참전담론은 자본의 승리를 증명한 통일베트남의 비참과 마침내 성장을 택한 통일베트남의 개방 이야기에서 멈춘다. '월남 패망' 후 한국에 들어온 난민을 재현하는 문법이 참전기의 한국 대(對) 베트남의 젠더 구도를 반복하는 것은 현재 우리가 보는 양국 표상과 동일하다.

제5장은 2018년 '시민평화법정' 이후의 시간을 다루었다. 학살 50주년에 가해국의 시민들이 마련한 생존자의 육성을 듣는 자리는 국민국가의 틀을 넘어서는 시민성의 확대라는 기념비적 의의가 있었다. 그리고 법정이 남긴 숙제를 받아 2021년 '극단 신세계'가 올린 연극 〈별들의 전쟁〉에 나타난 '가해자의 피해자성' 문제를 분석해보았다. 가해자의 윤리는 긴 시간을 거쳐 이 문제가 도달한 최근의 쟁점이다.

고마운 분들

주로 문자 텍스트를 분석한 이 연구는 다음 연구들에 빚지고 있다. 참전기의 공식적인 참전 담론의 역상(逆像) 거울로 있는 리영희의 「베트남전쟁」은 참전기 언론과 지식인 사회의 태도를 보는 중요한 참조점이 되었다. 박태균의 저서(『베트남전쟁』, 2015)는 리영희의 작업을 이어 국제적 관점에서 베트남전쟁을 조망하는 데 유용했다. 이 연구에서 직접 다루지는 않지만 권헌익이 한국군 학살지 하미에서 기록한 '추모의 인류학'(『학살, 그 이후』, 2002)은 큰 상처를 입은 집단이 스스로를 치유하는 문화적 방식에 대한 사유를 넓혀주었다.

윤충로가 참전군인과 기술자들을 직접 만나면서 '필드'에서 쌓아온 연구(『베트남전쟁의 한국사회사』, 2015)는 이 연구가 놓치지 말아야 할 베트남전쟁 관련자들의 '당사자성'을 이해하도록 도와주었다. 참전군인의 삶을 따라가며 이들의 모순적 위치에 주목한 전신성의 연구(『빈딘성으로 가는 길』, 2018)를 통해 참전군인에 대한 인식이 깊어졌다. 수장고의 방대한 영상을 끄집어내 공식/대항 담론 사이에 있었던 국민국가 구성원의 복잡한 정동을 분류해낸 조서연의 연구(「한국 '베트남전쟁'의 정치와 영화적 재현」, 2020) 덕에 보지 못한 영상물의 논리를 추측할 수 있었다. 이 밖에 빚을 진 연구들에 대해서는 일일이 언급하지 않겠다.

2017년 외국인 유학생을 위한 한국어 과목을 가르친 적이 있다. 클래스의 베트남 학생은 중부 지역 출신이 가장 많았다. 강의 중에 '한국과 한국인'을 말하는 시간이 있었는데, 평소에도 숨김없이 이런저런 의견을 말하던 한 남학생이 자신이 만난 한국 남성들의 베트남전쟁 발언에 대해 말했다. 그는 이들이 참전을 말하며 자주 '웃었고', 그 상황이 불쾌했다고 했다. 그가 만난 한국 남성들은 요식업 프랜차이즈 매장 점주, 택시 기사, 건물주 등 중

년 남자들이었다. 강의실에서 정치적 문제는 서로 조심하는 터라 당시에는 대강 넘긴 그날의 짧은 기억이 이 책 제4장 끝머리에서 국내 베트남인들의 이야기를 듣는 동기가 되었다. 코로나로 대면 모임이 어려운 와중에 경남이주민노동복지센터 이철승 대표의 주선으로 이주민들을 만났다. 충분치 않지만 이렇게라도 이야기를 들어서 다행이다.

2021년 마지막 장을 고민하던 무렵, '극단신세계'가 '시민평화법정'을 모본 삼아 두 번째 법정(〈별들의 전쟁〉)을 무대에 올렸다. 관람이 여의치 않아 사정을 말했더니 온라인 공개일 전에 먼저 실황 영상을 볼 수 있었다. 연구자를 배려해준 극단의 후의에 〈별들의 전쟁〉이 있어서 연구를 끝낼 수 있었다는 말로 거듭 고마움을 전한다.

적지 않은 시간을 들였으나 보지 못한 자료가 많다. 미흡한 부분을 보충할 수 있을지 당장은 모르겠다. 하지만 비판이 있다면 경청하고 기록해두겠다. 공부하는 방법을 일러준 스승이 계셨으면 틀림없이 내 게으름을 질타하셨을 것이다. 몇 해 전 병환으로 작고하신 스승은 생전에 특유의 방식으로 한마디씩 툭툭 던져주셨는데, 글이 막힐 때면 박학다식한 스승이 그리웠다. 좌절할 때마다 만난 누군가의 연구가 없었으면 작업이 더 늦어졌을 것이다.

이런 식으로 우리는 타인에 기대어 살아간다. 60년대 소설 연구를 시작했을 때부터 조건 없이 품을 내어준 선후배와 동료 연구자, 인제대학교에서 만난 이들에게 감사한다. 이들의 우애와 환대를 잊지 않고 있다. 2년 전 출판을 제의해준 성균관대학교출판부 편집자 덕분에 원고 제출 시간표를 만들 수 있었다. 성균관대학교출판부에 감사한다. 긴 시간 공기처럼 옆에 있는 가족의 지지는 큰 행운이다. 조금 더 부지런한 연구자로 살아가겠다.

2023년 초여름,
김주현

목차

일러두기

1. 원문이 한자인 경우는 그대로 표기했으나 띄어쓰기는 읽기 편하게 바로잡았다.
2. 영상 자료는 〈 〉, 신문·잡지 기사, 문학작품, 보고서, 논문은 「 」, 신문·잡지·논문 집·단행본은 『 』로 표기했다.
3. '베트남전쟁', '남베트남', '북베트남', '베트남 특수'를 표준 명칭으로 사용하되, 당 대성을 살려야 할 경우에는 '월남전', '월남', '월맹', '월남 특수'로도 표기했다.
4. 책에 실린 글의 일부는 다음 학술지에 발표한 글을 수정·보완했다.
   1) 「월남전 서사의 구성 원리와 문학적 영향: 파월(派越) 수기를 중심으로」, 『어문 론집』 57, 중앙어문학회, 2014.
   2) 「파월 특파원 수기를 통해 본 한국의 베트남전쟁」, 『현대문학의 연구』 54, 한국 문학연구학회, 2014.
   3) 「월남전 휴(종)전의 정치경제적 심상」, 『한국문학논총』 72, 한국문학회, 2016.
   4) 「월남전 후반기(1970-1975) 귀환 서사에 담긴 '한국민 되기'의 (불)가능성」, 『어문론집』 70, 중앙어문학회, 2017.
   5) 「국민국가의 욕망과 과거를 '여는' 한국/베트남의 시민/인민들」, 『오늘의 문예비 평』 109, 2018.

프롤로그

한국과 베트남의 오래된 인연을 시작하며

베트남은 매력적인 나라다. 경제성장율이 높고, 젊은 노동인구와 한류에 열광하는 소비층이 있는 이 나라는 한국의 기업들을 유혹한다. 베트남에서 한국 기업은 고급화 전략에 성공했다. 한국 기업을 선망하는 베트남 학생들의 한국 유학도 나날이 증가하고 있다. 베트남정부는 2017년 베트남이 중심인 한국정부의 '신남방 정책'을 지지했다. 서로의 필요에 따라 구축된 양국의 동반자 관계는 결혼이주여성, 이주노동자의 인권 문제를 포함해 한국군의 민간인 학살 문제도 해소되었다고 생각할 만큼 평온해 보인다.

역사적 인연이 깊은 한국 자본을 이용해 경제를 성장시키겠다는 베트남정부의 정책은 성공적이었다. 베트남정부의 '과거를 닫자'는 결정이 쉽지 않았을 터이나 재수교 후 한국 기업은 베트남에서 미국이나 일본과 달리 독특한 자리를 잡았다. 과거의 불행한 역사도 인연의 자락으로 활용되었다. 미국과도 수교한 마당에 미국의 '용병'이었던 한국을 이해 못할 바가 무엇이냐는 승전국의 도량은,[1] 알고 보면 '무서운' 베트남의 자존심을 보여주지만 한국정부로서는 다행스러운 태도다. 베트남정부의 일관된 태도는 한국을 안심시켜왔다.

1992년 재수교한 베트남은 지난 시기 한국의 적이었다. 과거 한국의 우방국이었던 '월남'을 함락시킨 '월맹'이 세운 통일베트남은 북한과 마찬가지로 사회주의 국가다. 종북 타령, 이념 공세가 불멸의 유령처럼 떠도는 한국에서 이 점은 대수롭지 않게 취급되지만, 베트남은 파월 당시 한국정부와 한국군이 종종 열등한 아우로 취급했던 '부패하고 허약한' 나라가 아니다. 그 나라는 없다. 통일전쟁의 승리자는 북베트남과 남베트남 민족해방전선(베트콩)이었다. 이 점이 지시하는 것은 베트남 내 전쟁 피해(자)에 관한 일차적 책임이 베트남정부에 있다는 것이다. 전쟁이 초래한 막대한 피해도 전쟁을 주도한 미국의 책임이므로, 한국이 나설 이유가 없다. 수교 이후 베트남정부의 양해 속에 한국정부가 취한 태도는 대체로 이런 것이다.

과거 한국은 '월남'을 동등하게 대하지 않았다. 참전 기간 동안 형 노릇을 자처한 한국은 '월남 패망'을 강력한 반공안보의 반면교사로 이용했다. 도의상 1,300여 명의 보트피플을 수용했으나 원칙적으로 국내 정착은 불허했다. 오랫동안 잊혔던 베트남은 재수교 후 저임금 노동력 공급지, 농촌 총각을 위한 신부 공급지로 이미지화되었다. 열등한 아우가 있는 우방국→외면해야 하는 타자들(보트피플)의 망국→한국행을 희망하는 인력을 가진 빈국으로 심상이 바뀐 셈이다.

이는 자본이 만든 변화다. 자본은 한국의 참전과 재수교 후 양

베트남전쟁 시기 베트콩 통제 지역의 민간인들

국의 상호이익을 결정지은 심급이다. 서로의 경제적 이익을 교환하는 국제 관계의 전형이 지금의 양국 관계다. 동남아의 최빈국이 세계적으로 성장하는 나라가 된 것은 베트남 당국은 물론이고 한국으로서도 고무적이다. 불행한 빈국보다 과거를 묻지 않겠다는 개도국이 훨씬 좋은 파트너이기 때문이다. 지금 양국이 좋은 관계인 것은 두 국가가 서로를 불편하게 몰고 가지 않는 지점에서 과거사를 거론치 않기로 묵인한 덕분이다.

한국인이 선호하는 다낭은 과거 한국군 주둔지였다. 1975년 4월 사이공이 함락되기 한 달 전, 비극적인 '다낭 탈출'이 있었던 곳이자 1968년 한국군에 의해 민간인이 희생된 하미, 퐁니·퐁넛 마을이 지척이다. 다낭 관광상품에 참전 기억을 불러일으키는 코스는 없다. 전쟁 당시 교전이 치열했던 하이반고개(Hai Van Pass) 방문은 다낭의 절경을 맛보는 옵션 상품이다. 한국인은 다낭에서 한국군이 뚫은 1번 도로를 오가고 한국군 휴양지였던 나트랑으로 이동하지만, 전우회 회원들의 전적지 나들이를 빼고 참전의 기억은 발화되지 않는다. 실은 그것이 한국인이 이곳을 찾게 되는 무의식적 동력임에도 한국과 베트남정부의 과거사 협의(!)는 양국 국민이 상호 만족하는 관광시장을 창출한다. 한국인 여행자의 원더풀 '트윗'은 양국 협의가 만들어낸 자본의 선물이다.

베트남인들 역시 '과거를 닫자'는 당국의 정책을 수용하고 있다. 세계적 경기침체에도 7%대를 유지하고 있는 베트남의 성장률은 부패 스캔들에도 불구하고 사회주의 체제를 신뢰하는 토대가 되고 있다. 중국이 없었던들 베트남의 도전은 기이해 보였겠지만, 북한도 베트남 식 개방을 검토하고 있다는 보도들은 "사회주의 지향의 자본주의 경제"가 전 지구적 자본주의의 지속 가능한 유형임을 확인시킨다. 한국은 몇 년째 베트남의 상위 수출국이다.[2] 베트남정부는 2018년 문재인 대통령의 '과거사 유감'에 "한국정부의 진심을 높이 평가"했다. 현 정부의 정책도 이 흐름 위에 있다.

하지만 베트남의 성장 코스에는 지난날 한국을 닮은 요소가 산재해 있다. 외자에 의한 제조업 중심 산업, 내수시장 증가, 사회기반시설에 대한 대형 투자, 풍부한 노동력과 낮은 임금수준이 경제성장을 견인하고 있다. 1970년대 한국이 그랬듯 도시화를 지향한다. 최첨단 노동집약 산업으로 유해물질이 나오는 제조공장도 노조가 없고 임금이 싼 이유로 우선적으로 검토된다. 그러나 베트남정부가 글로벌 자본의 요구를 어디까지 맞출 수 있을까. 최근 중국의 코로나 봉쇄 반대 시위가 보여주듯이 아무리 국민 통제가 용이한 사회주의 체제라도 경제발전에 따른 인권과 시민적 권리에 대한 요구를 무작정 통제하기 어렵다. 경제성장이 초래할 환경 파괴, 빈부 격차, 노사 문제는 부패 추방 운동으로 사회주의 체제의 고질적 문제를 인정한 베트남당국이 머지않아 마주하게 될 산업사회의 보편적 문제다. 소득이 오를수록 정책에 대한 불만도 가시화되기 쉽다. 단적으로 2015년 불법체류자를 줄이기 위해 베트남정부가 실시한 고용허가제에도 불구하고 한국 내 베트남 노동자 숫자는 줄지 않았다. 베트남이 앞으로 직면할 문제란 이것들이다.

이 책은 통일베트남이 1986년 자본의 손을 잡기로 결정한 이유였던 '참혹한 파괴'의 시간을 조국근대화의 '기회'로 잡은 우리의 과거에 대한 이야기다. 모두 알고 있지만 들추려 하지 않는 이야기일 것이다. 1960년대 초 한국은 전후의 원조경제에서 벗어나고자 길을 찾던 중 베트남에 전격 파병을 결정했다. 월남 공산주의자들이 '6.25' 때처럼 자유세계를 위협하는 것을 모른 척할 수 없어 1964년 9월 11일, 의료진과 태권도 교관단이 베트남으로 떠났다. 8년 6개월에 걸친 긴 참전의 서막이었다.

제1장

잊었으나
잊히지 않는 기억

1. 과거사가 된 베트남전쟁

베트남전쟁은 '잊힌' 전쟁인가. 한국의 베트남전쟁 연구들은 대부분 이렇게 규정해왔다. '월남 패망' 이후 베트남전쟁이 성찰과 반성의 대상이 되지 못한 점에서 틀린 말은 아니다. 반세기 넘게 축적된 베트남전쟁 소재 담론과 재현물을 일별해도 잊혔다는 표현은 과히 틀리지 않았다. 오히려 기억의 대상으로 정당하게 주목받지 못했다는 점에서 정확한 표현이다. 이 용어에는 베트남전쟁이 기억의 대상으로 객체화된 사정을 환기하며 그렇게 잊혀서는 안 된다는 윤리적 판단이 들어 있다. 그러나 전쟁을 결정한 주체들과 종전 후 전쟁의 정치사회적 의미와 영향을 연구하고 교육해야 하는 주체의 관점에서 이 표현은 전쟁에 대한 정치적 책임을 회피하게 만드는 용어이기도 하다. 비록 의도한 선택이 아니라 해도 '잊힌' 전쟁은 '잊은' 전쟁에 비해 주체의 책임성을 희석하는 한편, 잊히는 과정의 불가피성을 드러낸다. 말장난이 아니라 잊었기에 잊힌 전쟁인 것이다.

이 연구는 베트남전쟁이 우리 사회에 승공개발이 모토인 전쟁자본주의를 안긴 결정적 계기였다는 점에서 '잊힌 전쟁'이기보다

'잊은 전쟁'이었다고 주장한다. 한국사회에서 과거사로서 전쟁은 점점 박제된 유물이 되고 있지만, 베트남전쟁은 한국전쟁과 '닮은꼴'을 한 최근의 전쟁이었다. 한국인들은 냉전이자 열전이었던 한국전쟁을 겪었다. 그러나 매년 잊지 않으려고 기념식을 벌이고 정치권이 나서 기억 투쟁을 주도하는 한국전쟁에 비해, 베트남전쟁에 대한 사회적 시선은 한결같이 냉담하다. 1990년대 후반에 일어난 대항 담론—베트남전 참전에 대한 반성적 인식—도 베트남 당국의 개혁개방(도이머이) 정책에 한국이 적극 편승하면서 양국이 함께 '묻어야 할 과거'가 되었다. 이러한 태도는 모든 전쟁은 나쁘다는 일반론과도 별 관계가 없고, 국민국가에서 국민을 대리하는 국가권력의 힘을 주지시킨다. 전쟁같이 '아프고 불편한' 기억은 되도록 잊는 것이 좋다고 설득한다.

하지만 대중문화 콘텐츠에서 전쟁은 여전히 흥행을 보증하는 소재다. 온라인게임의 태반은 적대자를 몰아내고 영토를 확장하는 전쟁 스토리들이다. 그런데 가상공간을 벗어나 동질적 역사를 겪었다고 간주되는 민족/집단의 질긴 기억 투쟁에도 불구하고, 현실에서 태평양전쟁이 조일전쟁(임진왜란)만큼 아득한 과거의 유물로 취급되듯이, 베트남전쟁은 한국전쟁과는 차원이 다른 낯선 타자/타지의 전쟁으로 인식된다. 불과 15년 시차를 두고 피식민지였던 아시아에서 발생한 세계사적 냉전에서 두 국가는 불구대천 공산주의자를 상대하며 각각 적지 않은 피를 흘렸다. 이렇게 닮은 전쟁인데도 한국전쟁만이 늘 자국사의 비극으로 선택된다. 베트남전쟁은 남의 나라의 전쟁이다. 여전히 적대하는 한국전쟁의 적과 달리, 베트남전쟁 당시 적과는 다시 '좋은 관계'가 되었기 때문이다. 좋은 관계란 한 마디로 서로의 경제적 이익이 부합하는 관계다. 경제적 이익은 체제를 구한 자격을 얻는 한국전쟁과 베트콩이 주도하고 끝낸 베트남전쟁을 상이하게 기억하는 양국이, 각자의 기억과 별개로, 서로를 '친구'로 부르게 만들어주었다.

참전 당시에도 한국은 '월남'의 친구를 자처했지만, 국제정치적 관점에서 두 전쟁은 비슷하면서도 달랐다. 냉전의 끝에서 아시아의 공산화를 우려한 미국의 패권주의는 두 민족 집단 내부에 상이한 체제를 종용했고, 그 결과로 휴전 후 한반도에는 두 체제가 공존하게 되었으나, 베트남에서는 한 체제가 다른 체제를 이겼다. 과연 한국에서 베트남전쟁은 어떤 전쟁인가. 예컨대 오늘날 좌/우 진영은 베트남전쟁이 미국의 패권주의에 기인한 잘못된 전쟁이었다는 데 동의한다. 근본적 책임을 미국에 물음으로써 '우방의 의무'를 다했다는 참전의 명분은 지키되, 그것이 초래한 부정적 결과에 대해서는 감정적으로 덜 불편한 대중적 인식이 만들어졌다. 물론 이러한 시각은 반세기를 지나며 미국의 입장 변화를 수용한 것이지 한국이 이 전쟁에 적극적으로 끼어들어 얻은 유산들을 충분히 응시했다는 뜻은 아니다. 문제를 남긴 과거사로서 베트남전쟁에 대한 성찰은 미흡했고, 가야 할 길이 멀다. 참전의 대가로 유래 없는 조국근대화를 이룬 한국의 베트남전쟁이 남긴 상흔은 알려진 것보다 훨씬 깊고 넓을지 모른다. 미국에 이어 32만 규모의 인력을 파견했고, 3만여 라이따이한이 생겨났다.

인연은 1992년 한베 재수교, 한베 경협, 베트남 관광, 결혼이주여성 증가, 노동인력 수입 등으로 계속되고 있다.

2017년 정부가 발표한 '신남방정책'의 핵심 파트너 또한 베트남이었다. 식민지 근대성의 아이러니한 효과처럼, 긴 참전 기간이 남긴 양국의 인연이 동남아시아의 다른 국가보다 큰 규모의 경제협력과 교류를 가능케 했음을 부인할 수 없다. 하지만 과거 미국의 그릇된 판단으로 베트남전쟁이 발발했고, 양국 사이에 '불행한 과거'가 있었다는 한국정부의 '유감 표명'으로 양국의 과거사를 덮어도 좋을까. 이러한 문제를 정부 간 양해나 협의로 접근해서는 안 되는 까닭은 한일 정부의 위안부 문제 합의가 낳은 사회적 갈등이 잘 설명해준 바 있다. 같은 맥락에서 2018년 서울에서 열린 '시민평화법정'은 양국 정부가 묵인의 형태로 합의한 과거사 문제의 근본적인 결함을 지적했다. 법정은 피해자를 뺀 양국 정부의 합의가 윤리적이지 않고 피해자의 인권이 존중되지 않았다는 전제를 깔고 있었다. 법정이 열린 것도 한국전쟁기의 민간인 학살 문제를 국가적 차원에서 조사한 진상조사위원회 등으로부터 축적된 시민사회의 역량이 응집된 것이다. 법정을 준비한 한베평화재단은 베트남전쟁에서 한국군에 의한 민간인 피해 문제를 계기로 "베트남전쟁에 대한 사죄와 성찰을 통해 평화로 나아가고자" 결성되었다.[1]

그러나 한국사회는 여전히 베트남전쟁을 모른다. "베트남과 연결된 1968년은 대한민국의 어떤 원점"[2]이지만, 그것은 매우 선택적으로 기억돼 상이한 해석을 좀처럼 용납하지 않는 원점이다. 한국에서 베트남전쟁에 관한 사회적 권리를 획득한 해석은 '자유세계'를 지키기 위해 단군 이래 최초로 파병에 나섰고, 그 대가로 한국 경제가 부흥했다는 것이다. 전자는 박정희정권의 공식적인 파병 명분이었고, 후자는 실질적인 파병의 효과였다. 최초에 두 주장은 융합되지 못하고 전자에 따르는 부대 효과로 후자가 소개되었으나 이내 후자가 전자를 압도하게 된다. 베트남전쟁은 한국사회에 공산 진영=후진국 대 자유 진영=선진국이라는 믿음을 고착시켰다. 이러한 믿음이 한국의 과거사로서 베트남전쟁에 미친 영향은 깊고 단단하다. 한국전쟁 직후의 이데올로기적 아노미 상태와 1960년대 초반까지도 북한에 열세였던 경제 상황이 참전으로 일거에 역전된 것이다. 우리는 베트남전에 참전하며 '잘 사는 자유 진영'에 성공적으로 편입했다. 특히 재수교 이후 베트남정부가 사과보다 한국 기업의 투자와 차관을 원하면서, 양국은 더더욱 과거사 문제를 완전히 협의했다고 여기게 되었다.

이런 상황에서 조국근대화의 '어두운' 근원으로서 베트남전쟁을 기억한다고 무엇이 크게 달라지는 않을 것이다. 그러기는커녕 담론과 재현의 역사를 살핌으로써 부박한 한국 자본주의와 국민국가 이데올로기가 낳은 문제들을 재확인할 뿐일 수 있다. 파월 당시 공식적인 참전 담론을 위반하는 증언, 기사, 소설, 영상 등 관련 기록물이 없어서가 아니라(기록물은 충분하다), 그러한 관점에서 진행된 주목할 만한 연구들에도 불구하고, 그것이 한국의 과거사인 베트남전쟁이 남긴 문제를 해결하는 데 큰 힘을 발휘할 가능성을 크게 기대할 수 없어서다. 이는 베트남전쟁 연구자들이 공통적으로 마주치는 문제다. 특히 1990년대 후반 한국군의 전쟁범죄가 폭로된 후 기억은 관련 연구의 핵심이 되었다. 비엣 타인 응우옌은 『아무것도 사라지지 않는다』(2016)에서 베트남전쟁 기억의 재현물들을 윤리적으로 사유해야 하는 까닭을 '공정'과 '정의'의 관점으로 풀어냈다. 문화론적 연구는 어떤 방법론을 취하든 담론과 재현의 윤리에 집중할 수밖에 없다.

이 책이 베트남전쟁 담론과 재현의 역사를 통시적으로 보려는 것은 어쩌면 모두 알고 있는 뻔한 답을, 그 기원으로부터 다시 들여다보는 재확인 작업에 지나지 않는다. 단적으로 21세기 한국 자본주의의 정치적 무의식과 베트남에 대한 대중의 감정 구조를 낳은 기원으로서 한국의 베트남전쟁 담론과 재현의 역사에 기입된 윤리적 결함을 발견하게 될 수 있다. 그러나 우리가 알게 되는 결함이 어떤 것이든 한국의 베트남전쟁 담론과 재현의 역사는 모든 계보학적 연구가 그렇듯이 어떤 사건을 이후 특정 집단의 정치·경제·사회적 변화를 만든 '기원'으로 보고, 그 기원의 문제성을 파헤친다는 점에서 의미가 있다. 예컨대 한국 분단체제의 시작이 미소 분할통치라는 해방의 형식이었다면, 한국사회의 강력한 레드컴플렉스와 대북 적개심은 한국전쟁을 거치며 굳어졌다.

그러나 한국전쟁 후에도 자유 진영의 자본주의는 체제 경쟁에서 이긴 우리의 우월한 체제로 단번에 수용되지 않았다. 오히려 상처뿐인 휴전은 자유민주주의로 포장된 자본주의를 전후 극악한 생존 경쟁에 절망하는 도저한 허무주의로, 손창섭, 이어령 등 전후 세대의 '황무지 의식'으로, 그리하여 적지 않은 이들에게 민중의 소박한 삶을 파괴하는 파괴자로 인식하는 이념 혐오증을 낳았다. 이러한 감각을 전면화한 것이 전후문학의 '실존주의'다. 공식적으로는 분명히 공산주의를 증오하고 자유민주주의를 옹호했으나 한편으로 대중의 내면적 감성 구조에는 누구도 원치 않은 전쟁에 대한 거대한 이념적 환멸이 정서 깊숙이 자리하고 있었던 것이다.

베트남전쟁은 여전히 감정적으로 뒤엉킨 두 체제를 선/악으로 분리해 한국사회가 싸워서 이길 수 있는 하찮은 상대로 공산주의(자)를 인지하는 데 결정적으로 기여했다. 냉전에 대한 혼란한 감정이 자본주의의 승리라는 믿음 안에 갈무리되었다. 해방 후 적지 않은 지지를 받은 사회주의는 바로 이 조국근대화 시기를 거치며 단 3일 만에 서울을 점령한 '강력한 적'에서 가난, 독재, 부패, 인권 유린 등 온갖 부정적인 기의로 점철된 기표가 되었다. 적어도 한국에서 이러한 변화에는 확실한 전환의 계기가 있다는 것이 이 연구의 기본 입장이다.

베트남전쟁을 그 원인으로 지목하는 데는 두 가지 이유가 있다. 첫째, 한국전쟁은 동족상잔의 비극이었고, 몇 차례 점령군이 바뀌면서 공산주의/자유민주주의 한쪽을 일관되게 지지하기가 어려운 상태에서 사실상 모든 것이 '파괴'되는 전쟁이었다. 반면 베트남전쟁은 자유민주주의를 수호한다는 명분 아래 미국의 편에서 싸우면서 적들이 파괴되는 만큼 한국이 '재건'되는 과정이 미디어, 반상회, 소문을 통해 체감되었다. 둘째, 베트남전쟁은 한국전쟁 당시 일방적인 구원자였던 미국에 대해서도 '동맹국'이라는 새로운 관념을 부여했다. 한국의 참전에 감사하고 작전권을 놓고 협상을 벌이는 한국군과 한국정부의 '주체적' 모습은 일시적으로 한미 관계에 대해서도 할 말은 하는 국가가 된 듯한 착각을 불러일으켰다. 베트남전쟁은 한국전쟁 이후 대중의 기억에 모순적으로 중층 결정된 사회주의에 대한 공포를 근거 있는 승공의식으로 바꾸었다. 이렇게 조국의 경제발전에 기여한 불가피한 전쟁이었다고 말하며 40여 년이 지나갔다.

그러나 작용과 반작용의 법칙은 여기서도 예외가 아니다. 참전과 함께 생산된 각종 기록물, 영상 취재물, 문학작품 등은 주류 담론의 균열과 봉합, 해체의 지점을 끈질기게 잡고 탐색한다. 90년대 후반, 시민사회를 중심으로 시작된 전쟁범죄를 직시하자는 반성적 관점은 반작용의 결과지만, 그것이 이 문제의 종착지는 아니다. 한국의 베트남전쟁이 현재의 한베 관계보다 우리 내부의 무한 자본주의 옹호론에 미친 영향이 더욱 중요하다는 것을 거듭 지적하고 싶다.[3] 그런 의미에서 이 연구는 한국전쟁과 닮은꼴인 한국의 베트남전쟁의 국제적 성격보다 그것이 한국사회에 만들어낸 내부적 영향에 집중한다. 우리는 베트남전쟁을 통해 누구도 아닌 우리 자신의 얼굴을 보아야 한다. 이러한 관점에서 관련 담론과 재현물이 드러내는 '내적 논리'를 검토할 것이다.

2. 연구 범위와 대상

이 연구는 참전 담론의 변화태에 따라 연구시기를 크게 네 단계로 나눈다. 다소간 도식적인 위험을 무릅쓰고 이렇게 구분하는 까닭은, 각 단계가 이전 단계에서 지배적이었던 시각을 심화/반박하면서도 전체적으로는 반공국가가 주도한 참전 담론의 국가주의에 맞서 묻혀 있던 당사자들의 기억이 중심이 되는 형태로 진행되었기 때문이다. 또한 각 시기별로 주목할 담론의 출발점과 전환점을 제시하여 한국의 베트남전쟁 담론과 재현이 초반의 외부적 요인(국제정치적 요인)으로부터 내부적 요인(시민사회 역량)에 의해 지양되는 과정을 기술한다. 이것은 그 자체로 한국의 민주주의가 성숙하는 단계와도 부합한다.[4]

각 시기의 특징은 당대 대중의 호응을 얻었던 주요 텍스트들—수기, 신문잡지 기사, 문학작품 등—을 중심으로 영화, 드라마, 뉴스 등 영상 자료를 분석했으며, 관련 연구서, 인터넷 자료 등도 참조했다. 자료 확인이 어려운 영상물은 기존 연구를 활용했고, 경우에 따라 인터넷 사이트에 나타난 날것 그대로 표현들도 참전에 관한 대중적 인식을 확인하는 통로로 활용했다.

시기	구분	담론 형성 주체	이념적 기반	출발/전환점
공식 담론 지배기 (1964–1975년)	동질성 담론과 반공개발론: 1964–1968년	정부, 언론	반공민족주의	파병/휴전
	경제 담론과 휴(종)전 반대론: 1969–1975년			
참전 기억 투쟁기 (1975–1992년)	타자성 담론과 기억의 공백기	정부, 파월군인, 작가	반공민족주의 탈냉전	사이공 함락 /한베 재수교
대항 기억 형성기 (1992–2000년)	탈냉전과 대항 담론의 심층	언론, 시민단체, 작가	탈식민주의	한베 재수교 /『한겨레21』 캠페인
시민 화해 실천기 (2000년–현재)		연구자, 시민단체, 작가	탈식민주의 평화주의	『한겨레21』 캠페인/한베 평화재단 설립

1) 공식 담론 지배기(1964-1975년)

참전 초기에 양산된 '월남 이야기'[5]는 1960년대 후반에 나오기 시작한 소설과 불가분의 관계에 있다. 이것은 1970년대 들어 베트남전쟁 소재 문학으로 확장되며 대중에게도 깊은 인상을 남긴다. 박영한, 이윤기, 황석영 등이 시간차를 두고 형상화한 소설들은 한국전쟁과는 다른 자리에서 단군 이래 최초 파병을, 문자 그대로든 비유적이든, 조국근대화 시기 한국인의 '전투적 해외 체험'으로 풀어냈다. 파병 규모나 기간을 고려할 때 작품이 많다고는 보기 어려운데, 참전 작가들도 드물거니와 대대적인 월남붐이나 파월 기간에 널리 유통된 '월남 이야기'와 변별되는 시각을 확보하는 데 시간이 필요했던 탓이다.

그러나 서사물로서 월남 이야기는 파월 직후부터 종군뉴스를 필두로 종군기자, 참전군인 등에 의해 파월 통신, 일기, 수기로 생산되어 널리 읽혔다. 또 천편일률적인 종군뉴스와 달리 수기는 그나마 필자의 의도를 담아 베트남전쟁을 기록했다. 물론 제한적으로 메시지를 선택했기에 행간을 주의 깊게 읽으며 서술자의 사고 회로를 분석하지 않으면 전장에서 벌어진 사건에 대한 소박한 감상이나 전체적인 분위기를 인지할 수 있을 뿐이다. 대개 특파원 종군기 또는 참전군인의 수기 형태이므로 기이했던 월남 붐으로부터 떨어져 20세기 후반의 '세계사적 전쟁'이었던 베트남전쟁에 대한 통찰은 부족하다. 즉 '참전국 국민'의 시점이 지배적인 파월 수기 자체는 연구자의 흥미를 끌 만한 요소가 희박하며, 이는 2001년부터 국방부에서 발간한 증언 자료집(『증언을 통해 본 베트남전쟁과 한국군 1–3권』)도 크게 다르지 않다.

다만 어떤 텍스트도 공식적 지배 이데올로기를 온전히 받아쓰지 않기에 공식 담론에 경사된 파월 수기에서도 주목할 지점이 있다. 우선 파월 수기는 1964년 파월과 1970년대 후반에 나온 베트남전쟁 체험 문학 사이에 있는 1차 자료로서 베트남전쟁 체험 문학의 성취를 문학사의 내부로부터 비추는 거울 역할을 한다. 현재까지 문학계에서 베트남전쟁 연구는 대체로 시간 순으로 발표된 소설 작품의 특징을 서술자의 시선 변화를 중심으로 비교 분석하거나, 탈식민의 관점에서 텍스트가 내포하는 균열의 지점들을 규명했다.[6] 그런데 이것만으로는 한국의 베트남전쟁이

대한민국해병 청룡부대 주둔비

라는 세계사적 '사건'과 그 사건에 대한 특별한 '반응'인 문학작품의 틈새에 끼어 있는 다른 텍스트의 가치를 설명하기 어렵다. 종전 후 세계적으로 쏟아진 많은 베트남전쟁 연구물들이 문학작품보다 전쟁기에 생산된 외교, 기밀문서 같은 자료를 비롯해 당대에는 무시되었으나 주목할 가치가 있는 참전자 수기, 인터뷰, 현지조사 등에서 귀중한 시사점을 얻었음을 생각할 때, 국내 참전자들의 수기가 여태껏 진지하게 조명되지 못한 것은 이상한 일이다. 아마도 파병군인들이 대체로 중졸 이하의 사병들이 많았던[7] 만큼 자료적 가치가 있는 기록을 남긴 군인들이 적은 것도 이유일 터이다.

그러나 특파원, 종군기자, 종군작가단이 남긴 기록들이 있으므로 양자를 대비해 참전 초기 공식 담론의 내부를 들여다볼 수 있고, 또 참전군인이든 특파원이든 이들이 특수한 상황에서 기록자였다는 것은 이 기록들을 참전기 베트남의 현지 분위기와 참전에 대한 인식의 추이를 확인하는 주 텍스트로 삼을 이유가 된다. 이 자료들은 한국의 베트남전쟁 서사의 출발을 알리는 증거물이다. 여기에 1960년대 후반부터 1970년대에 초반에 간행된 특파원 수기와 소수의 참전군인 수기에는 기자(특파원)와 군인 신분에서 연유하는 시선의 차이가 개입한다. 흥미롭게도 이들은 종종 뒤바뀐 위치에서 베트남전쟁을 응시하는 의외성을 보인다. 이러한 의외성, 곧 텍스트의 희미한 '정치적 무의식'이 상기시키는 바는, 이들이 반공민족주의적 주체로 베트남에 있으면서 베트남민족주의를 경유해 이 전쟁을 한국전쟁과는 '다른' 전쟁으로 인식하고 있다는 것이다. 문학청년 군인과 기자의 종군담이 빚어내는 불협화음은 월남 통신 속 월남 이야기로 응축되어 '이상한' 베트남에 대한 상을 형성한다. 알려진 대로 이것은 매우 젠더 편향적이고, 감정적이며, 비논리적이다.

특파원/참전군인 수기의 특징

참전 기간에 출판된 수기는 크게 두 종류로 분류할 수 있다. 첫째는 종군기자, 종군작가 등 문필가들이 쓴 수기며, 둘째는 참전군인 신분으로 파병지에서 쓴 일기, 통신류를 묶은 글이다. 이중 10여 편 정도가 주목할 만한데[8] 파월 기간을 볼 때 많은 양은 아니다. 베트남전쟁 취재는 종종 목숨을 건 행위였지만, 세계적으로 반전 여론이 최고조에 달했던 1968년에는 현지 특파원이 637명에 이를 정도[9]였다. 미국 다음으로 파병 규모가 컸던 한국 매체에 실린 글 중 이 정도가 격식을 갖춘 단행본으로 출간된 셈이라, 역설적으로 종전과 동시에 급락한 월남 붐을 보여주는 것 같기도 하다.

1971년 리영희는 주월 한국 기자의 취재 활동이 타국의 외신 기자에 비해 위험을 회피하고 사이공 호텔에 앉아 생생한 종군기를 쓰거나 외국 기자의 글을 베끼는 때가 많다고 지적했다.[10] 독자적으로 전선을 누비며 저널리스트의 사명을 수행하는 기자 본연의 역할에 충실할 것을 촉구한 리영희의 지적을 수긍할 수밖에 없는 것이, 특파원 수기의 구성은 매우 비슷하고 내용도 겹치는 부분이 많다. 공통적으로 전투 미담, 붕타우외과병원 미담

1965년 월남종군기자 귀국보고강연회

에 지면을 할애하는 것도 그렇고, 나머지 부분 또한 다른 책을 참고한 것으로 짐작되는 월남 서설 및 사이공 중심 취재 에세이로 이루어져 치열한 종군 기록이라기보다 호기심을 자극하는 이국 견문록 느낌을 준다.

물론 『메콩강은 증언한다』(1973)처럼 한국군 철수 시점에서 나와 이전에 나온 수기들과 체제와 내용이 크게 다르거나, 사이공 패망을 기록한 안병찬의 르포 『사이공 최후의 표정, 컬러로 찍어라』(1975)도 있다. 또 1960년 최초의 사이공주재 미국 특파원으로 전쟁을 취재한 말콤 브라운의 『이것이 월남전이다』도

구분	도서명	필자	파월 당시 신분	출판 연도	내용 구성의 특징	
					베트남사 · 한월 관계 관련	기타
① 종군기자수기	피 묻은 연꽃	이규영	조선일보사 주사이공 특파원	1965	· 베트남 서설 Ⅰ · Ⅱ · 한월 관계사	· 월남 풍속 및 파월 부대 전투담 소개
	월남 하늘에 빛난 별들	배기섭	종군작가	1966	· 1부 월남의 그 풍토와 정경 - 월남의 역사와 민족문화 - 한월 관계의 현황 - 월남 속의 한국	· 전투 실전 미담과 부대 대민사업 소개
	종군작가의 월남 상륙기	유근주	종군작가 (시인)	1966	· 베트남 풍속 자세히 소개	· 월남 개론서
	평화의 길은 아직도 멀다	박안송	동양통신 주월 특파원	1969	· 1부 세계 속의 비극 월남전쟁 · 2부 불란서의 월남침략사	· 파월 부대 전투담 및 월남의 정치적 상황 분석
	베트남에 오른 횃불	김진석	국방부 일간 전우신문사 사이공 특파원	1970	· 별도 구성 없음	· 한국군 주요 작전 소개 · 월남전 종군 낙수
	메콩강은 증언한다	정원열	조선일보사 월남주재 특파원	1973	· 1장 호지명과 바오다이 황제	· 미국의 전쟁 개입 과정 자세히 소개
② 참전군인수기	월남서 보낸 시인일기	신세훈	비둘기부대 장교	1965	· 별도 구성 없음	· 일기 형식 · 창작시 삽입
	정글의 벽	신정	맹호부대 장교 (1965년 10월 ~1966년 7월)	1967	· 별도 구성 없음	· 일기 형식 · 창작시 삽입

1965년에 비교적 일찍 번역되었다. 그러나 보통 특피원 수기는 형식을 맞추기라도 한 듯 월남 서설―전투부대 미담―월남 풍물 소개, 세 영역으로 구성되었다.[11]

위 표는 파월 기간에 나온 주요 수기의 체제와 특징을 간략히 정리한 것이다. ①은 내용 구성 면에서 전반부와 후반부로 나누어 전반부는 베트남의 역사와 한월 관계사를 개관하고, 후반부는 파월 부대의 무용담을 소개한다. 그 사이에 베트남 풍속이나 정치 상황을 기술하기도 하나 핵심은 종군기자답게 파월 부대 소식을 충실히 전달한다. 또 이 글들은 『조선일보』, 『경향신문』 등에 주월 특파원 해외 통신으로 실린 만큼 부대에서 있었던 흥미로운 에피소드 위주로 사건을 전달하는 형식을 취한다. 훈훈한 인간애나 휴머니즘을 보여주는 미담(美談)이 많으며, 특히 전투담은 기자가 보았거나 들은 한국군의 무용담 위주다.

②는 사정이 다르다. 신세훈, 신정의 수기는 ①에 비해 내용 구성도 단순하고, 일기를 그대로 묶었다고 보일 정도로 사변적이다. 이 중 신세훈의 「월남서 보낸 시인일기」(1965)는 월간 『세대』에 총 6회에 걸쳐 연재되었고, 정식으로 등단한 시인 장교라는 약력 덕분에 연재되는 동안 제법 반향이 있었다.[12] 필자가 비전투부대 소속원인 정황이 이국 취향과 감상적인 내용에서 확인된다. '일선 소대장의 수기'라는 부제가 붙은 『쟝글의 벽』도 형식은 「월남서 보낸 시인일기」와 비슷하나 어조나 내용 면에서 더절제되어 있고, 참전 초기 밀림 수색과 적의 야습에 대비하는 초급 장교의 내면이 담담하게 쓰여 있다. 군데군데 창작시를 넣은

'문청의 감수성'이 생소한 와중에도 전쟁에 대한 불필요한 사견은 최대한 절제하고 있다. 이 수기들은 80년대 이후 사회적 지위를 획득한 참전군인들이 전장의 젊은 날을 '회고'하거나, 반대로 공식 담론을 반성하는 취지에서 쓴 후일담류 수기와 다르다.[13] 후자는 참전 기억 투쟁기의 텍스트로 보아야 한다.

단 전체적으로 수기류는 참전기 파월 이데올로기 선전물 역할에 충실하며, 같은 메시지를 담은 〈팔도강산〉, 〈속팔도강산〉 시리즈 등과 함께 참전이 곧 해외 진출인 반공개발론을 꾸준히 전파했다. 그러면서 갖게 된 논리적 모순 역시 공식 담론의 논리 구조를 이루게 된다.

2) 참전 기억 투쟁기(1975-1992년)

베트남전쟁은 1960년대 후반부터 본격적인 휴전 협상기에 들어서지만 미국이 월맹과 지루한 회담을 벌이면서 전쟁을 끝내는 '명예로운' 방법을 찾는 동안에도 한국의 입장은 달라지지 않았다. 한국은 휴전을 포함한 종전 논의에 부정적이었다. 그러나 회담은 한국의 바람과 관계없이 진행되었고, 협정에 따라 한국군은 철군해야 했다. 문제는 1973년 3월 한국군이 철수한 후에도 적지 않은 한국인이 베트남에 잔류했다는 것이다. 경제 효과는 떨어졌어도 영사관이 남아 있었고, 기업 활동도 계속돼 베트남과 여전히 연결돼 있다는 감각이 지배했다.

사이공 함락을 제대로 예측하지 못한 정부의 태도는 이러한 착각에 기인했다. 종전이 창졸간에 닥친 '재난'이 되고서야 요란하게 진행된 베트남 다시보기는 '베트남처럼 되지 않아야 한다'고 체제를 단속하고 베트남 난민들의 비극을 어두운 스펙터클로 활용하는 이데올로기 재교육을 강제했다. 이렇게 정부 대응이 진행되는 사이에 재현의 영역에서는 공식 담론을 아슬아슬하게 절합하는 기억 투쟁이 느리게 전개되었다. 그러나 월남 패망 후 내부 단속에도 불구하고 정치적 상황이 변하면서 베트남전쟁에 대한 기억도 점점 기존의 국가주의를 벗어나 참전자 개인의 기억이 중심이 되는 변화가 일어난다. 87년 체제를 전후해 베트남전쟁 소재 영화는 국가에 의해 '억압되었던 것들의 귀환'을 알리듯 참전군인의 피해자성을 표출하게 된다.[14]

　문학적으로는 중요한 작품들이 나오기 시작했다. 살아 돌아온 작가들은 자신의 체험과 전장에서 보고 들은 사건들, 사회적 반응, 전쟁에 대한 국민국가의 무의식 등을 엮어 베트남전쟁을 응시하는 기억 투쟁을 시작했다. 수기류의 뻔한 서사 문법을 버리고 돌아보는 전쟁은 기괴하면서도 어딘가 익숙하다. 이것이 한국전쟁에 대한 기억과 조국근대화에 대한 자의식을 함포하고 있다는 자각은 아직 단편적으로 드러날 뿐이나 1968년 '양민 학살죄'로 수감된 맹호부대원을 모티프로 한국군의 양민 보호론의 허구성을 폭로한 송영의 「선생과 황태자」는 1970년에 나왔지만 참전군인의 모순된 위치를 제기하고 있는 점에서 참전 초기의 공식 담론을 배반한다. 따라서 신경증을 앓는 참전군인이 등장하는 이야기들은 1970년대 초반에 나왔어도 기억 투쟁기에 속하는 작품으로 봄이 타당하다.

한국군의 참전을 무의미한 명령 수행('탑' 지키기)으로 풀어낸 황석영의 소설은 이미 중요한 베트남전쟁 소설로 다루어졌다. 「돌아온 사람」(1970), 「낙타누깔」(1972), 「이웃 사람」(1972)은 귀국한 군인들의 사회부적응 문제를 공식 담론이 은폐하려는 전장의 기억으로부터 끌어내고 있다. 전장의 '비밀'로 두었어야 할 사건들이 픽션으로 공개되고, 참전군인 집단의 명예와 생존이 걸린 사회 문제가 될 정황을 엿볼 수 있다. 그러나 황석영이 이 단계에서 묶어둔 기억 투쟁을 다시 시작하는 때는 베트남이 개혁개방을 선언하며 한베 재수교에 대한 기대가 높아지는 시점이다. 같은 이유로 베트남전쟁 문학을 연구하는 연구자들도 1980년대 중후반을 베트남전쟁 문학의 전환기로 파악한다.

따라서 이 시기에는 단절된 양국 관계 때문에 참전에 대한 기억이 공백 상태에 있었다. 베트남이 언급되는 것은 국제적 문제가 된 보트피플의 참상과 입국 난민을 통해 월남 패망의 비극을 환기하려는 목적이 거의 전부였다. 이 시기 보트피플을 본격적으로 다룬 이청준의 희곡 「제3의 신」(1982)은 극한 상황에 처한 인간성에 대한 밀도 높은 탐구에도 불구하고, 보트피플을 한국과 관련 없는 타자로 바라보는 시선이 역력하다. 1970년대의 히트작 「머나먼 쏭바강」(1977)의 속편인 「인간의 새벽」(1980) 역시 사실상 전편과는 관계없는 이야기로 사이공 함락기의 혼란한 베트남을 그렸다. 오히려 한편에서는 보트피플 모티프에 신파조 멜로드라마를 버무려 월남 패망 후 한월 커플의 비극적 사랑을 그린 영화 〈사랑 그리고 이별〉(1983)이 인기를 끌었다.

이와 다른 각도에서 전쟁의 본질과 참전의 의미를 깊이 있게 탐구하는 장편은 87년 체제를 지나면서 나오기 시작한다. 이원규의 「훈장과 굴레」(1987), 이상문의 「황색인」(1987), 안정효의 「하얀 전쟁」(1989)이 대표적이다. 그러나 이 작품들에 대한 개별적 분석보다 중요한 것은 이 작품들이 베트남전쟁 담론과 재현의 역사 속에 놓여 있는 맥락이다. 이 작품들은 87년 체제를 연 민주화 담론의 자장 아래서 「무기의 그늘」(1988)과 더불어 한국의 베트남전쟁을 내부자의 관점에서 고발했다. 사실 참전 50년이 경과한 지금도 베트남전쟁 소재 문학은 많은 편이 아니다. 참전 20년이 지나서야 비(非) 참전작가 이대환이 반전평화를 표방한 「슬로우 불릿」(2001)과 「총구에 핀 꽃」(2019)을 썼으니, 이 시기 담론과 재현의 중심은 귀국했으나 충분히 사회로 귀환하지는 못한 참전군인이 기억하는 전쟁이다.

87년 체제는 베트남전쟁에 대한 해석의 지평을 넓힌 외에도, 대학가에서 소련, 중국의 혁명사와 함께 반제국주의 혁명운동 학습서로 베트남전쟁을 다시 읽는 시간을 제공했다. 당시 널리 읽힌 학습서에는 이미 알려졌던 리영희의 「베트남전쟁」 외에도 호치민 평전과 베트남 작가의 작품을 번역한 「사이공의 흰옷」, 「불멸의 불꽃으로 살아」 등이 있었다. 엄밀히 말하면, 한국의 참전을 성찰했다기보다는 세계적인 반제국주의 해방운동의 교과서로 베트남전쟁을 공부한 것인데, 이 맥락에서 통일베트남의 승리는 피압박 약소민족이 이룬 위대한 승리였다. 80년대 후반 한국사회에서 베트남은 이렇게 이상화된 독립국과 보트피플을 양산하는 공산베트남이라는 모순적 심상으로 존재했고, 동구권이 몰락했다고 바로 양자가 통합되지는 않지만 적어도 1992년 한베 재수교는 여기에 굵직한 방향성을 부여했다.

중국에 이어 베트남의 정책이 바뀌고 재수교가 가시화되자 한국은 베트남의 변화에 주목한다. 통일베트남이 자본을 환영하고 한국을 친근하게 대하려는 태도가 언론을 통해 크게 보도되었다. 한베 재수교는 한중 수교에 이어 한국이 냉전의 종말을 피부로 느끼는 계기였다. 따라서 이 중요한 전환점이 초래할 기억 투쟁의 제 양상을 1990년대 베트남전쟁 담론과 재현의 영역에서 연역적으로 적용하는 것을 굳이 기계적, 도식적이라고 경계할 필요가 없다. 이 시기 베트남전쟁에 대한 기억 투쟁은 현실사회주의권의 몰락과 베트남의 변화가 상수이다. 자본주의를 택한 한국이 승리했다는 전제하에, 공식적 참전론에 대항하는 기억 투쟁은 기억의 사실성을 다투기보다 참전자들의 '비공식적'인 기억을 찾고 끌어내 기울어진 운동장을 평평하게 맞추는 작업이다. 즉 이 시기의 기억 투쟁은 베트남전쟁을 망각해온 사회에 맞서 그래서는 안 된다고 외치는 이들의 '개인적' 투쟁이었다.

3) 대항 기억 형성기(1992-2000년)

한국의 베트남전쟁 담론사에서 큰 사건은 1990년대에 발생했다. 한국정부와 베트남정부가 주인공인 한베 재수교와 한국 진보인론과 과거 한국군 작전 지역의 베트남인 피해자들이 증언한 한국군의 전쟁범죄 폭로였다. 1990년대 초/후반에 일어난 두 사건은 한국 내부에서 베트남전쟁 연구의 목표와 방향을 조정하는 데 결정적 영향을 미쳤다. 한국과 베트남의 인연은 두 사건을 기점 삼아 '대조적'으로 다시 이어지게 되었고, 이후 정부/민간 영역에서 상이하게 의미화되었다. 전자는 국책 기관, 국방연구소 등 국가의 지원을 받아 지난 시기 정부의 공식적 참전론을 확대하며 역설적으로 사회주의 베트남정부의 정책까지 이용할 수 있었다. 반면 후자는 참전군인 집단의 반발 및 내부 고발자 프레임과 싸우면서 한국의 베트남전쟁 참전의 진실을 공론화하려는 시민사회의 기억 투쟁과 결합했다. 넓게 보면 이것은 한베 재수교 후 양국 관계가 철저히 '경제적 이해'로만 사고되는 것에 대한 반작용이었다.

재수교 후 양국 정부는 양국의 과거사에 별로 구애받지 않았다. 베트남정부의 정책이 그렇기도 했거나와 민간 차원에서 경제협력이 늘어나자 과거의 불편한 인연은 오히려 관계를 회복해야 할 동인이 되었다. 한국 기업의 투자를 원한 베트남은 과거사 문제를 언급하지 않았고 한국정부는 두어 차례 유감을 표명하는 선에서 마무리했다. 양국 정부의 이 '유연한' 태도는 1990년대에 양국이 이 전쟁을 각자 유리한 방식으로 기억하고 소환하는 토대가 되었다. 양국은 '적대'했던 과거를 두고 오랫동안 맺어진 인연을 강조했다. 침략과 분단을 경험한 역사적 유사성도 새삼 언급되었다. 재수교 후 한국 언론이 다시 찾은 "2, 30년 전의 한국과 유사한 땅과 순박한 사람들"은 과거 한국이 창졸간에 두고 떠나온 것들에 대한 '결자해지'를 포함해, 지독한 가난을 벗어나기 위해 한국의 도움을 바라고 있었다. 우리 정부는 과거 한국군은 용병이었다는 베트남정부의 공식적 입장에 토를 달지 않음으로써 가난한 승자의 자존심을 건드리지 않았다.

상황이 이렇게만 흘러서는 안 된다는 목소리는 소수였다. 1994년 리영희는 한국의 투자가 "베트남 인민의 이익에도 부합"하더라도 통일베트남의 가난에 대해 "어떤 형식으로건 사과의 표시"를 해야 한다고 주장했고,[15] 베트남을 이해하려는 젊은 작가들은 베트남 작가들과 교류에 나섰다. "베트남을 연구하는 것은 곧 우리 자신을 확인하는 작업"이라고 밝힌[16] 작가들의 태도는 1980년대 후반의 베트남전쟁사 학습에 대한 기억 위에, 이제 그 전쟁을 한국의 과거사로 대해야 한다는 시각 전환을 촉구했다. 양국 정부가 관할하는 편향적인 접근을 비판하고, 양국 지식인들의 폭넓은 대화를 제기한 점에서 작가 모임은 단순한 친목 모임이 아니었던 것이다. 참여자는 많지 않았으나 참전에 대한 인식의 전환을 끌어내는 이 문화적 행보는 대항 기억이 형성되는 초기의 '부드러운' 단계를 거쳐 90년대 후반 한국의 시민사회와 베트남 피해자들이 결합해 양국의 문제적 과거사로 참전 기억을 다루는 단계로 나아간다.

방현석의 「존재의 형식」, 「랍스터를 먹는 시간」(2003)은 베트남에 진출한 한국 기업이 과거 참전군인처럼 베트남인을 대하는 행태를 지적하며 양국 합의가 어떻든 현지에 깊이 남아 있는 한

빈호아학살 증오비

국군 참전의 어두운 기억을 주지시킨다. 과거 베트콩이었던 이
작품 속의 인물들은 가해자가 가져야 할 윤리를 품위 있게 가르
치는데, 세상이 변했어도 최소한 우리는 가해자의 자리에 서봐
야 한다는 것이 대항 기억을 형성하는 주체가 제기하는 가해자
의 윤리다. 이것은 1999년 『한겨레21』 캠페인이 진행되며 정위
된 시민의 윤리이기도 하다.

1999년 한베 관계가 순조롭던 중에 베트남에서 한국군의 민
간인 학살 문제가 '역사의 천사'[17]처럼 날아들었다. 피해자 증언
의 파괴력이 엄청났던 만큼 참전군인 집단의 반발도 거셌다. 이
후 한국의 베트남전쟁 담론은 사실상 이 문제가 모든 것을 삼키
게 된다. 긴 갈등이 예고됐지만 이것은 대충 덮을 수 있는 문제
가 아니었다. 캠페인에 연구자와 시민들이 결합했기 때문이다.

여기에 해방 후 피해자 민족주의 중심 근대화론과 내부 파시즘을 성찰하는 탈식민주의 연구가 활발해지면서 이 의제는 조국근대화 시기 국민국가의 국경을 넘은 반공개발론의 내부를 들여다보는 시간을 제공한다. 대항 담론이 여기에 얽힌 것은 필연적이었다. 그러나 한베 재수교 후 한국의 과거사로서 베트남전쟁을 바라보는 좀 더 대중적인 시각은 이전의 영웅적인 한국군이나 전쟁 후유증을 앓는 참전군인이 아니라 한국인이 베트남에 남긴 핏줄을 연민하는 '민족적' 방식이다. 양국의 깊은 인연을 증명하는 전쟁 피해자에 대해 적절한 책임을 짐으로써 과거의 빚을 갚는 것은 어느 쪽도 불편하지 않았다.

내부적으로도 참전용사들을 단죄하기보다 양국의 타자로 살아온 라이따이한을 돕는 편이 훨씬 설득력이 있었다. 이 시기 미디어에 등장하는 라이따이한은 핏줄을 버린 부친을 원망하기보다는 그리워하고 부친의 나라를 동경하는 준한국인이다. 1990년대 중반 시청자들은 '아버지'의 나라를 그리며 한국어를 배우는 라이따이한들을 본다. 방송 3사는 다큐와 드라마를 제작해 '패망한 월남'을 다시 알아야 하는 이유를 베트남의 '변화'에서 찾았다. 한국의 자본을 환영하는 현지 다큐에서 양국의 과거사는 짧게, 양국 관계의 미래는 길고 환하게 설정되었다. 운명에 지지 않고 한국인의 아이를 키운 '장한 어머니'들이 지금껏 이들을 방치한 한국인의 민족 감정을 자극했다. 국민국가의 감정에 호소하는 이 방식은 양국의 과거사 합의와도 배치되지 않아서 거부감을 가질 여지도 없었다.

이러한 이유로 이 시기의 대항 담론을 이해하려면 먼저 대중적 영향이 컸던 방송 프로그램을 볼 필요가 있다. 〈빨간 아오자이〉, 〈굿모닝 베트남〉 등 지상파로 송출된 방송 프로그램 제작진이 의도를 가지고 '재현'하는 것들은 사실상 시청자의 머릿속에서 당대 한국사회가 수용해야 할 베트남전쟁 후일담으로 기능한다. '민주화'된 한국사회가 용인하는 기억 투쟁의 수준과 깊이를 안전하게 확보한 텍스트의 영향은 클 수밖에 없다. 이런 방식으로 우리가 풀어야 할 과거사가 된 불쌍한 라이따이한은 모든 것이 전쟁의 상처라는 일반론을 도출하며 이들을 도울 힘을 갖춘 자국에 대한 자부심을 고취하게 된다.

4) 시민 화해 실천기(2000년-현재)

2000년 한국군의 민간인 학살을 제기한 대항 담론의 숙제는 피해자와 가해자의 대립만이 아니다. 오랫동안 이것은 내부의 문제였다. 피해자를 대리하는 시민단체와 학살을 부인하는 참전군인단체는 표면상 중립적인 정부를 상대로 각각 정당성을 입증하고자 싸워왔다. 서로의 입장을 들으려는 시도가 없지는 않았으나 격을 갖춘 만남이 없었던 데는 이 문제에 대해 '방어적'으로 일관해온 정부의 책임이 크다. 시민사회 진영은 이 문제를 풀기 위해 베트남인들과 연대했다. 양국 작가들이 오가며 작품을 소개하고 학술대회가 열렸다. 영향력 있는 베트남 주간지 『일요투오이쩨』는 『한겨레21』 캠페인 당시 당국의 보도자제 요청을 위반하고 관련 소식을 자세히 보도했고, 반레 감독은 그 과정을 다큐 〈원혼의 유언〉(2000)로도 기록했다.

활동의 주목적은 가해자를 적발하고 공격하기보다 양국이 얽혀 들어간 과거사를 성찰하고, 가해자와 피해자가 '화해'하는 길을 트는 데 있었다. 캠페인 주최 측의 목표도 개인이 아닌 한국군의 전쟁범죄를 밝히는 것이었다. 이 문제는 사법적 영역에서 다투기도 어려웠다. 가해자의 '양심 고백'이 아니고는 민간단체가 정부기관을 상대해 필요한 자료를 받아낼 확률이 희박했다. 정권이 바뀌어도 캠페인 당시처럼 피해자 증언, 미국정부 자료, 해외 언론 자료 등 외부 자료에 의지하는 방법을 쓸 수밖에 없었다. 이런 상황에서 대책위 결성 후 15년 만에 한베평화재단이 발족했다.[18]

2016년 설립된 한베평화재단은 인권과 평화를 위해 극복해야 할 양국의 과거사로 베트남전쟁을 선언했다. 한국군에 의한 민간인 학살 진실 규명과 베트남 평화기행 등 베트남전쟁 피해자 추모가 재단의 핵심 사업이다. 2018년 재단은 '시민평화법정'을 개최해 베트남전쟁 연구의 전환점을 마련했다. 법정은 전후의 가난을 딛고 부국이 된 기회를 제공한 한국의 참전을 보편적 인권 차원에서 규명되어야 할 과거사로 공표했다. 알려진 대로 2000년 일본 도쿄에서 열린 '일본군성노예전범여성국제법정'이 모본이었다. 당시 한국인 위안부 여성들 편에 선 일본 시민단체의 활동은 법정을 준비한 이들의 것이 되었고, 당일 참전군인들이 현장에 참석한 가운데 피해자 대리인단이 준비한 자료화면에

시민평화법정

얼굴을 가린 참전군인 인터뷰가 최초 공개되었다.

법정은 지난 캠페인 당시부터 누적된 문제를 포함해 앞으로 전개될 운동의 방향을 예고했다. 예컨대 인권 감수성이 높아도 피해국 국민일 때와 가해국 국민일 때 사안을 바라보는 태도는 다를 수밖에 없다. 일반적으로 우리는 피해자 집단의 구성원일 때 내적 갈등 없이 당당하게 윤리적 주체가 될 수 있다. 문제는 가해자가 속한 집단의 구성원으로서 집단이 아닌 개인의 책임을 물을 때 발생하는데, 여기서도 가해국 구성원으로서 자국의 책임을 지적하는 것이라면 자국의 정치적 상황에 따라 가해자의 자기반성이 내적 호응을 얻을 수 있다. 실제로 1970년대 미국의 반전 시위에 결합한 참전군인단체와 1960년대 후반 베트남의 미군부대에서 이러한 단체 행동이 있었다.

그러나 베트남전쟁에서 한국군은 각 개인이 모두 "외교사절" 이 되라고까지 교육받을 정도로 자타 공히 국민국가의 구성원으로 그곳에 있었다. 이런 상황에서 50년 전의 죽음에 가해자 개인의 책임을 묻는 것은 나치 전범을 추적해 법정에 세우는 것과는 근본적으로 다르다. 누구도 개인의 양심에 함부로 개입할 수 없다. 개인/국가 책임을 모두 묻고자 했던 도쿄재판과 달리, 시민평화법정이 민간인 학살에 대한 국가의 책임을 물을 뿐 개인의 책임 문제는 건드리지 않은 이유는 명확하다. 애초에 이것은 밝힐 수 있는 사안이 아닌 것이다. 그럼에도 이를 다루어야 한다면 양심을 걸고 폭로할 누군가를 바라서가 아니라 가해자를 전제하지 않고는 인권과 평화 실천을 논할 수가 없어서다.

따라서 시민 화해 실천기의 의제를 얼굴 없는 가해자들을 대신하는 누군가의 반성, 사과로만 삼을 필요는 없다. 마찬가지로 조국근대화에 동원된 참전군인들을 연민하는 태도를 경계할 필요도 없다. 이미 깔린 판에 끌려간 주체는 고통스러운 과거에 현재의 윤리를 기입해왔다. 이대환의 「슬로우 불릿」(2001), 김광휘의 「귀인」(2014), 김태수의 『베트남, 내가 두고 온 나라』(2019)는 시민 화해 실천기의 주제의식을 담고 있다. 한국과 베트남의 젠더 위계를 역으로 이용해 한국군의 위치를 공포 영화로 재현한 〈알포인트〉(2004)에 이어 시민평화법정에서 다루지 못한 피해자의 기억이 〈기억의 전쟁〉(2018)에 기록되었다.

국방부 증언집과 다른 관점에서 참전군인을 만나려는 시도도 이어졌다. 박태균, 윤충로, 전진성이 접촉한 참전군인은 소수이고 증언 내용도 제한적이다. 속 깊은 이야기는 잘 나오지 않는다. 국가의 명령으로 '전쟁기계' 역할을 수행한 참전자를 공정하게 기술하는 것은 한국의 베트남전쟁을 윤리적으로 되짚어야 할 과거사로 인정함으로써 그것이 만들어낸 상처를 씻을 수 있다고 주장하는 것보다 훨씬 지난하고 까다로운 일이다. 많은 이들이 과거의 기억을 묻은 채 고엽제 피해자 등으로 생존해 있다. 그러나 연구자들이 만난 참전군인들의 이야기는 우리가 베트남전쟁을 잊어서는 안 되는 이유를, 민족 집단의 일원이 아니라 문제의 과거사를 구성했던 '개인'의 윤리로도 이해하도록 돕는다. 참전군인단체의 공식적 메시지와는 결이 다른 인식이 참전군인 내부에도 존재하는 것이다.

오히려 양국 청년들에게는 이 문제가 관심사가 아니다. 피해 사실이 늦게 불거지기도 했지만 베트남 청년들에게 이 문제는 지나간 과거이고, 한국 청년들은 배운 바가 없어 무지하다. 지금 양국 청년 세대는 베트남/한국을 잘 알지만 양국의 베트남전쟁에 대해서는 아는 바가 없다. 피해자를 대리해 한국에서 우리 정부를 상대로 정식 재판이 진행되고 있는 지금 평화와 인권 실천의 역사에서 이것은 중요한 변수이다. 어떤 결과가 나오든 장기적으로 그 영향은 고령자가 되어가는 피해자보다 청년 세대에 더 크게 미칠 것이다. 그런 까닭에 한국 시민사회가 불필요하게 문제를 키우고 있다는 항간의 시선은 한국 거주 경험이 있는 베트남 청년들의 과거사 인식을 통해 상당 부분 불식될 수 있다.

냉정하게 말해 이 문제는 양국 관계의 핵심도 아니나 '한강의 기적'을 일군 한국의 과거사로서 이 문제는 가해/피해의 사실 관계 규명을 넘어 전쟁자본주의가 만들어낸 복수의 가해자/피해자들이 필연적으로 얽혀 있는 지금 이곳을 이해하는 데 필요하다. 종전 후 50년이 흘러 역사의 인과율이 엮어낸 이 자리에 있는 자들은 누구인가. 우리는 어떻게 베트남전쟁과 연결돼 있을까. 양국의 전쟁에 얽힌 온갖 주체들이 만나는 해원의 난장은 불가능할까.

한국전쟁기 국가폭력 범주에 '양민 학살'이 들어온 것은 비교적 최근이지만, 평화와 인권 감수성에 끼친 영향은 작지 않다. 베트남에서 있었던 사건도 본질은 다르지 않다. 참전기보다 좌우, 세대, 젠더 갈등이 훨씬 심각해진 시대에 이 사건은 인종과 국경을 가로지르는 인권 문제가 되어 있다. 연극 〈별들의 전쟁〉 (2021)이 한국의 베트남전쟁을 지금, 여기의 전쟁으로 소환한 것은 이 문제에 답하려는 부드러운 시도다. 전위적이며, 망자와 산자의 온갖 질문이 팽팽하게 충돌하는 난장에 화해 실천의 길이 트여 있을지 모른다.

제2장

기회로서의
베트남전쟁

1. 아시아내셔널리즘의 충돌

1) 반공민족주의의 열정

베트남전쟁 종전 후 60년이 흘렀지만 한국은 아직 박정희 시대에 쓰인 공식적 기억에 대항하는 수많은 비공식 기억과 해석에 충분히 열려 있지 않다. 베트남전쟁 담론과 재현의 역사를 보는 것은 한국사회의 주류 패러다임이었던 반공민족주의의 영향력을 다시금 확인하는 지루한 작업이다. 박정희 집권기는 반공민족주의의 시대였다. 4.19 이후 터져 나온 민족주의론은 이승만 정권기에 금지되었던 통일 논의를 다시 수면 위로 끌어올렸지만 곧 반공과 경제개발론에 밀려 억압된다. 대중에게 박정희의 민족주의는 '민족적 민주주의'와 '한국적 민주주의'로 소개되었다. 핵심은 반공, 경제발전, 민주주의, 군사주의, 국가주의였다.[1] '민족적 민주주의'와 그 후신인 '한국적 민주주의'에서 알 수 있듯이, 박정희의 민족주의는 이승만의 자유민주주의를 민족/한국과 결합하고 자유를 민족, 국가에 앞설 수 없는 개인적 방종, 남용으로 격하하여 국가권력의 자율성을 강화했다.[2]

파월 담론은 이렇게 개인의 자유를 제한하고 만들어낸 박정희식 반공민족주의에 뿌리를 박고 있다. 파월 초기의 군인과 기술자들은 각자 한국을 대표하는 외교관으로 교육받았다. 군인이 군인/외교관이라는 상이한 정체성을 동시에 부여받을 정도로 파월은 경사스러운 국책사업이었다. 예고된 죽음 대신 민족의 세계 진출을 기념하는 요란한 송별식을 열었는데, 지금은 낯설기만 한 이 장면에는 60년대 반공민족주의의 특징이 드러나 있다. 파월 초기인 1960년대 중반까지도 관제/저항 민족주의는 공유 지점이 적지 않았다. 전후 지식인들은 한국사회의 지상과제로 근대화를 주장하면서 근대화의 종류를 물질적/정신적 근대화로 구분했다. 양자를 병행해야 한다고 하면서도 실은 물질적 근대화에 더 비중을 두었다. 가난 극복이 곧 전후 재건이었기 때문이다. 이론적으로는 분단 해소도 민족주의의 핵심 과제이기는 했다. 특히 1972년 7.4 남북공동선언에서 공표된 박정희정권의 대북 유화책이 닉슨독트린을 좇은 흉내에 불과했어도, 내부적으로 비상한 관심을 끌었던 것은 분단 해소에 대한 국민적 열망이 있었던 덕이다. 그러나 결과적으로 남북 관계는 전혀 개선되지 않았고, 남북이 서로를 이용해 체제를 단속하는 긴 적대적 공존기가 시작된다.

베트남 파병은 박정희정권이 한반도 바깥에서 가능한 모든 방법을 써서 반공민족주의를 운영한 한국의 과거사다. 한국은 한국전쟁이 남긴 냉전적 유산을 물려받은 적장자 역할에 충실했을 뿐 아니라 휴전론에 반대해 유산의 유효기간을 최대한 연장하고자 했다. 한국전쟁의 비극을 겪은 한민족이, 유사한 역사적 아픔

파월장병 환송

이 있는 약소민족의 미래에 대해 취한 이 모순적 태도를, 이른바 영원한 적도 아군도 없는 국제정치로 합리화하지 않고, 전후의 폐허를 이기고 '성공한 한국'이 안고 있는 본질적 문제로 접근해야 하는 까닭은 여전히 우리가 냉전적 사고가 작동하는 분단 상황에서 살아가기 때문이다.

　1965년 파병 당시 한국군은 베트남에 한국전쟁의 유산 두 개를 가져갔다. 첫째, 공산주의와 빨갱이는 지구상에서 박멸해야 한다는 냉전적 사고의 실천 의지였다. 휴전과 동시에 성공적으로 끝난 내부의 빨갱이 토벌과 별개로 공산주의는 북한과 중공이라는 인접 국가로 건재했다. 한국전쟁 이후 공산주의는 남한에서 기존의 지적 권위를 완전히 잃고 어떤 형태로든 연루된 가족 공동체의 절멸을 뜻하는 공포로 자리 잡는다. 육친의 죽음을 채 애도하기도 전에 공산주의와 빨갱이는 마을의 금기어가 되었고, 이에 연루된 가족 구성원을 부정하고 기억에서 삭제하도록 강요받았다. 그런데 누가 들을세라 '산사람'들로 불리거나 '공식적'으로 적개심을 담아 빨갱이, 공산주의자로 불러야 했던 존재들을 일상에서 예사로 베트콩, 월맹이라 부르는 시공간이 열렸다. 더욱이 한국전쟁기 산간 지역 토벌전에 참가했던 파월 장교들의 대공 투쟁은 믿음직한 경력이 되었다.

따라서 다시 실체화된 빨갱이들— 월맹과 베트콩—이 한국군에 잡혀 섬멸되는 것은 휴전으로 중단된 좌익분자들을 다시 추적해 섬멸하는 것이었다. 그런 의미에서 이 '제2의 한국전쟁'은 한국인 전체를 불온한 좌익 사상에서 건져내 '건강한 반공주의자'로 위치시키는 사상 교육의 장이었다. 박정희정권은 파병을 통해 남한을 통치할 자격이 있는 반공정권으로 미국의 인정을 받게 되었다. 파병 전 소수 논자들을 제외하고는 거의 파병 반대가 없었고, 1975년 베트남이 통일된 후 1980년대 후반까지도 참전에 대한 반성적 의식은 부재했다. 부정적이든 긍정적이든 참전을 돌아보는 움직임도 1992년 한베 재수교가 현실화되면서였으니, 민주화 이전 한국사회는 그때까지도 한국전쟁의 유산을 착실히 지키고 있었다.

둘째, 전후의 폐허에서 기인한 속도전과 성과지상주의였다. 박정희에게 경제개발은 쿠데타로 탄생한 정권의 비정통성 문제에 대응하는 길이었다. 조국근대화 시기와 정확하게 일치하는 파월 기간 내내 베트남전은 달러가 들어오는 돈줄이자 파월 부대가 앞장서 한국에서도 막 시작되고 있었던 '근대화' 계획을 관철하는 특수한 시험장이었다. "싸우면서 건설하자"는 구호대로 한국군사령부의 지휘 아래 충성스러운 한국군은 주둔지에서 파월 기술자와 교민들을 통솔하며 한국식 근대화를 추진하는 한편, 전쟁 과정에서 반공정신이 약한 베트남인들을 계도하려는 반공 전도사를 자처했다.

베트남에 도착한 군인들은 한결같이 냉랭한 현지인들의 태도에 실망하다가 전투를 겪으면서 더욱 이해할 수 없는 광경을 접했다. 전시 베트남인들의 극단적인 여유(씨에스타)와 게으름에 놀라고, 묘하게 이를 닮은 미군의 호화판 병영생활에 다시 놀라면서 그 반작용으로 더욱 한국식 군대 운영을 통해 속전속결 성과주의의 효용성을 입증해나간다. 부대 주둔 기간이 길고 순응적인 마을을 중심으로 '한국식' 대민작전을 편 것도 마을 단위 전쟁의 이점을 활용한 것이었다. 그러나 작전이 베트콩을 돕는 주민들과 충돌하며 한국군이 악명을 얻는 사건들이 곳곳에서 벌어졌다.

반면 베트남전쟁 종전 후 한국사회는 대북 승공의 길에서 베트남전쟁이 안긴 문제에 직면한다. 한국사회에 복귀한 참전군인들의 피해 보상을 위시해, 국내에 정착한 베트남 난민들과 라이따이한 등은 한국사회가 여태껏 마주한 적 없는 소수자들이었다. 한국전쟁이 만든 상이군인, 전쟁고아와도 달랐던 이들이 당장 보상을 요구하거나 단체로 세력화되지는 않았지만, 1990년대 후반 진보 진영에서 반공국가주의에 맞서 대항 기억을 형성하기 시작했을 때 참전 당시의 반공민족주의는 참전군인 대 시민사회 진영의 갈등으로 불거졌다. 시민사회의 대항 기억 투쟁은 기존의 반공민족주의적 베트남전쟁 담론에, 살아남은 베트남인 피해자들의 기억을 기입하려는 의미화 실천이지 반공민족주의의 기억을 일방적으로 매도하고 시비하려는 싸움이 아니었다. 그럼에도 이것은 (죽은 줄 알았던) 빨갱이들의 역습으로 간주되었고, 과거 베트콩을 색출하듯이 대항 기억 생산자를 색출하려는 참전군인단체와 여기에 맞서는 시민사회 진영의 충돌로 격화돼 다분히 시대착오적인 포스트 냉전 구도를 형성하며 사회적 갈등이 심화되었다.

한편으로 이것은 참전군인 집단이 반공민족주의에 희생된 자신들의 피해자성을 공개적으로 주장하는 계기가 되었다. 국가가 존속하는 한 모든 정부는 이전 정부의 숙제를 풀 의무가 있고, 그것은 피해자 보상이나 배상에 그치지 않는다. 그러나 박정희 정권의 유산을 물려받은 80년대 군사정부는 전쟁 후유증을 앓는 하위 참전군인 집단의 구제 요청을 무시했다. 전후 10년 만에 중국에서 돌아온 일본인 전범 귀환자들도 아니건만, 1994년이 되어서야 비로소 '참전군인등지원에관한법률(참전유공자법)'이 제정되었으니 파병이 고양한 반공민족주의의 열정은 종전 30년이 흐를 때까지 '국가주의'를 벗어나지 못한 셈이다.

2) 베트남민족주의와의 조우

베트남은 한국인들의 예측보다 훨씬 반공의식이 낮았다. 1960년대까지는 북베트남군이 아니라 베트콩이 전쟁을 주도했다. 베트콩과 내통하는 주민들의 반제민족주의 앞에서 한국전쟁과 유사한 상황을 기대한 한국군은 크게 당황했다. 사정은 특파원들도 마찬가지였다. 본래 특파원은 관록 있는 중견 기자가 적임자지만, 베트남에는 젊은 사회부 또는 정치부 기자들이 대거 특파되었다.[3] 전장이라는 특수성도 작용했겠으나 이들은 청년기에 4.19혁명의 민족적 열정을 경험한 엘리트로서 비동맹운동 및 아시아, 아프리카 지역의 민족주의와 베트남전쟁의 관계를 객관적 시각에서 분석, 기고할 수 있는 위치에 있었다.

하지만 현실은 달랐다. 특파원들은 한국군을 쫓아 정부 대변인과 다름없는 기사를 썼다. 현지에서 장교에게 양민 학살을 따지다 쫓겨나는 기자가 없지는 않았지만, 신문사 부장을 교대로 베트남에 데려가 주지육림에 빠트리는 정부의 '위문 행사'를 거절하는 이는 많지 않았다.[4] 전선에 가지 않고 "사이공의 호텔에 앉아서 외국통신 기사나 보고 베껴서 기사를 보내는" 풍토에서[5] 한국군 무용담 위주의 과장 보도와 편파성, 비과학성, 오보 등으로 점철된 보도가 나왔다.[6] 언어 장벽, 부족한 취재비, 차량 문제 때문에 군의 협조 없이 개인 저널리스트로는 활동하기도 어려웠으니[7] 서방, 일본인 특파원보다 취재 환경이 좋았다고는 볼 수 없겠다. 이런 이유로 이들의 '파월 통신'[8]이 상기한 내용 외 베트남민족주의를 언급하고 있는 부분은 아시아내셔널리즘과 관련해 주의 깊게 볼 필요가 있다.

제2차 세계대전 후 식민지로부터 독립과 국민국가 건설을 표방한 아시아내셔널리즘은 지정학적·정치적 유사성에도 불구하고, 중공정부 수립 및 한국전쟁을 겪은 50년대 지식인들에게는 이념적 '경계' 대상이었다. 반면 1956년 이념적 동맹 관계를 맺은 베트남에 대해서는 사실 크게 관심이 없었다.[9] 1960년대 중반 무렵에는 일단의 진보적 지식인들이 탈냉전 시대를 조망하며 아시아·아프리카 지역에서 민족주의를 표방한 중립 세력에 적지 않은 관심을 표했지만,[10] 한국인들이 실질적으로 아시아내셔널리즘과 조우하게 된 곳은 관심도 없었던 베트남의 전쟁터였다. 베트남은 제3세계의 파워를 실감하는 아시아내셔널리즘의 구현장이었고, 한국과 베트남의 이념적 동질성이 의심될 정도로 반제 민족의식이 깊었다.

특파원 수기에서 이것은 공식적인 파월 담론의 핵심 항목을 뒤집어봄으로써 확인된다. 공식적으로 당시 국민을 설득했던 한월 운명공동체론은 베트남과 한국의 역사적·이념적 유사성을 바탕으로, '월남 수호'가 곧 한국 방위임을 주장하기 위해 식민지 경험, 자유민주주의 수호, 불교 문화권 등 공통점을 강조했다. 그러나 가장 중요한 국민의 이념적 노선이 한국정부의 말과 달랐다. 파월 초기였던 1966년 9월, 월남에 도착한 특파원 박안송은 먼저 월남에 와있던 D일보의 B기자를 만나 "제 정신으론 못 배기"는 전황이 서방 쪽 여론과는 다르며, 미군들은 전선에서 '째

즈'를 부르고 월남군은 '코카사스'춤을 추는데 한국군만 착실하게 베트콩을 몰아내고 있다[11]는 말을 듣는다. 그런데 자찬에 그쳤을 에피소드가 사이공 모 신문사 정치부 여기자가 합석하며 새로운 국면에 접어든다. 그녀는 존슨행정부의 전쟁 확대와 연합군을 끌어들인 남베트남정부의 의존적 태도를 비판함으로써 한국군의 개입을 비판한다. 이에 박안송은 남베트남정부의 허약성에 대해 한국전쟁 때 유엔군이 "한국에 대해 아무런 야심도 없었"듯이, 오늘 미군과 한국군의 희생은 다만 "공산주의 침략으로부터 당신들을 지켜주자는" 것뿐이라는 '준비된' 항변으로 기자를 몰아붙인다.

이 장면 자체는 있음 직하다. 그러나 지식층뿐 아니라 베트남 국민 대부분이 비슷한 사고에 젖어 있다는 B기자의 지적은 파월 초기에 느낀 현지 분위기를 정확하게 보여준다. 베트남의 인텔리를 만난 경험을 소개하는 다른 수기에서도 유사한 에피소드는 상당히 많다.[12] 이런 식으로 기자들에게 베트남민족주의는 베트남인들이 외세를 대하는 태도에서 체감되고 있었다. 베트남은 전후 아시아내셔널리즘의 이중 과제 — 지배로부터의 자유(반외세)와 빈곤으로부터의 자유(반빈곤)[13] — 중 전자를 획득하기 위한 투쟁이 벌어지는 '전선 없는 전쟁터'였다. 한국군이 기대했던 현지의 협조적 태도는 보기 어려웠고, 자유세계 수호군 또는 '한국군 대환영' 류의 국내 보도는 도착 즉시 거짓으로 드러났다. 베트남인들은 처음부터 협조적이지 않았고, 한국군에 대해서는 무관심하고 무표정했다. 바로 이 무관심, 무표정, 비협조성이 수기에서는 월남인의 게으름, 의욕 상실, 심지어 비주체성의 징표, 도무지 이해 불가능한 전시 하 월남인의 태도로 기술되었다.

그러나 베트남은 종교조차 정치적인 곳이었다. 국내에 잘 보도되지 않았을 뿐 불교의 영향력은 남베트남정부의 운명을 좌우했고, 승려들은 서방 기자를 통해 승려들의 분신과 시위 장면을 보이며 세계의 여론을 움직이고 있었다. 이러한 '베트남전의 특수성'을 이해하려면 전자와 관련해 제2차 세계대전 후 베트남민족주의가 경제적 빈곤보다 정치적 자유를 추구했음에 주목해야 한다. 앞에서 본 기자뿐 아니라 한국군이 만난 주민, 특파원들이 만난 대학생들 또한 공산주의는 싫지만 "월남의 문제는 월남인의 손에 맡겨야 한다"고[14] 답했는데, 반공 진영에 확실하게 편입해 빈곤 탈피가 목표인 60년대 민족주의를 체화한 기자로서는 이러한 태도가 모순적이다 못해 정신적 분열 상태에 있는 것으로 보였다.

특파원들은 박안송처럼 베트남인들의 이러한 태도가 반공국가의 국민된 정체성에 위반된다고 생각했다. 투철한 정신 무장만이 전쟁의 피해를 최소화할 수 있다고 주장하며 자주를 욕망하는 베트남전쟁의 본질을 무기력한 남베트남정부와 이러한 정부 아래 좌표를 잃은 국민의 정신적 혼란으로 이해했다. 그 결과 베트남인들의 비협조적 태도는 수동적 '체념', '혼란'이 되고 베트남은 전쟁에 지친 사람들이 사는 낙후된 땅으로 이미지화된다. 그러나 이것이 사실이 아닌 것은 빈곤을 다루는 글에서 드러났다. 한 특파원의 말대로 베트남은 가난하고 한국에 비해 도로, 의료,

학교 등 근대적 인프라가 부족하지만 천혜의 자연환경 덕에 대불 항전기부터도 굶어 죽는 이는 드물었다. 삼모작이 가능한 온화한 기후 덕에 '먹는 문제'에 관한 한 한국전쟁 후 10년이 지났어도 오히려 한국보다 양호했다.[15] 절박한 것은 외세로부터 해방이지 한국처럼 굶어 죽지 않으려고 빈곤 탈피를 외치지 않았다.

둘째는 호치민과 베트콩 지도부의 지도력이었다. '인천상륙작전'으로 한국전의 흐름을 돌려놓은 미국은 하노이를 상대로 고전을 거듭했다. 공식적으로 미국은 악(공산주의)과 싸우는 선(자유세계)의 수호자로 이 전쟁을 주관했으나 디엠정권이 실각한 후 베트남 군부에 대한 통제력을 잃으며 1960년대 내내 사이공에서 쿠데타가 일어났다. 이에 반해 하노이정권은 끊임없이 북베트남군을 보내면서 전쟁의 주도권을 쥐고 있었다. 사이공의 권력 투쟁은 종종 미국의 의지에도 반했다. 서방 기자조차 "월남에서 군부 세력 '군대'의 내막을 알아낸다는 것은 월남전쟁의 해결 방법을 알아내는 거나 마찬가지로 어렵다"[16]라고 쓸 정도였다. 그 결과 베트남에 불신과 혼란의 씨앗을 뿌린 '디엠정권의 부패'를 강조할수록 호치민의 지도력이 부각되었다.

모든 저서에서 호치민은 중요하게 다루어졌다. 공보부에서 출간한 『오늘의 월남』(1966)은 호치민의 경력을 상세히 소개하며 호치민이 신비에 싸인 인물이고 경력 또한 과장된 측면이 있지만 그를 만나본 서양인들이 비범한 인물, 청렴결백한 혁명가, 온화하고 좋은 성격을 꼽았다고 기록한다. 호치민은 "북베트남의 강력한 지도자로 존재하고 대중을 매혹하는 힘"을 가진, 필요에

호치민

따라 민족주의와 공산주의를 왕래하며 대중의 지지를 얻는 정치인이었다.[17] 반면 남베트남에는 지도자가 없었다. 그 때문에 아무리 미국이 프랑스와 달리 베트남을 착취하지 않고 "오직 共産勢力의 東南亞進出을 저지하는 데 유일한 目的"[18]이 있어도 베트남인들은 미국을 믿지 않았다. 오히려 미국이 하노이의 게릴라 투입에 맞서 주민과 베트콩을 갈라놓고자 1962년부터 추진한 전략촌(戰略村) 계획은 베트콩의 활동 무대만 넓혀주었다. 1만 4천 개 전략촌은 초반에 성공적으로 운영되는 듯했지만, 디엠 몰락 후 결과적으로 베트콩의 근거지가 되었다.[19]

한국군은 미군이 떠넘긴 전략촌을 받았다. 중부 지역 전략촌 평정이 한국군에 떨어진 것이다. 공중에서 폭탄을 투여하는 미군들보다 베트콩과 맞붙을 확률이 월등히 높은 마을에서 한국군은 주민 속 베트콩을 만나게 된다. 당시 베트콩을 지칭하는 "민족주의의 탈을 쓴 공산주의자" 표현은 공산주의의 위장술을 꼬집는 수사가 아니라 마을에 깊이 들어온 베트콩 세력에 대한 한국군의 놀라움을 표현한 것이다. 미군은 베트콩 세력이 강한 중부 지역 마을 작전에 무력했고, 베트콩은 한국군 평정지에 홀연히 출현해 전쟁의 흐름을 끊고 속개했다. 정보가 없어도 한국군은 마을에서 이들이 주민의 지지를 받는 것을 체감할 수 있었다.

이 사정은 자아 분열적인 '리더'로 등장하는 미국과 베트콩 대비에서도 확인된다. 적지 않은 자료에서 미국은 프랑스를 이어 제국발 문화적 혼종성을 '부정적'으로 유지/창출하는 전쟁의 주재자다. 미군은 사이공에서도 베트콩의 공격을 받았다. 남한의

베트남 농민들 속 베트콩 용의자

공산화를 막고자 추운 바닷길과 육탄 돌격을 마다하지 않았던 한 국전쟁의 구원자는 번번이 제대로 무장도 못한 베트콩에 당했고, 전장에서는 맥주와 여자에 빠져 있었다. 반면 "품팔이 인부들이 종사하는 업종까지" 파악하고 있었던 베트콩들은 "전투를 하나 심리전에 나서서나 항상 소수 인원으로 월남군에 대항"했다.[20]

훗날 이 광경은 종종 베트콩의 자폭 공격과 대비되는 미군의 타락으로 소설화되었다.「머나먼 쏭바강」,「무기의 그늘」속 베트콩은 피식민지 근대성이 착종된 도시에서 술에 취해 달러를 뿌리는 미군과 싸운다. 그리고 기자들은 이러한 감정을 '사이공 인상기'를 통해 '같은 동양인'으로서 착잡함과 외세를 싫어하는 베트남의 민족감정을 옹호하는 식으로 수용하지만, 이와 별개로 베트콩이 장악한 전략촌을 평정한 주체는 '놀고 즐기는' 미군이 아니라 '싸우고 일하는' 한국군이었다. 베트남민족주의를 꺾는 것은 한국군의 과업이었다.

3) 베트남민족주의를 보는 내부의 관점

미군은 사이공을 일상적으로 활보했다.[21] 이 매혹적인 '동양의 파리'는 식민지의 역사를 도시의 본질로 껴안고 미군의 달러 덕에 불가사의한 호황을 누렸다. 미군의 휴가지이기도 한 사이공의 혼종성에 대한 기자들의 시선은 국적을 막론하고 즉물적이며 독자의 호기심을 자극하는 관음증적 면모가 있다.[22] 주월한국군 사령부가 있을 뿐 한국군 사병들은 거의 올 일이 없는 사이공은 한국군의 '군기'를 비추는 거울로 우방국 미국에 대한 양가적인 감정을 표상했다. 특파원들이 한국군의 도덕적 타락을 부추기는 미군의 모습에 반감을 갖는 것은 베트남의 풍토와 관습을 모르고 오직 폭탄만을 투하하는 미군을 보는 한국군의 시선과 흡사한 데가 있다. 기자들의 눈에 미군은 한국군이 정글을 '기는' 동안 에어컨 아래서 '놀이'처럼 전쟁을 치르고 있었다.

한국군이 주로 베트콩을 상대한 것이 한국전쟁의 기억을 끌어왔다. 베트콩이 북베트남의 지휘 체계 하에 있으면서도 독자적인 작전권이 있는 것은 한국전쟁 당시 남로당 세력과 북한정권의 관계로 보일 법했다. 빨치산 토벌 경험이 있는 장교들일수록 그러했다. 하지만 싸움의 규모와 민심의 향배는 판연히 달랐다. 남로당이 대규모 토벌 작전에 당하면서 민심 획득에도 실패한 반면, 베트콩은 다수 지역에서 민심을 얻고 전쟁 물자를 조달받으며 자신들의 싸움을 이전의 항불전쟁을 잇는 민족해방전쟁으로 선전했다. 베트콩은 심지어 정부군 우세 지역에서도 태연히 작전을 수행했다. 한국 언론은 이 기묘한 양상을 베트콩에 휘둘리는 주민들, 단결하지 못하는 습성 등으로 설명했지만, 남베트남정부를 불신하는 현지의 민심이 그러했다. 호치민은 어디서나 사심 없는 민족의 지도자로 존경받았다. "어떤 형태로든 전쟁이 끝나"기를 바라는 민심은 베트콩과 북베트남에 더 호의적이었다.

게다가 많은 남베트남인들은 정부군과 베트콩에 가족 구성원이 고루 포진해 있었다. 한국전쟁기 남한에도 이러한 뒤섞임이 있었지만, 베트남처럼 베트콩이 조직적으로 우세하지 않았다. 이 차이는 중요하다. 거칠게 표현해 민중의 지지를 봤을 때 한국전쟁기 남한의 사회주의가 민족을 위한 사상이기보다 소수 지식인의 것으로 보였다면, 베트남인들은 가족 내부의 베트콩을 통해 수탈자와 싸우는 민족주의로서 사회주의를 보고 있었고, 한국군은 이러한 베트남인들의 태도를 친공산주의로 간주하고 전략촌을 한국식으로 운영하는 데 힘을 쏟았다. 파병 반대 당론에도 불구하고 1966년 한국군 격려 차 베트남을 찾은 야당 대표 박순천이 "비옥한 월남 땅"에 감동하여 "가난한 한국인이 한 사람이라도 더 많이 와서 한국의 얼을 심기를 바란"[23] 것도 한국식 개척에 도취된 반공개발국의 도착적 욕구를 표출한 것이다.

사실 베트남전쟁은 공산 진영, 특히 소련에도 적지 않은 부담을 안겼다. "어느 쪽이 '승리'했는지보다는 냉전 구조의 핵심국인 초강대국의 헤게모니가 양쪽 모두 저하"[24]되었다는 점에서 통일 베트남은 제2차 세계대전 후 약소민족이 자신의 뜻대로 진정한 국민국가를 세운 최초 사례였다. 만약 한국사회가 이 전쟁을 '잊은' 전쟁으로 두지 않고 학술적으로든 정치적으로든 깊이 탐구했다면, 지난날의 경색된 반공적 관점을 탈피한 평가가 가능했을 것이다. 이것은 통일베트남이 노정한 문제를 간과하거나 무시하는 것이 아니다. 통일베트남은 난민과 전후 재건 문제에 부딪혀 '가난을 함께 나누는 사회주의'를 폐기하고, 과거의 적에게 문호를 개방하게 된다. 이렇게 보면 피식민지 민족해방의 역사에서 베트남전쟁은 약소국의 찬란한 국민국가 건립 이상이 짧게 구현된 데 지나지 않지만, 그럼에도 참전 기간 동안 탈냉전적 관점에서 베트남전쟁을 이해하려는 지식인 사회의 움직임이 없었던 것은 한국 정치사는 물론이고 지성사에서도 큰 결핍이다.

물론 당시 피식민지 독립국 민족주의에 대한 논의가 전혀 없지는 않았다. 일부 지식인 그룹이 1950년대 후반의 반둥(Bandung) 정신과 비동맹운동을 탈냉전의 중요 신호로 소개하고 한국의 좁은 외교 정책을 비판하며 여기에 베트남민족주의를 끼워 넣은 시각은 1968년 통혁당 사건으로 폐간된 잡지 『청맥』에

박순천 민주당총재 월남파병부대 방문

잘 드러나 있다. 젊은 진보적 지식인들이 주요 필진이었던 『청맥』은 당대 다른 잡지와 달리 미소 양극 구조를 탈피하려는 아시아, 아프리카 각국의 민족적 주체성을 탈냉전기의 시대정신으로 파악했다. 다른 매체와 달리 아시아민족주의의 관점에서 베트남전쟁을 다룬 것이다.

『청맥』은 창간호부터 베트콩 게릴라 한 명의 전투력을 월남 정부군 20명에 비견하면서도 베트콩들이 대부분 월남 출신인 점을 들어, 베트남전쟁이 내전이라는 공산 측의 주장에 대해 미국이 이를 반박할 "명확한 증거를 제시할 수 없는 결정적 모순에 도달"[25]한다고 썼다. 또 한국과 베트남의 대미 경제 의존은 약소국이 반둥 정신에 호응하는 세계사적 흐름에서 떨어져 스스로를 시대착오적으로 객체화하는 것이고, '드골 식 중립화'로 전쟁이 끝나리라 보았다. "아시아의 아시아를 자각하려는 조류 속에서 아시아적인 새로운 국가가 탄생될 전망"을 예측했다.[26] 또 다른 논자는 베트남전쟁을 패권국 미국과 아시아에서 부상하는 중공의 대리전쟁으로 파악하면서 "중공의 三反투쟁(反제국주의·反식민주의·反수정주의) 중 반제국주의가 라오스와 베트남에서 실천되고 있다"[27]고까지 의미를 부여했다. 미소 양극 구조가 붕괴되는 국제정치를 수용해 중공의 부상을 아시아민족주의와의 접합으로 읽어낸 것인데, 베트남의 입장을 더 부각한 글도 있었다.

> 베트남 민족이 가진 영웅상은 '나포레옹'이 아니라 '짠·다크'다. (…) 베트남 오천년의 역사는 침략에 대한 저항으로

이어져왔다. (…) 외유내강의 베트남인은 전투 요원으로서 적격인 것이다. 베트남 사람들의 외국인 배척도 저항의 역사와 함께 뿌리가 깊다. 친미적 월남정부군의 장군들마저도 미 대사관 측과 의견 대립을 보이고, 월맹이 중공의 개입을 달갑지 않게 여기고 있는 것 등이 모두 이국인에 대한 불신이 공통적으로 작용하고 있는 것이다. 친미적인 월남정부군의 장군들마저도 때로는 원조사령부와 미 대사관 측과의 의견 대립을 보이는 것이나 월맹이 '베트남'전쟁에서 中共의 개입을 그렇게 달갑지 않게 여기고 있는 것도 앞의 경우에는 대중의 '내셔널리즘' 압력이 작용하는 것이겠고, 뒤의 경우에서는 정치상 전략상의 고려가 있겠지만 異國人에 대한 不信이 공통으로 작용하고 있다고 볼 수 있다.[28]

『아세아』, 『창작과비평』 등 당시 신생 잡지에 비해도 직설적인 『청맥』의 태도는 한국의 대미 일변도 외교 노선 변화를 촉구하는 편집위원들의 시각이 반영된 것이다. 이 글은 아시아민족주의를 지지하는 중공을 강조한다기보다 베트남의 반제민족주의를 경시한 미국의 판단 착오를 지적하는 데 역점을 두고 있다. 전투병이 파병되기도 전에 전남석은 "삼백 년의 백인 식민지가 동남아에 남긴" 가난이 사회주의에 우호적인 민족주의자를 양산했고, 현재 그 대가를 치르고 있는 미국이 동남아시아에서 약속한 반공 경제개발이 특권층의 부패만 부추겼기에 "'반공성곽'이

재빨리 유실되어 버린 곳이 바로 베트남"[29]이라고 단정했다. 다른 곳에서는 볼 수 없는 관점이다.

파병을 반대했던 장준하가 발행한 『사상계』는 1967년 12월 전직 특파원 6인이 무려 7시간 좌담회를 열어 국군의 성과와 전쟁의 향방을 토론했다. 참석자들은 한국의 파월 대책이 소홀했다는 데 의견이 일치한다. 한국이 월남인의 감정을 충분히 고려하지 않고 작전을 밀어붙이고, 기술자 또한 단순 노무자들이 들어오는 바람에 대한(對韓) 감정이 악화되고 있는 사정, 특히 사이공에서 한국군의 민간인 학살에 대한 소문이 퍼진 것을 확인할 수 있다. 한마디로 한국이 성과를 얻고자 모든 면에서 지나치게 서두른다는 것이다. 파병 후 한국군의 전투성과가 최고조에 이른 해에, 국내에서 잘 모르는 논점을 두루 짚으며 언론의 태도를 반성하고 있는 것이 특징적이다. 농민 베트콩의 정체에 대해서는 공산주의와 민족주의를 놓고 참석자들의 의견이 갈리나 베트남인들의 "외세에 대항하는 저항정신"에 대해서는 대체로 공감하는 등 각자 특파원으로서 체감했던 현지 분위기를 진솔하게 고백했다.[30] 아마도 당시 장준하와 정권의 대립 관계가 작용했겠지만, 모처럼 '언론인'들이 모인 좌담회다웠다.

1970년 『창작과비평』은 긴 침묵을 깨고 등장한 송영의 「선생과 황태자」를 실었다. 1968년 발생한 맹호부대 양민 학살 사건이 주 모티프인 만큼 『창작과비평』 편집진이 1966년 창간 후 처음으로 파병에 대한 시각을 간접적으로 드러낸 셈이다. 양민 학살죄로 '억울하게' 복역 중인 작중인물의 섬뜩한 태도는 양민과 베트콩을 구분할 수 없는 전장을 냉소적으로 꼬집으며 중견 월남 작가 송영의 이력에 힘입어 전쟁의 광기를 폭로하는 전후문학의 계보를 잇는다. 1972년 여름호에는 리영희의「베트남전쟁(1)」이 실렸다. 치밀한 외신에 근거해 베트남전쟁의 본질을 다각도로 기술한 리영희의 이 '논문'은 잡지를 구독하던 독자들에게 깊은 인상을 남긴다. 이 글에서 리영희는 고 딘 디엠과 호치민이 베트남전쟁 전부터 이미 식민지 해방과 독립운동의 지도자였던 점을 지적하며, "베트남에 관한 한 민족주의는 본질이고, 나머지의 철학은 해방 투쟁의 방법론과 식민에서 해방된 사회의 체제에 대한 구상으로 나타났다"고 단언했다.[31] 이 글은 1975년 여름호에 발표된「베트남전쟁(3)」과 함께 이후 베트남전쟁을 이해하는 필독서가 된다. 그러나 이 글이 실린 1972년은 휴전이 기정사실화돼 국내에서도 공정한 보도를 원하는 목소리가 나오고 있었기에 리영희의 독보적인 작업에도 불구하고 지식인 사회에서 베트남전쟁이 비판적 의제로 깊이 다루어진 것은『청맥』이 유일했다.

4) 냉전과 내전의 변주

한국전쟁, 냉전이냐 내전이냐

한국전쟁은 오랫동안 국제전으로 알려졌다. 1980년대까지도 스탈린의 의지에 따른 남침론이 우세했으나 1981년 브루스 커밍스가 내전적 성격(「한국전쟁의 기원」)을 강조하면서 변화가 일어난다. 그는 몇 차례에 걸쳐 해방기에 축적된 내전적 요소와 미군정의 정책을 근거로 "한국전쟁은 내전"이라고 단언했고, 그의 시각은 "그 정치적·사회적 중요성 때문에 오랫동안 억압과 금기에 갇혀 있어야" 했던 국내 한국전쟁 연구[32]의 새로운 준거가 되었다. 커밍스의 연구가 1986년에 번역, 소개되면서 김학준의 연구[33]와 함께 국내에서도 1990년대의 탈냉전적 흐름에 호응하여 남침 유일설을 벗어나게 된다. 한반도에서 일어난 전쟁조차 커밍스를 비롯한 서구 학자들의 작업으로부터 일종의 지적 라이선스를 받았다는 것은 내부에서는 국제전적 성격이, 외부에서는 내전적 성격이 강조되는 것을 생각할 때 한국사회의 레드컴플렉스를 빼고 설명하기 어렵다. 이후 다시 국제전적 성격에 주목한 박명림과 비수정주의적 내전론이 나오면서 2000년대 이후 한국전쟁은 냉전과 내전의 복합적 성격을 띠는 것으로 규정되었다.[34] 최근에는 한국전쟁의 사회사적 연구도 활발하다.

그러나 학계에서 한국전쟁의 성격이 어떻게 규정되든 전쟁을 겪은 민중에게 이 전쟁은 태평양전쟁의 기억이 살아 있는 가운데 민족이 남/북으로 나뉘어 싸운 내전이었다. 그것도 남한의 각 마을과 마을 간 단위에서 신분, 계급, 종교와 이념을 촉매로 복합적 갈등 구조 속에서 전쟁이 진행되었다.[35] 이러한 한국전쟁의 사회사적 연구는 2000년대가 넘어서야 시작되지만, '마을로 간 한국전쟁'은 한국 문학사에서 문인들이 진작부터 다루어온 중요한 주제였다. 전후문학의 흔한 갈등 구조가 바로 좌우익 단체가 번갈아 마을을 점령하고, 거기에 휩쓸린 주민들이 차례로 복수극을

한국전쟁 당시 전쟁고아

벌이다가 마을 공동체가 훼손되는 내용이나. 이것은 이 선쟁이 민족 내부의 전쟁이라는 환유다. 이러한 서사의 궁극적 메시지는 이와 같은 비극이 다시는 되풀이되지 않아야 한다는 것이나 이것이 전후문학의 휴머니즘을 떠받치는 중요한 인식일 때, 내전으로서 한국전쟁에 대한 민족 구성원의 태도는 다분히 이론적이고 추상적인 세계사적 '냉전'보다 강렬한 정서적 반응 — 민족 공동체 훼손 — 을 유발할 수밖에 없다. 민중에게 한국전쟁은 미/소 '대리전'이 아닌 남과 북의 전쟁이었다. 이념보다는 불쌍한 상이군인과 피난민이 겪은 전쟁 현실을 드러낸 한국전쟁기 비종군작가들의 태도,[36] 미군의 존재를 지우고 동족상잔을 강조한 60년대 한국전쟁 영화가 이를 뒷받침한다.[37]

같은 민족끼리 총부리를 겨눴다는 고통스러운 인식은 전후문학의 단골 주제였다. 특히 장년기에 한국전쟁을 겪은 작가들이 좌/우익으로 갈라진 가족, 마을, 공동체의 상처를 고발하고 이데올로기를 초월하는 용서와 화해를 주장했다. 전후의 폐허와 환멸을 세대론에 담아 표출한 전후 세대보다 그들의 선배인 우익 문인들이 전후문학의 한 특징으로 선보인 '정한의 미학'을 탈이념적인 수동적 정서로만 보는 것은 문학사를 지나치게 한 방향으로만 보는 것이다. 문협 정통파였던 황순원과 오영수가 한국전쟁 이후 전쟁을 회상하며 쓴 작품들의 가장 빼어난 성취이기도 한 이러한 정서에는 이데올로기를 배제하고서라도 우리는 한민족이라는 것을 잊지 말아야 한다는 메시지가 깔려 있다. 때로는 초월적 힘을 빌어서라도 내전의 폭력적인 운명에 지지 않고자 용서와 화해를 추구했다.

「학」, 「나무들 비탈에 서다」, 「모든 영광은」의 인물들은 하필 전시에 적으로 만났으나 형제애와 동료애를 나누었던 기억 때문에 갈등에 휩싸인다. 이들은 상대방에 의해 가족을 잃은 처지에서도 적개심이 가라앉으면 얄궂은 운명을 탓하지 '눈에는 눈'과 같은 보복심에 불타 복수하지 않는다. 이러한 재현이 과연 작가들의 예외적인 윤리의식의 소산이었을까. 반대로 그러한 보복이 믿기지 않을 정도로 흔했기 때문이 아닐까. '진실화해를위한과거사정리위원회'의 보고서나 한국전쟁기 민간인 학살 조사보고서는 예상을 뛰어넘는 좌우익 간의 참혹한 학살을 보여준다.[38]

보고서에 따르면, 한국전쟁기 유형별 진실 규명 건수 중 '적대세력 관련사건'은 1,445건(17.65%)[39]으로 군경 관련사건(3,079건, 37.61%), 예비검속/보도연행/형무소 관련사건(3,414건, 41.7%)보다는 적지만, 중요한 사실을 일러준다. '전시 특수성'이 전제된 후자들의 수치에 비해 노골적으로 '감정적 보복'을 환기하기 때문이다. 가장 많은 건수는 국가권력에 의한 민간인 희생(150건)이지만, 감정적 보복의 경우 마을 전쟁의 특성상 좌우익 가운데 어느 쪽이 일방적으로 당했다고는 할 수 없을 것이다. 그러나 같은 피해라도 군경, 국가권력이 전면에 나선 좌익 혐의자 처벌은 속성상 진실 규명도 어렵고 그 후로도 연좌제에 엮이면 유족들은 불가촉천민이 되어야 했다. 이를 고려할 때 위원회 보고서는 우리 전후문학이 왜 이데올로기와 정면 대결하기보다 마을 공동체 복원에 집중했는지 이해할 단서를 제공한다. 전쟁은 끝났지만 누구도 함부로 민간인 학살을 말할 수 없었다. 그러나 이것은 '발 없는 말'이 되어 퍼졌고, 황순원이 그랬듯이, 사방으로 뻗친 작가들의 안테나는 곳곳에서 이를 수신했다. 이런 전쟁은 다시 없어야 했다.

그러니 문협 작가들의 전후문학이 손창섭, 장용학 등의 전후 세대에 비해 유독 화해, 용서, 포용의 메시지를 담고 있는 것도 보수 우익을 지지해 이념과 정면 승부하기를 꺼려서라기보다는 당시 문학의 영향력을 보건대 오히려 좌우익 세력에 의한 민간인 학살을 즉자적으로 그렸을 때 벌어질 사회적 갈등에 대한 기피였을 가능성이 있다. 사실 남한의 이데올로기 지형에서 한국전쟁이 내전인 증거는 인민군 점령지에서 발생한 좌익에 의한 학살로 충분했다. 이는 보도연맹 사건 등 우익에 의한 학살이 상대적으로 후방의 전투 행위로 간주되었기에 더욱 그러한데, 이 최소한의 기피 심리가 작동하지 않을 경우 한국전쟁은 이념을 괄호치고 마을 구성원들이 저주에 걸린 듯이 상호 보복하는 자연주의 기법으로 기술될 위험이 있었다.

그 위험성은 방영웅의 소설 「분례기」에 잘 나타나있다. 「분례기」에서 '마을로 간 한국전쟁'은 적대 세력에 당한 피해자가 다시 가해자가 되면서 마을 공동체를 파괴한다. 어떤 전망이나 반성적 의식 없이 기계처럼 반복되는 보복극을 서술하는 서술자의 태도는 마을의 이 불행이 불가항력의 운명이라고 선언하는 듯하다. 운명을 거부하고 싸울 의지가 없는 사람들은 속수무책 보복극에 휩쓸린다. 전후 세대로서 방영웅이 그린 운명 같은 전쟁은

한국전쟁 중 벌어진 보도연맹사건 관련 민간인 학살

이런 면에서 이 전쟁이 전후 세대의 책임이 아니라는 손창섭의 도저한 허무주의와 통하는 구석이 있다.

이에 반해 적이 된 형제 앞에서 고뇌하고 친구를 놓아주는 「학」, 산에서 이동 중 서울에서 끌려온 인텔리 청년을 놓아주는 「내일의 삽화」 속 인민군 장교는 전후문학의 온정주의나 소박한 휴머니즘이 실은 한국전쟁의 내전적 요소에 대한 집단적 정동의 표출임을 드러낸다. 이 의미 있는 반성적 자의식을 달리 표현하면 동족상잔이라는 양가적 분열의식을 뚫고 배태된 집단적 죄의식일 것이다. 전후 한국사회를 지배한 레드컴플렉스에도 불구하고 여전히 민중의 의식 저변에는 이웃, 친척, 친구를 (적극적으로) 고발하고, (소극적으로) 그들의 처지를 외면함으로써 홀로 살아남았다는 죄의식과 수치심이 잔존해 있었다. 그렇지 않고는 이 작가들이 전쟁이 끝나고도 한참동안 비슷한 방식의 화해를 말한 것을 설명하기 어렵다.

만약 한국이 베트남전에 참전하지 않고 문협 작가들이 던진 문제를 사회가 풀어야 할 과제로 인지해 천착해 들어갔다면, 민간인 학살을 포함하여 한국전쟁의 상처와 화해하기 위해 마을에서 벌어진 전쟁의 시간들을 들여다보는 시간이 앞당겨지지 않았을까. 경제발전은 늦어졌을지언정 내전의 관점에서 한국전쟁을 응시하는 작품이 「태백산맥」보다 더 일찍 나왔을 것이다. 그러나 베트남전쟁에 참여하면서 상황은 다르게 흘러간다.

한국전쟁과 비슷한 베트남전쟁은 한국전쟁이 다시 냉전이어야 하는 까닭을 사후적으로 강화하는 장치가 되었다. '제2의 한국전쟁'으로서 베트남전쟁은 타민족의 내전이었기에 처음부터 냉전으로 감각될 수밖에 없었다. 동족 살해라는 죄의식이 들어올 여지가 없었던 것이다. 같은 분단의 비극에 동병상련하려면 초민족적 휴머니즘을 작동해야 하는데 당시 정권은 베트남전쟁을 이데올로적 냉전인 한국전쟁의 닮은꼴로만 주장했다. 여기에 월남이 예기치않게 패망하자 휴전으로 '끝난' 한국전쟁은 중단되었을 뿐 언제나 재발 가능한 안보 위기 상태가 되었다. 되살아난 '적화 공포'는 동족상잔의 비극이라는 오래된 민족적 감정조차 떨쳐낼 정도로 내부 단속을 강화하는 계기가 되었다. 충격적인 월남 패망을 겪으며 '가랑비에 옷이 젖듯'이 대중의 머릿속에 이러한 메시지가 스며들었다.

베트남전쟁, 내전이나 냉전인

냉전적 관점에서 베트남전쟁은 '제2의 한국전쟁'이라 부를 만한 요소들이 있었다. 미국이 개입하고 중공, 북한이 북베트남을 지원하면서 불확실한 진영 대립 구도가 만들어졌다. 혹자는 이를 견고한 냉전인 한국전쟁과는 다른 느슨한 냉전으로 부른다.[40] 그러나 국내에서 베트남전쟁의 한국전쟁적 성격은 정치적 관점이 아니라 베트남과 한국의 역사적 유사성과 친밀성을 강조하는 감정적 형태로 개진되었다. 양국이 오랫동안 중국의 영향권에 있었고 피식민지에서 독립 후 열강이 개입해 남북에 상이한 체제가 들어선 것까지 붕어빵처럼 닮아 있다는 것이었다.

　채명신은 주월한국군 사령관으로 임명되던 당시 심정을 "공산주의자와 싸웠고 또 공산주의를 막아내기 위해 젊음을 불태운" 자신이 다시 동족상잔에 뛰어드는 얄궂은 운명에 빠졌다고 회고했다.[41] 그가 회고록을 집필한 주 동기가 2000년대 초반 한국군의 민간인 학살 논란에 대응[42]하기 위해서인 만큼 자유민주주의 수호를 가장 중요하게 규정하고 있지만, 채명신과 파월 군인들은 '동족상잔의 딜레마'를 앞서 언급한 독특한 현지 분위기에서 경험하고 있었다. 시간이 흐를수록 한국군은 채명신의 감정을 우방에 냉담한 분위기, 전황을 방관하는 태도, 양민 속 베트콩의 얼굴로 체감한다. 무너지지 않기 위해 영혼을 송두리째 신께 맡겨둔 덕에 살아서 귀국하게 된 한 장교는 전장을 피할 수 있었음에도 군이 베트남에 도착한 ROTC 출신 젊은 장교들을 거세게 힐난한다. "누구를 위해 왜 싸우는지 잘 알 수도 없는 이놈의 전쟁에 뭘 얻으려고 그렇게 애써 오는"지 물으며, "이 전쟁에는 차마 입으로 말할 수 없는 또 다른 진실"[43]이 있다고 단언한다.

한국군은 전쟁터에서 마냥 태평한 베트남인들과 베트콩 의심 분자들이 허를 찌르며 도심을 활개 치는 베트남을 도저히 이해할 수 없었다. 미군이 허둥대고 한국군이 마을 작전에 더 많이 투입될수록 양민 속에 숨은 내부의 적(베트콩)에 대한 적개심이 높아졌다. 참전 중반기에 한국군의 작전이 산악지대에 숨은 베트콩 섬멸에 집중되자 산악에 접한 마을은 점점 '보호해야 할 양민 백 명'이 있는 곳에서 '죽여야 할 베트콩 한 명'이 있는 곳이 되었다. 60년대 후반 참전군인의 증언과 기록물들은 양민인 줄 알았던 소년, 여성, 노인이 결정적 순간에 믿음을 깨고 한국군을 '배신'하며 베트콩 동조자가 되는 장면을 인상적으로 기술한다(앞서 언급한 수기류에 공통적으로 나오는 이야기다). 단순히 해석하면 게릴라전인 베트남전쟁의 특수성을 묘사한 것이지만, 사실 이 장면들은 베트콩이 주도하고 북베트남군이 협력해 미국과 남베트남정부를 꺾고 통일을 꾀한 베트남전쟁의 본질을 마주했던 시간에 대한 기록이다. 이 순간 한국군은 철저히 외부 세력이었고 반복되는 상황은 '냉전으로서 내전'으로 기억된 한국전쟁과는 반대로 한국군이 작전을 펼칠수록 '내전으로서 냉전'이 선명해지는 경험을 선사했다. 참전 기간 내내 한국군이 현장에서 확인한 사실이 그러했다.

한국은 이를 반공의식이 부족한 베트남 국민들의 분열과 집권층의 부패로 보고, 짙어지는 남베트남정부의 패색을 비슷하게 분단된 반공국가 한국의 안보 위기를 경고하는 타산지석으로 삼을 것을 주장했다. 그러나 파월 당시 목숨을 걸고 지켜야 하는 자유민주주의가 '남의 나라의 전쟁'이 되기까지는 긴 시간이 걸리지 않았다. 이러한 태세 전환이 순조롭게 이루어졌을까.

작전 개념에서 보면 이는 한국군이 베트남에 대해 스스로 부여한 형(보호자)의 위치를 버리고, 연합군의 일원이라는 이념적 위치(색출자)에만 충실해졌다는 의미이다. 문제는 한국군이 처음부터 미군과 차별화하고자 민사작전(民事作戰, Civil Affairs Operations)을 강조했다는 것이다. 베트남 문화에 대한 이해와 존중을 내세운 한국군의 민사작전은 파월 초기부터 성과를 내서 1969년에는 전체 작전 중 30%를 차지할 만큼 대외적으로도 인정받고 있었다. 그런데 이렇게 성공적인 민사작전도 적지 않은

방하우 베트콩 소탕작전

한계를 내포했다. 물량 지원 위주로 대민 구호를 펼친 미군과 달리 베트남인들과 최대한 접촉면을 넓혀 마을과 베트콩을 분리하려 했던 한국군의 민사작전은 점차 베트남인들을 '타자화'하는 우월의식에 젖어든다. 또 민사부대와 전투부대를 구분한 미군이나 남베트남정부군과 달리 전투부대와 민사담당부대가 같았던 한계로 인해 마을에서 전투가 벌어지면 이전의 성과가 무력화되는 문제들이 노출되었다.[44]

어떤 작전도 양면성이 없을 수 없지만 한국군의 '장점'인 민사작전이 게릴라 전투를 벌이는 한국군의 집단적 심리와 마을 단위에서 발생한 학살에 끼친 영향은 중요할 수밖에 없다. 이원규가 「훈장과 굴레」에서 썼듯이 피식민지를 겪은 역사적 아픔을 공유한 아우를 향한 한국군의 열정은 작전이 성공해도 주민들 간의 충돌과 죽음을 불렀고, 이 때문에 베트콩이든 한국군이든 주민 중 누군가를 배신자로 처단하면 더 이상 주민의 '보호자'가 될 수 없었다. 어제까지 친절했던 군인이 오늘 주민에게 총을 겨누는 것은 양쪽 모두 서로를 보는 시선이 완전히 달라진다는 의미다. 한국군 전투 중 민간인이 죽는 '사고'는 이렇게 민사작전이 잘 진행된 어느 날 갑자기 '너희의 전쟁'이 되는 순간 빈번히 발생했다.

이에 대해 참전군인단체는 한국군에 의한 전쟁범죄를 인정하지 않았다. 해방 후 미군정기에 발생한 군경에 의한 민간인 피해를 '민간폭도'로 규정했듯이, 이 사고들은 베트콩 의심 분자이기에 불가피했던 처사 또는 심지어 "한국 군복을 입은 베트콩의 짓"으로 보고되었다.[45] 이러한 입장은 지금도 별반 다르지 않다.

한국전쟁 중 발생한 민간인 학살도 채 규명하지 못하고 있는 마당에 타자의 땅에 묻힌 진실은 더 캐기 어려울 것이다. 그러나 여기에는 원치 않은 휴전으로 철수한 한국이 참전의 기억을 남의 나라의 전쟁으로 밀어내버린 집단 무의식이 자리한다. 당시에도 한국군 책임 하에 일어난 불미스러운 일들은 작전 중 불가피했던 사고 또는 개인의 우발 행동으로 다루어졌다. 한국군이 평정한 지역일수록 (필요하다면) 증언자가 생길 가능성을 봉쇄해 사건의 실체를 통제할 필요도 있었다. 참전 후반부에는 많은 부대에서 포상 때문에 성과를 포장했고,[46] 퐁니·퐁넛 마을 작전의 중대장은 작전 중 발생한 민간인 학살 때문에 본국에 소환되었다. 한국군이 베트남전쟁을 대하는 태도가 바뀜으로써, 다시 말해 약한 아우를 돕는 선량한 형의 얼굴을 치움으로써 베트남인들이 원치 않는 도움을 대단히 '파괴적인 방식'으로 끝내는 케이스가 늘고 있었던 것이다. 평정되지 않은 지역에서 적은 숫자로 베트콩을 상대해야 했던 청룡부대의 작전이 특히 과격했다.

이 문제로 양국이 공동조사를 꾸릴 가능성은 매우 낮다. 베트남 현지에는 정식으로 조직된 민간단체가 없고 남베트남정부군 작성 자료와 미군 문서, 한국 시민단체의 실태조사를 종합하면 베트남 중부 5개 지역에서 한국군에 의한 민간인 사망자 수는 최소 5,000명을 넘는다. 적극적인 증언자가 존재하는 퐁니·퐁넛 마을, 하미 마을은 사건 발생 당시 미군 보고서와 증언자를 만나온 기자가 있어 한국에 알려졌으나 양국 정부는 이 문제에 소극적이고 시민단체와 소수 참전군인들이 기억 속 사건들을 조심스럽게 고백해온 정도다. 어떻게 이 문제를 다루어야 할까.

전후 일본의 군국주의적 집단 무의식에 맞서 전쟁의 광기를 폭로한 소수의 중일전쟁 참전자들을 인터뷰한 노다 마사아키의 작업은 여기서 하나의 참조점이 된다. 노다 마사아키가 만난 일본 군인들은 제국의 명령을 철저히 이행한 전쟁 기계였으나 중국에서 전범 수감자로 있으면서 십수 년에 걸쳐 기적적으로 타자의 아픔에 공명하는 인간이 되어갔다.⁴⁷ 과거가 낳은 격렬한 신체적 반응과 감시와 적대가 횡행한 전후 일본의 분위기 속에서 귀국한 이들이 일본군의 만행을 지속적으로 증언한 것은 대단한 이유가 있어서가 아니다. 그것이 '전쟁의 방식'으로도 용인될 수 없는 죽음이었기 때문이다. 한국군의 민간인 학살을 우리의 과거사로 논해야 하는 이유도 이와 유사하다. 그 죽음은 전투 후 "사람의 형체를 알 수 없는 시체 조각을 들고 개선장군처럼"⁴⁸ 돌아오는 수준을 넘어, 어제 친절했던 군인이 물(인민)과 고기(게릴라)가 제대로 분리되지 않는다고 다음날 고기를 모두 없앤 것이었다. 사이공에 퍼진 양민 학살은 근거 없는 소문이 아니었다.

한국은 베트남전쟁을 냉전으로 간주하며 계속 여기에 의지해왔다. 이 관점이 편리하기 때문이었다. 제3지대의 역사가가 세계사를 중립적으로 기술하듯이 모든 것이 '냉전의 피해'였다고 일축하면 기억을 묻어두는 것도 불가능하지 않다. 정부가 냉전을 보증하고, 기억을 망각하려는 심리에 저항할 어떤 명분도 없는데 누가 굳이 과거를 끄집어내겠는가. 종전 후 한국사회의 태도가 이와 같았기에 참전군인단체는 민간인 학살 논란의 진실을 밝히려는 상대를 향해 상한 방어권을 행사하면서 참전 효과를 더 공고히, 누구도 건드릴 수 없는 냉전 전사의 업적으로 포장했다. 이것은 참전군인단체를 앞세워 한국정부와 한국사회가 계속해서 박정희정권의 파월 담론을 그대로 수용해왔다는 뜻이다. 지젝의 말마따나 냉전의 이데올로기적 환상은 '우리가 하는 행위가 무엇인지 알면서도 그것을 하면서'[49] 베트남전쟁을 한국군의 승전사로만 남겨두었다. 한국전쟁을 기회로 일본이 경제부흥에 성공했듯이 베트남전쟁이 닦은 경제발전은 한국군의 과거를 덮는 역사가 되었다.

한국의 베트남전쟁 담론과 재현사가 역설적으로 확인시키는 것은 이국의 동족상잔에 우연히 개입하게 된 한국(군)의 자기보존 욕구이다. 베트남전쟁에서 '미국은 실패했어도 한국은 실패하지 않았다'[50]라는 말은 정치적 수사가 아니었다. 참전 효과에 대한 믿음이 전혀 도전받지 않은 상태에서 1992년 한베 재수교 이후 베트남에 대한 한국의 외교 전략은 바로 그 인연을 딛고 수립, 추진되었고, 개혁개방에 나선 베트남 당국이 경제성장을 우선함으로써 전쟁 피해자의 요구는 국가 간 협의가 완료된 양 '냉전의 기억'이 되었다. 이것이 2000년에 이르러 다시 한국의 과거사가 된 것은 바로 그 냉전에 뛰어들었던 반공국민국가가 남긴 숙제다. 우리는 이를 부정할 명분이 없다.

2. 전쟁자본주의 시대의 개막

1) 베트남전쟁을 기억하는 방식: 가난한 사회주의

봉건적 유제(遺制)와 결별하고 새로운 세대가 주도하는 사회 개조를 주창한 4.19 직후 담론장에서 서구식 시민사회가 모델인 정신적/물질적 근대화는 한쪽이 유보되거나 양보될 수 없는 '민족의 사명'이었다. 그러나 1년 만에 5.16을 일으킨 박정희는 후자를 위해 전자를 포기하는 변형된 민족주의 패러다임을 단계적으로 선보이게 된다. 정통성이 없는 군부 세력이 4.19의 에너지를 신속하게 흡수해 정국을 안정시킨 것은 당시 한국사회에서 군부가 드물게 근대화된 엘리트 집단임을 내세워 최적의 과제 수행자로 인정받았다는 뜻이기도 하다. 여기에 적지 않은 지식인과 대중이 근대화(='우리도 한번 잘 살아보세')를 국정 과제로 내건 군사정권의 통치 행위에 '동의'한 측면[51]도 간과할 수 없다. 그 결과 고도성장했던 박정희 시대에 대한 '향수'는 자신이 주역이었다는 감각, 곧 내가 일해서 부강한 국가를 만들었다는 자부심을 동력삼아 2014년에도 1,000만 관객을 동원한 영화 〈국제시장〉

을 흥행시킨다.

함석헌 정도를 빼면 박정희 독재에 비판적이었던 지식인 그룹도 민족을 위한 근대화에 적극적이었다. 이들에게도 근대화란 진보의 필연적 방향이었기에 방법론이 문제였고, 대미, 대일 경제 의존도를 낮추고 장기적으로 중소, 자영업자를 지원해 민족경제를 육성해야 한다는 데 대체로 의견이 일치했다. 하지만 정부는 경제개발 목표치에 맞게 중공업화를 선도하는 대기업을 집중 지원했다. '한강의 기적'은 농촌을 떠난 도시 노동자와 농민의 희생이 만든 성공이었다. 〈국제시장〉은 여기에 월남민 출신이라는 설정을 더하여 노쇠한 가부장에게 헌사를 바쳤는데, 〈국제시장〉의 주인공이 밟는 고난의 서사에는 운명적으로 베트남과 중동이 기다리고 있다. 베트남은 월남한 그의 가족이 중산층에 편입할 돈을 벌어온 곳이다. 그가 목숨을 걸고 자원한 덕에 한국경제는 비약적으로 성장했다.

1992년 한베 재수교를 계기로 '잊은 전쟁'은 다시 기억해야 할 인연이 되었다. 알다시피 과거의 인연이 현재의 선택에 개입할 때 반드시 역사의식이나 윤리적 감각이 작용하지는 않는다. 오늘날 베트남 당국은 중산층이 된 그의 후손들이 가족 여행지로 한국군 주둔지였던 다낭, 나트랑, 캄란 등을 찾는 것을 환영한다. '과거를 닫고 미래를 열겠다'고 선언한 베트남은 과거의 불청객과 기업이 더 많은 자본을 보내 베트남의 경제개발을 촉진하기를 원한다. 물론 한국도 베트남의 저렴한 노동력과 풍부한 자원을 이용한다.

하지만 양국의 상이한 체제에 대해서는 어떻게 말해왔을까. 앞에서 세계사적 냉전이었던 한국전쟁/베트남전쟁은 시간이 흐르면서 복잡한 성격이 지워지고 냉전이 되었다고 지적했다. 다수 민중에게 절대적 '재앙이고 비극이었던 한국전쟁'의 적색 공포가 적색 혐오와 적색 경시로 변화하는 도정에 베트남전쟁이 있다. 한국전쟁은 해방 정국에서 민중의 지지를 받았던 사회주의를 적색 공포로 바꾼 결정적 계기였다. 그러나 곧이어 폐허 위에 쌓아올린 경이로운 '부흥'이 없었다면 사회주의는 순식간에 집안 전체를 불가촉천민으로 떨어트리는 위험한 사상일지언정, 지적 권위를 상실하고 조롱받는 상태로 전락하지는 않았을 것이다. 한국은 공산 진영이 우세한 베트남의 전쟁터에서 뛴 대가를 챙기고 최종적으로는 승리한 공산 진영의 '빈곤'을 확인하게 된다. 전쟁이 끝났을 때 가난한 통일베트남 앞에 놓인 것은 찢어진 공동체와 난민의 행렬이었다.

지적 권위를 잃은 사회주의에 새겨진 '가난의 표식'은 1970년대 반공 패러다임의 변화에도 영향을 미쳤다. 1968년에 발발한 김신조 일당의 청와대 진입 시도는 '북괴'의 침입 위험을 극적으로 가시화했다. 데탕트와 남북적십자회담(1972)이 조성한 화해 국면을 비웃듯이 남북이 무력 충돌하는 가운데, 1975년 사이공이 함락되자 안보 위기론이 대대적으로 조성되었다. 월남 패망의 이데올로기 효과는 이전의 반공만으로는 안 되는 국민 총단결을 요구했다. 이러한 흐름을 타고 70년대 반공 패러다임은 국민국가의 외부와 내부를 엄격히 가르고, 외부의 공격이나 영향보다 내부의 적(간첩)을 추려내고 징벌하는 방법으로 국민적 결속력을 강화하는 '승공 담론'으로 변화한다.[52] '공산주의에 반대한다'를 넘어 '공산주의를 이기자'가 들어섰다.

물론 이것은 북베트남보다 풍족했으면서도 반공의식이 낮아 미국의 지원에도 불구하고 국론이 분열해 패망한 남베트남에 대한 반면교사 성격이 크다. 월남의 전철을 밟지 않으려면 똘똘 뭉쳐야 한다는 것이었다. 그러나 위험한 사회주의보다는 가난한 사회주의가 상대하기 쉽다. 베트남을 탈출해 해상에서 죽어가는 보트피플이 통일베트남의 가난을 증명했다. 한국전쟁 직후의 폐허에 비할 바 없는 비참이 1980년대까지 계속되었다. 이렇게 공산화된 가난한 베트남은 1970년대 후반부터 벌어지기 시작한 남북한 경제 격차에 의해 공산베트남의 거울상인 북한 체제에 대해서도 남한 체제의 우월을 드러내는 준거가 되었다. 공산주의 국가보다 잘 사는 것이 승공이요, 가난을 긍정하는 것은 공산주의에 우호적인 것이었다. 그런 의미에서 국민감정으로 굳어진 가난한 공산주의에 대한 거부감은 베트남전 종전 이후에 생성되었다고 해야 할 것이다. 박정희 시대를 살아간 평범한 이들이 대체로 경제개발과 성장을 위해 수동적으로 독재를 용인하는 '감성적인 반공 국민'이었던[53] 이유가 여기에 있을 것이다.

2) 어떤 전쟁의 프로파간다

한국전쟁에서 민중이 성취한 유일한 성과는 농지 개혁에 따라 반봉건적 지주소작 관계가 무너진 것이다. 해방기부터 진행된 토지 개혁이 한국전쟁을 지나며 전통적 지주 계급이 몰락하는 대신 국가와 결탁하는 자본가 계급이 지배 계급으로 등장[54]하고 이전까지 위로부터 강요되었던 반공이데올로기는 한국전쟁을 통해 '체험'적 기반을 갖게 된다.[55] 어떤 신분도 안전을 보장하지 않았던 평등한 피난 체험은 기존의 신분의식을 붕괴시켰지만, 한편으로 절체절명의 순간 상대를 죽이지 않으면 내가 죽는 '생존의식'을 강제했다.

현재 한국사회를 특징짓는 자본주의 이데올로기를 구성하는 경쟁, 물질주의, 개인주의 성향은 모든 것이 부족했던 전후를 살아야했던 이들의 공통된 생존의식이었다.[56] 지주의 지배력이 무너진 농촌 공동체를 떠난 농민들은 도시에서 자본주의 발전에 필수적인 노동시장에 들어가게 된다. 이러한 토대 위에서 등장한 자본가는 일제가 남긴 귀속 재산을 헐값에 불하받고, 원조금으로 재벌의 기초를 다지면서 해방기 기업 국유화와 사회주의적 통제 정책을 약화시키고 정권 유착에 빠진다. 이른바 '부정 축재자 심판'을 내걸고 등장한 군사정부가 곧 재벌과 밀월 관계가 된 것도 북한에 뒤처진 경제력을 끌어올리는 데 재벌 육성이 가장 효율적이었기 때문이다. 경제성장은 북한 체제와 경쟁에서 이겨 쿠데타의 정당성을 확보하는 길이었다.

박정희는 1963년, 군사정부 2년간 집행된 '혁명공약'에 실망한 지식인들이 등장하던 시기에 파병을 전격 추진했다. 미국이 단계적으로 주한미군 25만 명 감축안을 발표한 후 긴급히 나온 이 제안은 한국인들에게 한국전쟁의 기억을 공공연하게 소환했다. 베트남전쟁은 미국의 의도대로 '제2의 한국전쟁'으로 불리게 되었다. 원래 이 용어는 한국전쟁에 개입해 전황을 바꾼 중공을 기억하는 미국이 아시아의 도미노 공산화론을 우려하며 나왔지만, 한국정부는 이를 매우 적극적으로 사용했다. 이 용어는 내부적으로 파병 반대론이 들어설 자리를 제한하고 이전까지 관심도 없었던 베트남을 단번에 한국과 역사적으로 유사한 반공국가로 등극시켰고, '제2의 한국전쟁'에서 '연합군'이 된 한국은 이제 냉전의 피해자에서 냉전의 수혜자가 될 수 있었다.

주월 사령관 채명신은 "베트콩 백 명을 놓치더라도 양민 한 명을 보호하라"라는 유명한 전투 지침을 공포했다. 거의 모든 참전 기록물 서두에 빠짐없이 등장하는 이 지침은 한국군의 마음가짐을 천명한 대표적인 프로파간다였다. 참전 초기부터 수없이 강조되었(다고 알려졌)고, 한국군의 대민작전의 논거였다. 주월 사령부가 미군의 요청에 따라 작성한 민간인 학살 논란 진상보고서에서 한국군의 결백을 주장하는 근거로도 제시되었다.[57] 1992년 영화 〈하얀 전쟁〉의 민간인 학살 장면도 이 지침과 관련해 참전군인회의 삭제 요청을 받았다.[58] 타국의 '내전'에 참여한 외국 군인으로서 피/아를 대하는 태도를 이보다 선명하게 밝히기도 쉽지 않을 것인데, 이는 베트남전쟁의 본질을 파악한 채명

방하우 베트콩 소탕작전

신이 한국군에 내린 또 다른 지침—'모든 작전에서 아군 피해를 최대한 감소해야 한다'—와 쌍을 이룬다.[59]

베트콩보다 양민 보호가 우선이라는 지침에는 상황에 따라 적을 추적하지 않아도 된다는 뜻이 함축되어 있다. 남의 전쟁에 목숨까지 내놓을 이유가 없다는 판단에 따라 양민에게 '신사적인 한국군' 이미지를 만드는 한편, 베트콩과 민간인을 구분할 수 없는 '특수한' 전쟁에 불려나온 한국군의 위치를 사병의 목숨과 '국익'을 지키는 지점에서 절묘하게 설정한 것이다. 장교들의 증언을 보아도 채명신의 태도는 분명했다. 한마디로 목숨을 잃으면서까지 이국의 반공 전선을 사수할 이유는 없으며, 참전의 대가는 확실히 얻어내야 한다는 것이었다. 일선 소대장도 똑같이 "제군들은 살아서 돌아가야 한다"고 강조했다.[60]

참전이 길어지면서 이 지침은 공허해지지만 장병의 월급은 경제를 발전시켰다. 다만 이러한 경제 효과가 처음부터 공공연하게 거론되지는 않았는데, 1965년 대통령 담화문은 파병의 정치적 의의로 대공 투쟁과 집단안보체제 강화, 국민의 단결과 해외 진출, 군사적 의의로 미군의 한반도 계속 주둔과 한국방위보장 확보, 군의 전투력 향상을 통한 국방력 강화를 든 후 기타 경제적 이익으로 '외화 획득'을 들었다. 돈은 부차적 문제며, 연합군의 사명을 강조한 것이다.

파병안이 순조롭게 의회를 통과하자 참전은 한국전쟁 당시 연합군에 진 빚을 갚고 국위를 선양할 기회로 정리되었다. 스펙터클한 '환송연'을 뒤로 하고 출국한 한국군의 소식은 '맹호부대 군가'에 실려 화려하게 날아들었다. 한국군의 놀라운 승전보를 전하는 보도 뒤편에서 솔직하게 현지 사정을 일러주는 기사들은 주목받지 못했다. 미디어를 통해 접하는 베트남은 원시적 열정이 일렁이는 나라였다. 밀림에는 베트콩이 득실대지만 잘만 하면 한몫 잡을 기회가 그곳에 있었다. ① 최초로 한국인이 대규모로 해외에 진출한 미개지, ② 섬멸해야 할 적(베트콩)이 있는 이념적 위험 지대, ③ 낭만적 이국 취향이 충족되는 상상 지대라는 모순적 심상이 베트남에 대한 상상을 자극했다. 이 중 바다로 둘러싸인 분단국 국민의 탈출 욕구에 기인한 ③은 특별히 논할 것이 없다. 실제로 이러한 이유로 자원한 이들도 적지 않았다.

그러나 ①과 ②는 ②를 평정하는 ①의 주인공이 나오는 '반공개발' 서사로 합쳐졌다. 국가 체면상으로도 달러보다는 한국전쟁 때 연합군에게 진 빚을 갚는다는 명분이 그럴싸했지만, 박정희 정권은 1954년 이래 제기되어온 미국의 주한미군 감축안에 대응할 필요에 의해 1961년 이미 미국에 파병 카드를 선제적으로 내놓은 바 있었다.[61] 파병은 박정희정권이 요구한 주한미군 감축 백지화를 존슨이 받아들이는 조건으로 성사되었다. 자국 안보에 계속 미군을 두려고 한국군을 타지에 파병해야 하느냐는 문제 제기가 있었지만,[62] 1964년부터 격화되는 어선 납북과 공비 침투 등의 안보 위기에서 결국 한국은 자국 방위를 위해 사단 규모의 '전투병'을 파병하게 된다.

파병은 한일회담으로 수세에 몰린 정권이 처한 모든 정치적 문제의 돌파책이었다. 1960년대 중반은 지식인들이 박정희정권의 관제 민족주의와 결별하던 시기다. 4.19를 겪은 젊은 지식인들은 근대적 전통으로서 '한국적인 것'을 재구성하며 민족 주체성을 정립하고자 역사에서 '아래로부터 힘'에 주목했다. 조선 후기 혼란의 상징이었던 민란을 외세 침략이라는 국난에 직면해 나라를 지키려 낫을 들었던 거대한 민중의 힘으로 보는 식으로, 민중적 전통에 대한 자각은 전후 최고의 교양지 『사상계』가 쇠퇴하는 자리에서 창간된 새로운 잡지 필진이 주도했다. 『청맥』, 『한양』, 『창작과비평』 등이 '한국적인 것'과 민족 주체성론에 뛰어들어 정권이 산업 역군, 곧 '근로자'라 부른 이들을 봉건제를 깨트린 '역사 발전의 주체'로 발견했다. 그러나 이미 지적했듯이 패기만만한 젊은 지식인들도 베트남 파병에 대해서는 침묵했다. 1968년에는 장준하 정도만 증파에 반대했다.[63] 여기에는 모종의 인식론적 단절이 존재한다.

우선 반공은 국시였다. 장준하가 드물게 공개적으로 파병을 반대할 수 있었던 것도 그가 잘 알려진 반공주의자였기 때문이다. 새로운 사상적 길을 추구했던 젊은 그룹은 자칫 용공으로 몰릴 위험을 감수할 이유가 없었다. 남북한 충돌이 잦아진 상황에서 자국 안보 위험을 보면서 파병에 반대해 당국의 눈총을 사느니 전 민족적 과제인 근대화에 집중하는 편이 창간 취지에도 맞았다. 가장 비판적이었던 『청맥』도 주로 외신의 전쟁 비판 논조를 수용해 논거로 삼았다. 지식인 사회의 이러한 태도는 아직 충분히 레드콤플렉스의 심상 구조 내부에 안착하지 못한 풍요로운 자본주의보다는 위험한 공산주의를 반대하는 의사를 표명한 셈이다. 그런데 반대 목소리가 약해 정부는 전술상 대미 협상을 앞두고 "파병을 위한 반대" 담론[64]을 만들라고 지시하게 된다. 사실 당시 파병 문제는 한일 수교 논란에 덮여 잘 보이지 않았다.

그러나 이 '제2의 한국전쟁'이 원본인 한국전쟁의 냉전적 성격에 미친 영향은 주의할 필요가 있다. 앞에서 보았듯이 전후의 레드콤플렉스와 별개로 인민군/국군 치하를 번갈아 겪으며 피난길에서 순간적인 판단으로 육친의 생사가 결정되던 한국전쟁은 이념적 측면에서 '이데올로기의 재앙적 특성'이 각인된 비극이었다. 동족 살해는 다분히 감정적으로 흐를 수밖에 없는 전후문학의 주된 정조를 낳았다. 베트남전쟁이 내전인 한국전쟁에 씌워진 비극적 요소들을 제거하고 냉전으로서 한국전쟁이 끝나지 않았다는 집단의식을 제공했을 때, 북괴보다는 약하나 동족이 아닌 베트콩에 대한 분노는 이념적 정당성을 갖는다. 베트콩을 죽일수록 좌익에 대한 적개심이 (역사적으로) 정당해지는 심적 변화가 일어난다. 미디어는 참전 기간 내내 한국군의 파월 무용담으로 이를 생산했다. 미디어가 메시지라면, 이 메시지는 국민국가의 무의식에 불편하게 남아 있는 원죄의식을 희석할 힘이 있었다.

이 과정을 거쳐 확립된 것은 민족적·비극적 파토스로 채워졌던 전후의 레드콤플렉스에 생겨난 새로운 방향성이다. 참전의 명분 중 자유세계 수호 뒤에 붙었던 부차적 효과는 전자에 따르는 당연한 대가가 되는데, 자유민주주의를 수호해 얻은 '기회로서 전쟁'이라는 감각이 이것이다. 전쟁이 자본 축적의 기회인 것은 이상하지 않다. 16세기부터 18세기 사이에 전쟁은 유럽의 자본주의를 촉진했고,[65] 이후 자본주의 발전 단계에서 제국주의는 자본의 국가화와 국제화를 모순적으로 동시에 추구했다. 경제는 정치에 유기적으로 융합되고 국가는 군대와 무기를 육성해 시장을 지키기 위해 타국을 침공했다. 제1차 세계대전을 겪은 이들에게 전쟁은 자본주의가 정상적으로 작동하는 결과였다.[66] 양차 세계대전 후 유럽에서 놀랍도록 정교하게 구조화된 산업 체계가 탄생했고,[67] 미국 역시 베트남전쟁 초기에는 상당한 경기 호황을 경험했다. 단지 한국사에 새로운 자본 획득 기회를 제공하는 전쟁이 없었을 뿐, 한국전쟁 덕에 전후를 '성공적'으로 끝낸 일본이 또한 옆에 있었다. 한국전쟁의 최대 수혜자 일본과 1달러 전투수당을 받고 미군이 꺼리는 위험한 작전을 수행했던 한국을 대등하게 비교할 수는 없으나 현실적으로 전후의 '빈국'에 매월 들어오는 달러의 힘은 대단했다.

종전 반세기가 지난 지금 한국의 베트남전쟁은 주로 참전군인이 피 흘려 일군 경제부흥기로 인식된다. 채명신의 주장과 달리 '베트콩 백 명을 놓치더라도 양민 한 명을 보호하라는' 지침을 지켰다는 고백은 국방부 증언집에 등장하는 장교들의 것일 뿐이다.[68] 베트콩을 사살해야 포상을 받는 사병들은 양민과 게릴라가 섞인 전장에서 양민 한 명보다 열 명의 베트콩 혐의자를 선택하게 되었다. 이에 대해 베트콩은 죽음을 두려워하지 않는 '한국군과는 교전을 피하라'는 유명한 지침을 내렸다. 한국군은 과연 무엇을 위해 누구와 싸웠던가.

3) 비천해지는 이데올로기

1960년대 한국군 전투담은 베트콩을 색출해 섬멸하는 이야기다. 거의 모든 기사와 수기가 일정한 문법에 따라 용감한 한국군 대 비루한 베트콩을 재현했다. 국방부 전쟁사에 남을 전투담들이 〈대한뉴스〉, 특파원 통신, 참전 수기로 줄기차게 재생산되었다. 베트콩은 도농을 가리지 않고 출현했지만, 한국군의 베트콩 색출은 거의 정글을 뒤지는 한국군 이야기로 송신되었다. 한국군은 절대적으로 베트콩에게 유리한 밀림에 들어가 고투 끝에 베트콩 근거지를 찾아냈다. 동굴에 폭약을 터뜨리고 진입해 베트콩을 잡는 것이 주 임무였다. 미디어로 송신된 장면은 종군기자가 찍기도 했지만, 후반부에는 홍보용으로 촬영하는 경우가 잦았다. 영화 〈알포인트〉가 보여주는 밀림 전투는 육체적 고통에 버금가는 정신적 압박을 생생하게 재현했다.

이러한 전투담은 밀림의 베트콩 색출에 한국 민족의 승리라는 새로운 의미를 부여했다. 넓은 의미에서 베트콩 색출은 원시 자연을 정복하는 문명화 작업의 일환이었다. 제국주의 역사에서 식민지의 정글은 적이 숨은 '신비하고 큰 공포의 대상'이다. 지형에 익숙한 베트콩에게 절대적으로 유리하고 온갖 동식물과 변덕스러운 기후는 항불 전쟁기부터 외국 군대의 진입을 차단해왔다. 그러나 한국군이 정글 작전에 성공하면서 정글은 이제 '정복되고 해체되는 지형'이 된다. 한국군 지휘관들은 정글 전투를 한국전쟁 당시 빨치산 토벌과 동일시했으며, 월맹군 지도부가 있

방하우 베트콩 소탕작전

는 푸캇산 일대 작전[69] 성공은 미군의 놀라움을 샀다.

한국군이 밀림에서 만난 베트콩은 민족해방전선의 '전사'라기보다는 오랜 동굴살이로 병들고 초라해진 존재였다. 이들은 거의 동굴에서 폭사하거나 포로가 되었고, 때로는 국군의 치료와 설득에 넘어가 귀순하기도 했다. 한국군의 친절에 울면서 감사하는 포로 이야기가 덤으로 따라붙었다. 아군은 크고 용감하게, 적은 작고 비루하게 그리는 것은 어느 전쟁에나 적용되는 보도 관행이지만, 베트남전의 경우 그 효과는 특별할 수밖에 없다. 싸늘한 현지 분위기에 주눅 들었던 한국군이 '황색 거인'이 될 수 있었던 것은 정부군도 꺼리는 밀림에서 신출귀몰하는 베트콩을 잡고, 미군이 포기한 전략촌을 평정해서였다. 학교, 병원, 교량을 세워 민심을 얻는 민사작전도 그 자체로 박정희정권의 반공개발에 부응했다.

대개 파월 이야기 속 황색 거인은 미군을 의식한 나르시시즘적 식민주의를 반영하는 용어로 지적된다. 틀린 지적은 아니나 한국전쟁을 잇는 베트남의 전쟁터에서 이 용어는 빨치산을 토벌하는 한국전쟁의 기억을 소환하는 이데올로기적 용어다. 1950년대에 힘이 부족해 실패한 '멸공(滅共)'을 뒤늦게 완수하는 효과를 함축하되, 실제로는 동족인 빨치산을 죽인 민족사의 비극으로부터 자유로운 이 중립적 용어는 당시 한국군의 무용을 거의 무협지 수준에서 보도하는 희극을 낳는다. "한국군은 취각으로 적의 은신처를 알아내는 신비스러운 감각을 가지고 있"다거나 베트콩이 남긴 대변 냄새를 맡고 도망친 시간과 거리를 산

출하는 천재적인 두뇌를 가지고 있다는 식이다.[70]

난센스에 가까운 이런 표현도 대중적 영향력 측면에서 이데올로기 효과가 있다. 언론이 통제되던 반공의 시대에 주요 신문과 방송이 전하는 메시지의 영향력은 클 수밖에 없다. 거의 매일 안방의 텔레비전과 일간지에서 동굴에서 끌려나오는 왜소한 베트콩을 보는 시청자들에게 과연 공산주의가 얼마나 자유세계를 위협하는 사상 체계로 수용되었을까. 미디어는 황색 거인이 이길수록 체포된 베트콩의 남루한 신체로 현현하는 초라한 공산주의를 보도했다. 과거 이승만정권이 기를 쓰고 반공을 통치 이데올로기로 정착시키려 했으나 잘 되지 않았던 것은, 한국전쟁기에 조차 잡지를 냈던 적지 않은 지식인과 예술가들이 정부의 요구대로 반공을 국시로 표방하고 전파하는 행위를 죄의식과 지성적이지 못한 '저급'한 행동으로 인지해 협조하지 않았던[71] 탓이 크다. 휴전 협정기에 이르러 미국의 오판을 인정하는 기사가 나오던 무렵에는 이미 공산주의를 이기는 방법을 체득한 터였다.

1973년 휴전 협정이 성립되기 전부터 한국국은 단계적으로 철수했다. 그러나 여전히 베트남에 남은 교포 만여 명 중 다수는 휴전 이후에도 체류를 희망했다. 전쟁이 한국전쟁과 유사한 휴전 형태로 마무리되자 이미 9년간 베트남에서 기반을 닦은 기업과 기술자들은 잔류할 수밖에 없었다. 한국정부 또한 곧 있을 전후 재건에 참여하고자 전쟁 난민을 위해 100만 달러 무상 원조를 약속하는 등 휴전 특수에 적극적이었는데, 뜻밖에 미국 의회에서 전후 재건 계획의 핵심인 '메콩델타종합개발계획'이 거부되었다. 베트콩은 계속 국지전을 일으켰고 국내에서는 '승공(勝共) 성장'론이 힘을 얻었다. 북한과의 체제 대결을 겨냥해 "반공으로 뭉친 마음 승공으로 통일하자"는 구호가 나왔다. 이전의 반공 담론에 비해 승공 성장론은 내부의 적(간첩)을 색출하고 타도할 것을 주문했다. 1967년부터 연쇄적으로 터진 공안사건—동백림, 통혁당, 인혁당사건—은 내부의 적이 '실재'한다고 공포했다. 이 내부의 적과 저 먼 월남의 주민 속에 숨은 베트콩은 같은 이데올로기를 공유했다. 한국군이 주민 속 '베트콩'을 색출하는 시기에 내부의 '빨갱이'가 출현했고, 심지어 1968년 서울 시내에 나타난 게릴라는 사이공을 활보하는 베트콩처럼 청와대를 습격해 "박정희의 목을 따러 왔다"고 외쳤다.

이렇듯 어지러운 정국에 등장한 승공론은 당대 문학에도 흔적을 남겼다. 1970년대 등단 작가들은 동족상잔이 직접 표출되는 선배 세대의 전후문학과는 다른 태도로 한국전쟁을 회상한다. 이들에게 한국전쟁은 어린 날 겪은 부모 세대의 이야기다. 1973년(공교롭게도 휴전 협정이 체결된 시기에) 만 29세 젊은 작가 윤흥길과 김원일[72]은 「장마」와 「어둠의 혼」을 발표해 금기시됐던 좌익 이데올로기를 다시 수면에 올렸다. 이 작품들에는 승공론의 그림자가 드리워져 있다. 주지하듯이 두 작품은 일종의 서술적 안전판으로 유년기 화자를 내세워 이데올로기 대립을 우회하고 분단의 비극을 가족사로 축소했다. 그 결과 두 작품에서 부친/삼촌의 '위험한' 이데올로기는 전적으로 무력하다.

잠시 두 작가의 개인사를 살펴보면, 이들은 어려서 한국전쟁을 겪었고, 김원일은 부친이 좌익 사상가였다. 두 작품은 한국 전쟁을 마을 공동체의 비극에서 떼어내 좌익 가족의 비극사로 다루고 있다. 가족사로 축소된 한국전쟁은 이제 민족에서 탈각 된 가족 개인의 운명을 결정한다. 「어둠의 혼」의 화자는 장차 빨갱이 자식이란 족쇄에 매일 운명이다. 이때 독자들은 한때 명석 한 지성과 굳은 신념의 소유자였던 육친을 잊도록 마련된 문학 적 장치를 통해 역설적으로 비천한 사회주의에 대한 일반 감각 을 체득하게 된다. 아버지의 시신은 저잣거리에 방치되고 삼촌 은 어미의 방울소리를 따라 구렁이가 되어 바닥을 긴다. 죽은 공 비, 죽은 베트콩을 찍은, 신문에서나 봄 직한 장면이 젊은 작가들 에 의해 개인화된 전쟁의 비극과 주술적 화해의 메시지로 재현 되었다. 김원일이 「어둠의 혼」에서 '비체(卑體, abject)'로 시작한 빨 갱이 부친의 서사를 인간의 얼굴로 회복하는 때는 「아들의 아버 지」(2013)에 이르러서다.

1970년대 초에는 두 작가 외에도 황석영, 이문구가 '빨갱이 가족 서사'를 썼다. 이러한 현상을 1960년대 후반 세계사적 탈 냉전기의 영향 아래 시작된 '미학적 경향'으로 본 연구자는 이 작 품에서 비록 시체지만 '아버지'의 얼굴을 확인하는 소년의 증언 불가능한 심리로부터 "냉전 사회의 빨갱이 인식을 조금이나마 의심하"는 계기라는 문학사적 의미를 부여했다.[73] 그러나 이렇게 평가하기에는 함부로 방치된 부친의 시신이 던지는 의미가 너무 크다. 「어둠의 혼」이 이전 세대의 전후문학이 던진 문제의식을 한 단계 끌어올렸다기보다는 젊은 작가들이 1973년이라는 정치적 상황에 맞게 좌익 이데올로기를 수용하고 있다고 보아야 더 타당성이 있다. 가족을 죽인 소꿉친구를 살려주는 선배 문인들은 구사할 수 없는, 승공의 시대를 수용한 세대의 방식인 것이다.

『태백산맥』, 『무기의 그늘』이 그렇듯이 전쟁이나 이데올로기를 형상화하는 작품은 당대의 지적 패러다임에 예민하다. 시대와 길항하며 총체성을 지향하는 소설 장르의 특성상 당연한 현상인데, 바로 이 지점에서 1970년대 초 유사하게 '돌출한' 두 작품은 부모 세대가 전쟁기 휴머니즘에 담아낸 한국전쟁의 내전적 요소에 대해 당대의 냉전 이데올로기를 분명하게 반영하고 있다(황석영의 「한씨 연대기」(1972)도 비슷하다). 이제 사회주의는 죽어서 저잣거리에 방치되고 물화되는 비체일 뿐, 지적 논쟁의 대상이 아니며 독자는 육친의 시신이 된 공산주의 앞에 강제로 세워진 유년기 화자를 통해 미숙한 주체를 장악하는 승공론에 포섭된다. 한라산과 지리산을 장악했던 공비들은 홀로 남은 소년에게 사상적 트라우마를 남기고, 소년은 비체가 되지 않기 위해서라도 자유민주주의를 택해야 한다.[74]

「시장과 전장」(1964)의 완고한 공산주의자 기훈을 생각하면 이러한 기법이 독자에게 미치는 효과를 더 분명히 깨달을 수 있다. 4.19의 혁명적 분위기가 닫힐 무렵 박경리는 픽션을 빌려 살아 움직이는 사회주의자를 창조했다. 이 작품에서 기훈은 냉소적이나 적어도 그의 사상은 하찮지 않다. 그런데 9년 후 더 젊은 세대의 작품에는 하찮은 사상마저 없다. 좌익 이데올로기에 대한 사유가 중지되었다는 관점에서 이는 문학사상사적 퇴행이며,

'적의'를 품을 수도 없는 비체를 응시하는 소년은 민족 구성원의 일원으로 자신의 존재를 질문하는 인물이 아니라 '산업 역군'으로 살아갈 자신의 미래를 예견하고 있다. 두 작품의 메시지와 승공 성장론의 공유점을 억지로 꿰어 맞추려는 것이 아니라 베트남전쟁 휴전 협정기에 출현한 분단문학을 당대의 정치사회적 맥락에서 재독할 필요가 있는 것이다.

베트남에서 철수한 한국은 판관의 입장에서 월남의 미래를 '풍전등화'로 보았다. 사이공이 함락되자 집권층의 부정부패와 '내부 분열'을 지적하는 기사들이 쏟아졌다. 기다렸다는 듯이 월남 패망 '반면교사'론이 나오고 새마을운동이 마을 단위에서 전국적으로 조직되었다. 이렇게 승공론이 내부에서 실체를 갖추는 동안 베트남은 더욱 비참한 비체들—보트피플—이 양산되는 곳이 되었다. 사회주의 체제를 거부한 수많은 보트피플이 자유세계의 문을 두드리는 모습이 1980년대까지 줄기차게 보도되었다.

1970년대 베트남전쟁 소재 소설은 어땠을까. 황석영은 1970년에 등단작 「탑」을, 1972년에는 「낙타누깔」, 「돌아온 사람」, 「이웃 사람」을 발표했다. 대중은 황석영이 그린 황색 거인의 귀환에 별 관심을 주지 않았다. 이들은 월남 트라우마 때문에 가정과 사회의 경계에서 배회하고 상이군인으로 서울 거리를 떠돌았다. 반면 월남이 패망하고 한국이 난민 수용에 난색을 표하던 시기, 보트피플이 세계의 바다를 떠돌던 때 발표된 『머나먼 쏭바강』(1977)[75]은 평단의 화제를 모으며 베스트셀러가 되었다. 작품의 감상성에 대한 지적에도 불구하고 스케일이 보장된 로맨스는 큰 인기를 끌었다. 기타를 연주하는 다정한 허무주의자 황 병장은 전쟁터에서도 자신의 감성을 지켜내고 베트남 여성과 앞 날을 생각하지 않는 사랑에 빠진다. 결국 그는 살아서 귀국선을 탄다.

　이 작품에도 전쟁에 대한 복합적(이면서도 전쟁의 본질에 대한 판단 은 중지한 듯 체념적인) 감정과 이국 취향을 충족하는 모티프(motif) 는 곳곳에 나타난다. 황 병장은 처음부터 '황색 거인'이기를 거부 하되 대놓고 전쟁에 반대하지 않았다. 그는 단지 교육받은 엘리 트답게 철저히 개인으로 존재하고자 했다. 전장의 '단독자'를 꿈 꾸며 순수한 베트남 여성 빅 뚜이와 사랑한 황 병장의 이야기에 보낸 대중의 호응은 한국사회가 베트남전쟁에 표한 가장 호의적 인 시선이었다. 그가 사랑한 빅 뚜이의 오빠는 북베트남군 장교 로 전사했고, 빅 뚜이는 사이공 함락 후 보트피플이 된다. 적화된 공산베트남의 비참은 일부러 확인할 필요조차 없었다.

3. 베트남전쟁의 국민국가적 무의식

1) 유신정권의 국민 단속

1970년대를 살아간 평범한 장삼이사 4인의 일기를 분석해 그들의 정치의식을 검토한 연구자는 마을 리더 역할을 했던 평범한 시민들이 격동의 시기를 성실히 기록했으면서도 정작 민정 이양, 유신헌법, 7.4남북공동선언 등 주요한 사안들에 대해 '아무 말도 하지 않았'던 데 주목한다. 4인의 정치적 성향이 어떠했든 결과적으로 이들의 침묵은 냉전기 반공국가의 국민으로 겪은 전쟁과 가난 트라우마가 만든 정치적 독재에 대한 '수동적 합의'였다.[76] 이처럼 데탕트와 무관하게 흘러간 1970년대 한국사회는 군사 독재와 레드컴플렉스가 일상을 촘촘하게 규율하며 국민국가의 성격을 규정했다. 4.19로 열렸던 자유의 장이 닫히고 유신정권이 수립되자 함부로 발언하고 정부 정책에 반대하다가 어느 순간 "골로 간다"는 공포가 확산되었다. 마을 리더 역할을 했던 이들이 일기에서조차 정치 현안에 '침묵'하고 있었다는 것은 1970년대 대중의 순치성이 작동하던 구조, 곧 유신정권의 강력한 국민 통제력을 시사한다.

베트남전쟁에 대한 국민의 시선도 마찬가지였다. 유신정권은 담론과 정보를 통제, 해석하는 일체의 권한을 행사했다. 정부의 입장과 다른 휴전론은 나올 수 없었다. 1973년 한국군 철수기에 『신동아』는 월남전 특집을 마련해 "근세 역사상 가장 지루하고 참담했던 전쟁"이 끝났고, 이 전쟁이 '인류 최악의 전쟁'이며 승자도 패자도 없는 전쟁이라고 규정했다. 사실상 미국의 패배를 꼬집으면서도 휴전 협정에 실망한 한국정부의 입장도 반영한 것이다. 북베트남은 휴전 선포 후 8개월 만에 군사 공격을 개시해 사이공을 함락했다. 휴전 협정 당시 미국의 안보 약속은 지켜지지 않았다.

휴전을 미월 간의 고도의 정치 행위로 보았던 한국정부에 사이공 함락은 재앙이었다. 한국은 줄곧 사이공의 미래를 우려했지만, 한국군 철수 후에는 이전에 비해 건조한 태도를 취했다. 다만 휴전이 성립돼도 월남 재건에 참여할 생각에 휴전과 대월 경제협력은 별개로 보고, 1973년 참전 효과가 빠지며 경제가 위축되던 중에도 나름대로 승부수를 던졌다.[77] 베트남에 들어설 남북 연립정부를 상상하며 100만 달러 무상 원조를 결정한 것이다. 그런데 돌연히 월남이 패망했고 적색 공포에 호응하는 '자멸한 베트남', '울부짖는 베트남' 류의 기사가 쏟아졌다.[78] 여야 정치권은 설마 했던 월남 특수가 '완전히' 끝난 것을 인정해야 했다.[79]

월남 패망은 전쟁자본주의 효과와도 빠르게 연동되었다. 월남 특수가 없었다면 유신도 없었을 정도로 전쟁 효과에 의지했

사이공 함락 후 탈출하는 베트남인들

던 정권은 70년대 들어서 제3차 경제개발계획(1972-1976)의 성
장률을 2차보다 낮은 8.6%로 잡고 수출 증가와 중화학 공업 육
성 계획을 발표했다. 순조롭게 진행되는 듯하던 계획은 1973년
석유 파동으로 제동이 걸렸고, 1975년에는 외환 사정이 극도로
나빠졌다. 월남 특수가 끝나 가는데 돌파구가 보이지 않는 상황
에서 설상가상으로 갑자기 사이공이 함락되자 '월남 난민'이라
는 예상치 못한 부담까지 지게 되었다. 한국사회는 이전에 난민
을 받아본 적이 없었다.[80] 다행히 사이공 함락 전에 교포 대부분

이 수송함을 탔지만 뒤늦게 달려온 교민과 대사가 탈출에 실패했고, 부산난민수용소에는 난민들이 계속 몰려들었다. 정부가 수습 계획을 세울 사이도 없이 갑자기 사이공이 함락되고 연달아 사건이 벌어진 것이다. 해방 후 가장 강한 권력을 쥔 정부의 역량이 자국민 보호와 난민 수용이라는 검증대에 올랐다.

그러나 도의상 난민수용소를 열었지만 정부는 구체적인 계획이 없었다. 한국인 연고 난민에 대한 정확한 통계조차 없이 주먹구구로 난민을 받았다. 한국인, 한국인 연고 베트남인, 무연고 베트남인들이 순차적으로 들어왔다. 전후 고아, 이산가족 정도가 문제였던 한국전쟁과 달리 이는 단일민족 개념을 바꾸는 사건이었다. 긴 참전 기간 동안 현지에 취업한 한국 남성은 월남 여성과 결혼해 자신의 선택이 민족 간 결합이 되는 심상 구조를 경험했다. 한월 커플 보도는 장차 단단히 결속할 한월 관계를 대유하고, 월남 개척에 대한 기대감을 충족시켰다.[81] 비교적 일찍 교포 사회가 만들어진 것도 전쟁 중인 베트남을 범상한 이주 지역으로 이미지화하는 착시 효과를 냈다. 기실 베트남의 반발에도 불구하고 전쟁 지역에 취업을 원하는 민간 기술자를 대거 보낸 발상이 '전쟁 경제 효과'를 기대한 것이었고, 정부는 교포들의 도월 허가증 발급, 체류 기간, 생활 태도, 장병의 월급 송금에까지 관여하며 강력한 공권력을 행사했다. 사이공에는 산업 역군들의 통장을 관리하는 큰 규모의 대사관이 있었다.

그런데 종전이 현실화되면서 해방 이후 가장 강한 국가의 문제가 곳곳에서 노출된다. 정부는 사이공 함락을 예측하지 못했고, 4월 29일 사이공 탈출 작전마저 실패하여 다수의 교포들이 적진에 남았다. 남겨진 이들은 귀환을 위해 '개인적'으로 목숨을 걸어야 했다. 이들은 정부가 부재했던 해방기나 허약한 정부가 이끌었던 한국전쟁기와 달리 미국의 강력한 우방으로 인정받은 정부가 있음에도 "나라도 정부도 없는" 공포를 겪었다. 이는 귀환 과정의 고생조차 고비를 넘어가는 민족적 고난으로 통합하여 강제로 이주당한 피식민지 주체의 귀환에 귀국이라는 민족적 일체감을 부여한[82] 해방기 귀환 서사나, 이념과 내전에 찢겨 영혼이 파괴된 장병, 피난민의 귀환으로 요약되는[83] 한국전쟁기의 귀환 서사와는 다르다. 후자가 부실한 국가 혹은 정부의 부재로부터 만들어진 거룩한 민족적 서사라면 전자는 해방 이후 가장 강한 정부를 가진 국민국가의 국민이 졸지에 국가 없는 난민 상태로 전락하는 서사다.

사이공 함락 이전 정부의 송환 계획을 따르지 못한 이들은 국적을 불문하고 우선 '난민'으로 취급되었다. 한국인도 마찬가지였다. 이렇게 분류된 한국인, 베트남인 난민은 이미 문제가 되고 있었던 귀환 장병과 함께 '월남 패망'이라는 공포 담론의 수동적 주역이 된다. 애매한 위치의 국민을 차등 분류하고 수용하는 기준이 정부의 주먹구구식 난민 처리 과정에서 드러났다. 비둘기부대 출국이 열었던 희망찬 개척 서사는 월남 패망 후일담 서사의 주인공들이 들어오면서 어둡게 닫힌다. 한국이 예측하지 못한 형태로 강제된 이 종말에 길고 복잡한 후일담이 예고될 법했지만 상황은 반대로 흘러갔다. 부상자, 난민, 라이따이한 등 베트남전쟁이 만든 '부산물'은 사회적 관심사가 아니었다. 사실 참전 초반의 열기가 가라앉고 귀국자가 생기면서 베트남은 시나브로 심상한 뉴스가 되었다. 사적 네트워크에서 누군가 많은 돈을 벌어 귀국했다거나 다쳐서 귀국했다는 소식 외의 정보는 시사, 교양지에서나 '학술적'으로 분석되었다. 정부가 관심 밖인 귀국 용사들에게 무심했던 만큼, 대중은 언론을 통제하는 정부가 난민을 대하는 태도로만 난민을 보았다.

참전기 '월남 이야기'와 대비되는 '귀환 이야기(return story)'는 참전기에 외부로 확장된 국민국가의 공권력이 다시 반공국가의 국민 자격을 내적으로 통제하는 과정에 대한 서사다. 귀국 용사를 포함하는 이 이야기의 주인공들은 종전기 승공론과 결합한 전쟁자본주의가 한국사회의 내부적 단결을 저해하는 타자로 난민을 서열화하는 모습을 보여준다. 파월 초기 국가의 요구로 출국한 존재들은 귀국과 함께 반공국가의 구성원 자격을 시험받는다. 귀환 난민은 다 같은 국민이 아니었다. '장애', '재산', '핏줄'에 따라 국민국가 한국의 구성원이 될 자격이 달라졌다. 빨갱이 가족이 있지 않은 한 적어도 자유 진영 편에서 살아남은 모두가 가여운 국민이었던 한국전쟁에 비해 이것은 두드러진 차이다. 베트남전 종전은 반공주의자여도 필요에 따라 얼마든지 정부가 국민을 서열화할 수 있음을, 또한 사회적으로 그것이 용인됨을 인지하는 계기가 되었다. 반공은 필요조건일 뿐 여기에 더해 반공자본주의 국가가 '환영'할 만한 존재라야 했다. 더 근면하고, 더 순응적이고, 더 고마워하는 자라야 자격 있는 국민이 될 수 있었다. 끝난 월남 특수 이후의 '중동 특수'를 누릴 자격도 이들에게 있었다.

다만 합격점을 받지 못했어도 상이용사에게는 경제를 부흥시킨 발언권, 다시 말해 훗날 이익 집단화를 꾀할 자격증이 있었다. 보다 나쁜 케이스는 한국에 정착한 베트남인 난민이었다. '월남 패망' 후 한국은 17년간 부산에 베트남 난민수용소를 운영했다. 사이공 함락 전 한국 해군 수송함을 탄 1,360여 명이 5월 13일 부산에 도착했다. 이후 추가로 태국, 이란, 괌도에서 600명이 더 들어왔다. 이 중에는 20년 만에 조국에 온 교민, 한국인 연고자를 찾는 베트남인이 섞여 있었다. 한국인 319명이 포함된 해군 수송함 난민들은 국적별로 부산의 '난민대기소'에 수용되었다가 **84** 정착지를 찾아 흩어졌다. 1992년 난민수용소가 문을 닫았을 때, 한국은 드디어 우방국의 인도적 사명을 완수하고 패망한 월남과도 완전히 이별하는 것 같았다. 이것은 과연 만족스러운 이별이었을까.

일찍이 프로이트는 억압된 것은 반드시 귀환한다고 선언했다. 은폐된 진실의 힘을 경고하는 프로이트의 주장은 문화정치 연구에서 유용한 분석틀이 되어왔다. 베트남 난민은 산업화에 성공한 한국사회가 경제적 관점에서 체제와 인종을 분류하는 최초의 대상이 되었다. 거의 20년간 미디어가 재현한 보트피플 메시지의 효과는 현재까지도 우리가 베트남과 동남아시아 국가를 특정한 젠더로 수용하는 재현의 문법에 작동하고 있다. 한국사회에 깊숙이 들어온 이 타자들은 가부장적이고 자국 중심적인 한국의 다문화주의를 비추는 오래된 거울이다.**85**

파월 10년 동안 베트남 사회에 깊숙이 들어간 한국인들은 미국의 동맹 지위를 적절히 이용해 교민 사회를 만들었다. 많은 교민이 한국군 철수 후에도 현지에 남았다. 태평양전쟁기에 들어와 정착한 교포, 파월 군인 출신 사업자, 월남 여성과 결혼해 자녀를 둔 한국 남성 등 잔류를 택한 교민의 스펙트럼은 다양했다.[86] 이들도 사이공 몰락기에 일시적 난민 상태를 겪는데 그 양상은 달랐다. 영사관에서 제대로 신원을 파악했던 군인 출신, 기술자 그룹은 큰 문제없이 귀국했고, 제3국으로 갔던 한국인과 한국인 연고자들도 본인의 뜻대로 귀국하거나 제3국에 남았다.

문제는 사이공 함락일에 남은 자들이었다.[87] 사이공 함락 당시 정부는 안일했다. 해군 수송함을 보내는 것 말고는 '피난에 대한 비상 대비책, 책임 소재, 대사관의 교민 보호책' 어떤 것도 준비되지 않았다. 가장 큰 실책은 제멋대로 진행된 미국의 철수 작전만을 믿은 것이다. 1975년 4월 30일, 월남 패망이 눈에 보이자 출국을 미루던 교포들은 비상 탈출해야 했다. 그런데 4월 26일, 해군 수송함이 떠난 뒤 정부의 잔류 교민 추가 구출 계획이 없는 상태에서 순식간에 이들은 국가 부재와 동맹 붕괴에 노출되었다. 끝까지 베트남에 남은 『한국일보』 특파원 안병찬은 월남 패망 3일간 베트남에 버려진 한국인의 난민화 공포를 생생하게 기록했다.[88] 정부의 엉성한 교민 철수 계획이 종료된 상황에서 어디선가 "벌 떼처럼" 나타난 교민들은 정확한 교민 숫자도 몰랐던

구정 공세로 불타는 도심

정부를 비웃듯 공황 상태에 빠진다. 3월 말 다낭이 함락되자 언론은 다낭 '최후의 날'에 벌어진 비극을 흥미진진하게 소개했지만, 그 태도는 미상불 못미더운 정부의 정보력만큼이나 강 건너 불 구경에 가까웠다.[89] 그러나 4월 30일 잔류 교민 인원도 파악하지 못한 외무부가 "점심시간에 교민 철수자 명단만 남기고 부서를 텅 비우는 "진풍경"을 연출한[90] 새 사이공이 함락되었다.

교민들은 미군 수송기 좌석을 두고 베트남인과 경쟁하는 한편 분노한 베트남인으로부터도 자신을 지켜야 했다. 일찍이 베트남에서 처음 겪는 공포가 닥쳤다. 과거 '월남 이야기'에서 숨기지 못한 공포는 베트콩과 양민을 구분하고 선량한 월남인의 친구가 되는 황색 거인 신화로 극복할 수 있었으나 사이공 함락은 어떤 상징이나 서사 문법이 감당할 수 없는 실제였다. 교민 보호차 남은 외교관 외에 부득이 잔류자가 된 교민들은 영사들을 믿고[91] 지시에 따르지만, 탈출은 점점 불가능해졌다. 한때 '친구'들은 탈출 티켓을 배부하는 미군과 티켓을 얻으려고 서로 다투는 한국인, 월남인으로 갈렸다. 도처에서 충돌하는 한국인과 월남인들은 정언 명령으로 내면화한 한미월동맹의 허구를 폭로했다.

미국이 사전에 '안전'을 보장한 한국 영사관과 베트남정부 관료들도 경쟁자가 되었다. 양쪽은 여러 국면에서 지위가 역전되며 서로에게 자신의 불안정한 위치를 노출한다. 출국 비자 수속을 앞두고 마지막 권력을 행사하는 베트남 관료 앞에서 교민이 느끼는 굴욕감은 난민 인파 속에서 평소 도도하던 남베트남 장교가 보이는 겸연쩍은 태도로 상쇄된다.[92] 이러한 한월 탈출 경쟁 에피소드는 수없이 많다. 끝까지 미국을 믿다가 4월 30일 새벽 0시 20분, 한국인과 베트남인만 미 대사관 오락센터에 남은 상태에서, 미군이 헬기 탑승장으로 가는 철문을 닫자 파국이 시작된다.

사람들은 절망하여 주저앉은 채 모두 침묵했다. 이때 중령 이문학과 소령 이달화가 급하게 주고받았다.

"야, 사태가 심상치 않다."

"그렇다. 우리 옷 갈아입자."

두 사람은 카페테리어의 변소로 들어가 사복을 벗어던지고 군복으로 갈아입었다. 정장을 한 다음 미국 해병대원과 한판 결판을 내볼 작정이었다. 이달화는 그것이 안 되면 사이공 부두로 뛰어갈 결심을 했다.

월남 사람들은 또다시 고함치고 아우성치며 그들의 공황 상태를 최대로 노출했다. 어찌할 바를 몰라 유기된 잡동사니 속을 헤매는 사람도 있다. 나는 다시 군중 속으로 뛰어들어 철문 앞으로 접근하려고 필사적으로 비집고 나갔다. 앞뒤 좌우의 월남인들이 입에 거품을 물고 내게 욕지거리를 해댔다.

"이것은 생존이다!"

마침내 나는 철문 앞에서 두 번째 자리를 점령할 수 있었다.[93]

일단 깨어진 한국인과 베트남인의 동지의식은 미 해병대원이 두 집단의 탈출을 약속하고 '질서'를 요구해도 회복되지 않는다. 전쟁의 종막에서 미국에 협력한 두 집단의 생사여탈권은 오롯이 미국에 있었다. 졸지에 난민이 된 두 집단이 상대를 밀어내고 최후의 좌석을 차지해야 하는 이 '의자놀이'는 사실 다낭 함락일 (3월 26일)부터 시작되고 있었다. 다낭에서 미국 영사관 행정관은 한국인 기술자의 피난을 만류하고는 피난 당일 그를 방치했고,[94] 순흥통상 사원들은 공포를 쏘아 한국인이 탄 거룻배로 달려드는 베트남인 피난민들을 쫓는다. 두 집단의 탈출 경쟁은 시체가 도로를 덮은 중에 베트남 패잔병까지 더해져 더욱 격화된다. 안병찬이 다낭을 탈출한 교민, 미 대사관, 기타 인맥을 동원해 수집한 에피소드는 기억의 착오를 감안해도 거짓으로 보기는 어렵다. 해군 수송함에서도 충돌이 있었으므로[95] 사이공 함락일에 그나마 유지된 한월 관계는 한국인과 결혼한 베트남 여성이나 혼혈아 등 전쟁이 만들어낸 가족 관계 정도였다.

해군 수송함이 떠난 후 나타난 "어리석은 백성" 중에는 안병찬을 포함하여 외교관, 목사, 사업가도 있었으나 이들은 소수였다. 당국은 안전하게 입항한 교민과 인도적 견지에서 데려온 월남인[96] 뒤에 남겨진 교민 100여 명의 신원을 몰랐다. 이 공민증 없는 난민들의 공포는 안병찬의 르포를 통해 추체험될 뿐인데, 남겨진 한국인 연고자들을 포함하면 그 수는 훨씬 많았다. 안병찬의 표현대로 이 "어리석은 백성"들은 언론이 만든 '자유대한의 품에 안긴 교민/월남인'과는 전혀 다른 한국인 난민이었다. 또 이미 해군 수송함을 놓친 한국인 300여 명이 태국, 이란에 대피했고, 29일에도 미군 수송수단을 타고 가까스로 괌도에 수용된 240여 명이 있었다. 최소한 600명 정도의 한국인이 정부의 조치를 기다리는 상태였던 것이다.

애초 해외 난민캠프에 수용된 한국인 '난민'들은 대체로 제3국행을 희망했다. 정부도 여기에 긍정적이었지만, 이들이 "대부분 비행기표조차 살 수 없을 정도의 경제적 무능력자"임이 밝혀지고, 비자, 국적 등이 해결되지 않아[97] 우선 귀국 조치가 결정된다. 본인의 의사에 반하는 조치였으므로 이 와중에도 정부는 여비를 빌려주는 방안을 논의하는 등 이들의 제3국행을 돕기 위해 상당히 고심했던 것으로 보인다. 국제법상 관례에 따라 난민의 의사를 무시할 수는 없었지만, 절대 빈곤층이나 다름없는 교민을 설득해 조국으로 데려오는 것이 가장 좋은 방법이었을 텐데, 왜 이들을 군이 제3국으로 보내려 했을까.

한국정부는 이들의 입국이 국가 경제와 사회 통합에 미칠 부작용을 우려했다. 참전 후반기에 들어 경제성장률은 하락했지만 정부는 여전히 베트남을 교두보로 해외 인력 파견을 추진했고, 대대적인 산아제한정책을 추진하며 성장을 저해하는 요소를 내부적으로 통제하고 있었다. 1962년 해외이주법을 제정한 후부터는 인력은 경제발전을 위해 보내야 할 자원이지 받을 자원이 아니었다. 베트남에서 오래 거주하며 이국의 피를 섞은 이들은 외환을 보내줄 노동 인력도 아닐뿐더러 혈통 중심 단일민족 이데올로기에도 맞지 않았던 것이다. 가급적 "越南人과의 결혼으로 인한 국내적인 社會問題를 고려, 가능하면 이들이 미국 등 제3지역에 갈 수 있는 길을 모색"해야 했다는 설명이 여기에 해당한다. 이들의 궁핍상은 1차로 한국인 120명을 받은 이란 대사가 외무부에 "직장이 마련되지 않은" 이들의 입국이 "이란에서 사회적 문제가 될 뿐 아니라 앞으로의 人力進出에도 지장이 많을 것 같다고 그 대책을 호소"[98]했다는 보도로도 확인된다. 결국 정부는 이들의 입국을 놓고 정부의 "이민추진 정책에도 어긋나는 것"이자 "막대한 경비를 들여서까지" 귀국시켜야 하는지 고민하다가[99] 부득이 일시 귀국 조치를 결정한다.

사이공 함락일에 남은 "어리석은 백성" 또한 이렇게 "베트남을 삶의 터전으로 삼아서 뿌리를 내려 보려던 가난한 사람들"이었다. "귀국한들 반겨줄 이도, 먹고 살 방도도 없는 민초"들이 마지막까지 남은 난민으로 월남인과 탈출 경쟁을 벌였다.[100] 이들의 의사를 구실로 귀국 경비를 가늠하며 제3국에 보내려는 정부의 태도는 위기에 처한 자국민을 책임지는 태도가 아니었다. 이들은 비자발적으로 난민에서 부득이하게 국민이 된다. 그러나 난민도 국민도 될 수 없었던 이에 비하면 최악은 면한 셈인데, 한국인과 사실혼 관계에 있었던 베트남 여성들은 인도적 관점에서 거주 자격을 얻고도 무국적으로 살아야 했다.[101]

한편 국내에는 상이군인이라는 내부 난민[102]도 있었다. 자랑스러운 파월 용사들의 귀국 후 사회 복귀는 계층별로 달랐다. 사병 출신 상이군인들은 국민적 환송을 받으며 떠날 당시로는 상상키 어려운 빈곤층이 되었다. 경제적 궁핍이 초래한 난민 상태는 좀처럼 개선되지 않았고, 목소리를 낼 수도 없었던 이들은 「영자의 전성시대」의 화자처럼 범죄자가 되거나 방화범이 되었다. 본래 사병 이하 군인은 명령을 따를 뿐 어떤 탈주선을 확보하기 어렵다. 계급이 낮을수록 상해를 입을 확률이 높고 전장에서는 순식간에 벌거벗은 생명으로 전락하는, 정권의 이데올로기 공세에 가장 동화되기 쉬운 평범한 군인이 사병이다. 혹자는 평범한 참전 용사들이 내부 난민 상태를 거쳐 우경화되는 것을 두고 "피해자이기 때문에 가해자가 된"[103] 것이라고 설명했다. 또한 국민의 난민화 공포가 아닐 수 없었다.

3] 기회로서의 전쟁이 남긴 것

1966년 특파원 박안송은 월남에 진출한 한진상사 사장의 입을 빌려 사업과 전쟁이 다르지 않다고 강조했다. "월남 전선은 한국의 제2전선이나 다름이 없"고 "월남전에서 승리를 거둠으로써 한국의 안정된 경제 건설을 이룩할 수 있다"는 여상한 태도는 한진상사의 24시간 작업을 연합군에 대한 지원으로 정당화했다. 벌써 종전을 가정하고 전후 월남 재건에 참여할 생각을 할[104] 정도로 파월 1년 만에 이러한 시각은 보편화되어 있었다. "내가 뿌린 피와 땀으로" 조국이 "자랑스러운 동방의 밝은 나라로 면목을 되찾았다"[105]는 생각은 한국의 전후 복구사업 참여를 한국군이 흘린 '피의 대가'로 쥐어야 할 "당연한 권리"로 주장했다.[106] 전쟁이 어떻게 끝나든 모두가 베트남에서 뿌린 피의 대가를 챙

거야 한다고 생각하고 있었다. 김진석은 더 명료하게 한국이 이 기회를 잡아야 한다고 썼다.

> 어떤 의미에서 전쟁은 역사의 신진대사와 평화와 여과(濾過)를 위해 필요한 기구라고 괴변 같은 이론에 선 듯 부정만 할 수 없는 경우가 있다. 우선 가까운 예로서 제2차 세계대전의 경우, 전진과 화약 냄새 속에서 발길에 채인 해골을 제치고 오늘의 안정과 성장을 누린 전후 일본과 독일을 들지 않을 수 없다. 반드시 모든 경우가 다 그러리라고 단정할 수 없지만 재기와 발전의 가속(加速)에 결정적인 요인이 될 만큼 차라리 전쟁은 잔인하고 비참한 피비린내를 풍길 때 평화로 급행하는 지름길을 찾을 때가 있다고 해둘까? 六·二五 때 백만의 재물을 바치고 한국이 오늘로 발돋움했다고 풀이할 때도 호전론이나 전쟁주의를 제창하는 것은 결코 아니다.[107]

참전 담론의 축이 자유 수호에서 경제 효과로 급격하게 이동하는 시점은 1968년 파리휴전 회담이 계기였다. 휴전 회담 중에도 경제는 성장하고 한국군은 밀림의 베트콩을 소탕하고 있었지만, 전쟁 취재를 끝내고 귀국한 심재훈의 글을 보면 이 무렵 기자들의 보도 관행은 매너리즘이 임계치에 달했다. 그는 귀국 직후부터 독자와 편집자로부터 "특파원의 보도를 믿지 못하겠다는"[108] 질문을 받았다. 한국군의 성과 위주 기사에 식상한 독자

여자 베트콩 귀순 기자회견

들은 믿을 만한 외신이나 취재에서 나온 분석 기사를 원했다. 그런데도 이에 대한 지상 논쟁이 없었던 주된 이유는 위축된 언론 환경에 있을 것이다. 때문에 전쟁 후반부에 와서도 한국은 한국군 철군기(1971-1973)를 월남에서 "평화가 안착되는 시기"로 규정하고, "명예로운 철군"과 월남전의 성과를 근대화에 결부시키는[109] 태도를 고수했다. 1969년 리영희 필화 사태가 보여주듯이 반공 관련 보도는 돌려서 말하는 정도가 최선이었고, 연합군의 패색을 미국의 과욕과 아시아내셔널리즘의 충돌로 파악한 저널리스트는 극히 소수였다.

경제적 관점에서 보면 예상을 깨고 미국의 패색이 짙어지는 전황도 자국 중심으로 파악할 여지가 있었다. 미국의 패배가 반드시 한국의 패배는 아니라는 인식은 크게 보아 내부적으로는 참전 초기의 목표를 충분히 달성했다는 평가 덕분이었다. 따라서 기자들이 판에 박은 듯이 미국의 명예로운 철수를 수긍하면서도 성급한 휴전 회담에 반대하며 한편으로 한반도의 공산화 위험을 언급해도 대체로 한국정부는 느긋했다. 공식적으로 국제연합이 개입하지 않았고 예상과 달리 중공군의 무력 개입도 없었다. 미국만이 보이는 전쟁의 명분은 약화될 수밖에 없었다. 휴전 회담이 "理性에 입각하고 또한 名譽롭게 끝남으로써 장차 다시는 이 땅 위에 共産主義者들의 침략을 미리 防止할 수 있고 世界平和에 공헌할 수 있다는"[110] 것은 어디에나 보이는 논조였다. 휴전이 가시화되면서 베트남전쟁의 냉전적 감각이 희미해지고 있었다.

'제2의 한국전쟁'이라는 관점을 버리면 더 대담해질 수도 있었다. 1972년 전 주월 특파원 정원열은 기존 시각에서 벗어나 베트남전쟁이 사실상 민족해방전쟁임을 인정한다.[111] 그가 "전후 세계의 불운한 역사에 휘말"린 월남인을 위해 "전쟁의 참모습을 파헤쳐보"고자 쓴 이 저서는 전쟁의 경과를 베트남민족주의와 외세의 대결 구도로 파악하고 남베트남정부와 미국의 입장차를 싣는 등 기존 수기의 시각을 상당히 수정했다. 흥미롭게도 이 책에는 한국군 전투담이 없는데, 종전을 앞두고 한국군에 관한 장을 아예 뺀 독특한 체제를 선보인 것은 한국전쟁과의 유사성을 고집하지 않아도 될 상황이 되었다는 저널리스트의 감각을 시사하고 있다.

이 감각이 종전 후반부에 나왔다는 것이 중요하다. 한국정부는 한국군 철수에도 부정적이었지만, 미군 철수 후 한국군의 피해가 커지자 단계적으로 철수했다. 원치 않은 철수에 따라 이후 한미 관계가 경색되고 경기 침체를 겪지만,[112] 내외신의 지적처럼 이 전쟁에서 미국은 졌어도 한국은 지지 않았다. 패망 직후부터 쏟아진 '월남 패망' 반면교사론[113]은 승공론으로 바뀌어 내부적으로 더 냉전적 감각을 옥죄게 된다. 1960년대 초 선거용 구호였던 '민족적 민주주의'는 60년대 후반 '한국적 민주주의'를 거쳐 새마을운동으로 진화한다.

알다시피 새마을운동은 1970년대에 농민의 빈곤 탈피 욕구와 정권의 지지 기반 강화 노력이 결합된 강력한 하향식 농촌 개발 운동이다. 농촌 환경 개선에만 주력하지 않고 '근대적 국민 만들

청룡부대를 환영하는 빈손군의 베트남 주민들

기'를 염두에 두고 "농민들의 정신 계발"에 더 주력했다.[114] 박정희의 말대로 "새마을운동은 곧 한국적 민주주의의 실천 도장"이었다.[115] 새마을 지도자들이 농촌의 빈곤을 전근대적 생활 방식 탓으로 돌리고 정신 개조에 가까운 농민 계몽을 통해 "자주국방"과 "총력안보"를 꾀한 것은 한국군이 베트남의 '신생활촌(전략촌)'에서 수행한 전략과 흡사하다. 새마을운동이 신생활촌을 복사했다는 것이 아니라 국가가 그런 계획을 입안하고 집행할 수 있었던 동력에 베트남에서의 경험이 있었다는 것이다. 신생활촌과 이름도 유사한 새마을은 반공국가의 정체성을 마을 단위에서 안착시키는 데 성공한다.

이렇게 보면 한국의 베트남전쟁은 뜻밖의 휴(종)전이라는 변수가 있었지만, 정권이 의도한 바를 대부분 달성했다. 유신을 단행할 정치경제적 동력을 얻어 농어촌에까지 치밀한 통제가 가능하게 되었으니 종전 후 베트남전쟁 담론이 정부의 해석을 배반하는 형태로 제기될 확률도 낮았다. 정권이 바뀌어도 참전기에 이룩한 경제성장은 반공국민국가의 업적이 되었다. 그것은 유신정권이 쓰러진 후에도 '한강의 기적'으로 기억되었다. 이 상황에서 참전자를 기억하라고 외친 이는 월남 패망 후 내부 난민으로 살아야 했던 참전군인들이다. 1992년 참전군인들은 경부고속도로를 점거해 열대의 냉전에서 파괴된 자유 전사들의 고통을 호소했다.[116] 세계사적 냉전이 끝난 시점에 갑자기 기억 속의 냉전이 분노한 노병의 육체로 현현한 것이다. 정부는 그때까지 피해자 조사조차 하지 않고 있었다.[117] 국가가 보낸 전쟁에서 입은 후유증을 국가가 책임지라는 이들의 주장은 정당했으나, 체제를 구하지 못한 남의 나라의 전쟁을 기억하라는 외침은 생경했다. 참전군인들이 피해 보상을 요구하며 한국전쟁 유공자와 동일한 대우를 주장한 것은 본질적으로 두 전쟁이 같다는 이전 정부의 주장을 인용한 것이며, 긴 싸움 끝에 참전군인단체는 원하는 바를 얻었다.

종전 20년 만에 국가의 참전 책임을 지적한 이들의 주장은 틀리지 않았다. 그러니 이렇게 상황이 끝났다면 의외로 베트남전쟁은 전쟁의 본질이 어떻든지 내부적으로는 성장한 국민국가와 국민의 바람직한 관계를 설정한 현대사의 사례로 남았을 것이다. 국가는 당연히 이성을 잠재우고 전우애와 적에 대한 분노로 전쟁터를 누비다가 '눈빛이 살벌'해져 귀국한[118] 참전군인을 돌봐야 한다. 문제는 1999년 고엽제전우회가 미국의 고엽제 생산회사를 상대로 낸 손해배상 소송에서 알 수 있듯이, 참전기에 생긴 문제는 자국민과 자국 정부라는 제한된 관계를 넘어선다는 데 있다. 경우에 따라 국가는 더 큰 책임을 맡아야 한다.

2000년대에 제기된 한국군의 민간인 학살 논란은 주로 한국전쟁기의 국가폭력에 국한되었던 국가폭력의 적용 범위를 전시, 외국인 대상으로도 넓혀서 사고하는 인식의 전환점이 되었다. 비록 전쟁범죄라는 부정적 유산에 의한 것이지만, 이는 한강의 기적을 이룬 후 '경제성장=근대화=선진국'이라는 믿음 체계를 수용하게 된 한국사회에 던지는 중요한 질문이다. 오랫동안 한국사회는 분단과 일국적 문제에 매달려 이러한 믿음 체계에 대해서 수동적일 수밖에 없었다. 1980년대 군사정부가 민주주의를 탄압한 배경에는 불과 10년 전 전후의 가난한 국가가 냉전을 이용해 국민을 성공적으로 통제하고 동원했던 기억이 버티고 있다. 전쟁자본주의를 이용한 성장은 반공국민국가의 기억 속에 무의식적으로 각인되었다.

참전군인들이 국가와 맺은 계약에 따라 뒤늦게 보호자(국가)와 피보호자(국민)의 의무를 말했을 때, 베트남전쟁은 어쩌면 최초로 한국의 과거사가 되었는지 모른다. 참전군인은 '전선 없는 전쟁터'에서 신성한 국방의 의무를 다하다가 다친 것만을 말했지만, 한국군은 또한 베트남에서 양민의 '보호자'였다. 이 사실은 대한민국고엽제전우회가 2011년 바라던 국가 유공자 지위를 회득했다고 사라지지 않는다. 위축되었던 참전군인의 사회적 명예를 회복시킨[119] 국가 유공자 인정은 오히려 그 명예의 출처가 한국군의 싸움에 있음을 확인하는 공적 보증이다.

더욱이 보호자는 한국군이 민사작전을 수행하며 자부심을 갖고 설정한 위치였다. 법적으로는 어떤 구속력도 없지만 반공 개척의 역사에서 이 주체성은 의심의 여지없이 국민국가의 자의식을 구축해왔다. 민간인 학살 논란은 이에 대해 국민국가의 판단을 물음으로써 한국군이 설정한 보호자(국가) 대 피보호자(국민) 관계의 일국중심주의를 넘어서고자 한다. 도덕적·사법적 판단은 논쟁적일 수밖에 없지만, 이것은 한국의 참전이 만들어낸 당연한 질문이다. 모든 것이 촘촘히 연결된 세상에서 과거사를 다루는 국민국가의 윤리는 어떠해야 하는가. 한국이 잊은 참전의 결과로 이 질문이 주어진 것은 역사의 아이러니다.

제3장

베트남전쟁
담론 변천사

1. 동질성 담론과 반공개발론, 1965-1968년

1) 한월 공동 운명체론

참전 초기에 정부는 참전의 당위성과 필요성에 집중했다. 모든 매체는 양국이 닮은꼴 전쟁에 휩싸이게 된 원인을 한국과 베트남의 역사적 유사성에 두고 한쪽의 미래를 다른 쪽의 미래로 떠들었다. 베트남이 아직 공산화되지 않았는데도 파병하지 않으면 한국이 공산화될 것처럼 위기감을 조성했다. 한국의 안보를 미군이 맡는 조건하에 국군을 사지에 보내야 하는 처지는 한국전쟁 당시 연합군에 대한 보은과 최초의 해외 진출 등의 명분에 가려졌다. 정작 사병들은 이러한 명분이 와 닿지 않았다. 파월은 원칙적으로 자원병을 받았지만 지원자가 부족할 때 '돈 없고 빽 없는' 사병이 상급자의 권유를 거부하기는 쉽지 않았다. 더 큰 문제는 이들이 베트남에 대해 무지한 상태로 출국해야 했다는 것이다.

군인들은 도착하자마자 바로 실전에 투입되었다. 장교들도 따로 정보를 수집해야 했다. "아무것도 모르는 상태로 월남에 떨어

방하우 베트콩 소탕작전

진" 사병들은 출국 전 이미지와 매우 다른 베트남을 만났다. 파병 결정 후 정부는 월남 붐을 일으키기 위해 환송연을 열고, 파월 용사를 위한 노래를 만들고, 학생을 동원해 '위문편지 쓰기 운동'까지 벌였지만, 베트남에 대한 국민적 관심은 피상적이었다. 대중은 베트남을 "전쟁하는 나라, 돈벌이나 하러가는 나라"로만 여겼다.[1] 이러한 형편을 개선하고자 참전 초기 공보부는 양국의 깊은 인연을 강조하는 책을 냈다.[2]

한월 공동 운명체론의 핵심은 양국이 피식민지를 거치고 남북에 상이한 체제가 들어선 상태에서 자유 진영에 속한다는 것이다. 세부적으로는 역사, 정치, 이념 세 항목에 따라 양국을 과거–현재–미래로 구분해 비교·대조하는 방식을 취했다. 역사적 차원에서 베트남의 과거는 '비극적 월남사'라는 제국주의 침략사로부터 시작하는데, 이전의 매체에서도 양국의 공통점을 말할 때는 이 부분이 빠지지 않았다. 근대 초기 널리 읽힌 양계초의 『월남 망국사』에도 같은 내용이 있었다. 이러한 전제를 깔았을 때 '월남을 돕는다(공산화를 막는다)'는 명분은 역사적 설득력이 있지만, 동시에 제국주의에 항거해온 베트남의 강력한 민족주의를 처리하는 문제가 남았다. 저자들은 이를 제2차 세계대전 후 독립한 약소국이라는 동질성에 버금가는 베트남의 '고유한' 기질로 다루었다.

출판물의 앞부분을 차지하는 '월남 서설' 장 자체가 그러했다. 통상 서설은 본 내용에 앞서 알아야 할 전제를 포괄하는 부분이니 필수 항목이 아니다. 그러나 거의 모든 책이 앞머리에 월남사를 넣어 이 전쟁의 역사적 맥락을 주지시켰다. 이것은 일종의 민족사 서술로, 베트남을 부동의 민족국가로 규정하며 아시아의 신생 독립국이라는 묵직한 존재감을 불어넣었다. 문제는 베트남이 중국과 100년 프랑스 제국주의에 짓밟힌 나라라는 점이었다. 중국의 '보호'를 거부하고 프랑스와 싸운 베트남의 민족주의는 우리의 항일 투쟁과 마찬가지로 외세에 굴복하지 않는 저항적 민족의식의 표본과 같았다. 피식민지 100년을 겪은 베트남인들이 외세를 배척하는 것은 너무도 정당한 주체성의 발로였다.

> (1) 이러한 여세(餘勢)로 프랑스는 캄보디아, 통킹, 안남, 라오스를 가지고 인도지나 연방을 조직하여 사이곤에 총독부를 두고 보호국에는 행정, 재판, 군사 일체를 장악케 하는 고급 행정관을 파견하였고, 동화정책(同化政策)으로 식민지 통치의 방침을 세워서 베트남의 모든 문화를 말살하여 프랑스의 전형적인 문화를 접목(接木)하기에 온갖 노력을 다했던 것이다.
> 그러나 베트남 국민들은 전통적인 저항정신으로 이에 대항하였고 (…) 이처럼 프랑스 지배하의 六〇년간은 반불(反佛) 운동의 시대였고 따라서 프랑스는 평정과 식민지의 두 개의 평행적 현실을 타개하는 데 세계 여론에 귀를 기울이지 않고 밀고 나갔던 것이다.[3]

> (2) 몇 천 년을 중국의 세력 밑에서 살아왔고, 불란서의 식민지 생활을 겪어내야 했고, 대동아전쟁 때는 일본의 간섭

도 받아야 했던, 어쩌면 저주받은 땅이기도 하다. 그러면서
도 이들은 외부의 세력과 부단히 싸워 이를 물리치는 데 성
공한 민족이었다. 이 나라의 깊은 반만년의 역사는 피와 투
쟁과 비극의 역사였다. (…) 월남을 지배하고 있는 지식층들
은, 이를테면 이 월남의 지도자들은 하나의 사상과 주의를
염두에 두지 않는다. 지극히 모든 면에 배타주의다. 남이 주
면 받아먹고, 남이 와서 싸워준다면 그대로 응하고, 어쩌면
개성이 없는 민족이기도 하나 (…) 그들에게 이즘을 찾아볼
수 있다면 오직 민족주의만 진한 농도로 혈통 속에 (…)⁴

(3) 물론 이 프랑스 식민에도 피어린 저항이 있었다. 특히
베트남의 三·一 운동이랄 수 있는 '三〇년운동'은 유명한
것으로, 군대와 비행기까지 동원시켰던 것이다.

이때 검거당한 애국자가 三천명 ― , 八三명이 사형을 당했
고 五백四四명이 종신형, 七백여 명이 유배형을 당하는 가혹
한 탄압이었다. (…) 제二대전의 프랑스의 인도지나 경영이
전형적인 식민주의였다는 것은 두말할 나위가 없다. 二차
대전의 역사적인 의의는 그 식민주의의 일소에 있었음에도
불구하고 프랑스는 자기네들 옛 식민지를 버리기가 여쪄워
'프랑스 연합'이란 조직으로 대전의 개선국이 대전의 역사
적 의의를 역행하려 했다. 이것은 디엔·비엔프의 비극에 이
르는 八년전쟁의 전단(戰端)이 된 하이퐁의 포격이 어떠한
이유에서 비롯되었는가를 도리켜 보면 명백해질 것이다.⁵

위 인용문에서 프랑스 제국주의를 비판하는 것은 일제를 비판하듯 자연스럽다. 제2차 세계대전 이전의 제국주의와 지금 베트남에 들어온 미국이 다르다는 인식론적 단절을 전제하고는 있지만, 베트남의 강력한 민족주의가 이 전쟁의 앞에 있고, 그것이 현재의 전쟁을 있게 한 이유라는 역사적 관점이 드러난다. 필자의 의도는 반제 민족의식을 통해 양국의 친연성을 밝히려 한 것인데, 몰랐던 월남의 역사를 굳이 책머리에 넣어 월남에 대한 무지[6]를 역으로 나타낸 것처럼, 이 때문에 '내전'인 월남전에 끼어든 미국과 한국의 위치를 설명해야 하는 문제가 생겼다. 자세히 사정을 쓸수록 누가 봐도 '외세'인 미국의 개입이 부당하게 보이게 되었다. 그 결과 월남의 '혼란한 현재'와 공산화를 막고자 나선 미국의 사심 없는 지원을 강조하고, 공산당의 준동에 흔들리는 월남과 반공 이념이 바로 세워진 한국의 차이를 보충하는 식의 논리가 더해졌다. 실제로 이 무렵 월남의 정치 현실은 디엠이 실각한 후 연속되는 쿠데타로 극히 혼란했다. 특파원들이 미-디엠정권에서 디엠을 떼 내어 그에게 현재의 혼란에 대한 책임을 묻는 것도 그래서인데, 디엠과 군사 쿠데타는 같은 자유 진영인데도 혼란스럽기만 한 베트남의 '현재'를 설명하는 이념적 후진성의 지표였다.

이규영은 베트남 수탈사를 기록하며 "十七도 선이 있기까지 베트남의 풍상은 三八도선이 있기까지의 한국의 풍상보다 더했다"[7]고 단언한 후 디엠에 대해 '전후 후진국 지도자 특유'의 "결벽"과 "고집"이 있었고 미국에 의해 대통령이 되었지만, "철저한 가족독재 체제"로 붕괴했다[8]고 쓴다. 디엠과 친분이 깊었던 이

승만을 환기하는 서술이다. 이런 서술을 따라가면 베트남은 과거뿐 아니라 1960년대에 데모로 독재자를 쫓아낸 경험, 지금도 수도에서 학생들이 데모를 벌이는 것까지도 비슷하다. 이규영은 이런 부분은[9] 작게 취급하고 디엠정권의 실력자였던 고딘 누를 호출해 한국과 달리 베트남의 이념적 후진성을 무능하고 태만하게 국가를 운영하는 여성 젠더의 기질로 격하했다.

고딘 누는 디엠의 제수(弟嫂)로, 디엠정권의 불교 탄압에 항거해 분신한 승려를 '인신 바비큐'라 칭해 논란이 된 여성이다. 그녀는 '독재' 디엠정권에 '사악한 광기'를 불어넣어 현재의 월남을 매우 부정적으로 '여성화'하는 기호이다. 고딘 누를 전유한 현재 월남은 쿠데타가 꼬리에 꼬리를 물고 있고 정부의 지도력도 없다. 이렇게 부정적으로 여성 젠더화된 월남과 강력한 군사정부가 통치하는 한국의 차이는 다시 한국과 월남을 보호자(형) 대 피보호자(아우) 구도에 놓는다. 1967년 파월 2주년 기념식에서 채명신은 한국의 참전이 혼란한 월남을 노리는 적으로부터 월남을 도와 "월남의 장래에 평화와 자유를 약속"하고 한국이 "한걸음 더 나아가서는 세계 평화에 기여하"게 되리라고 공언했다. 월남을 이렇게 피보호자로 만들면서 한국군의 역할을 부각하는 것은 참전을 정당화할 필요 때문이었다. 같은 이유로 독재정권을 무너뜨린 4.19에 대해서도 모순적 태도를 취했다.

이규영은 디엠을 무너뜨린 월남의 학생 혁명이 4.19의 학습물이라는 고백을 자랑스러워하면서도 월남 데모에서도 하층 계급 "똘만이"들이 앞장서는 것을 양국이 함께 '데모 소아병'에 걸렸다

승려 틱꽝득의 소신공양

고 지적한다. 신세훈 또한 「월남서 보낸 시인일기」를 쓰면서 국내의 한일회담 반대 데모가 부끄러워 견딜 수가 없으니 "제발 좀 데모를 그만하라"라고 당부한다.[10] 당시 여당이 만들어낸 소위 '데모 만능론'에 대한 부정적인 시각을 그대로 한월 관계로 가져와 한국이 월남처럼 혼란스러워서는 안 되는 이유를 긴밀히 연결된 양국의 정치 상황으로부터 찾아낸 것이다. 이 시각에서는 한국의 안정이 장차 비슷한 궤도를 밟고 있는 월남의 안정이 되는 바, 그 역의 관계도 성립한다. 4.19까지 연결된 양국 관계에서 월남의 미래를 구하는 것은 우리 자신의 미래를 위하는 길이었다. 당대사까지 인용하며 형을 자처한 한국의 논리가 이와 같았다.

1966년 10월 베트남을 찾은 김종필은 참전으로 인해 한국인들이 "프라이드와 의욕"을 갖게 되었고, "한국의 한국이 아니라 세계 속의 한국"이라는 인식이 퍼져 대한민국이 넓어지게 되었다고 연설했다.[11] 그가 한반도 지도 대신 베트남 지도를 걸어놓고, 한국군 주둔을 아세아 진출의 증거로 꼽는 등 참전을 세계 진출로 자랑하는 것은 이국의 전쟁터에 청년들을 보내는 집권당의 의장으로 적절한 발언이 아니었다. 그러나 김종필은 한국 상황을 "군대와 국민이 아주 하나로 뭉쳐 있"는 병영국가 체제로 보았다. 국내에도 월남에서 한국군이 패배하면 한국의 세계 진출이 실패한다는 인식이 퍼져 있었다. 복무 기간이 같아도 "국내의 전쟁 반대를 무마하기 위한 정치적 결정"에 따라 대충 기간을 채우고 돌아가면 되는 미군[12]과 달리 한국군은 전투=세계 진출=한국 이미지 구축이라는 몇 겹의 과제를 짊어지고 있었다.

이렇게 오도된 한국의 민족주의적 열정은 전 방위에서 구현되었다. 한국군은 한국식 반공개발의 첨병이었다. 비둘기부대는 우월한 의료기술로 미개한 풍토병을 정복하는 역할을 담당했다. 휴머니즘을 구현하는 '월남 이야기'의 주역답게 비둘기부대 의료진은 한국군 부상 치료 업무 외에도 뛰어난 의료 기술로 밀림의 다민족을 감동시키는 '진료 실화'를 생산했다. 붕타우의 이동외과병원은 주둔한 지 6개월 만에 329명의 환자를 받아 171명을 완치시키며[13] "어떠한 병이라도 따이한 박씨(의사)에게 가면 모든 것이 치료된다는 신화"[14]를 썼다. 의술은 악랄한 베트콩을 '인간'으로 전향시키는 자유세계의 기술이었고, 농촌에서 미국인보다 환영받는 한국인상을 만드는 데 기여한다. 월남인들이 "희한하게도" 미국 의사보다 한국 의사에게 구름처럼 몰려드는[15] 바람에 "적어도 월남 사람을 치료하는 것은 마치 개구리를 해부하는 양 자신만만한 것"[16]이라는 인종차별적 진술까지 나왔다. 진료담의 클라이맥스는 부상당한 베트콩 포로를 울린 간호장교 이야기였다.[17] 치료와 음식을 거부하는 베트콩이 마침내 귀순하는 이야기는 이동외과병원 의료진이 부상당한 월남군을 위해 선뜻 피를 뽑는 에피소드와 더불어 한국군의 박애심을 선전했다. 월남군 장교는 한국에 가서 살고 싶다고 감사했다.

여기에는 필연적으로 우생학적 시선이 개입했다. 민사심리전을 담당한 비둘기부대의 모든 진료담은 한국군이 가져온 양약과 한국 의료 기술의 우수성을 보고하는 이야기다. 의료 인력이 절대 부족한 월남에서 한국 의료진은 '언챙이' 수술과 안약 등으로 명성을 떨쳤고, 실제로 베트남정부도 의료진 파견을 가장 반겼다. 그런데 이렇게 '국경 없는 의사회' 활동처럼 보이는 진료 행위도 실은 작전상 필요에 따라 주의 깊게 선택되었다.

「훈장과 굴레」는 이를 매우 사실적으로 보여준다. 엘리트 청년 성우가 민사장교가 되어 대민 업무를 열정적으로 수행하는 까닭은 한국전쟁을 닮은 전쟁터에서 한국전쟁이 만든 자신의 가족사의 비극을 나름대로 풀어보고 싶어서다. 그러나 자신이 맡은 다이퐁촌은 베트콩 강세 지역이라 평정은 고사하고 주민들과

대화도 쉽지 않다. '친구'가 되고자 아군의 반대와 마을에서 피습 위험을 감내하고 다가가도 풀리지 않던 상황이 뜻밖에 한국 의료진이 개입하면서 호전된다. 존경받는 마을 원로의 손자가 독사에 물린 것이다. 성우는 소년을 작전 수단으로 이용하는 데 반대하지만 연대장의 생각은 다르다. 연대장이 보기에 소년의 부상은 한국군에게 온 '기회'였다. 치료의 정치성은 "소년이 아까자네 팔에 안겨 연대에 온 순간부터 이미 전략의 와중에 휩쓸린거나 마찬가지"라는 연대장의 말에 정확히 나타나 있다. 소년이치료되자 원로와 촌장이 협조하고[18] 다이퐁촌은 한국군의 통제를 받아들인다.

다이퐁촌 같은 벽지 농민과 밀림의 소수 민족이 수혜자였던 까닭은 한국군 주둔지가 중부 5개 밀림지대였기 때문이다. 피식 민지를 겪은 벽촌에 근대 의료 시스템이 없는 것은 당연했다. 문제는 이곳을 대하는 한국인들의 지나친 민족적 자부심에 비례하는 인종차별적 시선이다. 농촌 지역의 노상방뇨, 노상배변이 한국에 없는 풍속이고, 주민의 피부병, 안질환은 베트남 전역의 불결한 위생 상태의 증거인 양 흥미롭게 기록된다. 상대가 산악지대의 소수 민족일수록 더욱 심했다. 한 기자는 안약을 휴대하고 나섰다가 다투어 약을 요구하는 산악 민족 때문에 곤욕을 치른 경험을 '밀림의 미개인'들에 의술을 베푼 양 은근히 자랑한다. 한국인은 문명국에서 온 근대화의 사도처럼 보였다.

군이 따지면 파월 시기 한국 의료 체계는 베트남보다 조금 나은 정도였다. 병원문은 여전히 높았고 평생 근대 의료 혜택을 못 받아본 국민도 상당수였다.[19] 김정한이 「분통이」에서 그렸듯이 국내에서도 의사를 만날 수 없어 수의사를 찾았고, 한국 의료진이 월남에서 만난 불쌍한 환자들은 막 산업화가 시작된 한국의 도심 외곽, 농촌 어디에나 흔했다. 나병 환자들은 불가촉천민으로 격리되었고, 민간요법은 어디서나 널리 시술되었다. 이렇게 보면 한국군 평정 작전과 국내 반공개발 사업은 거의 동시에 진행된 셈이고, 이동외과병원이 한국군의 주력 대민사업으로 베트남에서도 외진 곳에 있는 주민들을 상대했기에 한국식 반공개발의 효과가 돋보인 것이다. 즉 한국군의 진료담은 파월 한국군이 쓴 반공개발론의 박애적 비전이다. 우수한 한국인이 의술을 베풀고 불쌍한 베트남인이 치료되는 구도는 베트콩의 위협에서 월남을 지키는 황색 거인들과 짝을 맞춰 훌륭한 한국인상을 창출했다.

황색 거인도 비정한 전투기계가 아니었다. 대민/전투부대를 별도로 운영한 미군과 달리 한국군은 한 부대에서 대민사업과 전투를 같이 담당했다. 전투가 없을 때는 주둔지 농촌 개조 사업을 진행했다. 범위도 넓어서 추수 보호 같은 군의 필요에 따른 대공 작전 외에도 치료, 모내기, 물대기, 다리 건설, 경로잔치 등 일상적인 업무가 포함되었다. 고도의 기술 없이 근면, 성실, 예의 같은 '동양적 품성'을 써서 효과를 보았는데 때로는 의욕이 지나쳐 불필요한 사업을 벌이기도 했다. 주둔지 근처 마을에서 낙후된 월남 농촌을 근대화하고자 한국산 탈곡기를 비롯한 개량 농기계를 사용해 "월남인을 감동"시킨 사업은 근대화한 한국 이미지를 심어주려 했던 전시 행사였다. 삼모작을 하는 환경에 필요한 삿갓과 농사법을 "전통적 고집"을 버리지 못한 "원시 형태"로 칭하거나 요청이 없는데도 모내기라는 '선진 기술'을 굳이 소개했다.[20] 수출 품목에 농기구를 넣으려는 의도가 있었어도 천혜의 자연 환경에 기댄 삶을 이렇듯 후지고 발전 없는 민족성으로 본 것은 명백히 자아도취였다.

3) 베트남 속 한국 만들기

한국인들은 합법적으로 출국한 베트남에서 공산주의자들과 조우했다. 중부 지역을 맡은 '자유세계의 십자군'들은 조국이 기대하는 소식을 열심히 전해야 했다. 국가가 월남 붐을 만들었고 보도 또한 엄격하게 통제되었기에 특수한 경우를 제외하고 신문이든 방송이든 정보의 질량에 큰 차이는 없었다. 그런 까닭에 초기에 반짝했던 '월남을 알자'는 분위기는 곧 승전담 홍보로 채워졌다. 친족 중 참전군인이 없는 이들에게 월남은 '월남치마'나 〈월남에서 돌아온 김 상사〉처럼 추상적이면서도 무언가 벅찬 '한민족 신화'가 쓰이고 있는 기회의 땅이었다.[21]

이러한 열정은 1960년대 경제개발론과 밀접한 관련이 있다. 1963년 대통령 선거에서 박정희는 '민족적 민주주의'를 내세워 민족 자주와 빈곤 해방을 실현할 근대화 지도 세력으로 스스로를 규정했고, 한국군은 베트남에서 민족적 민주주의를 잇는 '한국적 민주주의'[22]를 시험했다. 베트남에 한국 혼을 심는 용사들의 이야기는 노골적인 식민주의 또는 반공개발론[23]에 의해 미국–한국–월남이라는 위계를 반복했다. 파월 효과가 가시화된 1967년 선거에서 박정희는 자주와 민족 주체성을 빼고 자립사상, 경제성장을 중시하는 구호를 전면에 세웠고,[24] 선거에서 이기자 1968년 한국군을 증파하고 더 많은 기술자와 교민을 베트남에 보내게 된다. 이 시기에 한국군은 성과가 쌓이면서 부대 운영에도 자신감이 붙었다.

파월 부대는 여러모로 국가 주도 민족주의를 관철하기에 용이한 조직이었다. 우선 '자주냐 성장이냐'를 따지는 장애물이 없었다. 명령은 곧장 하달되었고 사병들은 국내에서보다 훨씬 끈끈하게 단결했다. 헌신적인 부대원들은 저마다 민족의 대표자였다. 한국군의 성공이 베트남의 번영이라는 한월 공동 운명체론에 따라 '한국식' 작전 모델을 얼마든지 시험할 수 있었다. 군대는 한국식 반공민족주의를 실천하는 주체였다. 여기서 한국군은 첫째, 베트남인을 '보호'하고 '신뢰'를 얻는 지도자가 되어야 했다.

> 월남에 한국의 얼을 심는 것은 그렇게 말처럼 쉬운 일은 아니었다. 피를 흘리며 베트콩을 잡는 것만이 한국을 심는 능사가 될 수 없으며, 그것은 비결도 될 수 없었다. 베트콩을 죽여도 동족을 살해한다고 비난하는 월남 사람의 민족주의는 뿌리가 깊었다. 그래서 월남 사람들로 하여금 자국(自國)의 전쟁을 인식시키고자 이해로 끌고 가기에 한국군은 팔다리가 빠질 지경이었다. 신뢰할 수 있을 때라야만 우리는 월남 사람의 마음에 한국을 심고 우의를 주고받게 된다. 그리고 적어도 생명과 재산을 끝까지 보호하는 책임을 아는 한국군이라는데 월남 사람은 어데를 가나 한국군을 놓아주지 않았다.[25]

냉랭한 월남인의 신뢰를 얻고자 한국군에 여러 수칙이 내려왔다. 사병들은 파월 전 베트남에 대해 교육받지 못한 채 대민사업에 들어갔지만, 그럼에도 유교 문화권 습속대로 친절하도록 요구받았다.²⁶ '연장자에게 공손하게, 아이들에게는 다정하게.' 모두가 사병들에게 복무는 곧 '국위 선양'이라고 강조했다. 과장된 언론 보도를 감안해도 한국군의 사기가 절정에 오르는 시기에 우수한 작전으로 미군보다 용맹을 떨친 한국군 신화를 만든 데는 보호자와 지도자를 자처한 한국군의 자기규정이 크게 작용하고 있었다. 월남의 태극기는 "장한 배달민족을 상징"하며 "민족의 광휘를 안고 세차게 펄럭"이며 "가슴이 후련토록 (…) 슬기로운 민족임을 과시해주"었다.²⁷ 굴욕적인 한일수교로 희석된 '민족자주'도 베트남에서 반공마을 만들기를 통해 대리 보충되었다.

반공마을 만들기는 여러 수단을 동원해야 했다. 한국군은 미군이 포기한 전략촌을 재정비하거나 한국식 전략촌인 신생활촌을 새로 만들어 '물과 물고기'를 분리하는 작업에 나섰다. 한국군 사령관은 마오쩌둥의 전략을 역이용해 베트콩을 민간인에게서 떼놓고자, '오만한' 미군은 못하는 이 특별한 작전의 일환으로 대민사업을 구상했다. "베트콩 백 명을 놓치더라도 양민 한 명을 보호해야 하며, 주월 한국군 전 장병은 민사심리전 요원이 되라"는 지침이 만들어졌다. 민사작전이 성공하면 한국군 주둔 연장 시위가 있을 정도였다. 추수 지원, 태권도 교육이 실시되는 한국식 전략촌은 일상이 안전하게 영위되었다.

한국군은 미군의 실패를 거울삼아 전략촌을 한국화하는 데 힘을 쏟았다. 1966년 청룡부대가 주둔했던 투이호아 지역의 대민사업은 성공적이었다. 귀순자가 많았고 주민들은 대민사업에 호의적이었다. 주민들은 전사한 한국군을 위해 위령제를 지내주었다. 한국군의 도움으로 아이를 낳은 산모는 아이의 이름을 '청룡'이라 지었다.[28] 새로 축조한 다리에 〈아리랑교〉, 〈비둘기교〉 이름을 붙였다가 밤새 베트콩의 공격을 받고는 다시 베트남식 이름을 붙이기도 했지만, 전략촌을 한국식으로 개발하겠다는 뜻을 굽히지 않았다. 물자를 퍼붓고도 베트콩에게 전략촌을 바친 미군처럼 실패하지 않으려면 '한국식 개조'가 답이라고 보았다. 한국군은 베트남정부를 대신해 주민에 대한 '사상적' 통제권을 확보하려는 오만하기까지 한 의지를 전략촌에서 관철하려 했다. 그리고 그 결과로 주민이 받는 베트콩의 '사소한' 보복 정도는 불가피하다고 여겼다.

중요한 것은 한국식 반공개발 무대로 선택된 전략촌(신생활촌)이 주로 밀림의 벽촌에 있었다는 것이다. 어렵게 마을을 평정해도 부대가 이동하면 도로 베트콩이 들어왔다. 「훈장과 굴레」의 뒷이야기는 평정된 마을의 주민이 사소한 수준을 넘는 베트콩의 탈환 시도에 굴복해 한국군의 보호 우산을 거부하는 과정을 그렸다. 실제로 민사작전은 이런 문제가 적지 않았다.[29] 한국군은 불안정한 신생활촌에서 태권도 교육과 경로잔치를 벌였고 답례처럼 태권도 구령이 울리는 아침과 감사패를 받았으나 태권도 교육에 대한 자찬이 과연 "삶에 대한 의욕을 찾아볼 수 없는" 월남인들을 갱생시킬 정도의 효과가 있었는지는 알 수 없다. 과장보도의 특성상 수기에 실린 주민대표 명의의 답사 내용을 온전히 믿기도 어렵다. 무엇보다 이러한 주민 반응은 어쨌든 점령군인 한국군이 기대하지 않은 친절을 베푼 데 대한 인사치례일 가능성이 높다.

성공적인 평정을 의미하는 '한국군 부대 이전 반대 시위'도 조금 더 주의 깊게 보아야 한다. 투이호아 지역에서 떠나던 날 청룡부대는 "귀족적인 풍모"의 미군은 못 받는[30] 특별한 '선물'을 받았다. 여러 참전군인들이 인상적인 에피소드로 꼽을 정도로 깊은 인상을 남긴 사건이지만, 이를 대민작전이 성공한 무용담으로만 읽는 것은 사안을 단편적으로 보는 것이다. 훗날 밝혀진 바로 투이호아 지역은 청룡부대의 민간인 학살 논란이 발생한 베트콩 우세 지역이었다. 마을 전체가 투항한 주민들이 한국군이 떠난 후 닥칠 베트콩 보복에 느꼈을 공포를 보아야 하는 것이다. 이를 생각하지 않는 것은 아전인수식 감동에 지나지 않는다.

한국군이 태권도 전파를 위해 만들었다는 훈령 또한 의미심장한 데가 있다. 월남 '꼬(아가씨)'들은 태권도 대회에서 기왓장을 격파하는 한국군에 감탄했다. 태권도 시범은 전투가 없을 때 주민에 대한 친화력을 높이고 반공의식을 주입하고자 계획되었다. 월남인이 '열광'한 태권도의 5개 신조는 ① 태권도를 익혀 반공의 초석이 되고, ② 신의와 겸손을 생명으로 삼아 단결하며, ③ 인내와 근면으로 솔선수범하고, ④ 예절과 명예를 중히 여기며 친절하게 봉사하는 ⑤ 참다운 무도인이 되자는 것이었다. 모든 태권도인이 운동 시작 전에 이 신조를 크게 소리쳐 외워야 했다.[31]

살펴보면 여기에는 주민 정신 개조용 구호와 한국군 대민봉사 훈령이 혼재돼 있다. 문자 그대로 "월남 사람들에게 자신감을 심

태권도 교육

어주고 한국의 얼을 남기"[32]는 두 마리 토끼를 잡고자 한 것이다. 앞에서 썼듯이 겸손, 근면, 친절, 봉사 덕목 등은 한국군 지휘부가 '같은 동양인'의 마음을 얻고자 내세운 대민사업용 구호였다. 따라서 태권도의 효과를 자랑하는 보도에서는 한국군의 전투력을 자찬할 때 빠짐없이 인용되는 말—베트콩 지휘부가 한국군을 두려워해 '한국군과 되도록 접전을 피하라'라는 지시를 내렸다—에 스며 있는 한국군의 공격적 면모를 느끼기 어렵다. 하지만 한국군은 동전의 앞뒤와 같은 얼굴로 주민을 만났다. 한국군은 야누스처럼 용맹하면서도 친절했고, 스스로 이 위태로운 균형을 절묘하게 유지했다고 주장하지만, 베트남은 친절했던 한국군이 이후의 군사작전에서 '주민'들을 무차별 학살하며 신뢰를 잃었다고 기록했다.[33] 1968년 1월 베트남에서 돌아온 기자들이 참석한 『사상계』 좌담회에서 나온 양민 학살 의혹이 이것이었다.

4) 사이공을 전유하는 반공 주체

한국식 반공개발은 베트남의 산악, 농촌에 반공의식을 심는 데 국한되지 않는다. 한국군은 전쟁하는 나라에 맞지 않게 퇴폐적인 유흥문화 또한 정신 무장의 방해물로 간주했다. 수도 사이공의 씨에스타, 맥주, 매춘은 자주 이 전쟁의 내적 위험 인자로 거론되었다. 사이공은 서울보다 화려한 모더니티가 난만하고 가난한 동양인을 차별했다. 한국군 입장에서 기술된 사이공 심상은 공식적인 파월 서사의 아래층에서 전쟁 수행을 저해하는 암적 요소, 소문, 상상, 단상 등의 부정적 기호로 자리 잡고 일종의 하부 텍스트(subtext)[34] 역할을 수행한다. 이 정치적 무의식이 겨냥하는 과녁은 전쟁의지가 없는 미월동맹이다.

파월 초기 한 소대장은 "보잘것없는 무기"를 가진 '오합지졸' 베트콩[35]과 밤마다 신경전을 벌여야 하는 월남전의 미스터리를 이렇게 기록했다.

우선 막강한 전투력을 과시하는 한·미·월(韓·美·越) 동맹군의 실정은 어떠한가?

우리 한국군은 물론이요 월남전의 주인공이 월남인이어야 함에도 불구하고, 월남 사람들은 전쟁을 하는 건지 장난을 하는 건지 (…) 월남의 수도라는 사이공에서 백주 대로에 테러가 벌어지는데도 주야로 술과 여자, 그리고 온갖 모리배가 득실거리는 실정이며 (…) 월남의 관리들이 부패했다는 여론은 이미 아무런 비밀도 아니다. 그리고 二〇여 년의 전쟁을 통하여 지칠 대로 지친 월남 농민의 참상은 실로 눈을 뜨고는 볼 수 없는 실정이 아닌가? (…) 월남전쟁의 고충은 무더운 날씨나 울창한 밀림 그리고 교묘한 게릴라 전술에 있는 것이 아니라 월남 자체의 불안·부패·무질서·빈곤·문맹 속에 있다는 어느 ① 외국 신문의 표현은 거짓이 아니다. 더구나 낮에는 농민, 밤에는 베트콩이라는 말이 있을 정도로 베트콩의 정체를 파악하기 어렵다는 사실은 월남전쟁을 더욱 힘들게 하고 있음이 사실이다.[36]

필자가 한국군 장교지만 전체적으로 사변적인 글에서 이는 매우 예외적인 진술이다. 이 글은 악조건 속에서도 뛰어난 전과를 올리는 한국군을 자찬하며 끝난다. 참전 초기에 이미 전쟁의 대립 구도를 월남정부 대 월남 농민·베트콩으로 파악하고 있는 점이 흥미로운데, ①에서 나오듯이 출처는 외신이다. 그러나 이것은 1970년대 참전 작가들이 전장을 회고하며 공통적으로 던지는 질문—누구를 위한 전쟁인가?—이기도 하다.

부인하려 해도 이 전쟁은 한국전쟁과 달랐다. 남베트남군은 싸울 의지가 없어 보였다. 가장 열심히 싸우는 외국 군대의 장교로서, 파월한 지 1년도 안 되어 그는 베트남전쟁의 본질을 인지한다. 여성들의 이가 까매지는 빈랑 열매를 씹고 재혼 여성이 흔한 풍속을 이해할[37] 정도로 피식민지 베트남의 역사를 알고 있는 그가 체감하는 전쟁은 처음부터 연합군이 사상적으로 열세 상태다. 작전지에서 드물지 않게 만난 '소녀 베트콩'들은 더욱 이런 생각을 강화하는데, 그가 보기에 '사상 없는 월남민의 전쟁관'에 대한 책임의 절반은 반공교육에 실패한 미국과 사이공정부에 있었다. 특파원 김진석도 유사한 경험을 한다. 어느 날 그는 사이공 시내에서 한국군 참전에 항의하는 베트남인과 언쟁을 벌이고는 "사상의 빈곤과 주체의식의 결핍"[38]을 따진다. 이 사태는 "사이공의 휘황찬란한 풍경"과도 모종의 관계가 있었다. 그런데 생각 끝에 엉뚱하게도 그가 내린 결론은 베트콩과 월남정부에 이중 세금을 바치는 삼모작이 가능한 풍요로운 자연환경에 원인이 있다는 것이다.

월남 사람은 한국 사람처럼 가난하지 않다. 그렇다고 국민소득이 높다는 의미는 아니다. 월남은 자연적 조건이 한국보다는 훨씬 좋다. 해안이나 델타 지역의 평야지대에서는 부지런만 하다면 이모작 삼모작도 할 수 있으며 (…) 전쟁 속에서도 별로 불편 없이 농사를 질 수 있다는 조건과 함께 최소한 목구멍에 거미줄은 치지 않는다는 생명 유지 때문에 전쟁과 생활 사이에 절박감을 느끼지 못한 듯했다. (…) 오랜 전쟁에도 불구하고 피난민은 많지만 굶어죽은 사람은 적었다. ① 물론 전쟁의 부산물인 거지도 전연 없었다. 가난 때문에 빚어진 살인이나 큰 도둑도 거의 없었다. 이것이 六·二五때 공산 북괴가 현물 납세라 하여 먹을 것도 남기지 않고 완전 수탈과 착취를 하여 우리 국민이 공산주의를 증오하고 저주하던 사상의 확립과는 아주 대조적이었다. 사이곤에 있는 중국계 상사는 홍콩의 은행을 통해 베트콩에게 세금을 바치고 있으며 불란서계 상사는 파리은행을 통해 세금을 바치고 오히려 전쟁 경기에 재미를 보고 있다고 한 것은 이미 공개된 비밀로 되어 있다.[39]

인용문에 따르면 월남인의 베트콩 협조는 자연환경 덕분이고, 한국전쟁은 정반대 이유로 전선이 명확했다. ①은 진위와 무관한 주관적 인상에 기인한 판단이나 차라리 부러운 점이므로 문제는 월남의 박약한 전쟁 수행 의지인데, 조금만 생각하면 이것은 필자들이 베트남 서설에서 이구동성으로 지적했고, 그 자신

사이공 시내에서 여러 번 느낀 베트남민족주의의 발현태였다. 사이공에서 만난 사람은 사이공의 흔한 민족주의자였을 뿐이다. 이 맥락을 김진석이 정말로 몰랐다면 베트남인들이 사이공에서 "당당하게 사창굴을 드나드는 미군을 꼴사납"게 미워하는 것을 "이기적이고 철저하게 배타적인 민족의 자존심"을 모욕당한 "외골수(?)의 생각"이라고 한 궤변은 그야말로 숭미적인 발언이다.[40] 외세 배척이 잘못이라면 전쟁 중인 사이공의 번영을 폄해야 할 까닭이 없기 때문이다.

신세훈의 고백도 참고할 만하다. 그는 부대가 사이공 시내에 도착한 날 월남인의 냉담한 태도에 당황해 국내에 보도된 파월부대 환영 기사를 의심하고, 오히려 "우리들이 그들에게 너무 관심을 가지는 감이 들었다"고 쓴다.[41] 그런데 신세훈은 이렇게 환영받지 못하는 한국군의 '위치'를 말하고는 곧 이국적인 사이공에 매료되어 누구보다 열심히 사이공 풍물을 소개한다. 젠더화된 피식민지의 혼종적 모더니티를 물려받은 이 "20세기의 박물관"이 비전투부대원인 그에게는 무언가 수상한 '미국의 베트남전쟁'의 실재계다. 검고 무식한 농촌 처녀들과 다르게 "깨끗하고 연약해보"이는 흰 피부의 미인들은 연합군에 종속된 여성 젠더로 사이공을 이미지화한다. 신세훈은 사이공 인상기를 통해 1965년에 이미 한국군의 시각으로 젠더화되는 베트남전쟁 심상체계를 구축했다.

(1) 한마디로 말해서 쌔이곤은 여성의 도시였다. 너무나 화

려하고 아름다웠다. 이 쌔이곤에 항구가 없고 숲이 없다면 그 가치가 없을 것이다. 또한 아름다운 여자가 없는 쌔이곤이라면 무의미한 도시일 것이다. 저쪽 대안은 가난한 어부들이 사는 움막들이 쭉 뻗혀 있었다. 한국의 판자촌과 비교할 만한 곳이었다.[42]

(2) 이 나라 청년들은 우리 한국의 청년들보다 더 많은 할 일이 있는데, 그것을 하지 않고 그들의 젊음을 성관계에만 노곤하게 보내고 있다. (…) 그 반면에 어린애들은 모두가 씩씩해 보이고 동작이 민첩하고 건강했다. 그런데 어른들은 왜 그럴까. 이것은 성관계에서 오는 영향이 아닌가 싶다. 국민의 태반이 조혼이고, 더운 기후에다 잘 먹지도 못하여, 여자에게 기분 좋은 괴로움을 당하는 것이다. 남자들은 자기 체력의 손실도 모르고 매일 저녁 부인의 능동적인 행동에 의하여 四-五회의 성교를 한다는 것이다.[43]

김진석의 시선도 이와 유사하다.

(3) 사이곤의 밤은 네온과 산데리아의 경연(競演)된 불빛으로 불야성을 이룬다. 명멸(明滅)하는 조명탄도 밤새 하늘을 밝게 누빈다. 전쟁의 수도에 등화관제가 없으니 요염한 선율은 더 한층 진하게 꿈틀거린 것만 같았다. 밤의 사이곤은 빠의 문이 열리면서부터 시작된다. (…) 뒷골목을 스며들

1966년 사이공 시내 풍경

면 사창이 우글거린다. 거의가 이방인으로 득실거리는 이 환락가에는 어디나 대만원이다. 베트콩의 테러는 이런 곳에 가끔 붉은 손을 내민다. 십자군을 자처하는 미군들이 그까짓 테러 정도에 겁을 먹거나 비굴하지는 않은 것 같았다. 미군 GI에게, 때로는 연합군 장병에게 금족령이 내려도 욕정(慾情)을 누르고 향수를 참을 만큼 발걸음은 인내력이 강하지 못했다. 二O촉도 못되는 어스름한 불빛 속에서 병사는 사이곤티로 밤을 낚기에 여념이 없다.[44]

(1)과 (3)의 사이공 인상기는 별 차이가 없고, (2)는 다분히 남방에 대한 판타지를 가진 독자를 의식한 듯, 수준 미달의 감상을 사실인 양 전달하고 있다. (1)과 (3)에서 사이공이 월남전의 음화(淫畵/陰畵)로 표상되는 방식이 중요하다. 한국 기자만이 사이공을 이렇게 본 것은 아니지만, 1960년대에 사이공은 또한 각국에서 몰려든 특파원이 600명이나 머무르는 프레스센터이자 미군이나 남베트남군을 대상으로 매일 테러가 일어나고 폭탄이 터지는 살벌한 도시였다. 한두 번의 스케치로 포착될 단순한 도시가 아니었다. 더욱이 중부 밀림의 변두리에 주둔한 한국군이 사이공을 방문할 기회는 거의 없었다. 그런데도 기자들이 경쟁적으로 '사이공' 인상기를 쓴 까닭은 이 낯선 전시 수도가 준 강렬한 인상이 중부 밀림지대의 그것과는 완전히 다른 문화 충격을 던졌기 때문이다.

'동양의 파리'에는 프랑스와 미국 문화가 공존했다. 수도가 갖

취야 할 인프라는 약했으나 문화적으로 매우 개방적이고 근대화되었던 사이공에 포상 휴가차 들어온 군인들은 어떤 느낌을 가졌을까. 앞에서 밝혔듯이 한국군의 전투는 조국근대화 프로젝트와 이념을 공유하는 미개지 개발 또는 정복 행위였다. 이런 한국군에게 화려한 사이공은, 이를테면 부르주아 여성의 그것처럼 만개한 모더니티로 체험되었을 것이다. 사이공을 방문한 한국군은 인용문에 나타난 젠더화된 모더니티를 체험할 수 있었다. 신세훈은 사이공에서 쓴 현지 견문기를 한국군이 일상적으로 느끼는 감정인 양 송고했고, 독자들은 백주에 일어난 베트콩 테러도 퇴폐적이고 허약한 국민성의 반증으로 읽게 되었다. 전쟁에 지친 시민들에게 태연히 스트립쇼 영화를 권하고 베트콩 출몰 지역에서 남녀가 끌어안고 누운 사이공은 만사에 '카우수우(늘어나고 줄어드는 고무)'로 태평했다.[45]

이 글들에는 한국군의 보호나 정복이 필요치 않은 문명화된 도시를 바라보는 불편한 시선이 보인다. 한 장교의 자조적인 고백처럼 프랑스와 미군을 상대해온 사이공 시민들에게 한국군은 '고객'조차 되지 않았다.[46] 한국군에게도 '연애할 남성'이 없어 영화관을 들락거리는 사이공의 '모던 걸'과 남편을 따라 부대를 따라다니는 농촌 여성은 전혀 다른 존재였다. 전자가 젠더화된 모더니티를 구성하는 추상적 존재라면 후자는 모더니티와 무관한 전쟁의 희생자로서 살아가는 구체적 존재이다. 그것이 품은 정치적 무의식은 전혀 상반된 것으로 후자에서 한국군은 주역이될 수 있었지만 전자에서는 철저히 방외자였다.

한국군은 타락한 사이공에서 벗어남으로써 절도 있고 용감한 반공 전사가 되었다. 참전군인과 특파원들이 유달리 '군율이 엄한 한국군'을 말할 때 강조되는 것은 군인의 부도덕한 성적 욕망만이 아니다. 오히려 그것이 환기하는 바는 출입이 통제된 지역을 향한 부적절한 욕망이 초래할 사상적 일탈이다. 생리적 욕망을 통제하면서 구축된 모범적인 한국군 신화를 독자들이 어떻게 보든 그것은 별로 중요하지 않았다. 진위가 아니라 그러한 문법을 만드는 것이 핵심이었기 때문이다. 물론 사이공 표상의 한편에는 매일 베트콩 테러가 일어나는 좌경화된 도시 사이공이 엄존했지만, 애초에 화려한 사이공과 화장실도 없는 밀림은 비교 대상이 될 수 없었다. 사이공 인상기는 독자가 대비되는 한국군 승전담과 함께 읽을 때 의도된 기능을 훌륭히 수행했다. 한국군을 반공 주체로 정위할 때 꼭 밀림 속 전투만을 가져올 필요는 없었다.

2. 경제 담론과 휴전 반대론, 1969-1975년

1) 휴[종]전에 대한 상상

베트남전 휴전은 1970년대 반공국가 논의에서 중요한 결절점이나 여기에 집중한 연구는 드물다. 국내 연구는 주로 베트남전쟁과 냉전 담론의 상관성 또는 베트남전쟁의 사회사적 연구 등에 집중돼 있다.[47] 휴전 2년 만에 닥친 베트남전 종전은 국제 사회의 비상한 관심을 끌었다. 북베트남은 휴전 협정을 무시하고 남쪽을 침공했고, 미국은 '베트남전의 베트남화'를 실천하듯이 사태를 방관했다. 휴전 협정에 따라 1973년 3월 한국군은 베트남에서 철수하면서 휴전을 '종전'으로 여겼다. 비슷하게 휴전으로 끝난 한국전쟁과 같은 케이스로 여겼기 때문에 북베트남군과 베트콩의 준동을 보면서도 사이공 함락까지는 예측하지 못하고 있었다.

1967년 미군 부대에서 공공연히 반전 시위가 일어났다. 반전 시위가 미국과 유럽을 휩쓸고 한국군의 전투력이 최고조에 이른 때 미국과 북베트남은 휴전 협상을 시작했다. 내부적으로는 경

베트남전 반대시위

제적 관점에서 '휴전 체제'에 대한 상상이 시작되었다. 이는 남베트남 공산화가 곧 남한의 공산화라는 참전 초기의 공포 담론을 지우고, 한국과 베트남의 관계가 재정립될 시점에 이르렀다는 뜻이었다. 여론에 못이긴 '제스처' 같았던 휴전 협상이 본 궤도에 오르자 전쟁의 경제적 효과가 더욱 강조된 배경에는 참전이 전부가 아니라는 인식이 깔려 있다. 미국이 참전의 마무리를 '명예로운 철수'로 계획했다면, 한국은 '개입의 형태 전환'을 생각하고 있었다. 1968년 한국은 베트남에서 전쟁의 지속을 의심하지 않았다.

한국군은 초연히 전장을 지켰고, 재계와 정부는 휴전 이후를 내다보고 손익 계산을 시작했다. 68혁명이 일본에까지 파급되고도 한국사회에 반향을 일으키지 못한 데는 한국이 두 번째로 많은 인원을 파병한 참전국인 이유가 클 것이다. 국회는 증파를 승인했고 지식인들은 침묵했다. 구미, 일본의 반전 시위에 한국 지식인이 끼어들 자리는 없었다. 한국 지식인들은 휴전이 전쟁 종결로 가는 '전투 행위의 중지'가 맞지만, 냉전의 종주국 미·소의 정치적 결정이므로 한국전쟁처럼 분단이 고착되리라고 보거나[48] 반대로 68년부터 진행 중인 평화 협상이 "전쟁의 종결, 즉 '종전(終戰)의 실현'"이지 한국전 같은 "휴전의 실시"가 아니므로 오히려 더욱 협상이 어렵다고 분석했다.[49] 정부가 노골적으로 휴전에 반대했다면, 지식인들은 휴전 후 월남 정세를 우려하는 우회적인 방식을 취했다.

파월 4년에 접어드는 한국군에게 1968년 이전까지 휴전은,

'전선 없는 전쟁'이란 표현이 그렇듯이 30년간 계속된 전쟁에 동반될 법한 베트남인들의 피로감 또는 전쟁의 참상에서 비롯된 바람으로 소개되었다. 한국정부는 미국이 한국전쟁에서처럼 섣부르게 회담장에 앉아서는 안 된다고 외쳤지만, 개입할 수 없는 사안이라 협상을 지켜볼 수밖에 없었다. 실제로 전쟁은 휴전 협상 중에도 확대되었고 정부는 꾸준히 군을 증파했다. 이 시기 언론은 때로 정부의 입장보다 더 강경하게 북베트남을 불신하고 미국을 비판하면서 휴전 반대를 외쳤다.[50] 참전 초기부터 구미 논평을 복사, 번역해 기사를 작성한 기자들은 휴전을 앞둔 1972년에도 키신저 보고서에 기초한 중립화 혹은 연립정부 안을 정설로 소개했다.[51]

월남이 패망할 가능성은 진지하게 고려되지 않았고, 종전 후 연립정부의 성격에 따라 한국이 기대하는 동남아 진출에 제약이 있으리라는 경고는 간과되었다.[52] 1973년 1월, 휴전이 성립된 후에도 신랄한 어조로 베트콩에게 휴전은 곧 '전쟁의 연속'이라고 꼬집었다. 한국은 "채 포성이 멎기도 전에" 휴전 협정을 위반한 공산군을 질타[53]하고 남베트남 내 월맹군 철수 조항이 협정 문서에 없는 데 대한 불만을 공개적으로 전달했다.[54] 그러나 휴전과 별개로 곧 시작될 남베트남 전후 복구에 당연히 개입해야한다고 생각했다. 전후 복구에 대한 기대는 휴전을 반대한 1960년대 후반부터도 매우 높았다. 1969년 1월에는 종전을 대비해 대월 수출품의 군수 부분을 민수 부분으로 일부 전환하기 위한 경제사절단 파견 방침이 나왔다.[55] 이런 식으로 참전 초기

자유 수호 명분에 밀린 경제적 효과가 주류 담론이 되는 것은 경제와 체제를 더 단단히 결속하는 방식, 곧 경제성장=승공을 포스트 파월론의 중심에 두면서다.

2) 승공 성장의 논리

휴전이 성립되었지만 베트남의 사정은 좋지 못했다. 1973년 초에 2천만 달러를 예상했던 대월 수출 전망은 3월에 이미 불가능해졌다. 베트남에 진출한 한국 기업은 유류 파동에 휘말려 고전을 겪었다. 북베트남과의 국지전, 전쟁 피난민, 관료의 부정부패 등 도처에 문제가 산적했다. 1974년 3월 베트남을 방문한『동아일보』기자의 눈에도 베트남의 전후 복구는 "먼 훗날의 과제"로 보였는데, '베트콩과의 전쟁'보다 '재원의 궁핍'에서 연유한 베트남인들의 불안이 더욱 크게 다가왔다. 휴전 직후 베트남을 방문하고 쓴 인상기에 가까우나 휴전을 '휴전 체제'로 인식하는 시선과 끝난 전쟁 특수를 실감하는 사실적 태도는 사이공 함락 1년을 남긴 시점에서 휴전에 반응하는 한국의 이데올로기 변화를 알려준다.[56]

그 한 축은 휴전 후 굳어진 포스트 파월론=승공 성장에 이어져 있다. 60년대 중반 베트남전 참전기에 제안된 승공이 공산주의를 이기자는 것을 넘어 "생산력과 생산관계 면에서 북한보다 우월함을 증명하는 체제 대결"로 의미가 커지는 때는 베트남전쟁이 끝나는 1970년대다.[57] 휴전 후 남베트남정부는 연합군의 기대대로 민심을 수습하는 듯했으나, 1975년 북베트남이 총공세를 편 지 두 달 만에 항복했다. 한국정부와 지식인들은 긴급좌담회를 열고 월남 패망의 충격을 다스렸다. 미국의 전폭적 지원에도 기어이 월남이 패망한 까닭을 설명하고 한국군의 참전을 옹호해야 하는 시간이 왔다. 한국은 의외로 이를 '월남은 졌지만 한국은 이겼다'는 테제로 정리했다. 허망한 종말을 되묻는 과정도 시간이 갈수록 준비된 답변을 읽듯이 의견이 일치했다.

월남은 왜 패망했는가. 답은 다시 처음으로 돌아가 베트남전쟁과 한국전쟁의 차이를 밝히는 데서 시작한다. 패전 요인 분석에서 빠질 수 없는 이 항목에는 미국의 참전 명분(동남아 도미노이론)과 '제2의 한국전쟁'이라는 시각을 부정하지 않는 선에서 타협이 필요했는데, 문제는 1968년에 이미 이와 다른 인식이 내부적으로 존재했다는 것이다. 앞서 보았듯이 반공으로 설명되지 않는 베트남민족주의는 참전 초부터 한국군 지휘자와 종군기자를 놀라게 했고, 심지어 국방부 관계자도 이를 인정하고 있었다. 국방대학원 교수 김영준은 월남전이 '동서 냉전의 집결체'지만 미국의 잘못된 전략과 공산주의에 적대적이지 않은 월남 민중의 태도 때문에 미국이 한국형 휴전을 시도하려 해도 가능성이 높지 않다고 판단했다. 남로당이 괴멸했고 중공군이 주력 부대였던 한국전쟁에 비해 월남전은 민족해방전선이 실체로 존재하고, 전선 또한 명확하지 않아 휴전이 곤란하다는 이유였다.[58] 그는 이 불분명한 전선 때문에 휴전 이후 군사적 충돌이나 협의 사항을 통제할 수 없다고 예측했다. 그러나 이는 국방부의 공식 입장이 아니었고 연합군에 불리한 전황을 사실화하는, 보기에 따라서는 상당히 문제적인 견해였다. 따라서 이러한 입장은 무시되었다.

언론은 워싱턴의 정책을 토대로 전황을 예측하고 주로 한국군 영웅담을 가공했다. 전황이 악화되고 세계적인 반전 여론이 일어도 제대로 국내에 알려지지 않았다. 1975년 4월 30일, 사이공이 함락되자 '월남 패망'을 대서특필한 1면 기사가 쏟아지지만 깊이 있는 공론장은 없었다. 지식인들은 이를 다룰 준비가 되어 있지 않았다. 월남 패망 직전 한국사회의 분위기는 사이공 함락 5일 전 『동아일보』가 여야당 인사를 초청해 연 좌담회 풍경에 드러나 있다. 한국정부의 못미더운 정보력과 베트남전 종전 이데올로기의 내부 구조가 보이는 이 짧은 좌담회에 포스트 파월론의 모든 것이 담겼다고 해도 과언이 아니다.

1972년 박정희정권은 경제발전에 고무되어 7.4남북공동선언을 발표하는 등 닉슨독트린에 반응하여 대북 정책을 "대화 있는 대결"로 변경하고 있었다.[59] 월남 패망은 이러한 남북 해빙 무드를 단번에 뒤집고 안보 위기 담론을 가져왔다. 공화당과 유정회가 월남 패망 조짐과 휴전선 일대 땅굴 발견을 엮어 한반도를 "사실상의 전쟁 상태"로 규정한 데 대해 야당 대표 정일형은 국민을 불안하게 하는 선동은 "경제적 혼란을 야기"할 수 있고, 지금은 티우를 교훈 삼아 현 정부의 부정부패를 일소해야 할 때라고 발언한다. 사회자가 제기한 논점은 월남 패망 예측 요인 분석과 월남과 한국의 차이, 대응법이었지만, 좌담회는 부패한 티우 정권을 박정희정권에 비견하려는 야당의 공세에 맞서 월남 패망을 한국의 위기로 선언한 여당의 설전으로 전개된다.

(1) 鄭: (…) 첫째로 越南軍이 싸움 한 번 제대로 안 해보고 10억 달러어치 이상의 현대식 美國장비를 버린 채 中部高原지대를 철수했다는 것은 바로 사기와 정신 무장이 안 된 군인들이 싸움에 임하는 태도가 어떻다는 것을 보여주었고 둘째로 外國군이 개입한 전쟁은 위험하며 셋째로 共産主義者와의 협정 약속은 무의미하고 마지막으로 長期의 부패 독재정권은 결국 망한다는 것을 분명히 보여주었다는 점입니다. 전쟁의 와중에서도 '티우'를 물러나라고 주장하고 있는 것은 국민의 전쟁 협조를 받기 위해서는 民主化와 함께 부정부패의 일소가 긴요하기 때문이라고 봅니다.

(2) 朴: 남의 일 같지 않은 越南사태를 보고 어쩌면 그렇게 不快한 결론만 내리는지 이해할 수 없어요. 40마일 밖에 共産軍이 와있는데도 월남의 野黨人事 종교인 학생들은 추가원조 10억 달러를 '티우'한테 주면 아무 소용이 없으니 물러가라고 주장하고 있는 것을 어떻게 봐야 합니까. '티우'나 '론놀'이 反共한 것밖에 더 있겠습니까. (…) 자유와 민주주의 물론 좋지요. 그러나 공산당을 이기는 데는 자유와 민주주의가 있어야 하고 전시에도 그것이 절대 있어야 한다는 비약적인 논리를 견지한다면 정치인으로서 큰 과오를 범한다고 나는 봅니다. 미국이나 영국에도 전시에는 그

에 맞는 전시민주의 체제가 있는 법입니다. 공화당이 미우니 정권 바꿔보자는 얘기와 객관적인 안보 문제를 혼동해서는 안 된다고 봐요.[60]

이렇듯 대립각을 세우던 이들이 월남과 한국의 차이에 대해서는 반공정신이 투철하며 지정학적으로도 미국의 극동 방위권에 있어 안전하다는 데 의견이 일치한다. 심지어 박준규는 월남이 "막강한 화력을 이용해서 1, 2년은 더 견디"리라고까지 예상하는데, 3월 26일 다낭이 함락된 상황에서 이는 전혀 설득력이 없는 발언이었다.[61] 설전은 계속되어 '월남 패망'을 안보 위기로 전유하려는 여당과 여당의 일방적인 국정 운영을 성토하는 야당의 동상이몽이 부딪친다. 야당이 제기한 부정부패 경계론은 '월남 패망'을 지켜본 인사라면 공통적으로 지적한 것이었는데도, 좌담회는 속절없이 승공 성장론에 밀리고 있었다.

1975년 5월 9일, 사이공이 함락된 후 『신동아』가 마련한 자리에서도 승공 성장론이 우세하다. 참석자들은 패망의 원인을 티우(고위층)의 부정부패, 월남군의 전투의지 상실, 대미 의존적 성향으로 꼽았다.[62] 좌담을 주재한 기자도 사이공에서 목도한 심각한 민심 이반을 거론하며 "미국의 무기를 원조 받는 것보다도 자기 체제에 대한 애착심, 민주주의에 대한 애착심을 불어넣을 수 있는 교육이라 할까 훈련이 선행되어야 했"[63]고 지적한다. 정권의 부정부패 이전에 월남인의 자유민주주의에 대한 불철저한 신념이 문제라는 것이다. 인용문 (1)에서 정일형이 중요하게 지적한 "외국군이 개입한 전쟁"의 문제성은 한국군과는 전혀 관계없는 양 무시되었다.

정권은 기다렸다는 듯이 비상사태를 선포했다. '월남의 전철'을 밟을 수는 없다는 공포가 휴전 협정기에 폐기한 "월남 다음은 한국"이라는 공동 운명체론을 다시 소환했다. "1975년이야말로 북한 공산주의자들이 남침의 해로 정했다"[64]는 풍문에 응해 발동된 긴급조치가 재야의 반발을 돌파했다. 공포의 종착지는 '제2의 한국전쟁=월남전'이 거꾸로 적용돼 중지된 한국전쟁이 '제2의 월남전'이 되는 것이었다. 생각지도 못한 공포가 현실화되자 부분적으로 베트남전쟁의 성격이 재조정된다. 지식인들은 정권의 승공 성장론을 빠르게 수용했다.

먼저 1969년 닉슨이 미군 철수를 위해 선언한 '베트남전쟁의 베트남화'를 탈냉전의 조짐으로 수용한 듯한 입장이 있다. 여기서 베트남전쟁은 민족자주 통일을 위한 베트남의 내전이며 전쟁의 결산은 강대국과 신식민주의에 맞서는 개도국의 정치적 독립이다.[65] 그러나 이는 일부에 불과하고 미국의 참전과 전략 실패를 분석하는 시각이 대세였다. 한국이 보기에도 휴전 회담 이후 미국의 태도는 믿을 만하지 않았다. 한국군이 베트남에 마지막까지 남도록 종용한 미국의 압박과 사이공 함락일에 동맹국을 헌신짝처럼 버린 태도는 앞으로 이 자유세계의 수호자에 전적으로 '의존'하는 위험을 경고했다. 한미 밀월은 끝났고, 미국이 한국을 버릴지도 모른다는 우려가 팽배했다. 이런 상황에서 끝난 전쟁을 평가하는 것은 미국과의 관계를 재조정하는 것과 같았다.

물론 한국은 여전히 일본과 함께 '미국의 치명적 이익'에 속하는 지역에 있었다. 정치학자들이 미국 외교 문서를 면밀히 분석해 도출한 이 결론이 얼마나 독자들을 안심시켰는지는 알 수 없으나 친정부 잡지가 나서 대미 불신 감정을 이용해 미국에 책임을 촉구했다. '미국은 한국에 많은 빚을 진' 한국 분단의 주범임에도 월맹에 패했고, 이제 주한 미군마저 철수시키려 하니 세간에 '미국을 믿지 말자'는 배신감이 퍼졌다[66]는 논리는 필연적으로 대미 의존을 낮추는 자주 국방과 승공 성장을 지지했다.

이른바 '월남 전문가들'이 월남의 패망 이유를 가난, 나태, 부정부패 등 월남인의 민족성에 둔 것도 내부 단속을 강화하는 승공 성장론의 근거였다. 패망한 월남을 교훈 삼아 경제를 발전시켜야 한다는 주장이 가장 설득력이 있었다. "開途國 자신들의 정치적 독립을 쟁취 보전하는 일도 '經濟力'의 획득에 있는 것이며 對內外的 정치적 시련을 극복하는 길도 '經濟力'의 愚劣 정도로서 결정되는 것이고, 또 안전 보장의 튼튼한 기틀도 결국은 '經濟力'에 의거하여 구축될 수 있다는 결론"[67]은 개도국 국민의 역량을 경제성장으로 총화하는 유신정권의 개발 독재를 뒷받침한다. 여기에 다른 시각이 끼어들 틈은 보이지 않는다. 매우 예외적인 리영희[68]를 빼고는 미국과 관계를 조정하고 '경제력에 의한 안보 우위'를 성취하자는 쪽으로 의견이 모아졌다.

놀라운 것은 예측을 깨고 베트남을 통일한 적에 대한 시선이다. '월맹'은 적화 공포를 안긴 주체임에도 호전성이 언급될 뿐 뚜렷한 실체로 감각되지 않는다. 전도된 닮은꼴 전쟁에서 '북괴'

가 월맹의 자리를 차지했다. 사실 한국은 베트콩과 싸우는 휴전 협정 기간에도 미국의 대월 정책과 허약한 월남을 우려했지 월 맹에 대해서는 별로 주의를 기울이지 않았다. 전황의 열세와 별 개로 월맹의 '통일' 가능성은 숙고의 대상이 아니었다. 베트남이 공산화되자 친정부 잡지 『세대』는 이에 대한 반성문을 쓰듯이 미국의 기밀 외교 문서를 통번역해 싣고[69] 월맹과 베트콩이 주인 공인 이야기들을 소개했지만, 이전에 몰랐던 수치와 통계는 오 히려 패망할 수밖에 없었던 월남의 내부를 드러낼 뿐이었다.

3) 월남 재건 참여론: 메콩델타종합계획

1988년 「무기의 그늘」이 나왔을 때 되돌아보게 된 베트남전쟁 은 달러가 지배하고 달러를 추구한 전쟁이었다. 「무기의 그늘」은 베트남전쟁이 무엇보다 '쩐'의 전쟁이었다고 선언했다. 이러한 인 식 전환은 1960년대 후반 공공연히 논의된 '용사들의 피값'에도 이어져 있는데, 밀림에서 사망한 무명 장병들의 '피값'에 대한 국 민적 요구는 파병을 반공국가 구성원의 과업으로 부채질한 국가 의 책무였다. 정부는 병사의 죽음에 대한 책임은 적에게 두고 죽 음의 의미만을 국가에 귀속시켰지만, 이 요구 자체는 국가가 받 아야 할 몫이 맞았다. 「무기의 그늘」이 집단이 아닌 '개인'으로 타락한 전장을 응시한 것은 1980년대 정권이 1970년대를 계승 한 군사정권이었던 탓이다.

베트남전 참전이 없었다면 1980년대의 개발 독재는 불가능

베트남 풍경

했다. 다만 휴전 협상 즈음의 피값 요구가 당시로서는 '정당'한 민족주의적 셈법이었다면, 「무기의 그늘」은 불의한 정부만이 아니라 참전에 대한 사회적 책임을 함께 물었다. 그 질문은 다음과 같다. 한국군은 정말 무엇을 위해 싸웠던가. 한국군은 정권의 '민족적 민주주의'를 베트남에서 확장, 실험했다. 반공, 근대화, 주체성이 모토인 작전 수행의 근저에는 '월남을 돕는다'는 명분이 자리했다. 그러나 사실 한국군은 스스로를 돕고자 월남을 도왔다. 1968년 한국도 휴전 회담장에 나서야 한다는 주장은[70] 전쟁이 끝나도 방식을 달리해 월남을 돕겠다는 취지였다. 한국은 왜 그래야 했을까.

재건 참여의 명분은 전후 베트남의 사회 안정을 위한 우방의 의무를 다하기 위해서였다. '파괴자'의 재건은 한국전쟁 이후 연합군의 행보로부터 곧장 상상되었지만, 완전한 반공정권이 들어선 한국과 연립정부가 상상되는 베트남은 엄연히 상황이 달랐다. 솔직한 속내는 "그나마도 休戰이 성립되고 越南에 平和 회복이 된다면 피의 대가였던 外貨의 넷트 인컴이 두절되게 마련"[71]이라는 발언에 있다. 휴전 방식이 어떻든 미국과 관계가 끊어지지 않는 한에서 휴전 후 베트남은 최소한 연립정부, 최악의 경우 좌경화된 정부로 상상되었다. 한반도 휴전이 그랬듯이 정세에 따라 휴전=종전이 아닌 불안정한 전쟁 중지 모델을 '현실적'인 휴전 체제로 보고, 한국이 충분히 참여의 권리를 확보할 수 있다고 보았다. 미군에 비해 터무니없이 낮은 1일 1달러 몸값을 받는 데 대한 보상 심리도 개입했다.

한국군의 권리로 간주된 재건 참여는 참전이 만든 두 번째 기회였다. 경제적 효과만을 따지면 군인의 몸값보다 부대 수출품, 특히 기술자들의 월급 비중이 우세했다. 군인과 거의 동시에 들어간 기술자들의 '기술'은 한국군의 용맹이나 예의와 다른 교환가치가 있는 고급한 능력이었다. 기술자들은 차출되지 않고 '선발'되었다. 가끔 단순 노무자들이 말썽을 부려 '어글리 코리안'으로 불리기도 했으나 장관 봉급을 상회하는 기술자 임금은 너도나도 월남 붐을 부추겼다. 미국의 '바이 아메리칸(Buy American)' 정책으로 한국의 대월 수출이 인력 내지 용역 수출에 그치리란[72] 지적도 있었지만, 파월 선발은 단번에 큰돈을 버는 길이었다.[73] 1966년에 있었던 사이공 파월 기술자 좌담회를 보자.

미국 회사에 고용된 기술자들은 "한국의 '대표 선수'라는 자부심"으로 테러 위험을 견디며 똘똘 뭉쳐 일한다. 한 참석자는, 특수한 사례였지만, 필리핀 기술자에 비해 3백 달러를 더 받는 한국인 기술자를 언급했다. 이들은 입을 모아 월남전은 한국 경제가 일어날 '기회'며, 기술자를 더 많이, 더 빨리 보내야 한다고 외쳤다.[74] 실제로 1968년 경제성장률은 11%를 상회했다. 전쟁 경제에 대한 기대가 이렇게 높았으니 불안정한 휴전을 두 번째 기회로 잡으려는 정부의 태도도 납득되는 바가 있다. 위험/기회의 양가성이 있는 휴전이 전쟁 경제의 더 깊숙한 내부에서 모두가 탐내는 '메콩델타종합개발계획'을 품고 있었다.

베트남 전후 재건은 애초 미국의 베트남전쟁 3단계 계획에 포함돼 있었다. 1968년 휴전 협상의 일환으로 '메콩델타종합개발

메콩강 풍경

계획'이 발표되었다. 미월 양국이 전후 재건을 위해 공동 작성한 '릴리엔솔' 보고서(1969)의 핵심이며 총 8억 불을 들여 메콩강에 댐을 만들어 농업용수를 확보하는 계획이었다. 전후 복구 예산 30억 불 가운데 가장 금액이 컸다. 메콩강이 흐르는 인근 국가의 협력을 전제로 단번에 동남아 전역에 진출하게 되는 이 계획에 참전 기간 동안 연간 20억 불의 군수경기(軍需景氣)를 누린 일본의 관심이 지대했다. 베트남에 군소 토목, 건설 회사가 진출해 있었던 한국 기업으로서는 꿈같은 기회였다. 국가적으로도 "전혀 미개발된 채 방치되어" 있는 메콩강 개발에 한국은 "대참전국"으로서 "당연히 참여해야 할 의무"가 있었다.[75]

한국정부와 기업, 언론은 아직 계획에 불과한 보고서를 기정사실처럼 취급했다. 공식적인 보고서라고는 해도 협상이 난항을 겪고 전투가 계속되는 상황에서 먼저 미국의 계획대로 휴전이 성립되고 그 후 미국의 원조금이 들어와야 했는데, 미국이 원조 계획을 발표했다는 사실만으로 정부와 언론이 나서면서 장밋빛 전후 복구 참여가 예측되었다. 벌써부터 군수품 수출을 민수품으로 전환하는 계획을 세우는 등 두 번째 기회에 고무되었다. 이 기대는 1973년 3월, 한국군이 계획을 몇 달 앞당겨 철수한 후에도 지속되었다.

1973년 초부터 1974년까지 휴전 관련 기사는 거의 매일 일간지 1면에 실렸다. 온도차는 있으나 한국군 철수 후 국지전과 월맹의 호전성, 휴전 후속 조치를 놓고 남북이 충돌하는 사정을 전하는 한편으로, 월남 재건 소식을 꾸준히 내보냈다. 1973년

1월에도 진후 복구 참여 가능성을 낙관하는 기사가 실렸고,[76] 디우 대통령의 방한을 즈음한 4월에 다시 한월 간 새로운 전후 협력 약속이 전해졌다.[77] 1973년 6월에는 월남 난민을 위해 백만 달러를 지원하겠다는 정부 발표가 있었다.[78] 한국군은 철수했지만 미국의 전후 원조 기금에 대한 정보, 일본의 복구 참여 의욕은 월남 재건사업 계획을 기정사실화했다. 정부는 녹록치 않은 형편에도 사이공에 백만 달러 원조를 약속했다. 이렇듯 착시 효과가 계속되는 상황에서 일각에서 제기된, "전쟁으로 인한 특수 경기는 완전히 끝났"으며 정부의 다각도 노력에도 불구하고, 자본이 부족한 우리 기업이 기술과 용역으로 참여하더라도 "국제 입찰 과정을 통해"야 한다는 냉철한 분석[79]은 별 주의를 끌지 못했다.

실망스럽게도 메콩델타종합계획은 미국 의회에서 거부되었다. 1974년이 되면 관련 기사는 거의 보이지 않게 된다.[80] 그러나 전후재건 참여에 대한 기대는 1975년에도 남아 있었다.

'사이공'의 軍事정세가 급박해짐에 따라 지난 65년 국군의 越南派兵을 계기로 본격화돼 10年여를 끌어온 大越經濟協力도 멀지 않아 완전히 종결될 단계에 이르렀다. 지금 단계에서 가장 아쉬운 건 최근 3년 동안 6백10만 달러 상당의 無償援助까지 제공하면서 방대한 규모의 越南戰後復舊計劃 가운데 약 20억 달러어치의 工事를 따려고 추진해온 참여 계획이 美國의 大越援助中斷과 군사 정세의 급박으로 ① 이

미 오래전에 白紙로 돌아갔었다는 사실이다.[81]

　인용문에서 종전은 문자 그대로 월남 특수를 최종적으로 종결시키는 '한국의 경제사적 사건'이다. 안타까운 어조에 보이듯이, ①은 좌절된 꿈에 대한 평가일 뿐, 그것을 예측 못한 정부에 대한 비난이 아니다. 우방의 멸망 앞에서 체면도 없이 사라진 기회를 아쉬워하는 어조는 월남 특수를 향한 한국사회의 욕망을 노골적으로 보여준다. 이러한 기사가 많지는 않으나 다낭이 함락되고 사이공 함락 위험이 보도되던 당시를 생각할 때, 이는 놀랄만한 집념이다. 메콩강종합개발계획을 염두에 둔 백만 달러 원조는 일종의 해프닝이 되었다. 1968년 당시 미국의 계획은 미국의 철수를 명예롭게 만들기 위해 제안된 장밋빛 비전이었을 가능성이 있다. 위 글이 이를 지적하지 않는 것은 종전이 완전히 예측을 벗어났기 때문일 터이다. 그러니 베트남에서 벌어들인 600백만 달러를 3년간 무상으로 준 것이 가장 아쉽다는 필자의 지적은 몰염치한 대로 정직한 태도이다. 한국군이 베트남에서 철수한 후 경제성장률은 8%대로 주저앉았다.

4) 확장되는 시장, 동남아시아

1960년대에 박정희정권은 아시아태평양 지역에서 역할을 강화하는 외교 정책을 펼쳤다. 남북한 동시 유엔 가입을 앞두고 비동맹국가들의 지지를 얻고자 각국에 대규모 친선 사절단을 보내는 한편 반공국가들이 참여하는 별개의 국제기구를 만들고자 노력했다. 1964년에도 일단의 경제학자들이 동남아 시찰을 다녀왔고,[82] 1966년 6월에는 바라던 아시아태평양 외무장관회의 (ASPAC)를 개최했다. 가장 큰 목적은 한국의 파병을 이해시키고 중공에 맞서 아시아 반공국가의 결속력을 확인하려는 것이었지만,[83] '민족적 민주주의'의 모델이 된 수카르노에 대한 호감까지 더해 동남아시아에 대한 관심은 확실히 과거보다 높아져 있었다.

이전까지 동남아시아는 물리적 거리보다 훨씬 멀고 낯선 심상 지리에 속했다. 반공국가인 태국, 필리핀, 대만이 있어도 전체적으로 강제 징용에 끌려가 풍토병을 앓은 태평양전쟁기의 기억이 지배했고, 위태롭게 중립 노선을 걷는 국가는 관심의 대상이 아니었다. 이런 동남아시아 각국이 베트남전쟁이 발발한 후 남/북베트남과의 관계에 따라 시장 가치가 달라졌다. 북베트남과 내통하는 위험한 중립국 심상이 온존한 가운데, 동남아시아 전체가 한국인의 진출을 기다리는 기회의 땅으로 바뀌는 시기는 참전을 계기로 한국 기업이 이곳에 진출하면서부터다. 1966년 2월, 박정희는 11일간 동남아 3개국을 순방했다. 명분은 미국 일변도 외교에서 외교 지평을 넓히고 월남 파병을 이해시켜 아시아 자체적인 집단안전보장 체제를 전제로 하는 정상회담을 여는 것이었으나, 기자들이 보기에 이는 실현 가능성이 희박했다. 순방의 의의는 일본이 장악하고 있는 3개국 시장에 한국 상품 수출을 늘리고 문화 교류의 가능성을 연 정도였다.[84]

그런데 휴전이 되자 동남아의 경제적 가능성은 더욱 매력적으로 다가왔다. 정치·외교·문화적 관점에서 풍부한 다양성보다[85] 한국 기술자들이 진출하는 미래의 시장성이 중요했다. '월남 특수'는 베트남에 한정되지 않았다. 동남아시아가 경제적으로 '매혹적'인 까닭은 낮은 국민 수준에 비해 기름진 자원이 무한정 펼쳐져 있었기 때문이다. 이는 한국인이 베트남에서 본 인상 그대로였다. 동남아 각국의 경제 수준은 당시 한국과 비슷하거나 조금 높았지만, 대만이나 태국처럼 공업 입국을 표방한 곳에서는 굵직한 관급 공사가 있었고, 열대우림 지역의 풍부한 산림은 자원이 적은 국가의 신흥 기업이 큰 자본이나 기술 없이도 넘볼 만했다. 게다가 전쟁터가 아니라서 풍토병만 극복하면 생명의 위험도 없었다.

이러한 인식은 진영이나 세대를 구분하지 않았다. 1967년, 30일에 걸쳐 동남아 8개국 시찰을 다녀온 임종철은 『창작과비평』에 장문의 답사기를 기고했다. 여행지에서 그는 심각한 수준의 인종적 편견에 붙잡혀 있었다. 한국의 빈약한 자원을 한탄하고 "재주 없는 동남아인이 자연의 무진장한 부를 누리는 것"을 부러워하다가 동남아의 경제적 가치를 이용할 궁리를 한 끝에 한국의 풍부한 노동력과 전문성을 활용해 일본이 장악한 이곳에서 일본보다 비싸게 원료를 사 완제품을 만들어 값싸게 파는 박리다매를 상상한다.[86] 이 절박한 발상에는 동남아를 단지 '경제적 투자처'로만 접수하려는 지식인의 노골적인 민낯이 보이는데, 기자든 교수든 정부 관료든 동남아를 다녀온 이들은 예외 없이 비슷하게 반응했다. 동남아 중립국의 균형 외교나 문화적 다양성은 그 누구의 관심사도 아니었다. 대만과 필리핀에 대해서도 민족 갈등을 정책으로 다스리며 '경제개발'에 힘쓴다는 정도로, 친서방 국가일수록 해당 국가의 경제 행보를 강조하며 한국의 개발 욕망을 자극하는 곳으로 표상했다.

휴전 후에는 베트남과 풍토가 비슷하고 한국처럼 고도성장 정책을 추진하고 있던 베트남 인접 국가들—인도네시아와 말레이시아—이 부각되었다. 오랜 수카르노 체제를 끝내고 1970년대에 월남을 대체할 새로운 수출 시장으로 떠오른 인도네시아에 대한 기대는 각별했다. 인도네시아의 더위와 낯선 풍토, 낙후된 기반 시설은 자랑스러운 한국인이 땀 흘려 개척해야 하는 '안전한' 베트남처럼 보였다. 언론은 이 모습을 전쟁의 위험이 사라진 지역에서 '세계로 뻗어나가는 한국인의 기상'으로 표현했다. 1973년 한국군 철수 직후『신동아』가 '포스트 베트남' 시대를 대비해 불러 모은 이들은 베트남에서 자본을 모은 건설회사 임원들이다.[87] 휴전 이후의 인도차이나에 들어갈 기대에 찬 기업인들은 "평화가 찾아온" 동남아시아 지역에 몰려올 다른 국가들과 경쟁하기 위해 '정부의 보증'을 요구한다.

> 李: 현재 월남에서 발전소 건설이다, 송전선 가설이다, 정유공장을 짓는다 하면서 전쟁이 끝나니까 이때까지는 무서워서 가지 않던 나라나 사람들이 너나 할 것 없이 많이 투자를 하리라고 봅니다. 그래서 그런대로 저희가 투자를 해야 할 텐데. 그렇다고 실망할 것은 없고 투자기관이면 투

자기관에 대해서 하나하나 찾아다니면서 신용을 얻고 노력을 한다든가 하는 방법밖에는 없을 것 같아요.

이들이 수주를 희망하는 사업은 발전소, 공장 등 규모가 매우 큰 관급 토목건설 공사다. 한국을 대표하는 기업의 임원들이 은근히 달라진 체급을 뽐내는 이 장면은 주로 중소 사업체가 세탁 등 한국군의 소모품을 취급하던 시절에는 상상하기 어려운 기업의 성장을 드러내고 있다. 베트남에서 시작된 기회가 이후 중동 진출을 예비하며 한국인 해외 진출의 역사를 쓰게 되는 과정에 대해서는 따로 말을 덧붙일 필요가 없을 것이다. 중요한 것은 좌담회 참석자들이 말하듯이, 이러한 계획이 한국 기업의 독자적 수주가 아니라 국가가 보증하는 전쟁의 경제적 효과라는 것이다. 이런 이유로 한국 기업의 해외 진출은 국정 운영과 동일시되었다. 이 시기 잡지나 신문지상의 해외 진출 컬러 사진은 유신정권의 외교와 경제성장을 '시각 자료'로 가시화했다.

동남아에 대한 경제적 관심은 젊은 기자도 다르지 않았다. 1967년 『한국일보』 기자 조세형은 동남아 10개국을 2달간 돌며 각국 지식인들을 만났다. 그는 아시아의 친서방 지식인들의 발언을 인용해 동남아의 반둥 정신이 분해되면서 "신념 외교 시대"가 사라지고 "경제에 눈을 떴다"고 썼다. 동시에 "오늘의 동남아 국가는 '對中共'을 통해서 피동적으로 연결되어 있"게 되었으니 아시아의 자유 진영이 중공에 대응하는 길은 경제적 승리뿐이라고 주장한다.[88] 조세형 같은 '진취적'인 기자의 눈에도 탈냉전기에 접어드는 동남아 각국이 자력 생존할 길은 경제개발이 유일하다. 여기서 비껴나 있는 국가는 북베트남과 친한 라오스, 캄보디아(크메르) 정도였다.

라오스, 캄보디아는 휴전 이전부터 친서방 국가보다 자주 동향이 전해졌다. 두 국가는 비동맹 중립국 표상의 전반적 특질 — 정치 불안, 낙후된 국민의식, 빈곤 — 을 오롯이 소지했다. 1950년대 후반부터 공산주의에 우호적인 위태로운 중립국으로 표상된 라오스가 1960년대 들어 "중국 본토가 공산군에 먹히고 북부 월남이 호지명에게 먹힌 이후 급작스럽게 세계에서도 가장 중요한 땅의 하나"[89]가 된 것은 공산주의자들이 준동하는 땅이기 때문이다. 1967년 이후에는 미군의 추격을 피해 달아난 북베트남군과 베트콩의 "성역"이 된 캄보디아와 함께 인도차이나의 공산 세력이 적화 욕망을 횡적으로 팽창하는 사상적 위험지대가 된다.[90] 한마디로 이곳은 한국이 들어갈 수 있는 곳이 아니다.

그런데 당시에도 지적된 바 있지만 과거 프랑스 식민지였던 3국은 역사적 이유로 자유 진영에 우호적이기 어려웠다. 1970년대 메콩개발계획에 두 국가가 포함된 것은 선진국 관료들이 라오스와 캄보디아의 중립주의가 약화된 틈을 타 일방적으로 이를 입안한[91] 것일 뿐, 두 국가와 어떤 논의를 거치지 않았다. 베트남전쟁 기간 내내 이 국가들은 독립한 '개별' 국가라기보다는 '유사 월남', 더 정확하게는 북베트남에 종속된 전쟁 지역으로 인식되었다. 그렇기에 1960년대 후반 빈곤 탈출을 공통 목표로 "새로운 바람"을 일으키는 동남아시아에 대한 한국의 관심은 친서방 국가에 한정돼 있었다.[92] 설령 메콩종합개발계획이 애초 미국의 계획대로 동남아 경제동맹체로 실현된다 해도 1970년 들어선 친미 캄보디아정권과 갓 수교한 한국이 비집고 들어갈 자리는 보이지 않았다. 사정이 이런데도 정부와 기업은 유엔특별기구가 개입하면 메콩 3국에 들어갈 수 있다고 기대했다. 그러나 사이공 함락 후 친미정권이 무너진 캄보디아와는 곧 단교하고[93] 이후 두 국가는 관심에서 멀어진다.

이러한 해프닝은 한국이 동남아시아를 미래의 '시장'으로만 보았기에 가능했다. 비교적 상황이 좋았던 1972년 8월, 베트남 이외 동남아 지역에는 2,677명이 진출해 1,908명이 취업했다. 이해 총 해외 취업 인원 23,142명 중 8%를 상회했으니 적은 인원은 아니다. 하지만 대부분 도로 공사와 벌목에 고용된 단순 노동 인력이었다. 진출국 순위로는 월남, 서독, 미주(괌)에 이어 4위를 기록했다.[94] 이른바 다각적 외교에 입각한 수출 시장 개척이 논의되던 때여서 동남아에서도 성장률이 높은 일부 국가(싱가포르, 태국, 대만)는 자주 시찰 겸 탐방지가 되었다. 넓은 동남아 지역에 나갈 한국의 인력은, 임종철의 시각을 빌리면, 게으르고 태평한 동남아인이 따라올 수 없는 '전문성'이 있었다.

한국군이 대부분 철수한 1973년 1월, 휴전을 기념해 『신동아』는 특집 지면을 마련했다. 철수를 기뻐하는 미군 사진 뒤에 '동남아에 한국을 심는' 한국인 화보를 대대적으로 넣었다.[95] 사진 속 한국인은 전쟁의 위협이 사라진 열대를 누비며 베트남에서처럼 건장한 육체를 뽐내고 있다. 평화가 찾아온 베트남을 찍은 화보가 말하지 않는 것은 앞으로 일어날 변화였다. 태국 관료가 적절히 예측했듯이 이제 동남아시아는 미국을 대신할 일본의 역할과 중공의 군사적 위협 앞에 서게 되었다.[96] 참전 당시의 구상대로 한국이 동남아시아 경제 공동체를 실현하려면 종전 후 중공의 영향력과 일본의 역할을 철저히 분석해야 했는데, 한국 정부는 일본 자본의 동남아 진출을 경계하고 있을 뿐, 아시아에 미칠 '베트남전 종전의 정치경제학'에 대해서는 아시아 지식인들의 깊이 있는 '분석'에서조차 배운 것이 없었다.[97] 아시아 반공 경제 공동체에 대한 상상은 시종 시장 가치 탐색에 머물러 있었다.

3. 타자성 담론과 기억의 공백기

1) 종전, 베트남 재현의 모멘텀

1973년 3월, 한국군 철수 직전 고은은 최인훈과 함께 월남에 갔다. "월남에 입국한 한국의 마지막 여행자일지도 모를" 고은은 그곳에서 "기이한 감동을 물리칠 수 없었다." 고은은 출발 전 읽었을 월남의 역사와 미국의 패배, 휴전에도 무연히 일상이 영위되는 사이공의 표정을 교차시키며 "적어도 월남이 통일될 때까지는" 전쟁이 끝나지 않으리라고 쓴다.[98] 그런대로 티우가 민심을 얻고 있고, 월맹 또한 어렵게 협정을 끌어냈지만 이제부터 베트콩이 군사 활동보다 "정치전이나 특수전"으로 나올 터이니 통일이 쉽지는 않으리라고 예측한다. 여기까지는 당시에 통용되던 견해이다. 그러나 이어 호치민을 좋아하는 월남인의 의식에는 한 가족이 베트콩과 월남군으로 갈라져 전쟁 중일 때도 "사상, 소속을 초월해서 조상의 다례(茶禮)에 모이는"[99] 순수한 민족의식이 있다고 씀으로써 은연중에 이 전쟁을 한국전쟁에 겹쳐 생각한 인상을 남긴다.

고은의 사유가 여기서 끝나므로 궁극적으로 그가 말하고 싶었던 것은 알 수 없다. 그러나 이 글은 전쟁이 끝난 베트남을 본 참전국 지식인의 혼란을 정직하게 전해준다. 그것은 일찍이 파월 초기 특파원들이 수기에서 드러낸 베트남민족주의에 대한 무의식적 경사였다. 고은이 휴전 협정 후 만난 베트남에서 본 얼굴은 참전 기간 동안 한국인들이 끝없이 마주친 얼굴이었다. 냉전의 감각을 유지했던 한국인의 눈에는 이것이 월남 패망의 주범이었다.

1975년 베트남은 '소멸 단계'에 있었다. 다낭이 함락되는 등 "예상했던 일"들이 일어나고 있었다. 여당은 이 사태를 의원 총회에서 '사실상 한국의 전쟁 상태'로 규정하고 총공세에 나섰다. 긴급히 마련된 여야 좌담회에 여당 의원은 그래도 사이공정부가 1-2년은 더 버티리라고 예상하는 등[100] 현지 사정을 인지하지 못하는 발언을 한다. 사이공 함락일에 외교부 직원이 자리를 비우는 사태가 발생한 까닭을 엿볼 수 있는 대목이다. 여야 논쟁은 반공의식이 중요하다는 선에서 끝났다. 8년 6개월 동지였던 베트남의 운명은 참석자들의 관심이 아니었다.

국내 뉴스도 이와 비슷했다. 패색이 짙어지는 월남 정세를 소개하다가 5월 1일 일제히 '월남 패망'을 알렸다. 5월에는 인도차이나 국가들의 반응을 상세히 싣고, 미국의 소극적 태도 때문에 인도차이나에 좌익 중립주의 세력이 발호할 것을 예측하는 [101] 기사가 쏟아졌다. 메콩 3국 연쇄 공산화가 동남아 전체를 위협하게 돼 친미 국가들도 대중·대소 외교 압박에 처하게 되었다

사이공 함락 후 탈출하는 베트남인들

는 우려도 반복되었다. 그런데 심각한 와중에도 해법은 명쾌하다. 미국이 손을 떼도 경제력을 갖추고 공산주의를 이기면 되었다. 아직 경제력이 충분치 않은 한국은 스스로 월남과는 다르다고 여기고 기민하게 내부를 단속하는 형태로 여기에 대응했다. 기업체가 방위성금을 헌납하고 종교계와 학원가가 호응하는 등 **102** 정권은 반공의 고삐를 재빨리 틀어쥐었다.

정권이 했던 것은 내부 단속만이 아니다. 월남 패망은 한국에 난민이라는 새로운 숙제를 안겼다. 1975년 5월 6일부터 주요 신문은 일제히 동중국해에서 침몰 직전에 처한 베트남 난민

217명을 구조한 쌍용호 소식을 실었다. 태국과 미국 선난이 인수를 거부해 16일 간 바다를 떠돌던 쌍용호는 5월 23일 마침내 부산에 입항했다.[103] 500여 명 시민들이 미국도 받아주지 않은 난민을 환영하러 나왔다. "피난민을 구조한 인도적 의무를 다했던 탓"으로 바다를 방황해야 했던 쌍용호는 "국제 사회의 비정한 모습"을 전 국민에 알렸다.[104] 언론은 10일 전 해군 수송함을 타고 부산에 들어온 난민을 다시 언급하며 한국이 이제 난민까지 받는 인도적인 국가가 된 것에 자부심을 가지고 이들을 따뜻이 대할 것을 주문했다.

이 장면은 앞으로 한국사회에서 난민이 맡게 될 정치적 효과를 예고했다. 부산수용소의 난민은 외부와 철저히 차단되었지만, 한국인은 언론을 통해 멸망한 베트남을 생생하게 느낄 수 있었다. 패배한 자유국가 국민이 공산국가 지배하에 들었을 때 비체가 되는 공포는 바다를 떠도는 육체로 재현되었다. 이런 기사들은 매우 자주 올라왔다. 국적선이 보트피플을 구조한 소식은 즉시 보도되었다. 1979년에도 난민을 구조한 영국 선적이 인천항에 들어왔고, 제주도와 남해안까지 난민선이 표류해왔다. 유엔에 적지 않은 난민 기금을 내고 수용소도 운영했던 한국으로서는 이 문제에 민감할 수밖에 없었다. 1970년대까지 한국정부는 비교적 베트남 난민 문제에 야박하지 않았으나 여기에는 난민의 비참과 한국의 온정을 선전하는 조건이 붙었다.

세계적으로 보트피플이 골칫거리가 되자 한국정부는 국적선의 보트피플 구조 불허 방침을 굳힌다. 1980년대 국적선은 보트피플을 발견해도 피해야 했다. 1985년 당국의 방침을 어겼다가 해고된 전제용 선장처럼 이방인을 구하려면 자리를 내놓아야 했다. 이러한 정부 방침은 종전 후 빠르게 잊힌 베트남전쟁에 대한 한국사회의 기억을 특정한 방식으로 주조하는 기제가 되었다. 끝내 바다에서 죽어가는 보트피플은 이미 사라진 국가의 끝나지 않는 비참을 환기했다. 한국인의 머릿속에는 가난한 공산베트남과 멸망했음에도 여전히 비참한 베트남이 착종되어 월남이든 공산베트남이든 베트남은 무조건 '비참한 국가'가 되었다. 불시에 출현하는 뉴스 속의 보트피플이 이러한 착종을 가능하게 했다.

1980년대까지 가난하고 비참하게 재현되는 베트남은 '한 국가'가 아니다. 그러나 마치 처음부터 한 몸인 양 비참한 월남과 가난한 공산베트남 때문에 한국이 참전을 기억할 이유가 사라져 갔다. 특별히 얻을 것이 없었기 때문이다. 군사정부는 불필요한 기억을 끌어내는 참전군인들의 세력화를 저지했다. 작가들만이 참전의 기억을 복잡하게 파편화했다. 이에 비해 텔레비전과 신문에 등장하는 사물화된 난민의 메시지는 명료했다. 비현실적인 난민의 비참이, 시간이 흐르면서 착종된 베트남 자체가 되는 것은 정부의 난민 대책과도 관계가 있었다. 정부 방침이 여론을 만드는 사회에서 당국의 난민 입국 불허는 기억될 동력을 잃은 참전의 기억을 편리하게 방치했다.

2) 타자의 역할과 난민 보도 관행

한국군 철수 후 줄어들었던 베트남전쟁 보도는 사이공 함락을 전후해 다시 폭발적으로 증가했다. 연일 월남 패망을 집중 조명하던 언론은 어느 순간 일제히 '베트남 난민'에 초점을 맞추었다. 이 기사들이 난민을 기삿거리로 소비하는 데는 특징이 있다. 난민을 동정하면서도 망국 국민의 운명을 구경하는 선정적 단어가 사용되었다. '전쟁 유산', '동남아의 비극을 말하는 갈 곳 없는 존재' 정도는 양호하고 공산베트남이 내친 '세계의 골칫거리', '인간 수출품', '인간 화물'도 보인다. 이 표현들은 자유세계에도 공산국가에도 환영받지 못하는 국제정치의 완전한 타자로서 월남 난민을 정위한다.

월남 패망부터 1980년대 중반까지 끊임없이 등장하는 망국의 유령 같은 난민이 1980년대 베트남 심상을 조정했다. 정부는 월남 패망일에 연례행사처럼 만찬을 열었고,[105] 간간이 수용소에 입소하는 난민이 있을 때는 한국의 온정에 감사하는 기사가 나왔다. 1980년대 초 당국이 더 이상 보트피플을 받지 않기로 한 것은 패망한 월남에 대한 책임을 종료하는 군사정부의 선언이었다. 그러나 그때도 갈 곳 없는 난민들이 부산소용소에 있었다.

1970년대는 두 층위에서 상이한 난민이 존재했다. 인간성의 본질에 대한 성찰을 유도하는 해상 난민과 월남 패망기에 입국한 한국사회의 내부자 난민이 있었다. 실존적 질문을 던지는 추상적 존재로도 의미화된 전자와 달리 후자는 핏줄을 중시하는 폐쇄적인 국민국가가 타자를 핏줄로 수용/배제하는 '동질화 전략' 다문화 이데올로기의 원형을 드러낸다. 주류 집단의 정치적 의도로 특정 집단이 혐오, 배제되는 것이 아니라 국민국가의 필요에 따라 적절히 소환되고 방치되는, 비가시화되는 타자성이다.

사이공이 함락될 때 한국정부가 난민을 받은 요건은 한국인과의 연고 여부, 곧 한국인과 결합 정도에 있었다. 이 요건에 따라 세 그룹으로 난민을 분류했고, 언론도 각각 쓸모대로 이들을 소개했다. 첫째, 한국인 연고자가 있을 경우에 난민의 형편은 자세히 소개되고 국민적 사랑과 관심을 촉구했다. 매체는 한국인 남성을 따라 입국한 이들에게 매우 우호적이었다. 입국 시점부터 준국민의 지위를 얻어 아직 한국인 연고자를 만나지 못할 때도 매체의 도움을 적극적으로 받을 수 있었다. 그러나 정착 후의 형편은 한국인 남성의 재력, 결합 형태(결혼/사실혼)에 따라 편차가 컸다. 혼인 관계를 제도적으로 증명한 여성은 자동으로 국적을 취득했다. 부친이 남베트남 경찰관인 여성은 수송함에서도 씩씩한 한국인 남자들의 보호를 받으며 안전하게 부산에 도착했다.[106] 교육 수준이 높고 엘리트일수록 더욱 호의적이었다.[107]

이 커플은 귀국 조치당한 난민보다 이념적 쓸모가 있었다. 정부는 이들을 통해 한국정부의 신의를 입증했고 국민은 형편이 나은 보호자가 가질 법한 만족감을 느꼈다. 아름다운 베트남 여성과 성실한 한국 남성의 한국 정착은 한월 공동 운명체론이 아름답게 지속되는 착시 효과를 발휘했다. 망한 월남에 대한 '형제애'를 존속하고 반면교사로서 월남을 전유하는 데도 유용했으므로, 여러모로 반공국가의 구미에 맞았다. 1977년 5월에는 497명 월남 난민이 "한국정부의 따뜻한 배려로" 정착해 "평안한 생활"을 하고 있었다. 가구당 150만원의 주택비, 가구 구입비 4만원, 생계비 8만6백 원(18세 이하 41,800원)이 지급되었으며, 정부는 직장 취업을 알선했다.[108] 이런 기사를 보면 정부는 월남 난민의 정착을 국가 방침대로 착실히 돕고 있다. 그러나 지원의 실효성과 지속성은 전혀 다른 문제였다.

베트남 난민은 낯선 사회에 성공적으로 정착한 미담의 주인공이 될 수 없었다. 종전 후 입국한 한국인 연고 입국자 650여 명 중 200여 명은 연고자와 연락이 닿지 않았다.[109] 베트남전쟁으로 한국사회에 들어온 이주민의 이산(離散) 서사는 여기서 시작한다. 초기의 관심이 사라지고 한국인 남편과 헤어졌거나 버림받은 여성들은 낯선 땅에서 고군분투해야 했다. 베트남 음식점을 차리거나[110] 가내 수공업에 종사했고, 직업, 교육, 한국인과의 관계 등이 균질하지 않았다. 어려운 중에도 한국사회의 구성원으로 살고자 애썼던 이 난민—여성들의—이야기는 나라가 없어졌어도 한국과 베트남의 젠더 구도를 그대로 답습한다.

둘째, 부산 피난민 수용소를 거쳐 제3국으로 떠나는 난민이 있었다. 1975년 5월까지 한국에 들어온 베트남인 1,570여 명 중 한국에 정착한 이들이 584명, 한국을 경유해 제3국으로 떠난 이들은 977명이다.[111] 난민들의 활동 범위는 극히 제한적이었다. 제3국 이민이 주선될 때까지만 체류한다는 방침에 따라 내국인들과 거의 접촉하지 않았으나 한국인의 박애와 온정을 홍보하는 소재였기에 제3국의 허가를 얻어 떠날 때는 환송연이 보도되었다. 망국의 한을 새기고 떠나는 이와 보내는 이가 석별의 정을 나누는 것은 우리 정부가 가장 바람직하게 여긴 상황이다. 떠나는 이와 보내는 이가 각자 목적을 이룬 상태에서 원만하게 관계가 정리되었으므로 유용한 존재였다.

월남 패망의 교훈을 기억하고자 한국은 이들을 잘 활용했다. 갈수록 난민을 받지 않고 수용 난민도 철저히 격리했지만, 1993년 2월까지 무려 17년간 난민수용소를 운영했으니 기간만 본다면 세계 난민 수용사에도 기록될 법하다. "설레는 마음으로" 수용소에서 "조용하게 비가 뿌리는 자유한국에서의 첫날밤"을 맞은 이들을 환대해야 한다는 목소리는 머지않아 사이공 패망일에만 소식이 전해졌다. 그 사이 언론은 필요에 따라 이들을 불러냈다. 참전국의 의리와 인도주의는 이들을 통해 홍보되었다. 또 이들은 승공 담론 홍보에도 큰 역할을 했다. 자유세계 수호와 반공을 끝낼 수 없는 이유가 멀리 있지 않았다.

셋째, 1980년대 중반까지 바다를 떠도는 '보트피플'이 있다. 미디어에서 이들은 극적인 반전을 겪으며 위상이 바뀐다. 1980년대 중반까지도 '망국의 처절한 교훈'에 불과했으나 1980년대 후반 한베 재수교를 앞두고 승리한 자본주의 국가에서 온 '고국 방문자'라는 지위가 부여된다. 앞의 두 케이스와 달리 이들이 한국 사회와 직접적 연관이 없는데도 비정한 국제정치와 인간성의 본질을 묻는 메타포가 된 것은 1980년대 내내 보트피플 문제로 각국 회의가 열리고, 국내 입국이 불허되는 등 세계의 '불가촉천민'

이었던 탓이다. 이들을 '양산'한 국가는 공산베트남이었다.

1980년 중반 무렵까지 난민은 망국의 슬픔을 폭로할 때도 살아 있는 개별적 존재라기보다는 착종된 베트남의 비참과 독재를 한 몸에 구현하는 상징에 가깝다. 세 케이스는 국민국가의 무의식과 대중적 감성의 구조에 베트남전쟁이 아니라 착종된 베트남을 각인했다. 과거 한국군이 체포한 비루한 베트콩, 한국에 들어온 불쌍한 난민과 비체화된 베트남 심상이 여기에 이어졌다. 이모든 케이스에서 베트남은 자유 진영 국가의 처분에 몸을 내맡긴 불쌍한 여성 젠더다.

3) 여성 젠더화의 답습과 반복

베트남 역사에서 여성은 약하지 않다. 베트남에는 '여성의 날'이 두 번 있을 정도로[112] 역사적으로 여성의 역할이 컸다. 베트남 민족해방운동사의 기원에는 중국에서 베트남 민족을 독립시킨 유명한 쯩 자매가 있으며, 프랑스 통치기에는 10대 여성들이 단체를 조직해 식민지에 항거했다. 유관순이 연상되는, 프랑스에 항거하다 사형당한 보 티 사우와 베트남전쟁기에 호치민을 도와 정규군을 이끌었던 응웬 티 딘은 베트남 역사상 최초의 여성 장군이었다. 베트남전쟁기에도 여성의 활약은 남성에 뒤처지지 않았다.

쯩 자매 이야기는 1960년대 수기류의 '월남 서설' 항목에도 있지만 특별한 의미는 없다. "월남 민족의 최초의 저항운동이 여자에 의해 영도되었다는 것은 월남 여성의 만만찮은 콧대를 연상해서 대단히 흥미 있는 대목"[113] 정도로 언급되었다. 여성은 유교 문화권의 관습대로 가부장에 종속된 존재로 기술되었다. 기혼 여성은 전시에 가게를 꾸리는 생활력이 있고, 미혼 여성은 작고 호리한 성적 매력이 있는 정도가 가장 흔했다. 한국군은 처음부터 베트남을 여성 젠더화했다. 인종, 빈곤, 생활 방식, 사상 등 모든 것을 한국보다 약하고 열등하게 보는 시선은 전장의 '여자 베트콩'에게 유독 과잉 반응하다가 월남 패망 후 난민 표상에서 정점을 찍는다.

　난민의 여성 젠더화는 예고된 것이었다. 이미 한국/베트남이 형/동생, 남성/여성의 구도로 젠더화되어 있는데다 한월 커플은 한국인 남성과 베트남 여성이 결합했다. 그러나 남편을 만나지 못한 난민 여성들은 홀로 생존해야 했다. 혈통이 다른 난민을 상대하는 주무 부처도, 사회 구성원으로 이들을 이해하려는 시각도 없었다. 이들에게는 가부장제 한국의 착한 구성원이 되어 공민의 자격을 스스로 입증하는 것만이 유일한 방법이었다. 1980년 12월, 당시 서울에 거주하는 여성 난민 100여 명은 뜨개질, 식당, 미장원 등 서비스업에 종사하며 "어렵게 생활"하고 있다.[114] "가족의 시체를 뜯어먹으며 버티다" 가까스로 구조되는 보트피플에 비할 수 없어도 생활이 순탄치 않았다. "미모를 겸비한 월남 여자들"은 주로 월남 음식점이나 베트남 술집에서 일했고,[115] 1980년대 중반이 되자 평균적으로 형편이 나빠졌다.

　1982년 KBS가 제작한 〈원티민웍의 7식구〉는 한국에 정착한

백마1호작전으로 생포한 여자 베트콩 포로

난민 가족을 찍은 다큐다. 작가 김주영이 리포터로 서울에 사는 윈티민윅 가족과 인천, 서울의 월남 하우스를 찾아가 난민들의 생활상을 취재했다.[116] 화면에 등장하는 난민 16여 명은 윈티민윅의 장남(17세)을 제외하고 모두 여성들이다. 한국인 남편은 단한 사람도 등장하지 않는다. 가부장(남편) 없는 궁핍이 베트남전쟁사와 공산베트남 자료화면, 이대용 전 주월 공사, 적십자사 관계자 인터뷰와 교차한다. 젊은 작가답게 김주영은 매우 조심스럽게 접근해 생활 형편을 질문하고, 여성들은 못지않게 조용히 생계 곤란을 호소한다. 이들은 시청자들이 연민할 조건을 두루 갖추고 있다. 모두 여리고 착하며 떠나온 땅을 그리워하면서도 부재하는 가부장을 대신해 헌신적으로 아이들을 키우고 있다.

이들의 생활은 비슷한 시기 언론 보도와도 거의 일치했다. 1985년 4월 『동아일보』와 『매일경제』는 각각 월남 난민자치회장과 부회장을 만나 난민들의 생활상을 물었다. 다행히 이들은 한국인 기술자와 결혼해서 성남과 서울에서 술집과 사업체, 디스코클럽을 운영하지만,[117] 다수 난민의 형편은 전혀 그렇지 않다. 자치회에 등록된 170가구 420명 중 서울에만 60가구가 거주했다. 생활 형편에 따라 나눈 A, B, C 등급 중 생활이 안정된 C등급은 10여 명에 불과하다.[118] 매월 적십자사에서 받는 4만 원가량 지원금은 턱없이 부족해 베트남 음식점과 술집 종업원, 가정부로 일했다. 한국인 남편이 있어도 맞벌이는 필수였다.

그런데 왜 보도에 한국인 남편이 등장하지 않을까. 처음부터 취재 대상이 난민 여성들이기는 하지만 신문이든 방송이든 단한 번도 남편이 보이지 않는 것은 이상하다. 모두가 병중이거나 사망하지는 않았을 테니 의지가 있었다면 평범한 가부장이 등장해 조금은 희망적인 이야기도 들려줬음 직하다. 1975년 기적적으로 부산에서 상봉한 감동적인 한월 커플 기사를 생각해도 이 기사들은 지나치게 '사실적'으로만 난민의 비참을 전하고 있다.

기사의 이데올로기 효과를 생각하면 비참한 난민 이야기가 필요했다는 것밖에 다른 이유를 찾기 어렵다. 거의 모든 기사가 "퀭한 눈과 낯선 얼굴"의 월남 여성들이 패망일에 몇 십 명이 모여 "월남 국가를 구슬프게 부르"다가 망국의 처지를 "절규"하는 내용이다. 망국의 이유를 묻는 질문에는 이구동성으로 '정부의 부패와 독재', '분열된 국민성'을 꼽았다.[119] 이미 알고 있는 월남 패망 이유가 지치지도 않게 난민의 목소리로 반복되었다.

종전 10년 후에도 베트남의 비참은 이렇게 한국의 베트남전쟁에 대한 기억이 아니다. 한국의 기억이 되는 데 필수적인 한국인 남편, 한국인 가족이 없기 때문이다. 기자들은 이들을 한국사회의 구성원이 아니라 어쩌다 한국에 떨어진 불쌍한 월남 난민 공동체로만 보고 있다. 정부 지원이나 사회적 관심도 사실은 썩 중요하지 않다. 한국인과 어떻게 엮였든 월남인이 아닌 다른 존재가 될 수 없는 이들이 바로 베트남 난민이었다. 이들의 조국은 공산베트남의 내부에 그대로 간직된 비참한 월남이다. 그리고 이 비참을 끝없이 재현하는 나라가 현재도 세계인의 '골칫거리'를 양산하고 있는 최빈국 공산베트남이었다.

기사에 등장한 난민들의 이데올로기 효과는 명확하다. 이들은 승공의 이유와 공산베트남의 비참을 함께 증언했다. 난민화된 베트남은 너무도 비참해서 주석도 필요치 않았지만, 가끔 이 난민들의 '미모'를 언급하면 좋았던 시절을 추억하는 특별한 효과가 만들어졌다. 파월 장병이 고객인 월남 식당 직원은 부잣집 출신에 교육 수준이 높은 "미모를 겸비한 월남 여자들"이며[120] 가까스로 한국의 친언니를 만난 보트피플 처녀도 '미모'의 여성이다. 미모는 여성 젠더화된 베트남이 가진 최후의 자존심처럼 느껴지기도 한다.

그런데 공산베트남의 전후 처리는 참전국이나 서방의 예측과 달리 그다지 무자비하지 않았다. 연일 공산베트남을 탈출하는 세 번째 난민 그룹을 두고 하노이정부가 이를 조장, 방치한다는 보도가 있었지만 초기에 탈출한 이들과 달리 이 그룹은 경제적 이유로 베트남을 탈출한 화교들이었다. 이러한 태도가 공산베트남이 남부 경제를 장악한 화교들을 내보내고 그 재산을 국유화하는 이중의 전략이었을지 모르나 잔류자에게 가혹한 보복 조치는 없었다.[121] 공산베트남은 재교육, 재산 몰수 등 상식적인 선에서 통합 정책을 펼치면서 전후 재건에 매달렸다. 마지막 난민 그룹은 공산베트남의 힘겨운 전후 상황을 말해줄 뿐, 공산베트남은 공산화된 중국과 달리 위협적인 존재가 아니었다. 오히려 중공과 관계가 악화되고 미국의 경제 봉쇄로 가난이 지배하는 땅, 끝없이 '인간 화물선'을 송출하면서 자유세계에 난민을 떠넘기는 염치없는 국가였다.[122] 한국이 공산베트남을 경계할 이유가 없었다.

4] 불쌍하나 위험한 난민들

한국은 주요 참전국으로 난민에 대한 도의적 책임이 있었다. 17년간 난민수용소를 운영하며 한때 세계 6위에 해당하는 난민 기금을 낸 것[123]은 작지 않게 누린 '월남 특수'에 대한 성의 표시였다. 참전 기간에 만들어진 한월 가족 관계는 한국사회의 혈통 중심주의를 깨고 베트남인을 국민으로 받아들이는 구속력을 발휘했다. 따라서 엄밀히 말해 이들은 당시 한국정부와 언론의 강조처럼 '순수한 인도주의'의 소산이 아니다. '순수한 인도주의'란 아무런 연고 없이도 마땅히 곤경에 처한 사람을 구하고 환대하는 '우애의 윤리'며, 타자를 대하는 가장 높은 수준의 윤리지만, 월남 패망 후 각국은 선뜻 손을 내밀지 않았고 죽어가는 난민을 서로에게 떠넘겼다.

보트피플은 세계 각국이 서로의 양심을 시험하는 재료였다. 문제는 난민 수용에 지친 동남아시아 국가들이 더 이상 수용을 거부하자 국제 사회가 세 번째 난민 그룹에 위험하고 불온한 딱지를 붙이기 시작한 데 있었다. 1970년대 말 이러한 조짐이 보이자 세계의 지성 사르트르는 잘 보이지 않는 눈으로 지팡이를 짚고 대통령궁을 찾아가 난민 구호를 요청했다. "난민을 구조하는 것은 도덕과 인간 사이의 윤리적 관계에 관한 문제"였다. 사르트르의 말처럼 보트피플은 유엔과 서방 자유세계가 직면한 윤리적 숙제였다. 공산국가가 싫어 탈출한 난민을 보듬는 것은 자유세계의 역할이었고, 최근까지 이 세계를 지킨 한국도 당연히 적절한 역할을 해야 했다.

그런데 1975년 해군 수송함을 타고 들어온 이들을 제외하고 1980년까지 한국정부가 받은 난민은 15차례 400여 명에 불과했다.[124] 국제 사회와 유엔고등난민위원회(UNHCR)가 1977년 6월 7일 존 A 메콘호가 구조한 난민들에 대해 적극적인 지원 의지를 밝히고, 구조된 난민들이 제3국 행을 희망한 것이 정부가 난민 임시 보호 기준을 세우는 역할을 했다.[125] 1983년 남아 있던 난민이 모두 출소하자 정부는 더 이상 난민 수용 불가를 시사했다. 전체 난민의 50%에 해당하는 인원이 들어온 77년부터 82년 동안에도 미국 선박과 외국 선박이 더 많은 난민을 구했다. 한국 국적선이 난민 구조에 소극적이었던 이유는 정부가 여기에 회의적이었기 때문이다. 초기에 부산수용소에 들어온 난민은 지식인, 중산층이었고, 화교, 가톨릭 신자, 청년이 많았으며, 대체로 재정착을 희망하는 서방 국가에 친인척이 있었다.

1970년대 내내 매일 2, 3천 명씩 유출되는 난민 문제가 동남아시아 각국 신문에 실렸다. 그러나 1979년 동남아시아 각국은 더 이상 난민을 받지 않기로 결정한다.[126] 약 22만 명을 수용하고 있었던 베트남 인접 국가 태국, 말레이시아, 인도네시아가 누적된 '경제적·사회적' 부담 때문에 인도주의를 포기하자 보트피플을 대하는 시선이 달라졌다. 구조 가능성이 희박해진 난민들이 보내는 신호는 거칠어졌고, 이들에게는 전에 없던 색깔 공세가 씌워졌다. 사태는 심각해졌고 1979년 7월에 이 문제를 해결하기 위해 18개국이 참여한 제네바회의가 열렸다.

공산베트남이 싫어서 뛰쳐나온 이들에게 퇴행적인 냉전 프레임이 붙은 것은 구조 거부에 따른 세계의 비난을 희석하려는 심리 외에도 선진국의 구조 거부의 결과로 이들이 팔레스타인 난민처럼 어렵게 이들을 받은 국가에 위험한 존재가 될 우려 때문이었다. '자유세계를 교란'하는 난민들은 공산국 스파이거나 '아시아판 팔레스타인 게릴라나 테러리스트' 혐의를 받았다.

(1) 이들은 아랍 국가들에 경제적·사회적인 부담은 물론 안보 면에서도 불안의 요소가 되고 있으며, 때로는 과격한 테러 행위로 세계적인 공포의 대상이 되고 있음은 너무도 잘 알려진 사실이다. '인도차이나' 난민들이 던져주고 있는 문제점들도 비슷하다고 할 수 있다. (…) 이들 가운데는 피란민을 가장한 불순 세력도 상당수 잠복해 있을 것으로 추측되고 있어 특히 泰國과 馬聯은 안보 면에서 큰 불안에 직면하고 있다.[127]

(2) 난민들이 몰려들고 있는 트렝가누 지방에서는 이들 때문에 물가가 오르고 식량이 귀해지자 주민들이 접근해오는 난민선에 돌을 던지고 폭행을 하는 일까지 벌어졌다. (…) 이들의 탈출을 도와주고 돈을 받는 상업적인 조직도 규탄을 받고 있다. 한 사람 앞에 2천 달러씩 받고 탈출시켜주는 조직이 홍콩에 있으며, 이들은 월남정부의 관계자들과도 손이 닿아 있다는 것이다.[128]

화교의 경제권 장악에 동남아 각국의 거부감이 있었어도 목숨을 건 이들에게 가난한 공산베트남의 스파이 혐의는 어불성설이었다. 주로 특파원이 현지에서 써 보낸 이 기사들은 '특파원 노트'라는 객관성을 담보하며 은연중에 한국도 더 이상 난민을 받기 어렵다는 메시지를 생산하는 동시에 이와 대비하여 한국이 '극진'하게 보살피고 있는 부산수용소 난민의 안전한 형편을 암시한다.

　선진국의 태도가 미온적인 중에 1980년대 초 보트피플은 국제 사회의 가장 뜨거운 이슈였다. 1980년 제3국 행을 바라는 난민이 체류하고 있었던 부산난민수용소에는 유엔 고등난민판무관이 다녀갔다.[129] 1993년 남아 있던 마지막 난민들이 떠날 때까지[130] 부산수용소의 난민들은 국내에 정착한 난민보다 극진히 대우받았다. 유엔의 관심이 쏠렸고 모범적인 난민 수용국으로 꼽힌 덕에[131] 수용소 운영은 국가 이미지 홍보에 도움이 되었다. 떠나는 난민들은 어김없이 "한국민들이 우리를 보살펴준 데 감사"했다. 송별사를 외는 소녀들은 눈물을 흘렸다. 떠나는 이들이 멸망한 '조국'을 그리며 남긴 말들은 이들의 '불확실한' 미래와 더불어 한국과 비슷한 피식민지와 분단을 겪었으나 '승공'하지 못해 끝내 사라진 '월남'을 부단히 환기하며, 건재한 한국을 긍정하는 정치적 효과를 창출했다. 이들은 폐쇄된 수용소에서 내부의 결속을 강화하는 타자였다.

　난민을 "공산이라는 사상 문제를 떠나 인류의 치부를 드러내 놓고 있는 문제"로 보면서 '우리에게도 한국전쟁으로 난민 경험이 있다'는 태도[132]는 비교적 난민 수용에 관대했던 1970년대 한국의 '인도주의'가 최대치로 표현된 것이다. 바로 같은 시기 마닐라에서 '위험한' 베트남 난민을 취재했던 기자는 난민 문제를 염려하던 중 미국인 기자가 베트남전 참전국이 져야 할 무한 책임을 말하자 더 이상 "이야기를 진전시키고 싶지 않아" 입을 다문다.[133]

1985년 전제용 선장은 인도주의로 난민을 구한 후 일자리를 잃었다.[134] 그 후 서해상에서 발견된 난민은 추방되었고 '가짜 난민'도 본국에 송환되었다. 부산난민수용소가 문을 닫기까지 한국인 무연고자로 한국에 정착한 난민 51명은 보이지 않는 존재로 살아갔다. 이 시기 한국의 난민 구조가 "국제적인 인도주의 실현의 모범적인 예"일 수[135] 있으나 주요 참전국으로서 한국은 줄곧 난민 수용에 방어적이었다. 수용의 정치적 효과를 충분히 누리면서 수용을 기피한 한국정부의 태도는 1980년대 한국이 베트남전 참전을 망각한 심리적 메커니즘에 대한 증표다.

4. 탈냉전과 대항 담론의 심층

1) 돌아오는 자유 진영: 승리자들

1992년 김영삼정부는 베트남과 공식 수교한다. 월남 패망 후 20여 년간 닫힌 외교 관계가 재개되자 과거의 인연이 다시 소환되었다. 미국의 반대로 예상보다 수교가 2년 늦어지는 사이에 개혁개방기 베트남에 대한 새로운 정보가 퍼졌다. 정보의 발신지는 '제2의 월남 붐'을 기대하는 정부, 기업, 언론 매체였다. 15년간 망국의 비참을 표상해온 보트피플에 대한 전향적 시각이 형성되었다. 이제 보트피플은 공산세계를 탈출해 서방세계에 보금자리를 트는 데 성공한 자유세계의 시민이다. 재수교를 앞두고 베트남 재진출을 밝힌 한국은 성공한 보트피플이 고국 방문을 기대하듯이 베트남에 '돌아갈' 기대에 부풀었다. 쫓겨난 보트피플과 한국은 그간 벌어들인 자본을 베트남에 들고 갈 '귀인'이 되었다.

베트남정부가 재력 있는 보트피플을 환영하고 이들 또한 귀국을 고려하고 있다는 기사가 쏟아졌다. 재수교를 앞두고 베트

보트피플

남의 변화를 전하는 것은 미디어의 당연한 역할이나 '제2의 월남 붐'에 대한 기대는 과하게 높았다. '전쟁의 나라'는 미국 국민이 된 보트피플이 귀국을 생각하는 희망찬 나라가 되었다. 서방의 투자를 희망하는 베트남의 전향적 태도는 자본주의 경제 체제의 승리를 말하는 근거였다. 중국에 이어 또 다른 사회주의 국가가 자본주의적 체제 도입을 결정했다. 주요 매체들은 1989년부터 베트남 현지 취재 특별기획 시리즈를 마련했다. 기획 의도는 크게 세 개였다. 첫째, 공산베트남의 초라한 현실을 보여주기, 둘째, 시장경제 도입에 대한 현지의 기대를 전하기, 마지막으로 중부 지역에 남은 한국군의 흔적 찾기다. 흥미롭게도 파월 초기처럼 언론은 논조를 통일했다.

1인당 GNP가 180달러도 안 되는 "세계 최빈국" 베트남의 인민들이 개혁개방을 요구하고 있었다. 1989년 특파원들이 본 베트남은 호치민시(사이공)는 말할 것도 없고 하노이조차 시장경제에 대한 기대로 부풀어 있다. 하노이 시민들은 혁명에 지쳐 호치민 묘보다 미국 달러를 갈망하고 베트남정부도 "영양실조에서 벗어나"고자 외국 기업 투자에 적극적이다. 베트남과 관계를 개선해야 한다는 주장은 1992년 한국이 첫 투자로 한주통산 현지법인을 설립하기 전부터 나오고 있었다. 1993년 구엔 푸 빈 주한 베트남 대사는 한국 다큐에 출연해 과거 한국의 관료처럼 '양국의 역사적 유사성'을 언급하고 양국 사이의 불행한 과거보다 미래를 보아야 한다고 말했다.[136] 마치 베트남정부가 자본주의의 승리를 인정하는 듯 보였다.

한국의 투자는 빠르게 신행되어 1994년에는 하노이 시장이 한베 합작 기업의 사장이 되었고, 베트남을 방문한 포항제철 부사장은 도 무오이 서기장의 면담을 요청받았다. 이 과정을 취재한 언론은 시장경제와 공산주의가 화학적으로 융합하고 있는 호치민 거리를 소개했다. 다시 걸린 사이공 간판 속에 베트남 국방부가 여군을 종업원으로 써서 운영하는 식당이 보였다.[137] 지난날 양국의 불행을 언급하는 정부의 과거사 '유감 표명'[138]은 들뜬 분위기에 편승해 적당히 다루어졌다.

베트남의 변화를 보증하는 보트피플은 부유한 자유세계의 후원자로 등장했다. 호치민시에서 가장 큰 시장이 보이면 "테트(구정)에 맞춰 이들이 들고 온 달러가 풀리고 시내에 활기가 돈다"는 내레이션이 깔렸다. 취재팀은 현지인의 말을 인용해 "이제 베트남에서 정치는 끝났다"고 선언했다. 이러한 조급증은 새롭게 사용되고 있는 용어—'경제 월남전'—에서도 확인된다. 보트피플은 '경제의 나라'를 욕망하는 베트남에 온갖 물품을 보내면서 베트남이 원하는 자본을 가진 진영과 변화하는 베트남을 현실 세계에서 연결한다. 보트피플이 있어서 통일베트남의 변화는 어색하지 않다.

베트남에 돌아가는 두 번째 주인공은 한국인이다. 재수교 후 한국은 신속히 베트남을 찾지만 과거의 인연을 믿고 무턱대고 나섰다가 곳곳에서 잡음이 일었다. 1993년 한국인은 현지인의 '신뢰'를 얻지 못하고 있다. 기업인들은 예사로 현지인을 하대하고 당국의 허가 없이 투자를 진행하며 제 무덤을 파고 있었다.[139]

추방이 눈에 보이는 투자를 하면서도 과거의 인연을 아전인수로 해석하는 추태가 언론 보도에서도 나타났다. 언론은 의도적으로 이념을 폐기하고 경제에 목마른 베트남만을 보도했지만, 베트남 정부의 노선은 사회주의 체제의 '폐기'에 있지 않았다. 오히려 새로운 정책을 추진할 통치에 대한 자신감이 배후에 있었으므로 현지인의 말을 인용해 공산당에 염증을 느꼈다는 식의 보도는 과장되었을 확률이 높다. 그러나 한국은 베트남정부가 환영하는 보트피플처럼 전쟁의 승리자로 돌아가고 싶어 했다.

한국군의 흔적을 찾아가는 여정에 이에 얽힌 복잡한 심리가 보인다. 한때 양국이 우방이었음을 입증하는 살아 있는 증거, 라이따이한은 간혹 언급되더라도 한국의 가부장제 민족주의에 호응하는 형태로 기술된다. 재혼하지 않고 한국인 남편을 기다리는 여성들과 아버지를 그리며 눈물짓는 아이들을 취재한 후 "최소한의 도덕적 책임"을 져야 한다는 정도가 가장 진전된 태도다.[140] 대신 기자들은 앞 다투어 한국군 주둔지를 찾아 주민들의 기억을 취재했다. 1993년 『조선일보』는 총 14회 취재 연재 중 한국군 주둔지 취재에 5회를 할애했다. 한국군 주둔지에서 도착한 기자들은 지난날을 추억하며 과거의 흔적을 찾지만, 베트남 정부가 한국군의 잔재를 보존했을 리가 없다. 그런데 이 당연한 사실이 현실에서 하나하나 확인될 때마다 과거 한국군의 영광과 공산베트남의 초라한 현실이 대비되고 베트남정부가 제대로 관리하지 않아 있어야 할 유물이 소실된 양 실망한다. 붕타우 이동 외과병원은 호텔로 개축되고, 한국군의 흔적은 게시판에만 을씨

년스럽게 남아 있다. 기자의 실망을 상쇄하는 장치는 과거 이곳에서 치료를 받은 적 있는 베트남인을 만나고, 한국 남자와 결혼해 나이트클럽을 운영했던 베트남 여성을 만나 한국(군)에 대한 좋은 기억을 듣는 것이다. 한국이 지금 '부자 나라'가 된 것을 알고 있는 이들은 공산화된 월남의 빈곤을 환유하는 과거의 인물들이다.

부자가 된 한국 대 가난한 통일베트남은 한국군 소재지 유물들이 있는 곳에서 계속된다. "가난은 자연의 아름다움마저 퇴색시킨다." 참족(Cham族) 유물이 있는 역사적 도시이자 한국군 야전 사령부가 있었던 나트랑이 "지금은 거지들이 달려드는 나폴리"가 되었다. 한미월 전사자를 기렸던 위령탑은 베트남공산당 추모비로 바뀌어 있다. 한국군이 지어준 놀이터와 마을회관에 달렸던 동판을 찾을 정도로 과거의 흔적 찾기에 의욕적인 기자들이 잠시 주춤하는 곳은 다낭이다. 청룡부대가 주둔한 다낭은 당시에도 한국군에 대한 기억이 좋지 않다. 그러나 이러한 분위기는 "일부 전쟁 중에 일가족을 베트콩으로 오인 사살한 한국군에 대해 안 좋은 감정"이 있다고 언급되고, 도리어 그럼에도 불구하고 돈을 내면 파괴된 맹호부대 탑도 다시 지어줄 수 있다는 일부 주민들의 전향적 실용주의(?)가 강조된다. 다낭에 흔한 거지는 "한국군에 대한 애증의 감정보다 먹고 사는 문제가 시급"한 증거로 활용된다. 호치민의 수양딸이었던 "전설적인 베트콩 여자 지휘관"이 관광 안내 팸플릿을 들고 나타나 "과거의 적도 이제는 손님"[141]이라고 하는 것은 베트남의 변화를 보여주는 가장

주월 한국군 야전사령부

상징적인 장면이다.

언론사들의 논조가 같은 데는 공산베트남에 관한 정보가 부족한 이유도 있었겠으나 재수교 전후의 들뜬 분위기가 가라앉고 베트남이 국민 여행지가 되면서 정서적 거리가 가까워지자 이러한 태도는 더 자연스러워졌다. 그 밑바탕에는 베트남전쟁으로 부유해진 국가의 국민이 느끼는 우월감이 있다. 재수교 후 한국인은 베트남에서 한국이 극복한 가난을 '향수'한다. 1960년대 파월 장병을 보내던 한국의 가난이 그대로 보이는 미개한 '사회주의적 유제'에서도 한국과 닮은 점을 찾으려는 시선은 집요하다. 베트남정부의 도이머이(Đổi Mới)를 박정희의 '조국근대화'와 '새마을운동'에 비견하고 베트남이 가난한 공산주의를 벗어나도록 돕는 것이 끊어진 양국의 인연을 복구하는 길이라는 인식은 아전인수의 극치다.

그러나 작전을 하듯 급하게 인연을 '복구'하면서 생기는 문제가 적지 않았다. 재수교 3년 만에 모 기업은 "눈앞의 돈벌이에 급급"해 현지 직원의 파업을 한국식으로 분쇄하고, 작업 복귀를 거부한 2인을 해고해 논란을 일으켰다. 한국 기업의 위계대로 베트남인을 우습게 보는 한국인 관리자들이 현지 공장에서 노동자를 때리고 베트남 여성을 성희롱해 베트남인들을 화나게 하는 사고가 속출했다.[142] 방현석의 소설 속 한국인의 모습은 픽션이 아니었다. 유독 한국 기업에서 이런 문제가 생긴다는 지적은 예사로 들리지 않는다. 공산베트남 체제에 무지했을지 몰라도 단언컨대 한국은 베트남의 역사와 문화가 낯설지 않았다. 아니 과거의 긴 인연 속에서 한국 기업만큼 베트남 문화에 익숙한 기업은 없었다. 파월 통신은 언제나 한월 양국의 유사성과 친밀성을 강조했고, 한국인은 미군과 다르게 노인을 공경하고 아이를 존중한다고 홍보했다. 따라서 이러한 논란은 한국 기업이 당장의 이익을 뽑아낼 투자처로 베트남을 보지 않고는 나올 수 없는 기사였다.

2) 대항 담론이 던진 문제: 증언자를 기다리기

『한겨레』는 1995년 베트남전 종전 20주기에 맞춰 베트남전쟁을 거론했다. 타 언론사가 맞춘 듯 공산 베트남의 전향적 태도를 강조할 때 베트남전쟁을 "잘못된 전쟁"으로 평가한 맥나마라 회고록을 인용해 한국의 참전이 현명하지 않았고 전쟁 특수는 일본이 더 누렸으며 월남 패망은 유신정권 수립에 이용되었다고 지적했다. 기존의 공식적 참전론을 대체하는 의미 있는 지적이었다. 4년 후 『한겨레21』에 구수정이 쓴 기사가 나간 뒤 베트남전진실위원회(이하 진실위원회)가 조직되었다. '나와 우리' 등 민간단체는 『한겨레21』과 함께 1999년 말부터 1년간 베트남전쟁 민간인학살진상규명운동(이하 캠페인)을 시작했다. 한국과 베트남에서 큰 반향이 있었다. 한국 시민사회와 베트남 피해 지역, 일부 베트남 언론이 연결되고 한국 국방부와 참전군인단체가 이에 맞서는 구도가 만들어졌다.

국방부는 과거 증언에 참여한 참전군인들에게 긴급히 관련 내용을 물었다.[143] 채명신 사령관과 증언에 참여한 장교급 군인들은 베트남전의 특수성, 참전군인의 명예 훼손, 시민단체의 불온성 등을 걸어 거세게 반발했다. 2000년 10월 13일 예정되었던 학술심포지엄장에 고엽제 후유증전우회 회원들이 난입해 학술행사를 중지시켰다. 참전군인단체의 반응은 동년 2월 26일 같은 문제를 다룬 제주 인권학술회의보다 훨씬 사나웠다. 회의장에서 양측이 협의해 5분간 참전군인회 입장을 설명했던 정도의 '타협'

도 없었다. 사안이 참전군인들에게 얼마나 심각한 문제인지 알린 사건이었다.

『한겨레21』에 최초 증언자로 등장한 김기태는 내부 반발에 직면해 2000년 12월 18일 국방부 증언에서 『한겨레21』이 자신의 말을 고의로 왜곡했다고 주장했다. 최종적으로 밝힌 입장에 따르면 한국군의 민간인 학살은 없었다. 이렇게만 보면 참전군인들이 모두 캠페인 주최 측과 정면충돌한 것 같지만 그렇지만도 않다. 기록을 살펴보면 사단법인 월남참전전우복지회와 월남참전전우사회복지지원회 소속 참전군인들은 이를 어느 정도 '사실'로 수용하고 있었다. 캠페인 당시 두 단체는 피해 지역을 방문해 피해 지역 주민의 위령탑 건립을 지원했다. 문제가 된 '조직적이고 고의적'인 학살을 차치하고, 무시할 수 없는 피해자 증언이 계속 날아들었다. 우발적 사고에도 고의성이 전혀 없지 않았다는 증언을 입증하듯이 1968년에 같은 혐의로 베트남에서 송환돼 무기징역을 받은 맹호부대원이 있었다.[144] 일찍이 베트남의 미군도 공공연히 민간인이 학살될 가능성을 토로했다. "누군가 죽었는데 그가 베트남 사람이라면 그는 베트콩이었다."[145]

2000년 『동아일보』편집부는 31년 만에 맹호부대원 사건을 보도하면서 숙고 끝에 보도를 결정한 이유를 "살해된 베트남 민간인들의 인권도 똑같이 중요하다는 보편적 가치를 우선시"해 "6.25전쟁 당시 미군의 노근리 학살 사건과 일제의 한국인 학살 사건 등에 대한 진상 규명 및 배상 책임만을 일방적으로 묻는 '좁은 언론'이어서는 안 된다"는 관점에 따랐다고 설명했다.[146] 때마침 '광란의 전쟁터'에서 행한 죽임을 반성하는 4성 장군의 수기 (「산 자의 전쟁 죽은 자의 전쟁」)가 나왔다. 이 정황들을 종합하면 당시 한국군의 민간인 학살은 '진실'이 어떻든 적어도 부분적으로는 '사실'로 수용되고 있었다. 한 참전군인은 피해 지역을 다녀와 "양민 학살에 대한 소문조차 듣지 못했다"라는 채명신 사령관의 인터뷰는 "솔직하지 못한 태도"라고 꼬집었다.[147]

전시 민간인 학살은 진위를 따지기 어렵다. 민간인임을 누가 어떻게 입증할 것인가. 이런 까닭에 무장 여부에 따라 적군이라도 함부로 죽이지 않는다는 원칙이 있다. 『한겨레21』은 2000년 9월 캠페인 정리 좌담회에서 이 사안의 논점을 다시 명확히 했다. 사안이 전쟁 중에 얼마간 생기는 '불가피한 사고'가 아니라 "체계적·조직적·집단적·의도적인 살해"였다고 정리했다. 또한 베트남 중부 지역에 산재한 피해 사례로 볼 때 한국군의 작전에서 이것이 일반적이었을 가능성을 우려했는데, 한국군의 전투성과에 대한 근본적 의문이자 한국군의 활동 전체를 전쟁범죄화할 위험이 있는 발언이었다.

그러나 캠페인을 주도한 진실위원회는 한국군의 피해자성에 둔감하지 않았다. 참전국 한국의 모순적 위치를 지적하며 "피해자이면서 가해자인 우리가 나서 역사를 청산하는 것은 세계사적으로 의미가 큰 일"이며, 진상 규명이 "우리 자신을 위한 운동이고 자신의 잘못된 이데올로기를 바꾸는 실천적 운동"이라는 발언은 한국군의 피해자성을 전제했다. 다른 참석자는 한국전쟁을 이어 발발한 베트남전쟁에 대한 우리 사회의 낮은 인식 수준에서 논란의 원인을 찾았다. 인권과 평화에 준거해 그동안 제대로 보지 못한 반공, (베트남의) 민족해방운동에 대한 한국사회의 낮은 인식이 그대로 군사정권기를 지나면서 민간정부에서 터져 나왔다.[148] 위원회가 정리한 캠페인의 목표는 우리 내부의 식민주의적 무의식 전반을 성찰하고 한국사회의 인권과 평화 감수성을 키우자는 것이었다. 캠페인에 호응한 시민들이 현지답사를 조직하자 참전군인단체가 위령비 건립을 지원했다. 양측이 대화할 여지가 없지 않았다.

이후의 상황이 평행선을 달린 것은 정부와 국방부의 책임이 컸다. 고엽제전우회가 회의장을 난입한 두 달 후 월남참전전우사회복지지원회는 파병이 우리(참전군인)의 의지가 아니었다는 전제 하에 "우리는 사죄할 수도 있다"고 성명서를 냈다. 이들이 지목한 책임자는 미국정부와 한국정부다.[149] 이는 정당한 문제제기였다. 1994년 "양국이 불행을 겪었던 시기가 있었다"는 김대중 대통령의 '유감 표명'은 한국정부의 '사과'가 아니었다. 양국이 함께 겪은 과거를 유감스럽게 생각한다는, 일본정부의 표현을 닮은 낮은 차원의 의사 표현이다. 이러한 문제에서 국가 간 책임의 형식이 진상 조사와 보상이라면 한국정부는 한 것이 없었다. 민간인 학살이 불거지자 포괄적 범위에서 경제협력을 확대하고 베트남 중부 지역에 학교, 병원 건립 등을 지원했으나 피해자를 특정한 조치는 없었다. 오히려 한국정부는 한국전쟁 당시 노근리 사건에 대한 미국정부의 진상조사가 진행되고 있을 때 국방부를 통해 참전군인의 반대 증언을 청취하는 형태로 피해자 증언의 진실성을 '검증'했다.

국방부 증언집과 캠페인에 동조한 군인들이 함께 동의하는 지점은 있다. 민간인 피해를 인정하는 이들도 전장에서 베트콩과 양민을 구별할 수 없었고, 작전 지역에 머물기를 고집한 주민은 베트콩으로 간주해도 되었다고 함으로써 '고의성'을 부인했다. 이는 베트콩 백 명과 양민 한 명의 관계성에 대한 고백이다. '베트콩 백 명을 놓치더라도 양민 한 명을 보호하라'는 슬로건은 한 명이 100% 양민인 경우에만 실천되었다. 그런데 정부군도 식별하지 못하는 주민 속 베트콩을 한국군이 어떻게 식별하겠는가. 처음부터 지킬 수 없는 훈령을 만든 것은 앞에서도 썼듯이 한국군이 '자기 보존'을 최우선했기 때문이다. 작전지에서 체포된 베트남인에 대한 처분은 현장의 중대장 및 소대장이 즉석에서 결정했다. 명령에 따르는 사병들은 자신이 죽인 이들이 누구인지 정확히 알 수도, 말할 수도 없었다. 하물며 집단 학살에 대한 기억이 아닌가. 참전군인이라면 '고의성'에 예민할 수밖에 없었다.

1999년, 양 진영은 양국 정부의 합동 진상조사에 찬성했다.[150] 그러나 양쪽 모두 이것이 불가능함을 알았다. 양국 기록을 대조해 일치하는 것에 한해 가해 한국군을 불러 조사하자는 채명신의 제안은, 설령 양국 정부가 합의해 조사단을 꾸려도 상이한 언어로 기록된 방대한 기록 대조에 드는 인력과 시간, 기억의 착오와 사법적 영역이 얽혀 있어 기한을 예상할 수조차 없었다. 시민사회(베트남연대)의 요구가 한국군의 가해 책임을 전제로 이 사안에 대한 한국정부의 관심을 '촉구'했다면, 채명신은 양국 정부의 미온적 태도를 이용해 한국군의 결백을 주장했다. 그는 사과 의향을 묻는 질문에 사과는 국가의 일이며, 베트남전쟁은 한국군이 "주도적으로 수행한 것이 아니므로" 사과할 위치가 아니라고 답했다.

서로의 입장차만 확인했을 뿐이지만 대항 담론이 제기한 의제 ― 국가의 책임과 작전의 고의성 ― 은 앞으로 이 문제를 다룰 방향을 제시했다. 전쟁범죄에 대한 국가권력의 공식 사과는 한국이 줄곧 일본정부에 요구한 것이다. 미국의 참전군인단체는 70년대에 이미 반전운동에 참여했다. 캠페인 당시 좌담회와 독자 편지를 보아도 문제의 책임을 참전군인 개인에게 묻고 있지는 않다. 1968년 양민 학살 죄목으로 수감된 맹호부대원들이 "참전군인은 국가 논리를 그대로 수용"했다고 하면서도 전쟁범죄를 저지른 참전군인과 베트남 민간인들 "모두 전쟁이 낳은 '인권 피해자'"라는 관점[151]에는 동의하지 않는 것을 주의 깊게 살펴볼 필요가 있다. 이들은 왜 가해자로서 피해자성을 거부했을까.

1992년 9월 26일 고엽제전우회의 경부고속도로 점거 사태가 보여주듯이 이전 정부는 이들을 '명예로운 피해자'로 인정하지 않았다. '유공훈장'은 빛 좋은 개살구였다. 명예로운 피해자는 커녕 누군가 고통 끝에 자살한 소식이 들려야 겨우 기삿거리가 되던 처지에 갑자기 가해자인 피해자가 되었다. 이 상황을 수용할 참전군인이 몇이나 있었을까. 대항 담론이 오랫동안 정부 사과와 참전군인의 가해자성 문제에 막혀 앞으로 나가지 못한 것은 양국 정부의 미온적 태도로 한국 시민사회가 이 문제를 참전군인단체와 싸우는 '가해자의 윤리'로만 떠안았기 때문이다. 그리고 정치권의 외면 속에 '가해자의 윤리'가 참전군인 개인에게로 반사되는 동안 참전군인단체는 한 발짝도 움직이지 않았다.

참전군인은 균질한 존재가 아니다. 민간인 학살을 고백하는 이 옆에는 작전을 충실히 수행하다 단칼에 적을 죽였다는 이가 있다. 북한의 남침을 막고 조국근대화를 이루었다는 참전군인단체의 입장은 양측이 충돌할 때마다 국가의 방패가 되었다. 2000년 당시 참전군인의 목소리를 진술하게 듣겠다던 국방부의 계획은 증언에 참여한 다수가 장교들이었던 데서 당연히 보수적인 참전군인단체에 유리했다. 기타 참전군인 공모 수기는 제대 후 적당히 사회적 지위를 획득한 이들의 단편적인 회고록이고, 개인 회고록도 거의 민감한 문제를 피해 한국군의 전쟁범죄는 민간 성매매 업소에서 발생한 사고나 악몽 등으로 모호하게 기술되었다.[152]

기억이 섞이고 왜곡되어 정확한 진술이 불가능할 수도 있다. 무엇보다 참전군인 개인이 참전군인단체의 편에서 기술된 기존 해석을 부인하려면 큰 용기 정도가 아니라 소속 집단의 내부 고발자로 몰릴 위험을 감수해야 한다. 모두가 알면서도 공개적으로 '임금님 귀'의 비밀을 폭로하지 않는 것이 참전군인 집단의 묵계일 수 있다. 양국 정부가 이 문제를 피하는 바람에 학살 혐의자가 된 참전군인은 시민사회 진영과 싸우며 그들 스스로도 "반공주의의 사도를 자임하며 스스로에게 다시금 냉전의 족쇄를 채우"[153]게 되었다. 시민사회 진영으로서는 국가보다 참전군인의 위치가 더 까다로운 의제가 되었다.

여기서 '보통의' 참전군인을 만나는 시도가 중요해진다. 전진

The American Soldier

성은 평범한 참전군인이었던 박순유의 케이스에서 시작해 참전
군인집단의 기억 투쟁이 어떤 메커니즘에 따라 국가(정확히 박정희
정권)의 기억을 전유하는지 추적했다. 전진성이 확인한 논리적 모
순을 거칠게 요약하면 보수적인 참전군인집단의 기억을 통제하
는 주체는 국가가 아니라 개발주의의 망령인 과거의 정부다. 고
엽제전우회는 1980년 당시 세력화 시도를 억압한 군사정부를
지나 민주화 바람을 타고 결성되었다. 김대중 대통령의 유감 표
명 즈음 다시 베트남참전전우회가 결성되었다. 겉으로는 국가를
상대한 대응이지만 실은 진보정부를 향한 요구였다. 반공전쟁의
논리를 따라도 참전군인 출신인 이전의 대통령들과 정부에 요구
하고 해결되었어야 할 것들이 덜 폭력적인 국가(로 여겨진 정부)를
상대로 그 정부의 사상을 볼모삼아 '명예로운 피해자' 자격을 부
여하라고 요구한 것이다. 이것은 공평한 태도가 아니다.

　이렇게 시작된 참전군인단체의 피해자성 주장은 시대착오적
인 역사 전쟁을 불러왔다. 참전군인단체는 웨스터민스터 보트피
플 기념비의 '지고도 이긴 전쟁'을 차용해 기념탑을 세우고 학술
대회를 막으며 구 정권의 참전 명분을 사수해 '공산주의와 싸워
만든 전쟁 경제를 잊지 말라'고 경고했다. 학술적 공론화와 명예
를 건 대화 대신 과거 정부의 기억에만 자아를 의탁한 결과는 재
수교 후 나날이 발전하는 한베 관계를 비웃듯이 퇴행적이다. "한
나라의 부가 자기 나라의 기억을 멀리 퍼뜨릴 수 있는 능력"[154]이
라면 참전군인단체가 기억을 퍼뜨리고 싶은 곳은 어디인가. 참전
군인단체의 요구대로 한국군이 불태운 마을을 재현한 강원도 화

전군의 기념물은 내부자와 외부자 모두에게 기괴할 뿐이다.

　독일, 부분적으로 일본 사례에서 보이듯이 전시에 발생한 폭력에 대한 사과는 집권 정부의 민주적 역량에 달려 있다. 다음 정부에서 이를 부인할 확률도 없지 않으나 단번에 거꾸로 돌릴 수는 없다. 반면 특정 집단을 상대하는 것은 훨씬 어렵다. 대항 담론이 참전군인 문제에 접근하는 방법도 마찬가지다. 명예로운 피해자성만을 주장하는 참전군인단체에 맞서 시민사회 진영은 오랫동안 '가해자의 위치'를 자각한 용기 있는 참전군인을 기다려왔다. 참전군인의 양심에 기댄 시민사회 진영의 '요청'에 양심적으로 응답한 이들이 있었다.

　그러나 캠페인 당시 김기태의 경우를 보아도 이에 따르는 부담은 감내할 만한 수준을 넘어선다. 참전군인 수기, 국방부 증언집, 고경태, 윤충로, 전진성이 만난 이들이 드러내는 과거사 인식은 대항 담론이 기대하는 증언자의 출현이 실은 매우 어려운 사안임을 보여준다. 평범한 보통의 군인, 엘리트도 부유층도 악인도 선인도 아니면서 평범하게 살아온 참전군인 중에서 가해자의 위치를 자각하고 '증언'하는 군인은 흔치 않다. 중일전쟁에 동원된 일본군 35만 명 가운데 노다 마사아키가 만난 증언자는 7명에 불과하다. 각자의 전쟁을 치렀어도 참전군인의 위치는 학살의 '고의성'을 판단하는 지점에서 자신이 속했던 집단의 응시를 의식할 수밖에 없다. 명령에 충실했던 사병에게 '고의성'은 차라리 언어도단일 수 있는 것이다.

　대항 담론이 천착한 '가해자의 위치'를 가해자로 불려나온 참

병사

전군인의 '개별성'에 대한 이해로 넓히는 작업이 필요하다. 기존 작가들이 닦아놓은 길을 따라 참전군인이 들어올 자리를 만드는 시도가 꼭 '기자회견장'일 이유는 없을 것이다. 가해자의 위치를 논의할 다양한 방식을 찾는 것이 중요하다. 살아 돌아온 개별자로서 참전군인은 자신이 생각한 방식으로 이 문제에 대한 시민의 판단을 물을 자격이 있다. 대항 담론을 쓰는 이들은 이들을 불러내고 초대해야 한다.

3) 이주민의 베트남전쟁:
비피해자 민족주의로 본 과거사 인식

> "베트남 사람들은 한국 사람들을 좀 '폭력적'이라고 생각해요. 지금은 많이 개선됐지만 한국 기업가들이 베트남 노동자들을 때린 적도 많거든요." 그러나 한국에 와서 한국 사람들의 좋은 점을 많이 발견했다고 한다. 정치·사회적으로 문제가 많지만 그래도 기본적으로 선량한 사람들이라는 것이다. 공무원, 의사, 택시 운전기사, 길거리 좌판에서 물건 파는 아줌마, 같이 사는 한국 친구의 할아버지…. 그는 한국에서 만난 '좋은 사람들'을 끝도 없이 열거한다. 단, 한국 남자들은 좀 강압적인 데가 있다고 비판한다. 베트남 남자들은 그렇지 않은데 한국 남자들은 이거 해라, 저거 해라 등 명령조의 말투를 써서 가끔 안 좋은 인상을 받을 때가 있다.[155]
>
> — 응웬 짱, 『한겨레21』 361호

1990년대 중반 산업연수생으로 들어오기 시작한 베트남인들은 2022년 결혼이주여성 37,887명, 이주노동자 169,000명, 유학생 36,000여 명에 이른다.[156] 세 분야 모두 국적별 유입 인구로 따져 2위를 차지했다. 전국 대학의 강의실과 안산, 김해 등 이주노동자가 많은 도시에서는 베트남어가 들리고 도심의 웬만한 식당이나 편의점에서 일하는 베트남 청년들을 보는 것도 흔하다. 한국정부의 성공적인 동화정책 덕인지, 이주민 개인의 노력 덕인지 근래에는 인종적 특징이 단번에 드러나지 않는다. 집단적 경험치가 만든 결과일 수도 있겠지만, 이들의 한국사회 적응 속도는 점점 빨라지고 있다.

종전 후 한국에 정착한 난민들의 한국살이로부터 45년이 지난 지금, 한국에 오는 베트남인들은 개인의 물적 토대를 쌓는 발판으로 한국을 택한다. 이들은 대부분 베트남의 놀라운 경제성장 속에서 성장한 전후 3세대들이며 한국에서 베트남인 커뮤니티를 통해 이주민으로 살아가는 요령과 화법을 배운다. 그 때문인지 산업 현장이든 대학이든 상호 묵인된 주제만을 다루고 그것을 넘어서는 이야기들, 예컨대 한베 관계의 역사성이나 이주민의 인권 문제는 좀처럼 오가지 않는다. 이주민과 함께 하는 자리는 매끄럽게 포장된 웃음과 사교적 제스처를 곁들인 행사 사진으로 마무리된다.

이들에게 베트남전쟁은 무엇일까. 한국전쟁이 한국전쟁 3세대들에게 아득한 과거이듯이 이들에게도 베트남전쟁은 종료된 과거의 일이다. 교육 과정에서 배웠지만 정작 그것을 '살아 있는 역사'로 되새기고 토론할 일은 거의 없다. 현재 베트남을 만든 자국의 과거사에 별 관심이 없는 것은 한국 청년들과 비슷하나 사회주의 국가의 특성상 국정 교과서로 역사를 배워 한국에 비해 더 일률적인 역사관을 가질 확률이 높다. 한국에서 한국전쟁은 냉전적 관점에서 수정주의를 거쳐 마을, 민간 단위 전쟁도 연구되고 있지만, 어떤 자리에서 누구를 만나든 베트남인들은 베트남전쟁은 항미전쟁이었고 한국과 관련해서는 미래지향적인 양국 관계가 중요하다고 할 것이다. 한국의 이미지는 1992년 한베 재수교 당시에 비할 수 없이 좋다.

베트남에서 국가주의에 맞서는 담론이 생산되고 유통될 기반은 약하다. 당의 공식적 입장은 개인의 입장을 규율한다. 그러나 자국을 떠나 타지에서, 그것도 과거 적이었던 한국에서 베트남전쟁에 관한 참전국의 기억과 마주칠 때는 어떨까. 이 물음을 풀어보고자 최근 10년 이내 한국 거주 경험이 있는 베트남인들을 만났다. 과정이 쉽지 않았다. 인터뷰이를 찾기도 어려웠고, 겨우 접촉해도 주제를 듣자 응하려 하지 않았다.[157] 국내 거주 베트남인들에게 이 화제는 흥미롭지도, 썩 말하고 싶지도 않은 주제로 느껴졌다. 과거의 상처를 건드려 불편한 것이 아니라 이들은 베트남전쟁이 양국의 과거사인 데 대체로 무지했다.

이에 대해 지역 내 베트남인들과 신뢰 관계를 쌓아온 이들은 국내 베트남 이주민 사회가 점점 파편화되고 있다고 지적한다. 경남이주민노동복지센터 이철승 대표에 따르면, 2000년 초반까지 한국에 들어온 베트남 이주노동자들은 대부분 북부 출신으로 전 세계에서 유일하게 미국을 상대로 싸워 이겼다는 프라이드가 높았다. 특히 1990년대에 들어온 이주노동자들은 엘리트가 많았고 일단 친밀해지면 한베 관계에 대한 높은 수준의 대화가 가능했다. 그러나 지금 세대들은 전쟁에 관심이 없을 뿐 아니라 그런 대화 자체를 거북해한다.[158] 반면 결혼이주여성들의 경우, 학력이 낮고 농촌 출신이 많아서인지 베트남전쟁처럼 한국 생활에 직접적인 도움이 되지 않는 주제에 대해 말하고 싶어 하지 않는다. 결혼이주여성의 국내 체류 기간과 관계없이 통상적으로 그렇다고 지적했다.[159]

두 관계자의 의견은 접촉한 인터뷰이들의 출신지와 관련해 시사점을 주었다. 국정교과서와 별개로, 인터뷰이들이 그들의 윗세대들로부터 습득한 정보의 영향이 답변 수준을 좌우할 가능성이 있다는 의미였다. 1992년까지 베트남 언론은 당국의 입장에 따라 한국군의 참전을 전혀 보도하지 않았고, 한국 언론의 관련 보도를 전달하는 '수동적' 보도도 한베 재수교 후에야 시작되었다.[160] 베트남은 역사 교과서에도 한국군의 참전 기록을 기술하지 않았다. 호치민시 전쟁박물관에도 한국군 관련 기록은 사진한 장에 불과할 정도로 베트남당국은 전쟁의 성격을 항미전쟁으로만 규정해왔다.[161] 그러나 한국군이 주둔했던 중부 지역에서 한국의 참전은 그들의 지역사다. 인터뷰를 진행한 주 목적은 한국군 참전에 관한 민족적 기억과 한국군의 전투 행위에 대한 개인적 판단을 들으려 한 것이다. 그 일환으로 한국군의 전쟁범죄에 대해 그간 한국 시민사회가 피해 지역에서 벌여온 운동과 사과에 대한 의견을 듣고자 했다. 결과는 북부 출신 인터뷰이들이 전적으로 베트남정부의 입장 속에서 한국의 참전을 수용한 반면 중부 출신 인터뷰이들은 한국의 참전이 미국의 의지였어도 한국 군이 입힌 피해를 잊어서는 안 된다는 의견이 많았다. 그럼에도 모두 '이미 끝난 전쟁'이 양국 관계를 방해하는 것에 부정적이었다. 다소 도식적인 답변이 많지만 내용을 소개한다.

인터뷰 대상과 설문 문항

인터뷰 그룹은 ① 결혼이주여성, ② 유학생, ③ 이주노동자들이다.[162] 문항은 거의 동일하게 구성했으며, 유학생 집단만 4, 5번에 객관식 하위 선택 항목을 두었다.

구분	문항 내용
공통	1. 간단히 자기소개(나이, 출신 지역 및 한국 이주 경력, 직업 등) 해주세요.
유학생 그룹	1-1. 한국 유학 동기를 간단히 써주세요.
공통	2. 베트남에서 생활할 때 한국의 베트남전쟁 참전과 관련하여 들은 이야기나 겪은 일이 있으면 써주세요.
	3. 한국에서 생활하면서 베트남전쟁과 관련하여 들은 이야기나 겪은 일이 있습니까?
	4. 2018년 한국에서 열린 '시민평화법정'에 대해 알고 있습니까?
	5. 한국과 베트남 양국의 우호를 위해 베트남전쟁(과거사) 문제를 어떻게 해결해야 한다고 생각하십니까?
	6. 기타 한국의 베트남전쟁과 관련해 하고 싶은 말을 써주세요.

설문문항 [163]

2번과 3번은 상호 보완적인 쌍으로 구성한 질문이며, 4번은 한국군 전쟁범죄에 대한 의견을 묻는 질문이다. 5번은 한국 이주민의 관점에서 한베 관계를 위해 과거사로서 참전 문제를 어떻게 풀어야 하는지 듣고자 했다.

구분	나이	출신 지역	한국 체류 기간	인터뷰 방식
A	34	중부	10년	서면
B	34	북부	8년	
C	33	북부	9년	
D	31	북부	5년	
E	36	중부	12년	

〈그룹 ①〉 경남, 부산 거주 경력 5년 이상 결혼이주여성
(서면 답변 기간: 2022년 1월 1일–1월 31일)

결혼이주여성의 경우 주제 자체에 관심이 없다고 볼 정도로 의견이 없었다. 거의 모든 문항에 '잘 모르겠다'고 답했다. 반면 유학생 그룹은 조금 더 적극적이었다.

연령	인원	출신 지역	한국 체류 기간	현재	인터뷰 방식
20대	20	중부	3–5년	대학 재학 이상	서면/1인 대면
30대	4	북부	5년 이상	대학 재상 이상	

〈그룹 ②〉 김해, 창원 거주 유학생(24명)
(서면 답변 기간: 2022년 1월 1일–1월 31일)

한국 유학 동기를 묻는 주관식 문항에 대해 한국어와 한국 문화를 포함해 한국에 대한 호감(15명), 한국이 선진국이라서(5명), 귀국 후 성공하고 싶어서(4명)라고 답했다. 2번 문항에 대해서는 17명이 들은 적이 있다고 답했으나 7명은 들은 적이 없었다. 단 들은 적이 있는 2명도 그러나 '현재 두 나라 사이가 더 중요하므로 잊어야 한다'고 덧붙였다. 3번 문항에 대해서는 들은 적 있다는 답이 겨우 3명에 불과했다. 단 한 명만이 "베트남에서 학창 시절에 선생님들로부터 한국 용병에 대한 이야기를 들었고 (…) 한국에서 회사에 근무할 때 노인 몇 사람과 일했는데 베트남전 참전자였다. 많이 반성하고 회사의 베트남인 노동자들에게 잘 대해주었다"고 답했다. 정리하면 한국에서 이들은 베트남전쟁에 관해 대화할 기회 자체가 없었다. 반면 4번 문항은 다소 놀랍게도, 아는 인원이 10명, 모르는 인원이 14명이었다. 안다고 답한 10명은 정보 수신지가 베트남 신문, 뉴스, 유튜브 등 베트남어 매체였다.

　5번과 6번 문항에서는 과거사에 대한 청년 세대의 속내가 드러났다. 대다수가 한국이 피해 지역을 위해 노력해야 한다고 하면서도 이 때문에 양국 관계가 악화되어서는 안 된다고 첨언했다. 이 중 주목할 만한 답변은 다음과 같다.

번호	5번 문항 답변(베트남어 답변을 한국어로 번역함)
1	한국의 베트남전 참전은 당시로서는 무의미하고 잔혹한 전쟁 중 하나라고 할 수 있다. 한국은 공산당 전복을 시도하고 미국의 지원을 받았지만 실패했고, 베트남 사람들에게 많은 손실과 집착. 공포를 남겼다. 따라서 문제를 해결하기 위해서는 과거의 행위에 대해 잘못을 인정하는 태도뿐만 아니라 공정한 시각을 가질 필요가 있다. 양국의 우호 관계를 회복하기 위해서는 경제·문화 외교를 강화해야 한다. 그리고 함께 성장해야 한다. **또한 한국은 과거 베트남 국민에게 가한 행위에 대해 규탄 받고 합당한 책임을 져야 한다.** 베트남 사람들은 평화를 사랑하기 때문에 베트남이 존중받고 한국의 사과를 받으면 항상 한국의 진심을 받아들일 것이다.
2	당시 한국은 전쟁으로 인해 경제 상황이 너무 어려웠기 때문에 미국의 동맹으로 지원을 받는 것이 공산당을 전복시킬 수 있는 좋은 기회였다. 베트남전쟁에 참전한 것은 좋은 기회였다. 한국에 이익이 된 전쟁 중 하나다. 그러나 그 교전은 무의미했고 전쟁의 배후에는 미국의 호의를 기대했다. 더군다나 **한국군들이 떠나며 베트남에 남긴 행태가 너무 처참했기 때문에 당시 베트남의 눈에는 한국이 그다지 좋지 않았다.**
3	**한국정부는 물론 전쟁에 참전한 사람들이 공식 사과를 하려면 1968년 학살 희생자 가족들을 만나야 한다.** 비록 지금은 평화 시대지만 1968년에 사랑하는 사람들을 잃은 가족들의 마음에는 영원히 잊히지 않을 것이다. 한국과 마찬가지로 일본이 일으킨 전쟁에서 한국 여성들은 사과를 받지 못했다. 이 문제에 대해 베트남 시민으로서 한국정부로부터 피해자 가족이 사과를 받았으면 한다.
4	1968년으로 돌아간다면 나는 한국군과 전쟁을 할 각오가 되어 있다. 그러나 이제 평화가 찾아왔고 영원히 과거를 뒤돌아볼 필요가 없다. 그래서 (이에 대해) 할 말이 없다. (당시는) 모든 나라가 점령당했기 때문에 한국도 일본에 점령당했다.
5	그 사건은 과거였던 사건이라서 바꾸지는 못하지만 현재와 미래에 베트남과 한국은 좋은 상호 관계를 맺기 바란다.
6	**한국은 특히 피해자 가족에게 한 일에 대해 책임을 져야 한다.** (그러나) 현재의 한·베트남 관계에 영향을 미치지 않으려면 이 문제를 너무 깊이 파고들지 말아야 한다. 한국이 전쟁의 결과로 고통 받는 사람들과 그 가족들에게 관심을 기울이는 한에서는 그렇다.
7	전쟁은 과거의 일이고 우리는 양국의 우호 협력의 미래를 봐야 한다. 이것은 과거의 전쟁이고 (지금은) 양국이 다방면에서 서로의 발전을 지원하기 위해 협력하고 있기 때문이다. 따라서 더 많은 비영리 단체가 나서서 베트남과 한국에서 운영되는 한·베 평화기금과 같이 베트남의 피해 지역과 교류해야 한다.
8	옛날이야기는 지나가고 시대에 따라 현재와 관련이 없어야 한다.
9	베트남 국민이 한국인 손에 죽었을 때 내가 베트남 사람이어서 안타까울 뿐이지만, 지금 (나는) 함께 발전하기 위해 함께 노력하고 있는 두 나라만 바라보고 있다.
10	**한국정부는 베트남 민간인 학살에 대해 베트남 국민에게 책임을 인정하고 사과하고 국민보상법에 따라 피해자들에게 배상해야 한다.** 베트남 민간인 학살에 연루된 사람들에게 그 비극적인 과거는 결코 잊히지 않는다. 과거의 셀 수 없이 많은 날들과 마찬가지로 오늘날에도 살아남는 것은 운이 좋은 사람들이지만. 이 집착과 고통을 영원히 짊어질 사람들도 바로 그들이다. 한국정부가 국가보상법에 따라 피해자들에게 보상해주기를 바란다.

246

구분	나이	출신 지역	한국 체류 기간	비고	좌담 일시 및 장소
갑	40	북부	14년	개인사업자, 사회복지 전공 대학원생	일시: 2022년 5월 1일 15시 장소: 경남이 주민노동복지 센터
을	40	중부	10년	생산직 노동자	
병	42	북부	18년	결혼이주여성, 시민단체 근무	

〈그룹 ③〉 창원 거주 이주노동자 좌담(익명 처리)[164]

좌담회 참석자들은 2, 30대로 구성된 앞의 두 그룹보다 나이
가 많은 40대들이다. 부모 세대가 전쟁에 참여했기에 앞의 두 그
룹보다 더 생생한 이야기를 들을 수 있었다. 인터뷰에서도 그 점
이 확인된다. 문항 별로 주목할 답변은 다음과 같다.

문항	구분	답변
2번	갑	중학교에 다닐 때 삼촌에게 들었다. 삼촌은 참전군인이었다. **박정희군대가 독하다고, 국민들 학살하고 여자들 강간하고, 애기들도 같이 죽였다고 들었다.**
	을	친할아버지는 프랑스전쟁에 참전했다. 중부의 건강한 남자는 거의 남쪽에 가서 전쟁을 했다. 전쟁에서 돌아오는 사람도 있고 못 오는 사람도 있었다. 장애를 가지고 돌아오는 분들이 많았다. **1960년대에 한국 군인이 무기도 없는데 한 마을 사람 다 죽였다는 이야기도 들었다.** 항미전쟁 때 한국군은 10년간 미군을 도와주려고 30만 명 넘게 왔다. **학교에서 역사 시간에 많이 가르치고 배웠다.**
	병	**아버지가 참전군인이셨고, 종전 후 돌아오셨다.** 동료들이 많이 죽었다. 산속에서 밥도 못 먹고, 독한 모기에 물려서 지금도 열병으로 고생하신다... 어릴 때 아버지에게 전쟁 이야기를 많이 들었다. **한국군이 정말 독하다고 하셨다.** 아버지는 지금은 싸움은 어쩔 수 없는 거였고, 이제 평화니까 좋게 생각하며 사신다. 그런데 미군 폭격으로 아버지 삼촌, 어머니의 외삼촌도 돌아가셨다.

이 문항을 통해 무작위로 만난 세 사람의 가족사가 모두 베트남 현대사에 깊이 연루된 것을 알 수 있다. 모든 베트남인들은 전쟁터에 나간 가족이 있다는 말 그대로, 개인적으로 아무런 접점이 없는 세 사람의 가족사에도 베트남전쟁이 중심에 있다. 특히 조부 때부터 베트민 활동을 하다가 1960년대에 민족해방전선(베트콩)에 뛰어든 을의 집안은 베트남민족주의의 교과서적 기술이라 할 만하다. 또 중부 출신 을은 고향에서 벌어진 한국군의 민간인 학살에 대해서도 어려서부터 인지하고 있었다. 셋이 공통으로 들은 한국군의 특징이 이를 뒷받침한다.

문항	구분	답변
3번	갑	별로 없는데 한 번은 택시를 탄 적 있었다. 70살이 넘었다는 택시 기사가 전쟁 때 갔다 왔다고 했다. 베트콩이 무섭다고 말했다.
	을	한국어를 아주 잘 하지 못해 깊은 이야기를 해 본 적이 없다. 그런데 내가 느끼기에 한국인은 베트남 중, 북, 남부 출신을 다르게 대한다. 특히 북쪽 사람은 그냥 베트콩이라고 생각한다.
	병	18년 살면서 다섯 명 정도 만났다. 다 나이 많은 남자들이었는데, 베트콩이 왜 한국에 왔느냐고 했다. **네 명은 베트남 공산당을 욕하고 한국이 살기 좋지? 하고 칭찬했다. 과일 장사를 하던 한 분은 자신이 참전자라며 사과하셨다.** 욕을 듣고 처음에는 화가 나서 "그러면 왜 남의 나라에 왔느냐"고 항의했다. 그런데 두세 번 그렇게 하고 나서는 따지지 않았다. 그 뒤로는 (말해봤자 달라지는 것이 없어) 그냥 웃어넘겼다.

여기서는 병의 대답에 주목해야 한다. 병은 90년대 초에 한국

에 온 북부 출신 결혼이주여성이며, 한국에서 다양한 서비스직에 종사했다. 생활력이 강하고 자존감이 높은, 베트남에서도 출신 성분이 좋은 편이다. 본국에서 교육받은 대로 부친과 싸운 나라에 이주해서도 과거의 침략 전쟁에 항의하는 흔치 않은 여성이다. 병이 한국에서 18년을 살면서 만난 참전군인 5명은 결코 많은 인원이 아니다. 네 사람은 현역병 당시에 습득한 파병 논리를 시간이 흘러 한국에서 만난 베트남 여성에게 그대로 반복했다. 병은 이들에게 항의했지만 대화가 되지 않자 이후로는 비슷한 상황이 와도 반응하지 않게 된다. 병은 네 사람의 직업이나 인상을 기억하지 못했는데 참전군인 한 사람에 대해서는 정확하게 기억했다. 병이 7년 전 시민단체에 들어오기 전에 개인적으로 받은 최초의 사과였기 때문이다.

앞뒤 상황과 표현은 잊었어도 과일을 팔던 평범한 한국 남성은 병에게 깊은 인상을 주었다. 그는 우연히 만난 베트남 여성 앞에서 스스로 가해자의 위치에 섰던 흔치 않은 참전군인이었다. 그러나 앞에서도 지적했듯이 이런 이들은 드물다. 아마도 양국 관계의 진전을 반영하는 현실적인 반응은 갑이 3년 전에 만난 택시 기사의 발언일 것이다. 택시 기사는 직업상 손님에 따라 적절한 화술을 구사할 줄 안다. 그러니 이는 점점 결속하는 한베 관계와 한국사회의 문화 다양성을 떠받치는 베트남인 이주민을 '배려'하는 직업적 화술이었을 것이다. 어느 쪽도 불편하게 만들지 않는 비결은 한국군이 아니라 베트남을 통일한 베트콩의 용맹을 인정하는 것이다. 이것은 양국 교류가 더욱 늘어난 2020년대에 일어난 변화다.

현재 한국의 주요 도시에는 세 사람처럼 각기 다른 곳에서 온 베트남인들이 이주민노동복지센터 같은 단체에 연결된 크고 작은 커뮤니티에 속해 있다. 한국말이 서툴다는 을의 고백에도 불구하고 이들은 한국사회에 잘 적응한 이주민들이다. 미래의 이주민들에게 한국 생활의 '노하우'를 가르쳐줄 이들에게 과거사 문제의 해결책을 물어보았다.

문항	구분	답변
5번	갑	한국정부의 공식적인 사과 좋고, 베트남이 발전하면 좋겠다. 베트남이 성장해야 일자리가 생긴다. **한국정부의 공식 사과 필요하지만 한국 단체와 교류하는 것이 더 좋다.** 한국정부의 사과를 베트남정부가 거부했다는 것은 몰랐다.
	을	**베트남 국민들은 한국정부의 공식 사과를 기다리고 있다. 앞으로 더 교류하고 한국 기업들이 투자하는 것이 필요하다.** 문재인 대통령 당선 후 언론에서 발표했다. 한국이 성장한 이유가 베트남전쟁에서 미국을 도와 경제적으로 발전한 것이라고 했다. 그런데 베트남인 입장에서는 많은 사람이 죽고 희생됐는데 그렇게 말해도 되는가? **(한국은) 죄악을 팔아 돈을 벌었다.** 듣기 좋지 않다. 한국정부가 공식적으로 사과해야 한다. …그런데 전쟁 끝난 지 50년이 지나가고 있다. 과거는 과거고 미래를 생각해서 베트남정부와 한국정부가 관계를 잘 맺어서 두 나라의 경제가 발전하고 사이도 좋아지면 좋겠다. 베트남은 경제발전이 필요하다.
	병	전쟁은 모두에게 상처다. 잘못은 인정하고 사과하면 (과거의 전쟁도) 평화롭게 대하게 된다. 경제발전도 좋지만 지금 우크라이나, 미얀마처럼 전쟁하지 않고, 베트남이 평화로운 나라가 되면 좋겠다. **한국보다 한국을 끌어들인 미국이 사과해야 한다.** 아버지는 다 끝난 일이다 하셨고, 과거에는 싸웠지만 지금은 악수할 수 있다고 하신다.

이들은 한국정부의 공식 사과를 환영한다. 과거사 문제를 해결할 주체는 양국 정부이고, 여기서 한국정부의 공식 사과가 필요하다고 보았다. 특히 중부 출신 을은 "베트남 국민들이 한국정부의 사과를 기다리고 있다"고 단언할 만큼 갑과 병보다도 적극적이다. 한국정부의 공식 사과에 크게 의미를 부여하지 않은 3세대와는 다른 역사의식이 엿보인다.

그러나 이들 또한 결론적으로 베트남의 경제발전을 위해 과거사가 양국의 현재와 미래에 부정적으로 작용해서는 안 된다고 보았다. 앞에서 병이 어느 순간부터 과거사 논란에 반응하지 않았던 데는 이러한 이유도 있을 것이다(병의 부친은 북부에서 내려온 정규 월맹군이었다). 병은 얼마간 부친의 편에 서서 베트남을 비난하는 한국인에게 적극적으로 대응했는데, 사적 만남의 장이었다고는 하나 일개 결혼이주여성으로서 쉬운 일이 아니었다. 그러나 병이 점차 이런 상황을 "그냥 웃고 넘기게" 된 것은 과거사에 대한 입장이 변해서가 아니라 한국에서 이주민으로 살아가며 갖게 된 사회적 페르소나다. 개인적 비판과 반론의 무력함을 깨달은 것이다. 여기서 또 한 번 양국 정부의 태도가 중요함을 알 수 있다.

지금 한국에 오는 베트남인들은 거의 전쟁 3세대이다. 전쟁 경험이 없는 이 세대는 참전했거나 전쟁을 겪은 조부모 세대가 작고함에 따라 교과서로 전쟁을 배웠고, 한류의 영향으로 한국에 우호적이다. 사실 한국에서 겪는 경험이 어떻든 이 세대가 한베 관계의 역사성 위에서 자신의 위치를 생각할 확률은 높지 않다. 일제강점기부터 조국근대화 시기까지 살 길을 찾아 해외로 이주한 한국인들이 그랬듯이 이주민들에게 '현지 적응'은 언제나 생존이 걸린 문제다. 자비 유학이든, 선발된 이주노동자든, 결혼 이주여성이든 굳이 양국의 불편한 과거사를 의식할 이유가 없는 것이다. 예상했던 대로 소수 유학생을 제외하고 세 그룹 모두 시민평화법정을 알지 못했다. 좌담회 참석자들에게 한국군의 민간인 학살을 다룬 법정 녹화 영상을 시청하고 2차 인터뷰를 요청해 보았지만 응하지 않았다.[165] 좌담회 당시 영상을 소개했을 때도 썩 말하고 싶어 하지 않았다. 자연히 위안부에 대한 한국사회의 민족감정이 겹쳐졌다.

세 그룹은 오늘날 양국 관계에 형성된 민간 단위 한베 교류망을 대표한다. 이들은 장차 베트남에서 한국 관련 직업에 종사하거나 지한파 베트남인 그룹의 리더가 되어 민간 영역에서 국민감정을 끌어갈 확률이 높다. 과거사 문제는 이주노동 초기 북부 출신자가 보여준 '비피해자 민족주의 승리자 의식'과 한국군이 주둔했던 중부 출신자의 (부모로부터 승계되었을) '비판적 감정' 사이에서 안정적으로 절충되고 있었다. 가장 큰 동인은 세계적인 경기 침체에도 불구하고 베트남이 놀랍게 성장하는 국가인 데 있었다. 세 그룹 모두 베트남의 경제성장을 바라고 확신했다. 한국 기업 진출에 매우 호의적이었다. 이것이 도이머이의 결과라면 이제 우리는 「존재의 형식」에서 본, 베트남 노동자를 함부로 대하는 한국인 관리자에게 양국의 과거사를 준열히 일러주는 존재를 만나기 어려울 것이다. 한국에서든 베트남에서든.

제4장

베트남전쟁의
재현 대상들

1. 황색 거인의 신체 변화

1) 국민국가를 대리하는 몸의 위치

한국군은 베트남에서 애매한 위치였다. 미국의 돈으로 베트콩을 잡으면서 동시에 베트남인을 동정하게 되는 딜레마 상황은 국민국가 한국의 분열적 지위가 만들어낸[1] 문제였다. 전쟁을 '개인화'하는 방법은 생존만을 생각하거나 경제적 동기에 몰두하는 정도였다. 실은 계급에 따라 '귀국 박스'도 차이나는 귀국길이었지만 달리 '한몫 잡는' 기회가 없었던 60년대 후반에는 일시적으로 파월 자원자가 넘치기도 했다. 그러나 전쟁은 갈수록 이상해졌다. 미군의 기강은 해이해졌고, 베트남군은 가족을 데리고 이동하며 적에게 정보를 넘겼다. 매일 초긴장 상태로 야자수에 밤바람만 불어도 놀라던 한국군이 황색 거인이 되는 때는 경험치가 쌓여가던 1967년 무렵이다.

　파병 중기에 한국군은 사뭇 달라진다. 비둘기부대의 대민사업이 각 부대로 확대되고 성과를 얻으면서 한편으로 전쟁은 한국식 '마을 만들기'같은 일상이 되었다. 미디어에 보이는 마을 풍경은

파병활동

한국의 여느 분주한 시골과 다를 바 없다. 그러나 학교, 병원, 다리, 우물 등 생활 시설을 만들고 보수하는 일과와 대나무 트랩이 깔린 밀림의 전장은 달랐다. 전투에는 몸과 마음이 다치고 병드는 대가가 따랐다. 매일 누군가의 부상과 사망 소식을 들었고, 작전에 나갔다가 동료의 죽음을 보았다. 훈장을 받는 이도 있었지만 어이없는 부조리와 음모, 미신이 횡행했다. 죽지는 않더라도 심각한 전투 후유증을 앓는 군인들이 생겨났다. 운 좋게 편한 보직을 맡은 소수를 빼고는 모두가 어딘가 조금씩 이상해지는 동료들을 통해 자신의 미래를 보았다. 전투에 나가지 않아도 동료들의 시신을 소각하는 보직을 맡았다가 심신이 황폐해지기도 했다.

수많은 에피소드가 살아남아 전장을 기억하고 증언하는 파월 군인의 '회고담'에 담겼다. 국방부도 파월 시기부터 지속적으로 군인들의 기억을 일정한 체계로 구술 녹취해 방대한 기억 아카이브(국방부 증언집)를 만들었다. 이 과정에 참여한 주체들은 기억이든 통념에 준해서든 대체로 자신이 한국군의 공과를 '객관적'으로 기술했다고 믿는다. 증언자라는 위치는 명령대로 움직이는 군인과 반공국가의 국민이라는 자각에 앞서 스스로 독립적이고 이성적인 주체로 있다는 믿음을 요구한다. 그러나 실제로는 어제 치른 전투에 대한 상이한 기억도 파월 전투사로 수렴되면 차이가 조정되고 전체로서 결과만 남는다. 사병이 거의 참여하지 않은 국방부 증언집의 한계란 이런 것이다.

베트남전쟁은 한국군을 '현대화'했다. 미군과 같은 무기를 소지하고 전투 경험을 쌓으며 체계적인 군대 운영에 성공했다고 자평하지만, 사병의 입장에서 미군과 같은 음식을 먹고 남베트남정부군보다 미군에 동지의식을 느끼는 현대화는 종종 난센스였다. 한국군의 애매한 위치는 세 나라 군대가 공조하는 작전에서 극명하게 드러났다. 황석영의 「탑」(1970)을 보자. 1960년대 말 귀신 잡는 해병 부대는 마을의 '탑'을 지키라는 명령을 받았다. 월남군 수뇌부의 건의를 받아들여 베트콩으로부터 알포인트에 있는 초라한 탑을 지키라는 명령을 받았을 때 부대원들은 즉각 "저따위를 지켜야 된다"는 데 분노한다. 졸지에 미신을 믿는 집단으로 격하되는 임무는 황색 거인에게 맞지 않았다. 기다렸다는 듯이 다음날 미군 장교가 나타나 대원의 죽음과 바꾼 탑을 허물도록 지시했다.

한국군에게 이것은 이중의 모욕이다. 장교의 명령대로 미군과 한국군은 대등하지 않다. 주민의 협조를 끌어내고자 계획된 '문화적 동질성'을 존중하는 민사작전은 '같은 동양인'이라는 열등한 처지가 만들어낸 환상에 불과하다. 민심을 얻고자 탑을 지키라는 월남군의 판단을 수용한 상부의 명령에 따랐다가 동료들이 죽은 대원들은 자신이 지킨 탑의 상징성을 미군에게 주장하면서도 수치와 분노를 느낀다.

> 나는 우리가 탑과 맺게 된 더럽고 끈끈한 관계에 대해서 달리 설명할 방도가 없음을 깨달았다. 장교는 자기가 가장 실질적이며 합리적인 강대국 아메리카인의 전형임을 내세우고, 탑에 대한 견해도 그런 바탕에서 출발할 것이다. 한 무더기의 작은 돌덩어리가 무슨 피를 흘려 지킬 가치가 있었겠는가. 나는 안다. 우리가 싸워 지켜낸 것은 겨우 우리들 자신의 개 같은 목숨에 지나지 않는다는 것을. 그러나 나는 역겨움을 꾹 참고 말했다. "중지시켜주십시오."[2]

한국군은 오직 반공 국민국가의 충실한 부속품일 뿐이다. 탑을 빼앗으려는 정부군과 베트콩은 같은 베트남인들이지만, 동맹이 사수한 탑을 단번에 밀어버린 미군은 한국군의 동료가 아니다. 탑을 헐지 말라는 화자의 요청도 모욕적으로 무시된다. 화자의 요청을 수긍한 듯 굴던 미군 중위는 한국군이 바나나 숲을 채 벗어나기도 전에 불도저로 탑을 밀어버린다. 인용문에서 화자가 이 사태를 '안다'는 것은 미군과 한국군의 대등하지 않은 위치를 안다는 것이다. 연합군의 일원으로 미군의 처사를 이해하는 것 과 한국군의 독자적 '작전권'을 부정하는 미군을 용납하는 것은 다른 문제다. 병사들은 한국군이 밀림에서 물이 없어 고전할 때 미군이 얼음물을 보급 받는 것을 알았다. 동맹군의 차이는 이렇 게 작전 중일 때 더 분명히 드러났다.

「하늘의 문」(1994)에 나오듯이 한국군과 미군이 대등해지는 순간은 양국 군인들이 상호 묵인 하에 물자를 빼돌릴 때다. 부대 내 비리는 미국의 전쟁이 주로 비백인 하층 계급이 참전했다는 사실과 관련해서도 흥미롭다. 미군과 한국군이 국가의 명령 체 계에서 탈주해 부패한 군인이 될 때만 대등해지는 것은 '계급 전 쟁'이라고도 불린 미국의 베트남전쟁 참전군인과 한국의 가난한 사병들의 자국 내 계급적 위치의 유사성을 시사한다.

또 황색 거인은 '미군보다 잔인하다'고 비난받았다. 탑을 지킨 한국군이 밀림에서 베트콩을 잡으면 미군은 엄지를 세웠지만, 정부군과 베트남인들은 눈살을 찌푸리고 외면했다. 동전의 양면 인 용맹함과 잔인성이 한국군의 특징을 지시했다. 한국군의 '군 사적 남성성'이 미디어에 재현되며 국위를 선양할 때도 패배하 거나 부상당한 한국군은 보이지 않았다. 상처 입은 몸 대신 치료 후 휴식 중인 부상병, 용감하게 산화해 사후 계급이 특진되거나 훈장을 추서 받은 전사자를 보도했다.[3] 이들의 군사 서비스 노동

맹호9호작전으로 생포한 베트콩

이 국내 경세를 부흥시키던 때, 햇볕에 그을린 젊은 한국군의 육체는 해외로 뻗어나가는 한국의 민족주의를 표상했다. 한국군은 보이지 않는 적을 상대하는 공포마저 정신력으로 통제 가능해야 했다.

〈대한뉴스〉 속 '월남 소식'의 시각적 이미지는 문자화된 정보를 압도했다. 국립영화제작소는 한국군의 성공적인 적응을 친근하게 보도하는 다양한 영상을 제작했다. 한낮의 태평한 사이공 거리, 맹호부대의 베트콩 색출, 미군과 한국군이 사이좋게 악수하는 장면이 교차되는 화면이 일주일 간격으로 송출되었다. 기자들은 차차 위험을 무릅쓰고 작전에 동행하는 대신 부대에서 전투 장면을 연출했다. 그 덕에 영상에서 "성난 호랑이처럼" 웃으며 돌진하는 장면도 보일 정도로 총을 든 건강한 육체들이 끝없이 튀어나오는 화면은 미국의 일반 가정이 거실에서 베트남전쟁을 게임처럼 '관람'하는 것과 유사하게 국내 가정에 '오늘도 한국군이 승리'하는 메시지를 전달했다. 미디어만 보면 한국군의 패배와 부상은 하찮을 정도로 경미하고, 베트남은 한국군이 평정한 해외 기지나 다름없다. 대민 봉사와 진지 구축 장면은 파월 기술자처럼 생활하는 보통의 일상을 재현했다. 전투 한 번 겪지 않고 제대하는 이와 밀림을 기는 사병의 처지는 판이했지만, 사병들도 땅만 파다 지칠 때는 "차라리 시원하게 전투나 한 번"이 나오기도 했다.

그러나 밀림의 전투는 작전대로 진행되지 않았다. 여러 군인들의 증언대로 한국군의 성과를 결정하는 그날의 '전투의지'는 많은 순간 동료의 죽음이 기폭제였다. 육친을 잃는 것과 같은 충격과 고통이 뒤따랐다. "인간이 쏟아내는 가장 큰 힘"이 "남자와 남자가 죽음의 터전에서 나누는 사랑에서 샘"텄다.[4] 전우의 죽음이 전투의지를 높이는 것은 전쟁 영화의 공식이지만 참전군인들이 그 상황을 상세히 기억하는 데는 어딘가 '강박적인' 데가 있다. 전투에서 사상자는 불가피한 바 아군의 죽음이 통상적 형태의 죽음—총탄에 의한 사망—이라면 충격을 다스리기도 수월했을 테지만, 밀림은 평이한 죽음을 허락하지 않았다. 어떤 예측도 할 수 없고 미국인도 월남인도 동료가 못 되는 곳에서 오직 부대원들만이 운명 공동체였다.[5]

밀림의 황색 거인은 전우의 죽음에서 나의 죽음을 추체험했다. 이는 시신을 대하는 태도에서도 나타난다. 대원들은 정담을 나누며 대변을 보다가 적의 로켓탄에 맞아 죽은 탐욕스러운 동료를 '한사코' 생존자가 타는 병원 헬리콥터에 실어 보낸다. 원칙적으로 '제6종 군수물자'에 불과한 전사자는 병원 헬리콥터에 탈수 없었다. 그러나 "부패하는 전사자의 모습에서 대원들은 자신의 앞일을 상상했다. 대원들의 머릿속에서 떠나지 못하는 죽음의 공포는 전사자의 모습과 냄새를 통해 구체적인 모습을 갖추어"[6]나갔다. 부하의 죽음을 겪은 장교들도 비슷한 상태에서 작전을 지휘했다. "말만으로 들어온 여자 베트콩을 눈앞에 두고, 이 여자 베트콩에게 부하가 목숨을 잃었다고 생각"한 군인은 "동물적 복수심"에 사로잡혀 "밤새 동굴을 수색해 여성 동맹위원장을 잡아냈다."[7] 전우의 죽음이 남긴 상흔은 아물지 않았다.

실종되었던 두 명의 아군은

갈기갈기 찢겨진 채 수색조에 의해 발견되었다

덮은 바나나 너른 잎사귀에

더덕더덕 묻어 있는 조국의 피도 굳었고

적의 기습에 부서진 경장갑차 부근

언덕배기 바나나 밭 아래 황토에 누워 있었다

적에게 끌려가면

날선 칼로 껍질을 벗겨낸다는 소문이

사실이었을까 고개를 젓다가

6.25 민족전쟁의 어두운 구덩이 속에서

나의 살붙이들은

또 다른 나의 살붙이를

새끼줄로 목을 조이거나 죽창으로 찌르거나

제 손으로 구덩이를 파게 하곤

산 채로 묻었다던가

정말 적에게 끌려가는 것보다 나았을까

침울한 이 한나절은

사상이 무어냐 이념이 무어냐

개떡 같은 독백으로 보냈고 또 한나절은

피엑스와 아리랑 하우스를 돌며

가슴이 터지도록 술을 마셨다

탁자를 두드리며

조국 코리아의 슬픈 유행가를 불렀다[8]

전투가 끝나도 사병들은 공포, 분노, 체념, 자학에서 벗어날 수
없었다. 전우가 죽을 때마다 한국군의 애매한 위치가 선연히 자
각되었다. 공포에 무감각해진 누군가는 다음번 전투에서 망자의
복수를 위해 앞장설 수도 있었으나 전투에서 당장 "전사자가 가
까이 있을 경우 사기는 땅바닥이었다."[9] 사병들은 베트콩의 원시
적인 공격에 노출된 채 대변을 보다가 형체가 없어진 시신을 수
습해야 했지만, 이 죽음은 윗선에서 '다르게(명예롭게)' 기술되었
다. 파월 전투사는 적과 싸우다 장렬히 전사한 형태로만 장병의
죽음을 기억하고자 이렇듯 '하찮은' 죽음은 숨기고 왜곡했다.

다수의 황색 거인 신화가 이렇게 만들어졌다. 파월전투실록
『그날』의 저자 박경석은 황색 거인의 장점을 1967년 당시 공산
군의 관점에서 기록했다. 공산군이 본 한국군은 ① 숙련된 병사
들과 의지가 굳은 지휘관, ② 강력한 화력을 바탕으로 우수한 무
기, ③ 강인한 체력과 뛰어난 야전 적응력, ④ 끝장을 보겠다는 명
예욕과 보복 심리가 있다. 미군에서 받은 ②를 제외한 나머지는
다 정신적 특질이다. 특히 ④는 ①의 특질로 지적된 '난관 극복에
대한 강한 의지'와 함께 전투를 이기는 동력이다. 전투 중의 병사
들이 '훈장'(전과를 인정받기 위해 베는 적의 사체 일부)을 챙기는 것도
우수한 정신력의 증거다. 베트콩은 한국군이 용맹하여 전투 중
불가피하게 희생된 민간인을 한국군의 양민 학살로 선동하고 있

었다.[10] 용맹한 한국군이 되려면 이 정노의 궤변이 필요했다.

용맹한 한국군이란 자의식은 갖가지 죽음을 파월 한국군의 '역사'로 묶어서 얻어낸 새로운 정체성이다. 이 정체성은 한국의 국민성을 냉전에 부합하는 이상적 형태로 창조했다. 한국전쟁이 끝났을 때 일각에서 반공조차 냉소하는 이데올로기의 무용성이 퍼졌던 것을 생각하면, 참전기에 만들어진 이러한 한국인 이미지는 예사로 보이지 않는다. 목숨 바쳐「탑」을 사수한 화자가 어떤 굴욕감에 전율했건 개인의 감정은 중요하지 않았다.

「탑」이 발표된 1970년은 휴전 협상이 활발하게 진행되고 있었다. 주머니 속 송곳처럼 전쟁의 진실이 드러나는 와중에도 한국과 미국은 베트남에서 각자의 전쟁을 수행했다. 마침내 미국이 "노란 놈들은 이해할 수 없다"며 철수를 선언했을 때도 한국군이 탑과 맺은 "더럽고 끈끈한 관계"는 과거사로 남았다.

2) 귀국자의 귀환 투쟁

평균적으로 20대 초반의 군인이 베트남에 갔다. 그중 5,099명이 사망했고, 10,962명이 부상당했다(대한민국월남전참전자회 통계). 전사자는 대부분 파월 1년 내에 사망했고 부상자는 '상이군인'이 되어 귀국했다. 참전군인의 파월 체험은 계급에 따라 상이했다.[11] 기술자나 고위 장교들은 귀국 후 수월하게 사회에 적응할 수 있었으나 사병들은 새로운 문제에 부딪히고 있었다. 파병 때 맺은 인연을 활용해 중산층에 편입되는 이들도 있지만,[12] 사병 출신 상이군인은 일종의 '내부 난민'으로 고엽제 후유증 등 다양한 전쟁 트라우마를 앓았다.

1970년대 초 발표된 베트남전쟁 소재 소설은 귀국했으나 귀환하지 못한 사병을 그렸다. 귀국은 우선 '생환'을 의미했지만 빈한한 농촌 출신 사병들은 귀국 후의 생활을 생각해야 했다. 재대 후 현지에서 취업하거나 복무를 연장하는 것도 한 방법이었다. 소설 속 '새까만 김 상사'들이 귀국을 앞두고 느끼는 불안은 베트남 도착 당시에 기대했던 대대적 환영이 없었던 상황과 묘하게 짝을 이룬다. 그렇기는 해도 귀국 앞에서 불안은 출국 당시의 불안과 형질이 달랐다. 복무 1년 내 사망하는 운명을 이겼지만 더 길고 막연한 불안이 기다리고 있었다. 이들은 '월남에서 돌아온다'는 목표를 달성하고 전혀 다른 존재가 되었다. 전쟁을 겪은 이들은 다시는 이전의 존재도 돌아갈 수 없었다. 기실 이들이 3대 적 — 밀림, 베트콩, 풍토병 — 과 싸워 생존한 것은 전적으로 운이 좋아서였다. 참전 수기들은 몇 시간 몇 분 차이로, 살아남고 죽는 사정을 운명으로 기술했다. 비전투원이나 요행히 안전지대에서 복무한 군인이 아닌 다음에야 위험은 지척에 있었다. 그러나 죽은 자는 말이 없고 비극도 반복되면 무감각해지듯이 월남전 특수에 취해 있던 사회 분위기에서 월남전 전사자 데이터를 보며 아까운 청년의 죽음을 추념하는 사회적 분위기는 없었다.

직계 가족과 그보다 앞서 귀국한 참전군인만이 계속되는 전쟁의 죽음(임)에 반응했다. 매우 특수한 상황을 함께 겪은 이들의 전우애는 시간이 흘러도 사라지지 않는다.[13] 그러나 당장 귀국한

월남파병부대 교체귀국

장병들은 형식적인 환영식이 끝나면 알아서 살길을 찾아야 했다. 그는 따이한에서 다시 평범한 '철수'가 되어야 했으나 그것은 쉽지 않았다. 어떤 철수들은 참전이 엮은 인연 덕에 직업을 얻고 중동에 가기도 하지만, 그럴 기회를 못 잡은 철수들은 이전의 철수가 되고자 필사적이었다. 특히 가난한 시골 출신은 외상을 추스를 새도 없이 생존 전선에 내몰렸다. 복귀를 위해 거쳐야 할 내적 갈등 같은 통과의례를 치르지 못한 이들은 「하얀 전쟁」의 변진수처럼 전우만을 찾아다니며 전쟁의 시간을 살게 된다.

　1970년대 초, 한국군 철수를 앞두고 발표된 「돌아온 사람」, 「이웃 사람」은 계급에 따른 '철수 되기'의 어려움을 추적하고 있다. 「이웃 사람」은 전투/비전투병에 따라 불평등했던 참전자의 형편을 폭로하고, 「돌아온 사람」은 전쟁 폭력의 형태인 민간인 사망과 포로 학대를 언급함으로써 상당히 이른 시기에 1990년대 이후 벌어질 기억을 둘러싼 갈등을 예언했다. 이 작품들이 국가가 주도한 월남전의 '공식적 기억'을 부정하고 '대항 기억'을 형성하는 문학적 의의를 성취했다는 평가[14]도 여기서 말미암는다. 전투 사병이었던 두 주인공은 '월남 특수'와 무관하며 귀국 후 정신적·물질적 이중고에 붙들려 있다. 주변에 귀환을 도울 사람도 없거니와 스스로도 파월 군인의 권리를 주장하지 않는다. 비교적 넉넉한 형편의 화자(「돌아온 사람」)는 전쟁터에서 가담했던 행위 때문에 정신적 외상을 앓고 있다. 계속 기억을 곱씹을 정도로 이지적인 화자를 괴롭히는 문제의 사건은, 보기에 따라서는, 전장에서 흔한 '사고'와도 같다. 사건의 개요는 간단하다.

화자와 대원들은 '유일하게 좋은 월남인은 죽은 월남인'이라는 말대로 포로를 '부당하게' 죽였다. 그들의 포로가 비굴하지 않은 엘리트였던 것, 다시 말해 '특별한 베트콩'이었던 것이 문제였다. 대원들은 포로의 건방진 태도를 참지 못했고 지적인 화자는 더욱 격분해 평상심을 잃었다.

> 나는 수용소의 초소에서 근무하면서 때때로 그의 차갑고 긴장된 눈과 마주칠 때마다 갑자기 외로워졌었다. 그가 나를 미워한다는 것이 참을 수가 없었다. 그의 생존의 이유, 그가 받드는 가치, 그가 품위를 지키려고 노력하는 것을 생각할 때에, 나는 체질적인 저항감을 느꼈다. 우리는 그를 압박하기로 은연중에 약속했던 것이다. 그가 자기 자유를 내세워 주장하는 한, 우리들도 우리의 권능을 행사해야만 되었기 때문이다.[15]

이런저런 이유를 붙여도 부대원들이 포로를 잔학하게 대한 까닭은, 결론적으로 "전우를 잃은 데 대한" 보복[16]이었다. 우발적인 피살이나 실수가 아니라 고의적인 가혹 행위지만 당시에는 작전 중 잡은 포로를 즉결 처리하던 관행이 있어 덮기로 작심하면 못할 것도 없었다. 유사한 일을 겪은 이들은 침묵하거나 기억에서 도망치는데 화자는 귀국 후에도 여기에 붙들려 있다. 나아가 우발적인 민간인 피살이 '신의 용서'에 달린 죄과라면, 이것은 "하늘에 속하지 않은 우리들끼리의 타락"이었다고 고백하며 '정당'

하지 않았던 당시의 보복을 인정한다. 그런데 화자가 포로를 전투 중에 죽였다면 정당한가. 정당/부당의 기준이 전투 중에 있다면 전투와 비전투 상황이 애매한 전선 없는 전쟁에서 이 기준은 성립될 수 없다. 이 논리대로라면 전선 없는 전쟁터에서 전투/비전투를 구분할 필요가 없다. 한국군이 지휘관의 뜻대로 포로를 처리했던 것도 같은 이유였다.

따라서 대원들의 행동에는 더 본질적인 이유가 있다. 애당초 화자와 대원들은 왜, 무엇을 위해 그곳에 있었던가. 이것이야말로 대원들이 포로를 증오한 진짜 이유다. 국가의 명령대로 움직였던 한국군과 달리 탄은 가족과 직업을 던지고 '자신의 전쟁'을 치르고 있었다. 이런 이유로 화자와 대원들은 그에게서 자신들은 흉내 낼 수 없는 존엄을 보았고, 바로 그 불쾌감을 전우에 대한 보복으로 치환해 그를 죽였다. 물론 소설 속에서 이러한 심리는 전혀 언급되지 않으며, 대원들은 이튿날 "시말서를 쓰고 두 주일 동안 영창에 갇힌 뒤 작전 현장으로 내쫓"긴다. 별로 대수롭지 않은 처벌이다. 문제는 화자같이 지적인 이들에게 이 사건이 "누에가 허물을 벗듯 군복을 벗"으면 잊힐 사고가 아닌 데 있었다. 그가 받은 처벌은 아무런 해법이 되지 않았다. 사병들은 유사한 숱한 죽음/죽임을 알아서 겪고 망각해야 했다. 귀국 후 찾아온 트라우마는 개인의 몫이고, 국가는 "사람이 되"려고 고투하는 이들에게 어떤 도움도 주지 않았다. 그러나 「돌아온 사람」의 화자는 의지할 가족이 있고 작품의 끝에서 "요새도 가끔 그때의 일을 생각"한다고 고백하는 만큼은 미래에서 자신의 자리를 확

백마부대 장병의 포로 호송

보한 인물이다.

1970년대 초 상이군인들을 위한 시설은 101가구를 수용할 수 있었던 천호동의 파월전상자 자립촌 정도[17]였다. 생계가 막막한 용사들의 '말썽'은 예고돼 있었다. 「이웃 사람」의 화자는 목욕탕 때밀이로 연명하다 범죄자가 되는 창수(「영자의 전성시대」, 1973)처럼 귀국 후 범죄자가 되어간다. 화자는 25세에 전쟁터에서 "수십 명을 죽여 본" 이력을 밑천 삼아 제대 후 5개월 만에 "식구들을 호강시키리라" 결심하고 상경한다. 흔한 상경기의 주인공처럼 그도 가난한 농촌 출신이지만 "딴 나라 전장에까지 나가 고생"한 자존감이 있다. 베트남에서 돌아온 행운을 고마워하며 특혜를 바라지 않고 성실하게 노동하는 화자는 구걸을 부끄러워하고 자존감을 지키려 애쓰는 평범한 '이웃 사람'이다.

그런데 겨울이 오고 일자리를 찾지 못하자 오입질이나 다름없는 '쪼록(매혈)'을 하게 된다. 피를 팔아 목숨을 잇는 것은 화자의 표현대로 "나를 팔아 내가 먹는" 행위지만, 파월 장병의 매혈에는 그 이상의 의미가 있다. 그것은 '한국군의 핏값으로 벌어들인 달러'로 조국근대화를 실현하겠다는 국민국가를 냉소하는 소설적 장치이자,[18] 전쟁터의 죽음/죽임이 그렇듯 첫 경험이 지나면 도덕적 판단이 정지된다는 점에서 개인의 '타락'을 조장하는 근대화의 본질을 폭로한다. 결국 그는 매혈로 번 3천 원을 하룻밤에 탕진하고 식칼을 사서 누구든지 걸리기만 하면 "사정없이 쑤셔버릴" 각오로 도시를 헤매는 '묻지 마 범죄자'가 되어 "내의도 못 입고 추운 겨울바람에" 떨면서 "피까지 파는"이 현실을 더 이상 참지 않기로 결심한다.

　전형적인 도시 빈민소설로서 이 소설의 사회사적 의미는 "무섭고 혹독한 인생을 견디"는 귀국 용사들의 처지를 고발한 것이다. 월남에서 이득을 챙기는 이들은 따로 있었듯이 서울에서도 정체를 모르는 자들에게 빼앗기고 휘둘린 그는 마침내 식칼을 품었을 때, "얼마간 병정이었을 때의 자랑 비슷한 게 생겨"난다. 클라이맥스는 그가 자신과 성매매 여성 사이에서 생긴 시비에 개입하려는 사창가의 방범대원을 타고 앉아 "쑤시고 또 쑤셔" 죽이는 장면이다. 그는 살인죄로 체포되어 연행된다. 과거 적을 죽이듯이 거침없이 방범대원을 죽였지만 정황을 고려하면 심신 미약을 주장할 수 있음에도 경찰서에서 자신의 행위를 제3자를 변호하듯이 건조하게 설명한다.

> 헌데 노골적이지 나는 그 새끼에게 아무 감정도 없었습니다. 이상하다, 그 말이죠. 그놈은 나하구 똑같은 놈이거든요. 전장에서, 시골서, 서울 노동판에서, 또 피 병원에서까지 끈질기게 참아냈던 내가 그 녀석에게 참지 못한다는 것이 이해할 수가 없다 그거예요.(…) 그놈은 나한테 죽은 게 분명하지만 어쩌면 나에게 죽지는 않았는지두 모르겠구, 나는 내가 찌르지 않은 것 같단 말입니다. 저 딴 나라의 전장에서 휘두른 내 총부리가 그랬던 것처럼요. 죄를 짓구 나서 내가 배운 게 있다구 그랬지요. 우리는 언제까지 우리끼리 이래야 하는 건지 답답합니다.[19]

인용문에는 화자(나)의 감정과 조국근대화의 시대를 응시하는 서술자의 의식이 혼재되어 있다. 서술자는 화자의 입을 빌려, 불법 매혈을 주선한 넙치나 사창가의 방범대원까지도 "똑같은 처지"의 계급이라 지적하지만, 국가의 명령으로 베트남인 25명을 죽이고 살아남은 화자와 불법 거간꾼, 합법적인 공권력의 집행자가 같을 수는 없다. 한때 같은 계급이었을지 몰라도 그가 보기에 고작 범죄자를 체포할 권한을 가진 방범대원과 '베트콩'을 죽이고 돌아와 내국인 살인죄로 체포된 자신은 전혀 다른 존재다. 더 참을 수 없는 것은 자신이 보기에 몸을 팔던 '월남 여자'들과 다를 바 없는 성매매 여성을 자신보다 가치 있는 존재로 대하는 방범대원의 '합법적인' 공권력이다. 즉 그는 "그 새끼"에게 자신을 체포할 권리를 주고, 또 자신에게 찔려 죽도록 방치한 국가를 용서할 수가 없는 것이다. 서술자와 화자의 의식은 여기서 겹쳐진다.

1970년대는 대책 없이 방치된 용사들이 산재했다. 1974년 삼남매를 잔인하게 죽인 강도는 귀국한지 3년이 지난 맹호부대 출신 보일러공이었다.[20] 「돌아온 사람」 속 사건들은 허구가 아니었다. 하필 "빽이 없어" 전투병으로 차출되었다가 다쳐서 돌아온 이들에게는 미군 부대에 취업하거나 중동에 나갈 행운이 따르지 않았다. 이들 중 태반이 전쟁 후유증을 앓았다. 「이웃 사람」의 화자가 살아남은 "행운" 덕에 귀환하지 못한 군인이라면, 「돌아온 사람」의 "우리"는 화자가 그렇듯이 앞으로도 유사한 전장에 동원될 가능성이 높은, 매혈을 주선한 넙치와 같은 자들이다. 서술자는 '돌아온 사람'의 살인이 한 상이군인이 저지른 우발적인 사고가 아니라 열대의 전장에 젊은 육체를 내몬 국민국가의 전쟁 기계였던 군인들의 '자폭'임을 지적함으로써 내부의 골칫거리로 전락하고 있었던 황색 거인을 폭로한다.

이것은 한국군이 베트남에서 하위제국주의를 욕망하며 수행한 젠더화된 '군사노동'의 본질[21]을 보여주는 음화이다. 공교롭게도 영자를 도운 목욕탕 때밀이와 「돌아온 사람」의 화자 모두 매춘 여성과 관계하며 파국을 맞았다. 서비스 이코노미에서 이것은 이상한 풍경이 아니다. 황색 거인과 서울의 매춘 여성은 공통적으로 몸을 팔아 조국/가족을 부양했다. 월남에서 (미군을) "대리해 자신을 버"렸고, 귀국 후에는 부자를 "살게 하기 위해" 자신을 버린 화자가 오빠의 성공을 위해 성매매를 한 1970년대 농촌 출신 여성들과 무엇이 다른가.

3) 자폭하는 신체

한국전쟁기 국군 서사의 한 축에는 피난지에서 가족들과 헤어져 입대하는 온순하고 착한 남자들이 있다. 정형화된 전시문학의 인물군으로 도식성 때문에 높은 문학적 평가를 받지는 못하지만, 이렇게 전쟁터로 끌려가 간신히 돌아온 '귀환 장정'들은 전후문학에서 국가의 명령대로 입대–전투–부상–귀환을 수행하다가 어떤 임계점을 맞는다. 「오발탄」(1959)이 대표하는 참전군인의 피해자화는 전쟁을 겪은 어디서든 국가와 참전군인을 분리하는 젠더화 하위 전략으로 흔하게 선택된다. 미국의 반전 소재 재현물이 그렇고, 1987년 이후 제작된 한국의 베트남전쟁 소재 영화들도 참전군인의 피해자성에 주목했다.[22] 다소 차이는 있지만 전쟁 폭력이 지나간 곳에는 과거의 위치를 망각하고 피해자의 자리를 점유해 도덕적 문제를 회피하려는 "고통을 경쟁하는 지구적 기억 전쟁"[23]이 펼쳐진다.

호치민시 전쟁박물관에도 미군 폭격에 당한 '생명체'의 모습이 전시되어 있다. 태평양전쟁기 원폭 피해자를 닮은 고엽제 피해 사진은 한국이 조선인 원폭 피해자 2세 이형률의 몸을 통해 본 고통의 흔적과 흡사하다. 부친의 피해가 대물림된 이형률의 신체는 대를 잇는 제국주의의 폭력을 한일 양국에 고발하며 보편적 휴머니티에 호소했다. 그의 외로운 투쟁은 2005년 죽음을 앞두고 겨우 국가의 응답을 끌어냈고, 비슷한 투쟁을 했던 대한민국고엽제전우회는 보수 우익을 대표하는 단체가 되었다. 이 단체의 '애국 시위'는 종종 내용보다 구성원들이 착용한 군복과 선글라스가 인상적인데, 이러한 의장을 통해 전하는 메시지는 군사적 사안만은 아니다. 고엽제전우회의 '피해자'들은 1991년 발족 후 20년의 투쟁 끝에 바라던 명예를 회복했다.

단체가 발족하기 전 귀국 용사들은 호소할 곳이 없었다. 1987년 『경향신문』은 드물게 파월 장병 후일담 기사로 맹호 3중대 전우회를 취재했다. 부상 치료차 상경한 김에 모임에 참석한 30여 명은 모두 후유증이 심각하다. 한 군인은 "자신의 방을 온통 여자 나체 사진으로 도배할 정도로 깊은 상흔"을 입은 성불구자가 되었고, 소대장 출신 군인은 파편에 일그러진 얼굴 때문에 30차례 성형수술을 하고도 진급에 실패했다. 성격상 발언 수위를 적절히 조절했을 기사는 참석자들의 입을 빌려 "월남 영웅을 그린 람보가 전쟁의 아픔을 대변할 수 없"고 "전쟁은 악몽"일 뿐이라고 마무리한다. 참전에 대한 반성적 인식이 공유된 자리였다.[24]

1993년에는 베트남전쟁 17년을 맞아 외상후스트레스장애(PTSD)를 앓는 참전군인들의 모습이 '제대로' 방송을 탔다.[25] 옛 장교들이 짜빈동 전투와 한국군의 성과를 증언한 후 카메라는 참전군인 4인의 현재를 비추었다. 1969년부터 1971년 사이에 백마, 맹호부대원이었던 이들은 제대 후 정신착란을 일으켰다. 둘은 병원에 감금되었고, 한 명은 17년을 버티다 1992년 6월에 사망했다. 노모가 돌보는 옛 백마부대원은 카메라에 대고 "국가에 감사하다고밖에는 할 말이 별로 없다"고 말한다. 한눈에도 어눌한 말투와 체념한 표정이 보이고 곧 "무엇이 감사하냐"는 노모의 타박이 들린다. 노모는 아들의 태도가 기막히다. 1975년 발병한 김철중은 후유증으로 16세 아들을 잃었다. 1992년에 사망한 맹호부대 용사는 죽기 전에 전장에서 받은 훈장을 찾았다. 모두가 1979년 미국이 자국의 참전군인들에게 보상과 치료를 공식화하며 명명한 '전쟁공포증' 환자들이다.

전쟁공포증은 자신에 국한된 문제가 아니었다. 돌봄은 아내와 어머니의 몫이었다. 원폭 피해처럼 2세가 후유증을 물려받았다. 1990년대에는 고엽제 피해로 자살한 참전군인 소식이 자주 보도되었다. 이대환의 「슬로우 불릿」(2001)은 1992년 무렵 한국의 어느 변두리에서 고엽제 피해로 고투하던 가족들의 이야기다. 1964년 파월 당시 22세였던 익수는 베트남에서 4년을 보내고 54킬로그램에 불과한 몸으로 귀국한다. 바라던 이와 결혼하고 소원대로 목공소를 차리지만 행복한 시절은 짧았다. 전장에서 화학 약품을 취급했던 익수의 발진은 처음이 아니다. 전장에서도 동일한 증상을 앓았던 익수에게 의사는 뾰족한 처방이 없어 결핵 약을 처방한다. 아내가 들은 말은 "반공법이다 국가보안법이다 해서 그런 하소연을 해볼 자리도 없는데, 어쨌거나 결핵 약이라도 끊지 말고 돈 아끼지 말고 맛있는 거 많이 해"주라는 정도다.

익수의 아들 둘도 물려받은 척추 마비와 피부 질환을 앓고 있다. 복무 중 발진 증세 정도는 전투병에 비해 약과라고 생각할 정도로 충직했던 익수는 살아 돌아온 행운에 감사하며 증세가 재발하기 전에는 왜소해진 자신의 몸에 무심했다. 익수의 충직성은 발병 후에도 과장된 형태로 구현된다. "가정이란 공간에서 가장(家長)"인 자신이 "맡을 최선의 역할이" 부부관계뿐이라는 것이 "병마의 고통보다 더 견디기 힘"들어 '밥벌레'가 되고서도 무조건 "열흘에 한 번 하는 부부관계"를 지킨다.[26] 기자가 다녀간 후 걸려온 옛 상사의 전화에는 농을 던지며 응하는 등 생래적으로 선량하고 충직하다.

아내도 마찬가지다. 아내는 해녀와 공장 노동자로 일하며 익수를 헌신적으로 돌본다. 진흙 속 연꽃 같은 부부의 태도는 하근찬이 전후에 그려낸 '선량한 한국인'의 초상을 닮았는데, 이는 다

고엽제 살포

분히 서술자에 의해 의도된 바다. 익수는 혼자서는 움직이지 못하는 아들의 관장을 해주며 가해자였던 황색 거인 시절을 회상한다. 익수의 선량과 과거의 무용담이 병치되는 일상의 기이한 균형은 그의 착한 아내가 카메라 앞에서 익수 부자의 일그러진 신체를 '산송장!', '밥벌레'로 칭하며 들이밀 때 기다렸다는 듯이 파괴된다. 이 순간 익수는 자신이 화염방사기로 날려버린 앳된 베트콩 용의자를 생각한다. 촌장은 당시 용의자가 양민이라고 항의했었다.

익수가 「이웃 사람」의 화자처럼 기억에 붙잡히는 것은 자신의 고통을 통해 타자를 감각하는 상식적 반응인데, 그럼에도 고엽제 피해자인 그가 그 행위를 국가의 명령으로만 밀어두지 않는 것은 자신을 '개별자' 군인으로 응시하는 높은 수준의 윤리다. 이 기억은 익수의 꿈에서 계속해서 확장되어 병을 앓는 익수를 아슬아슬하게 몰아간다. 열에 들뜬 익수의 내면에서 "촌장의 말이 맞으면 두 양민을 학살한 것이고, 그게 거짓말이면 두 베트콩을 잡은 것. 그런 식의 전쟁이 계속"[27]된다. 그런데 독자가 착한 익수를 연민하게 되는 것과 달리 그는 언론이 자신보다 가족의 비참을 초점화하는 것이 불쾌하다. 병을 달관한 듯 구는 아들의 태도는 더욱 못마땅하다. 이는 「슬로우 불릿」이 소설의 배경이 된 시기를 지나 2000년 민간인 학살 논란에 대한 참전군인의 피해자의식을 반영하고 있는 대목이다.

더 중요한 것은 방송에 나온 익수 가족을 대하는 이웃의 반응이다. 익수의 이웃들은 "오늘저녁에는 자네가 대한민국 대통령이었다"며 "동네에 경사가 생긴 것처럼 들떠" 있다. 이제 곧 사회적 도움이 있으리라는 기대를 덕담처럼 비치는데, 고엽제 피해자를 대하는 1990년대의 분위기를 이보다 투명하게 반영하기도 쉽지 않을 것이다. 신랄하다 못해 '웃픈' 덕담도 익수네가 고통을 삭이며 묵묵히 살아온 덕에 받은 애정 어린 관심인데, 평범한 이웃들은 훼손된 익수의 몸이 공중파를 탄 것을 '축하'하는 것밖에 어떤 도움도 줄 수 없다. 그들은 익수의 고통에 책임이 없기 때문이다. 결국 익수는 병세가 악화돼 구급차에 실려 가고, 그가 관장을 해주던 영호는 밤새 익수를 기다리다가 새벽녘 스스로 목숨을 끊는다. 이 가정에 익수를 파견한 국가는 없다. 익수의 여생은 아들이기도 하고 죽은 베트콩이기도 한 불타는 '두 사내'의 악몽에 잠식당해왔다.

> 불길이 뱉은 것처럼 두 사내가 튀어나온다. 두 사내는 낮은 공중에서 마구 헛바퀴를 굴린다. 박문현 대위와 죽은 전우다. 사자의 이름이 생각나지 않는다. 산 자와 죽은 자가 서로 먼저 도망치려고 필사적으로 허둥대는 꼴이다. 아니다. 영호와 영섭이다. 형제가 아버지에게 살려달라고 아우성을 친다. 아니다. 두 아들은 아니다. 낯설다. 아, 베트남 청년이다. 구덩이에 숨어 있다가 익수의 화염방사기를 맞고 혼비백산 뛰쳐나온 두 청년이다. 불길을 도망치는 것이 아니다. 익수를 잡으려고 불길을 이끌고 달려오는 형세다. 아아아…… 익수가 사지를 오그리며 비명을 지른다. 그러나

혀가 안으로 말려들며 숨이 멈춘다. 퍼뜩 그가 눈을 떴다. 이미 핏덩이가 목구멍에 고여 있었다.[28]

죽어가는 익수가 다시 겪는 환각은 가해자이기에 피해자가 된 익수를 재현하는 2000년 당시 민간인 학살에 대한 사회적 태도가 반영돼 있다. 그러나 익수들의 죽음을 겪으며 결성된 전우회는 익수의 악몽에서 당연하다는 듯이 '베트남 청년'을 지웠다. 이들에게 죽은 이는 모두 베트콩이었다.

2. 베트콩의 정치성

1) 정복되는 작은 괴물

베트콩은 누구인가. 이 연합군의 적은 월맹의 지시를 받아 움직이며 주민 속에 숨어 있었다. 도처에 있었고 누구나 베트콩이 될 수 있었다. 한국군은 양민이 곧 베트콩인 현실을 만나며 "베트콩 백 명을 놓치더라도 양민 한 명을 보호하라"는 훈령의 모순을 깨닫게 된다. 한국전쟁의 경험을 살려 양민과 베트콩을 구분하겠다는 시도는 성공할 수 없었다. 한국전쟁기 국군은 산간 마을에 가족을 둔 '폭도'들이 은밀히 산과 마을을 왕래하던 정황을 포착해 폭도를 잡아냈지만, 베트남 상황은 완연히 달랐다. 베트콩은 처음부터 지역을 장악하고 민심을 휘어잡았으며 정부군 내부에 깊숙이 선이 닿아 있었다. 게다가 지형지물을 활용한 전투에 능했다. 한국군이 게릴라전에 대비해 훈련을 받으며 상상한 베트콩은 공비에 준하는 모습이었으나 마주한 베트콩은 밀림과 일체화된 타자였다.

베트콩과 싸우는 것은 최신 무기로 무장한 미국의 현대화된

AK-47소총으로 무장한 베트콩

군인들이 죽창과 물소 똥을 이용하는 비정규군들에게 패배해가는 과정이었다. 보이지 않는 베트콩에 대한 공포는 참전 초기부터 엿보인다. 한국군 전투담이 거대한 밀림 또는 형체 없는 괴물로 상상되던 베트콩을 한국군에 소탕되는 무력한 존재로 여성 젠더화하는 것은 다분히 의도된 것이다. 야밤의 물소 떼를 베트콩으로 착각해 쏘아 죽이는 식의 사고를 겪으면서 베트콩을 표상하는 문법이 만들어졌다. ① 정규군이 못 되는 하찮은 게릴라, ② 배신한 주민들을 죽이고 주검을 전시하는 잔혹성, ③ 부족한 무기 대신 지형지물을 활용해 치고 빠지는 약삭빠름이 그것이다. 잔혹성/약함, 능란한 게릴라 전술/무기조차 없는 적이라는 상반된 이미지를 오가는 심상은 한국전쟁 당시 인민군/빨치산의 이미지와 거의 흡사하다.

총체적으로, 추상화된 베트콩은 공산주의가 '소괴물화'한 집단이다. 베트콩은 작고 하찮지만 속도는 놀라웠다. 땅의 비호를 받듯이 신출귀몰했다. 작전 중 우연히 마주쳤든 첩보를 받고 대기하다 만났든 한국군이 최초로 베트콩을 보았을 때 감정은 크게 다르지 않다. 베트콩이 지나간다는 첩보를 받고 매복지에서 늪지대에 몸을 숨겼던 한 신병은 마침내 자정에 달빛을 받으며 "늪 저편 들판을 가로질러 뛰는" 베트콩을 발견했지만 허둥대다가 놓친다. 이튿날 보고를 받은 상관은 웃으며 "메주콩인지 강낭콩인지 귀신같은 놈들"이라 답하는데,[29] 말장난 뒤에 붙은 '귀신'이 한국군이 생각한 베트콩에 대한 솔직한 표현이다. 1965년 전투부대로는 처음 베트콩을 만난 맹호부대의 월남 통신은 파월 초기에 총과 포탄을 '때려 부어' 우연히 마주친 베트콩 두세 명을 잡는 이야기가 많다. 물속에 숨어서 움직이는 베트콩을 눈썰미 좋게 생포하기도 하고, 휴식 중에 '꿈틀거리는 땅'을 보고 전대원이 몰려와 총을 쏘아 대나무 뿌리 밑에 숨은 베트콩 한 명을 생포하기도 한다.[30]

이러한 베트콩을 무력화하려면 보호처로부터 이들을 분리하면 되었으나 지형을 이용하는 이들을 좀처럼 당할 수가 없어 포탄과 고엽제를 쏟아 부어 통째로 은신처를 파괴했다. 전략촌에 실패한 미군이 택한 전략이 이것이다. 밀림은 미국의 의지대로 주기적으로 불타고 초토화되었고, 한국군은 보호처를 잃은 베트콩을 수색하고 섬멸하는 역할을 맡았다. 〈플래툰〉, 〈지옥의 묵시록〉 등 미국의 베트남전쟁 영화에 등장하는 밀림은 정규전이 벌어진 장소가 아니라 미국의 첨단 무기에 죽어간 베트콩의 사념이 지배하는 적지다. 미군이 밀림을 '폭격'하고 미국인이 안방에서 폭격을 시청하는 동안 한국군이 동굴에 들어가 베트콩을 잡았다. 참전기 〈대한뉴스〉 속 월남 소식의 태반은 베트콩을 찾아 밀림을 뒤지고 뛰어다니는 한국군의 모습이다.

베트콩은 원한다고 만날 수 있는 적이 아니었다. 지형지물에 숨은 베트콩에 당해 전우가 죽어도 격돌하는 상황은 잦지 않았다. 일주일을 기다리는 상황도 흔했다. 사정은 안정효의 「하얀 전쟁」(1989)에 잘 드러나 있다. 1967년 1번 도로 개통 작전에 참여한 맹호부대원들은 작전상 소개한 주민들의 불만을 달래는 한편으로 '드디어' 치르게 될 베트콩과의 전투를 기대한다. 그러나 기다린 보람도 없이 작전은 베트콩 아내의 신고로 이미 죽은 베트콩 시체 두 구를 찾으며 끝났다. 대원들은 "토끼 사냥만도 못"한 전쟁이 지루했다. 시골 논바닥을 파헤치며 "날마다 똑같은 상황만 되풀이될 뿐"인 날들은 "뚜렷한 전과도 없고, 영광도, 승리도, 뼈아픈 패배도 없었으며, 지루하고 재미없는 나날이 흘러"갔다. 화자는 "가짜 전쟁을 보는 듯한 허탈감과 피로를 느꼈다."[31] 비록 패배하지는 않았지만 삶 전체를 낭비하는 기분으로 끝낸 작전은 누군가에게 속은 듯 언짢고, 그 후 일주일이 지나 대원들은 '한국군 20년 만에 1번 도로 개통' 기사를 보게 된다. 1967년 언론에 크게 보도된 일명 '오작교 작전(1번 도로 개통 작전)'에 얽힌 화자의 기억이다.

장난 같은 전쟁에 대한 생각이 바뀐 것은 얼마 후 다른 작전에서 베트콩 부대와 싸우게 되면서다. 여기서 가까스로 살아남은 화자는 전투가 끝나고 정신을 차릴 새도 없이 밤새 죽은 베트콩 시신을 목도하자 다시 의식을 잃는다.

개울가의 갈대가 자라는 물속에는 지뢰라도 밟았는지 하반신이 완전히 분해되어 없어진 베트콩의 시체가 둥둥 떠 있었는데, 배꼽부터 아랫도리가 잘려나가 내장이 천연색 해부도처럼 뭉클뭉클 꿰어져 나와 피투성이 덩어리를 이루었고, 1백 마리가 넘는 오리들이 달려들어 그 내장을 미친 듯이 뜯어 먹는 중이었다. 나는 속이 왈칵 뒤집혀 토할 것처럼 구역이 났지만 그 참혹한 주검에서, 추하고 너덜너

덜한 물체에서, 영혼을 잃고 오리들에게 뜯어 먹히우는 인간의 육체에서 눈을 뗄 수가 없었다.[32]

참전기 기록물에서 이러한 표현은 드물지 않다. "물속에서 머리가 달아나고, 반쪽만 달아난 시체들"[33] 을 끄집어내면 피투성이가 된 다른 베트콩이 손을 들었다. 한국군은 머지않아 가슴에 구멍이 나고 파리가 끓는 베트콩 시체를 '상시' 보게 되었고, 처음에는 외면했던 이들도 "웬일인지 자꾸 궁금증이 나서, 누가 보지 말라는 것도 아닌데, 커닝하듯 다시 보"고 "손바닥으로 얼굴을 가리고 손가락 사이로 보"는 대원들이 생겼다.[34] 인용문의 한국군이 구경하는 주민들에게 적반하장 격으로 화를 내고, 오리를 쫓아내는 (훼손된 시신에 대한) 원초적인 저항감은 어느새 베트콩이 우세한 마을에서 작전을 끝내고 태연히 시신 옆에서 전우들과 씨레이션(C ration)을 먹는 상황에 이른다. 베트콩 시신이 늘어선 장면은 〈대한뉴스〉를 통해서도 볼 수 있었다.[35]

베트콩 사살은 베트남전쟁 기사의 핵심이다. 매일 한국군이 수십 명의 베트콩을 사살했다는 소식이 전해졌다. 한국군 피해는 경미했고, 연합군 성과를 합산해 수백 명 사살도 흔했으며, 베트콩 사령관이나 대대장이 사살된 경우는 따로 보도되었다. 사진이 없어도 독자들은 매일 수십에서 수백 명씩 사살되는 베트콩에 대한 정보를 접했다. 다낭 시내, 해변, 사이공의 주월 사령부, 미군 기지까지 침투해온 베트콩이 심지어 대낮에 한국군과 백병전을 벌이고 죽었다는 소식은 신문 1면을 차지한 후 다시

베트콩

〈대한뉴스〉로 제작되었다. 베트콩의 공격 장소가 한국군 부대일 때는 격퇴 과정을 더 상세히 소개했다.[36] 언론을 보면 한국군은 베트콩을 죽이는 데 '특화'된 군대였다.

이 건조하고 확신에 찬 기사들은 빨갱이에 대한 현대사의 기억을 소환한다. 한국전쟁기 전시문학에서 인민군은 해방 후 공비, 폭도, 빨치산에 연결된 적이다. 마을 사람들을 학살하고 가축을 약탈하는 '아버지의 원수'요, '민족의 원수'지만 종군작가들이 그린 빨갱이는 살아 있는 개성적 존재가 아니라 불온사상이 실체화된 악독한 집단이다. 악독하면서도 어리석고, 지성보다 감정이 앞서는 단순한 빨갱이는 전시문학에서 주역이 아니지만 없어서는 안 되는 필요악이다.[37] 적이 악랄하고 무지할수록 아군의 휴머니즘과 지성이 돋보였다. 월남 통신에 베트콩 포로를 인간적으로 대하는 한국군 사진이 자주 실린 것도 이 때문이다. 체포되고 사살되는 베트콩의 뒤에는 언제나 이들의 생사여탈권을 쥔 한국군이 있었다. 한국군의 인간적 대우에 감동해 개종한 베트콩에 대한 기사는 별도로 소개되기도 했다. 죽고 체포되는 베트콩은 이제는 한국이 마음대로 다루고 통제할 수 있게 된 무력한 공산주의를 표상했다.

한국군 일병이 살아 있는 '진짜 베트콩'을 만났을 때는 달랐다. 「이웃 사람」의 대원들이 포로에게 느낀 복잡한 감정은 이들이 지성적인 진짜 베트콩을 만났기 때문인데, 신념대로 살아가는 탄은 1967년 『사상계』 좌담회에 참석한 특파원들이 베트콩의 정체를 놓고 난상토론을 벌이다가 공통적으로 동의한 지성 없는 농민이 아니었다. 그는 모호하지 않았다. 포로 탄의 당당한 모습은 일제강점기부터 등장하는 사회주의자의 전형, 인간미는 부족할지언정 지성적이고 냉철한 사회주의자를 닮았다. 한국의 지적 담론에서 사회주의(자)가 금지된 사상(가)으로 위축되면서도 지켜왔던 속성 — 이지와 냉철 — 이 한국전쟁을 거치며 반지성적이고 감정적 복수심에 찬 폭도와 빨갱이로 변질되었다면, 베트남전쟁기 사살된 베트콩들은 수습되지 못하고 방치된 시체로 물화되며 사회주의를 비체화했다.

앞에서 쓴 대로 1970년대에 등단한 작가들이 재현한 사회주

방하우 베트콩 소탕작전

의자 심상은 이 시기 한국군이 사살한 무력한 베트콩을 닮아 있다. 이후 한국 문학사에서 사회주의자가 다시 인간이 되기까지 이들은 공동체의 기억 속에 혼령, 시신으로 존재했다. 베트콩 표상이 한국 문학사의 사회주의(자) 표상에 직접 개입했다는 증거는 없으나 적어도 공산주의를 하찮게 만든 효과는 있었다. 베트콩이 하찮아질수록 황색 거인은 대단해졌다.[38] 8년 6개월에 걸친 베트콩 사살이 끝났을 때, 참전 작가들이 기억하는 베트콩은 달랐다. 그들은 교활한 만큼 냉철했고, (배신자들에게) 잔인한 만큼 (민족적으로) 투철했다. 베트콩은 베트남인들에게도 이중의 의미로 두려운 존재였다. 베트콩을 무력한 적으로만 표상한 것은 한국의 정치적 필요에 의해서였다. 최소한 북한보다는 약한 빨갱이라야 했던 것이다.

2) 비루한 적의 양가적 심상

참전기 한국군의 인종주의는 초기부터 꾸준히 확인된다. 파월 전 한국인은 베트남을 일제의 지배를 받은 미개지, 하늘거리는 여성들의 나라로 상상했다. 참전 후에도 베트남 풍속을 소개할 때는 비문명 상태를 상징하는 몽족과 이가 까만 여성들을 **빠트**리지 않았다. 작은 키, 왜소한 몸, 노래하는 듯한 성조(聲調) 또한 화장실을 만들지 않는 것과 같은 비문명인의 지표였다. 그리고 이 대척점에는 유흥에 취한 사이공 거리와 전쟁터에 있는 남자들을 욕망하는 흰 아오자이 차림의 '꽁까이'들이 있다. 이렇게 베트남을 여성 젠더화하는 태도는 한국에 대한 미국의 시선을 복제한 것이지만 차별화된 시선도 있었다.

한국군은 한국전쟁 당시 보호자 미국 대 피보호자 한국을 변형해 베트남에 대해 같은 '유교 문화권'에 속한 '친구 같은 형(보호자)'을 자처했다. 그런데 한국군이 아우의 불온한 '적색 형제'를 대하는 태도는 한국전쟁 당시 인민군을 대하던 태도와 다르다. 베트콩을 대하는 한국군의 태도는 한국전쟁기 중공군에 대한 태도와 비슷한 데가 있다. 한국전쟁기 전시에 나온 소설의 화자나 서술자는 종종 인민군을 연민하지만 중공군에 대해서는 사물화 정도가 심하다. 한국전쟁기 동족상잔의 비극을 그린 소설은 흔히 국군=형 대 인민군=아우 구도를 취했다. 이런 식이다. 형이 있는 부대에 아우가 괴뢰군 포로로 잡혀 오자 형은 아우를 풀어 줄 방도를 찾지만 아우가 단순 포로가 아니라 진짜 '빨갱이'란 정보를 듣는다. 충격을 받은 형의 추궁에 피해자인 척하던 아우의 태도가 돌변한다. "부자의 의리와 형제의 의리마저 빼앗"긴 상황 자체가 "인간성을 무시하는 공산주의자의 잔인한 선물"이다. 형은 운명의 장난처럼 다른 부대로 이동하던 길에서 탈출한 동생을 발견하고, 어쩔 수 없이 동생을 쏘고 오열한다.[39]

그런데 중공군이 개입하면 태도가 달라졌다. 인민군은 불쌍한 연민의 대상이 된다. 작전 중 아군의 시체를 회수하려던 화자는 부상당한 17세 인민군 소년을 발견하고 주저 없이 물을 먹인다. 화자는 "적이라는 생각을 잊고" 부모 생각에 울먹이는 소년의 손을 잡아주며 "인제 다 나아가지구 집을 갈 수 있"다고 위로

한다.**40** 소년은 보답으로 근처에 중공군이 있다고 알려주고, 화자는 소년의 말대로 중공군의 시체를 발견한다.

> 웃음이 터져 나올 만큼 맹랑한 광경이었다. 눈이 툭 튀어나왔고 이를 악물고 죽어간 것은 소년의 말대로 장대한 중공군임이 틀림없는 듯하였다. 노출된 다리와 몸집은 뜨거운 태양광선을 받아 피부가 늘어가는 대로 팽창하여 청동색으로 빛나 있었다. 그 부분에서도 우습다고 느껴진 것은 그것이(?) 철렁이 드러나 있는 일이었다.**41**

화자는 소년의 말과 전후 사정을 맞춰본 후, 중공군이 소년을 겁탈하려다 격투 끝에 죽었고 소년은 아군의 총탄에 맞았다고 추측한다. 화자는 저도 "의식하지 못하는 채" 분노해 죽은 중공군 시체에 세 차례 총을 쏜 다음 이미 죽어버린 소년에게 돌아간다. 소년에 대한 고마움은 단지 중공군에 대한 정보를 알려주어서만은 아니다. 그에게 인민군 소년은 마땅히 보호받아야 할 어린 동생과 같은 존재다. 이 소설은 같은 언어를 쓰는, 부모를 그리며 죽어가는 어린 동족을 꾀어내 죽인 '적색 악마'가 중공이라는 점을 강조한다. 이 순간 소년과 중공군이 냉전 구도에서 한국 대 미군처럼 피보호자 대 보호자 관계에 있는 것은 지워지고, 죽어가는 어린 동족에 대한 인간애가 화자를 지배한다. 화자는 소년의 시신이 햇빛에 타들어가지 않도록 산포도 넝쿨을 끊어 덮어준다. 적을 향한 이러한 망설임과 갈등이 한국전쟁 문학에 흔한 깃은 부모 형제도 몰라보는 비정한 좌익분자들과 달리 박애심을 품은 자유 진영 군인의 도덕적 우위를 드러내는 외에도 사회주의를 윤리적으로 강등하는 효과가 있다. 중공의 꼭두각시로 북한을 폄하는 것도 비슷한 맥락에서 사회주의에 대한 대중의 거부를 끌어낸다.

한국전쟁 당시 중공군이 북한군을 조종하고 겁탈하는 적색 악마였다면, 베트콩은 악마와 연결되어 한국과 방위 계약을 맺은 자신의 형제(남베트남군)를 죽이는 (큰 괴물은 아닌) 소괴물이다. 한국군에게 사살된 베트콩은 우리의 '친족이' 아니나, 남베트남군이 바로 그 이유로 미온적이 될 때는 의심스러운 시선을 보내면 되었다. 또 남베트남군이 정보를 누설하고 비협조적인 경우도 흔했다. 베트콩이든 정부군이든 한국군은 이들에게 사상을 증명할 필요가 없었다. 여기에 인종주의가 더해지면 어리고 약한 소년도 미욱하고 어린 소년병이 아니라 낯선 말을 구사하는 교활하고 비루한 적이 되었다. 소년 베트콩은 여자 베트콩과 함께 한국군의 연민을 시험하고 입증하는 질료였다.

베트콩이 가장 비루해지는 순간은 문명사회로 끌려나왔을 때였다. 체포된 베트콩의 "급소를 가리울 정도의 남루한" 옷은 삭았고 "전신은 상처로 말미암아 썩어 들어가고 있"어 극심한 악취가 풍겼다.[42] 악취, 굶주림, 상처는 베트콩을 비인간화하는 세 요소였다. 「이웃 사람」의 탄처럼 당당한 포로는 증오할지언정 함부로 대할 수 없으나 대개는 그렇지 않았다. 하물며 고약한 몸 냄새를 풍기며 거지꼴로 귀순하거나 팬츠만 입고 생포당해 똥을 누는 베트콩이라면? "우리 대원들이 웃으니까 겸연쩍은 듯 판초로 가리면서 자기도 웃"[43]는 적이라면 또 어떨까. '잡아서 창경원에 원숭이와 함께 살게 하고 싶'다고 위문편지를 쓰는 아이들이 상상한 베트콩이 이들이었다. 한국군이 죽인 베트콩 숫자가 쌓일수록 밀림에 숨은 타자는 목숨을 구걸하는 초라한 존재가 되었다.

밀림에서 '베트콩 잡기'는 한국군만의 특별한 능력이었다. 월남 통신은 여기에 지면을 할애해 "첫 번째 적"인 밀림과 "두 번째 적"인 베트콩이 한꺼번에 박살나는 모습을 실감나게 그렸다. 맹

베트콩

수, 토인, 베트콩과 진한 "지혜 없는 원시의 비문명화의 편"[44]인 밀림을 정복하는 것은 음침하고 수상한 적색사상을 밝고 환한 진영으로 끌어내 인간화하는 것이었다. 미군의 무대에서 한국군의 무대가 된 밀림은 베트콩을 숨긴 '신비하고 큰 공포의 대상'에서 베트콩이 잡혀가는 '정복되고 해체되는 지형'이 되었다. '정글과 동굴과 논둑을 헤치며 용전'하는 베트콩 잡기는 한국전쟁 당시 빨치산을 토벌하는 기억을 소환했다. 성배를 찾아가는 기사마냥 거침없이 불리한 조건을 극복하는 무용담이 탄생했다. 배기섭과 김진석은 각기 열 편이 넘는 글에서 푸캇산 작전[45]에 참가한 맹호부대의 활약상을 기록했다. 특히 배기섭은 영화 장면을 찍듯 신(scene) 단위로 베트콩 색출담을 써내려갔다. 지하 동굴에 숨은 베트콩을 찾아내는 장면은 전쟁 영화처럼 박진감이 넘치고, 전우애가 들어간 이야기소가 탄생했다.

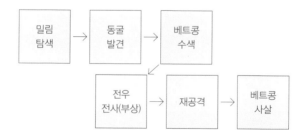

베트콩이 한국군의 우수성을 돋보이는 소재가 되자 웃지 못할 자부심도 생겼다. 1967년 8월 21일 있었던 맹호 26연대 홍길동 작전을 기술한 특파원 김기석은 "한국군은 취각으로 적의 은신

처를 알아내는 신비스러운 감각을 가지고 있"으며 대변 냄새를 맡고 베트콩이 도망친 시간과 거리를 산출하는 천재적인 두뇌가 있다고 썼다.[46] 정글 속 과학수사대를 방불케 하는 희화적 표현은, 대나무 밑이나 물 밑에서 대롱으로 숨을 쉬는 베트콩을 잡아내는 한국군의 눈썰미를 극단적으로 과장했다. 같은 시기 동일한 모티프들을 열거해 지형지물을 이용하는 베트콩의 뛰어난 위장술을 칭찬한 말콤 브라운[47]의 시각과 대조적이다. 사이공을 전유하듯이 베트콩을 전유하면서 한국군은 베트남전쟁을 '단순화'할 수 있었다. 베트콩 체포 서사의 대미는 왜소하고 나약한 베트콩 패잔병이 한국군에 감동해 자유 진영에 귀순하는 것이다. 앞에서 부상당한 인민군 소년을 보았던 것과 같은 태도로, 죄는 미워하되 사람은 미워하지 말라는 말처럼 한국군의 휴머니즘이 부각되었다. 실제로 참전기에 제작된 영화도 사상적 공포나 적개심을 자극적으로 연출하기보다는 해외에 진출한 자랑스러운 한국군의 모습을 더 많이 형상화[48]했는데, 귀순 베트콩 이야기는 베트콩 체포 서사의 또 다른 유형으로 수동적인 피체로서 베트남 심상에 편입되었다.[49]

그러나 '진짜 베트콩'은 여자라도 호락하지 않았다. 체포한 아름다운 여자 베트콩은 한국군이 품은 생래적인 호의를 무참하게 배반했다. 「하얀 전쟁」의 대원들이 동굴에서 남자 포로와 함께 붙잡은 여자를 베트콩으로 믿고 싶지 않은 이유는 그녀가 기존에 알고 있던 드세고 교활한 여자 베트콩과 어울리지 않게 '어리고 아름답고 가냘'픈 탓이다. 이런 여자가 수류탄을 숨긴 것이

여자 베트콩

드러나자 대원들은 몹시 분노한다. 그녀의 행동을 대원들이 '배신'으로 여긴 것도 비논리적이지만 "그것을 믿는다면 우리들이 스스로 자신을 배반하는 셈이라는 기분까지 들었다"[50]는 고백은 무언가 잘못된 것이다. 다른 수기류에서도 비슷하게 보이는 여자 베트콩에 대한 배신감은 한국군이 멋대로 상상하고 있는 여리고 순결한 베트남에 대한 환상이며, 베트남을 한국식으로 여성 젠더화한 데서 비롯된 자기 분열적 감정이다. 베트남 민족 신화에서 여성 전사는 민족을 구한 영웅이며, 여자 베트민, 베트콩에 관한 정보는 대원들도 알고 있던 바였다. 대원들은 적으로 만난 여자 베트콩을 사상적 백지 상태로 간주해야 할 이유가 없었다. 그런데도 대원들은 사이공을 타락한 여성으로 여겼듯이 여리고 착해야 할 밀림의 여성이 한국군을 위협하는, 그것도 여자 빨갱이로 현현하자 충격에 빠진다. 강하고 "적극적이고 악착같은" 여자 베트콩을 모르지 않으면서도 정작 현장에서 체포한 여자를 베트콩이 아니라고 믿음으로써 한국군의 일방적인 믿음을 깬 그녀에게 분노한다.

납득할 수 없는 감정에도 불구하고 그녀는 베트콩이 확실했다. 화자는 이 모든 사태가 논리 없는 전쟁이나 삶처럼 그저 "누군가의 못된 모략"이라고 결론 내린다. 이는 어느 쪽도 비난하지 않지만 아무것도 설명하지 못하는 결론이다. 여기에 감춰진 것은 다음과 같다. 베트남에서 한국군이 바란, 아름다운 여자 베트콩에 어울리는 나약한 적색사상은 없다. 드물게 그런 경우가 있어도 곧 동료에게 적발되었다. 한국군은 초라한 베트콩의 귀순을 바랐지만 전장에서 이런 일은 겁박에 못 이겨 부득이 베트콩이 된 여자 베트콩을 만날 확률보다 별로 높지 않았다. 더 가능성 있는 방식은 베트콩이거나 베트콩 편에 선 아름다운 여성이 한국군을 사랑하게 되는 것이다. 「머나먼 쏭바강」, 「황색인」, 「귀인」이 보여주는 정치적 무의식이 바로 이것이다.

3] 공산주의자를 재인간화하기

비체가 된 사회주의자를 인간화하는 것은 전쟁기 무차별 학살된 민간인의 신원을 회복하거나 위령하는 것과 다르다. 민간인 학살

진상조사는 부당하게 집행된 공권력의 폭력을 밝히고 사과하는 쪽으로 방향을 잡는다. 과거 과거사진상조사위원회도 이 원칙에 따라 접수된 사건을 처리했다. 위원회가 양민 대신 '민간인'이란 표현을 쓴 것도 설령 전시라도 국가권력이 함부로 국민을 죽여서는 안 된다는 것을 강조했다. 그렇기는 해도 민간임을 강조해야 한다면 좌익 혐의자보다는 사상적으로 무지한 상태가 낫다. 불순분자보다 무지렁이가 덜 위협적인 것과 같은 이치다. 한국전쟁이 끝나고 사회주의가 금지되면서 지성사에서도 사회주의자를 위한 자리가 사라졌다. 이들을 사상사적 맥락에서 살려내는 작업은 1980년대 후반 민주화 바람을 타고 진행되었다. 작가들은 좌익 사상범으로 사라진 친족의 생애를 근대사에 편입시키며 비체로 잊힌 이들을 다시 인간화했다.

　베트콩에 대해서도 유사한 변화가 있었다. 1980년대 말 대학가에 호치민과 베트남 혁명가가 나오는 서적이 유행했다. 베트남전쟁을 미제국주의를 이긴 식민지 해방전쟁으로 보면서 1980년대 한국의 민주화 투쟁에 부합하는 영웅적 인물로 외세와 싸우는 베트콩들을 소환했다. 대중적 정서와는 거리가 있는, 반미 민족운동가상에 들어맞는 정치적 표상이었으나 베트콩이 기존의 무력한 이미지를 벗고 통일베트남의 역사를 쓰는 주체로 등장하는 큰 변화를 보여주었다. 더 친근한 베트콩은 응웬 반봉의 1973년 작품을 1986년 국내에 번역한 「사이공의 흰옷」[51]에 등장했다. 주인공 프엉은 사이공에서 대학을 다니며 베트남의 민족 현실에 눈을 뜬다. 1980년대 서울의 운동권 여학생이 겹쳐지는 이 소설에서 응웬 반붕은 베트남전쟁을 끈질기게 투쟁하는 여성으로 젠더화했다.

프엉은 '항전기(항불 독립전쟁)'에 아버지가 죽고 어머니가 억척으로 키운 장녀다. 교사나 간호사를 꿈꾸고 대학에 진학했지만 친구들을 만나며 의식화된다. 프엉이 활동 중 체포되고 고문을 받으며 성장하는 것은 1980년대 지방 출신 운동권 학생의 성장담을 연상시키지만, 더 중요한 것은 사이공에 있는 프엉의 주변인들—가족, 친구, 교사, 집주인들—이 프엉의 투쟁에 우호적이며 기꺼이 도움을 주고자 하는 점이다. 심지어 정부군 장교조차 동생 란과 프엉의 행동을 모른 척해준다.

이 소설은 베트남전 휴전 협정이 끝나가던 때 창작되었으나 작품 속 배경은 남베트남에서 쿠데타가 잇따르던 정치적 혼란기, 한국군 주둔 시기와 겹친다. 흥미롭게도 파월 수기류에 보이는 사이공에 대한 인상과 사이공 내 베트콩 세력의 활동이 그대로 드러나 있다. 프엉의 동지들은 미군 사령부가 있는 '환락의 도시' 각처에 자유자재로 침투하고 평범한 현지인들을 연락책으로 활용하며 현지의 협력 없이는 불가능한 작전을 수행한다. 정부군과의 내통이 소설적 상상이 아니었음을 알 수 있는 장면들이다. 또 '가족 내 정부군과 베트콩이 함께 있다'는 표현 그대로 친구 란의 반정부 활동을 인정하는 엘리트 오빠가 있다. 이 풍부한 인간 군상들은 「태백산맥」이 그렇듯이 제국의 식민지로 늙은 민족을 혁신하고자 신념대로 살아가는 젊은 지성을 형상화하고 있다. 1988년 번역된 찬 딘 반[52]의 「불멸의 불꽃으로 살아: 한 베트남

베트남인들의 고난

혁명 전사의 삶과 죽음」는 23세 나이로 반미 투쟁을 하다 사형 당한 우엔 반 쵸이를 더할 나위 없이 인간적이고 완벽한 혁명가 로 그렸다. 미국은 이들의 뜻대로 결국 베트남에서 물러났다.

그러나 미국이 물러간 후 현실은 달랐다. 부패한 정부를 무너뜨린 통일베트남에서 1980년대 초까지 약 100만 명이 탈출했다. 세계인의 눈에 통일베트남은 독재와 재건에 허덕이는 가난한 나라였다. 통일베트남정부는 기업을 국유화하고 자본가와 남베트남정부군을 '개조'하는 한편 지주들의 토지를 몰수해 분배했다. 사상적으로 위험한 인물은 필요에 따라 신경제지구 또는 국외로 방출했다. 다만 우려했던 대규모 학살이나 숙청은 없었다.[53] 이 과정은 서방의 예측보다 온건했다. 한국 언론은 1980년대 중반까지도 보트피플과 공산 독재만을 보았지만, 베트남은 어떤 나라보다 젊은 세대가 많은 신생 국가였다. 한국사회가 이들을 다시 보게 되는 때는 베트남이 과거의 적을 초대하면서부터다. 1990년대 초반 한국 언론은 베트남에 날아가 과거의 베트콩들을 찾았다. 한국이 궁금한 것은 공산주의자들의 '전향'이었다.

언론은 여러 계층의 베트남인을 만났다. 종전 20주년에는 경쟁적으로 베트남 국토를 종단하는 특집 기사를 내보냈다. 기자들이 알고 싶은 질문의 핵심은 도이머이(개혁)에 대한 베트남 국민과 공산당 지도부의 생각이었다. 취재팀은 서로 베낀 듯이 도이머이 이전/이후에 대한 베트남 국민들의 '솔직한' 심정을 듣고자 했다. 질문을 기다렸다는 듯이 잘 살았으면 좋겠다, 돈을 많이 벌고 싶다고 말하는 베트남인들의 목소리는 자연스러워 보였다.

카메라가 찍은 베트남 거리는 한국의 1960–70년대를 연상시켰고, 전근대적인 농업국의 모습은 발전하고 싶은 욕망의 진실성을 보증했다.

카메라에 찍힌 가장 특별한 취재원은 과거의 베트콩들이었다. 한때 혁명에 모든 것을 바친 이들은 이제 관료, 외국 자본에 호의적인 기득권층, 기업을 운영하는 이들의 뒷배가 되어 있다. 과거 전설적인 지휘관이자 호치민의 수양딸이었던 베트콩 여성은 관광청 부청장이 되어 밝은 얼굴로 "과거의 적도 이제는 손님이 되었으니 서방세계와 관광으로 가까워지면 총을 맞대는 비극도 예방할 것"이라고 말한다.[54] 정부의 존재 이유는 "국민을 잘 살게 하는 것"이라는 전(前) 베트콩 간부는 사이공의 중산층으로 남베트남정부군 출신인 동생의 사업체를 운영하고 있다. 역시 남베트남정부군 장교를 지낸 백만장자는 공산당 고급 당원인 부친의 비호를 받으며 기업체를 운영하고 있다. 여유가 넘치는 사장은 "나 말고도 백만장자가 많다"[55]고 말한다. 사회적 지위를 갖추고 자본주의와 화해하는 베트콩들은 초라하지 않다.

전쟁이 끝났을 때 베트콩은 행적에 따라 적절한 보상을 받았다. 남베트남 장교를 지냈어도 가족 내에 북베트남군이나 베트콩이 있으면 서방으로 탈출하지 않고도 기업체를 운영할 수 있었다. '양쪽에 다 줄을 대고' 있었던 베트남인들 특유의 처세로 보아도 베트콩의 이러한 변신은 놀라웠다. 과거의 베트콩들은 입을 모아 외국 자본을 환영했고, 베트콩 총지휘소가 있었던 구찌터널을 관광 상품으로 만들어 기꺼이 미국인 관광객을 불러들였다. 터널 앞에 선 미국인 관광객은 베트남전쟁이 "슬프고 부끄러운 미국의 역사"라고 화답했다. 화해의 하모니는 미국의 북폭 기념탑이 있는 하노이에서도 목격된다. 이곳에는 미국연락사무소 공사가 진행 중이다. 더 나아가 SBS 특별 취재팀은 도 무오이 공산당 서기장을 예방해 "도이머이는 생산 능력을 올려 베트남을 잘 살게 하는 것"이라는 답변을 받았다. 한베 재수교 후 언론사들의 취재는 거의 이렇게 마무리되었다.

자본의 친구가 된 베트콩은 소설 「귀인」(2014)에서 절정에 이른다. 베트콩 여성 마이를 사랑한 참전군인 출신 실업가 한재민의 부하 금옥환은 사이공 탈출에 실패해 포로로 심문을 받던 중 북베트남군 장교 린의 호감을 산다. 린은 참전군인이었던 금옥환이 자신을 풀어주면 백만 불을 '승전 축하금'으로 내놓겠다는 말에 그에게 우호적인 보고서를 작성한다. 그 후 린이 석방된 금옥환에게 매료되어 결혼까지 한 까닭은 "심문을 받는 피심문자 신분이면서도 조금도 굴하지 않고 주눅 들지 않는 그 패기"가 멋져서이지만, 린이 당에 전역을 청하며 내건 명분은 돈 버는 재주가 없는 북쪽 사람으로서 그에게 '돈 버는 재주'를 배워 "전쟁으로 폐허가 된 조국을 일으켜 세우는 데 일조하겠다"[56]는 것이다. 소설적 상상력이 개입한 것이지만 베트콩과 한국인 기업가의 화학적 결합이 얼마든지 가능함을 보여준 것이다.

통일베트남에서 베트콩의 변신은 예정된 것이기도 했다. 통일의 주역들은 사회적 지위가 있는 오피니언리더로 특별한 대우를 받았다. 「존재의 형식」에서 한국인 관리자는 베트남당국이 아끼는 혁명 전사를 함부로 대했다가 즉시 제제를 받는다. 관료들이 공장을 그만두고 고향에 돌아가버린 혁명 전사를 전적으로 두둔하는 바람에 한국인 관리자들은 몹시 애를 먹었다. 그런데 이보다 중요한 것은 통일베트남정부의 전후 처리 태도였다. 과거 국내 언론은 베트남공산당이 구 정부를 위해 일한 남베트남인들에게 무시무시한 보복을 가한다고 보도했다. 이어지는 보트피플 행렬이 증거였고, 공산당은 무자비하면서도 무능해 국민을 고통 속으로 몰아넣었다.

그러나 특별 취재팀이 만난 이들은 통일베트남정부가 유연했다고 증언한다. 남베트남정부군으로 복무했어도 단지 3일만 개조 교육을 받았다거나 집안 대대로 내려온 땅은 몰수하지 않았다는 증언[57]은 무자비와 거리가 멀다. 공산당은 포로로 잡혀 있던 외국인들도 박해하지 않았다.[58] 중국처럼 토지를 완전히 몰수하지 않아 토지 분배는 불완전했고, 혁명 전사라도 북부인과 남부인 사이에 차등이 있었다. 재정 상황 때문에 전쟁 중 상해를 입고 생활고를 겪는 이들에게 실질적인 도움을 줄 수도 없었다. 이들은 우선 보훈 대상이 아니었다. 취재원들은 공산베트남 독재에 대한 소문이 과장되었다는 것을 보여주었다. 통일베트남의 가난도 공산당의 무능이 아니라 30년 전쟁을 드디어 끝낸 국민이 치러야 할 불가피한 대가였다.

그럼에도 카메라는 가난한 국민을 방치하는 무능력한 공산당과 자본을 환영하는 현재의 공산당을 나란히 병치하며 지배층이 된 베트콩과 가난한 인민을 대비한다. 리포터는 현지 베트남인들에게 끊임없이 묻는다. "당신은 하루에 얼마를 버는가? 그걸로 생활이 되는가?" 이것은 한국의 시청자가 아니라 자본 친화적으로 변신한 베트콩들이 들어야 할 답이다. 인민이 겨우 그 돈으로 살아가는 나라에서 지배층인 당신은 무엇을 하고 있는가. 제작진의 메시지는 이것이었다. 당신들은 가난한 사회주의를 포기하지 않았나? 화면 속의 관료들은 당연히 이를 부정하지만, 답이야 어떻든 자본을 환영하는 베트콩은 한국과 친구가 될 수 있었다. 베트남정부의 입장이 이와 같았다.

3. 한국을 노크한 베트남 난민

1) 혈연이라는 조건

베트남전쟁 종전은 한국 이민사에도 의미가 있다. 최초로 한국인과 결혼한 외국인 여성들이 집단적으로, 그것도 난민으로 내부에 들어왔다. 국내 이주민 정책이 없던 시절에 들어온 이들은 참전이 만든 한국과 베트남의 인연을 남성 대 여성 젠더로 반복, 재생산했다. 애초에 거주 허가를 받은 입국자 400여 명도 거의 여성이었다. 한국인 남편이 가장 역할을 수행하고 당사자도 난민회 간부로 활동한 소수는 그런대로 한국사회에 안착했으나 다수는 가부장의 부재 속에 낯선 사회에 방치되었다. 한국사회는 이들에게 관심이 없었지만, 가끔 생각난 듯이 찾을 때면 남편이 없어도 모성성을 포기하지 않는 이국 여성이 나타났다. 젊고 고운 이들이 말도 통하지 않는 초라한 곳에서 '헌신적 어머니'로 살아가는 모습은 가부장제의 성 역할 규범에 부합했다. 남편의 자리는 처음부터 없었던 양 비워져 있다. '난민의 집'에 모여 앉은 이들이 눈물을 훔치는 장면이 시청자의 마음을 울렸다.

1992년 서울, 난민 쟝김퐁이 남편과 사별하고 두 아이를 키우며 근근이 살아간다. 화면 속 쟝김퐁은 사이공을 탈출한 후 한번도 보지 못한 어머니와 베트남에 두고 온 딸에게 보낼 물건을 사고 있다. 자신들을 버린 아버지를 생각하는 또 다른 난민 모자와, 미싱사로 생계를 꾸리며 고향을 그리워하는 난민의 생활도 달라진 것이 없다.[59] 이들은 그나마 제작진이 섭외할 수 있었던 난민이지만, 베트남에 있는 한국인 연고자들의 사정은 추산도 불가했다. 한베 재수교 후 이들의 존재가 방송에 드러나자 몇몇 사회단체가 관심을 보였다.

1990년대 초 한국정부는 '아버지의 나라'에 산업 연수생들을 초대했다. 방송에서 이들의 눈으로 보는 한국은 경제적으로 여유롭고 정이 넘친다. 한베 양국에서 외면 받은 이들이 아버지의 나라에서 '선진 기술'을 배우고 떠나기 전, 어눌한 한국어로 '만나지 못한 아버지'를 찾는 장면은 한국인의 가부장적 민족감정을 자극했다. 베트남에서 찍은 가족사진 위로 장성한 라이따이한의 얼굴이 교차했다. 마지막에는 예외 없이 이제는 잘살게 된 한국사회가 한국인의 피가 흐르는 이들을 보듬어야 한다고 주장했다.[60] 한국사회가 아버지를 대신해야 한다는 주장은 한국이 그 정도 경제력을 갖췄다는 점에서 설득력이 있었다.

여기서 보이듯이 베트남전쟁 난민에 대한 한국사회의 상상은 완전히 혈연 중심적이다. 당연히 챙겨야 할 핏줄을 돌보지 못한 감정이 종료된 양국 관계를 잇는 중요한 명분이 되었다. 핏줄을 버린 아버지를 부끄러워해야지 그 역할을 사회가 맡았다고 자랑할 일이 아니다. 더욱이 한국처럼 단일 민족을 강조하는 사회에서 혈연 중심주의는 난민의 타자성을 이해하는 데 걸림돌이 된다. 덕분에 난민 문제의 핵심인 인권에 대한 감수성이 사적인 가족애로 치환되었다. 20세기 후반의 냉전을 연달아 겪고도 우리 사회가 난민 문제에 둔감한 것은 이 시기에 최초로 맞아들인 난민이 이미 한국인 누군가의 '가족'이었던 사정과 관계가 있을 것이다. 이런 상황에서는 정치적으로 독립된 난민의 타자성이 제대로 사유되기 어렵다. 한국 문학사의 기념비적인 작품들이 이를 입증한다.

1961년 출판된 「광장」은 가족이 없어 탈주하는 정치적 주체인 난민을 형상화했다. 최인훈은 남북을 모두 비판하며 냉전 체제에 귀속되기를 거부하는 명준을 직조했다. 명준은 4.19가 열어준 한시적인 담론장에서 태어났지만 그의 죽음은 북한 체제를 거부한 것 못지않게 전후의 반공주의에 도전했다는 의미가 크다. 명준의 제3국 행은 냉전 체제의 어느 한쪽을 거부하고 정치적 난민을 자처하게 되는 과정을 정당화했다. 때문에 명준의 비극은, 플롯상 북한 체제를 더 환멸함에도, 결과적으로는 남한에 반공주의를 고착시킨 한국전쟁의 기억에 도전한 작품이 되었다. 그런 의미에서 「광장」은 한국전쟁을 겪은 지식인이, 표현의 자유의 최소치를 최대한 사용해 남한의 전후문학사를 새로 쓴 작품이다.

1976년 박영한은 파월 체험을 로맨스로 엮어 「머나먼 쏭바강」[61]을 내놓고 결말이 미흡했던지 4년 후 전작의 여주인공을 전면에 세워 「인간의 새벽」(1980)을 썼다. 전작의 주인공 황 병장은 귀국을 앞두고 연인 빅 뚜이가 선고한 이별을 받아들일 수밖에 없었다. 부조리하게 강제로 귀국이 연기된 전장에서 빅 뚜이는 그가 유일하게 사랑한 존재지만 그녀의 집도, 그의 집도 서로를 받아들이기 어렵다. 이들이 현실적 한계를 수용하고 서로를 가족으로 묶는 것을 포기했을 때 둘의 인연이 끝났다.

그런데 속편은 빅 뚜이가 베트남판 「광장」과 밀실의 번뇌를 거쳐 난민이 되는 과정을 그렸다. 1975년 3월 12일부터 1975년 12월 초순까지 사이공에서는 사상 무장이 약한 남베트남인들이 체제를 선택하는 결단의 시간이 숨 가쁘게 밀어닥친다. 박영한은 이것이 빅 뚜이와 연결된 정부군/베트콩 모두에게 괴로운 시간임을 보이면서 과거 황 병장처럼 이들의 허무주의를 부각했다. 빅 뚜이의 사촌 키엠은 시인을 꿈꾼 법학도였지만 베트콩을 배신한 중국인 무기상 처단 임무를 맡아 막 사이공에 도착했다. 그는 계속되는 임무에 지쳐 있던 중 여자를 강간하려는 동료를 죽인다. 체포되기 전 "이젠 내 갈 길을 가야겠어. 조만간 통일은 명확해졌고 내 할 일은 끝났어. 그들도 국가도 어느 누구도 날 더 이상 괴롭힐 권리가 없어…… 난 자기 파멸과 죄를 불사하면서 싸웠"[62]다고 절규할 때, 그는 명준을 닮아 있다. 빅 뚜이 또한 미국인 기자 마이크와 사귀면서도 베트남인들과 미국인들이 자신을 배척하는 태도가 환멸스럽다. 마이크의 결혼 요구를 묵살하고 쫓기는 키엠에게 은신처를 제공하는 이유도 키엠이 자신처럼 길을 잃은 존재이기 때문이다. 서로를 전향시킬 의도가 없는 두 사람은 사이공의 좋았던 시절과 무력한 현재를 '자존심' 하나로 버텨내는, 몰락하는 남베트남의 중산층들이다. 빅 뚜이는 월맹군 장교로 돌아온 옛 친구 트린의 구애를 거절하고 미국행을 택하나 사이공 함락일에 사고로 마이크가 죽자 키엠과 함께 한국에 가고자 난민선에 오른다.

빅 뚜이가 트린의 구혼을 최종적으로 거절했을 때 「머나먼 쏭바강」을 잇는 옹색한 흔적처럼 황 병장의 편지가 도착하고, 빅 뚜이는 한때의 인연이 보내온 탈출 '독려' 메시지를 따랐다가 죽음을 맞는다. 황 병장의 선의가 빅 뚜이의 죽음을 앞당겼다고도 볼 수 있는 부분이다. 사실 황 병장이 한국행을 권하는 설정부터가 억지스럽다. 그가 기자라고는 해도 사이공 함락 15일 전 언론은 사이공 함락을 예측하지 못하고 있었다. 따라서 이를 다소 억지스러운 소설적 장치로 두면, 주목할 부분은 작가가 보트피플이 된 빅 뚜이와 키엠을 형상화하며 보여주는 시각, 종전 후 핏줄로 얽히지 않은 보트피플에 대한 시선이다. 소설의 배경은 종전 직후지만, 동료의 시신을 이용해 갈매기를 사냥하고 종국에는 인육까지 먹는 등 소설 속 보트피플에 대한 묘사는 1980년 보트피플 기사에 실린 최악의 상황을 인용하고 있다. 빅 뚜이만이 트린의 시신을 지키며 최후에도 인간성을 잃지 않으려고 발버둥 친다.

이러한 빅 뚜이의 죽음은 낭만적인 전작에 대한 작가의 소회 같기도 하고, 한국사회가 패망한 베트남에 보내는 애도 같기도 하다. 어느 쪽이든 그녀는 순결하고 아름답다. 황 병장이 베트남에서 찾은 가장 빛나는 존재일 빅 뚜이가 마이크와 트린 사이에서 갈팡질팡하는 모습은 애매하게 중립을 지키려다 침몰하는 베트남─남성 젠더였으나 몰락할 운명에 처한, 전쟁 말기의 여성 젠더화한 집단─으로 보인다. 그런데 박영한이 월남 패망을 어떻게 보았든 한국의 베트남전쟁에 연결된 속편의 빅 뚜이는 1980년 불쌍하나 위험한 보트피플 심상이 태동하던 시기에 태어났다. 소설 발표 시기는 국적선의 난민 구조가 불허되던 무렵이고, 언론은 보트피플을 가난한 공산독재 베트남의 골칫거리로 다루었다. 빅 뚜이와 황 병장의 인연은 전편과 속편을 위한 형식적 고리에 불과하고 빅 뚜이는 허약한 반공국가의 국민성을 표상하는 존재로 남았다. 월남 패망 5년 후 여전히 베트남인들이 바다를 떠도는 것은 이들이 난민이 될 수밖에 없는 나라의 국민이기 때문이다. 순환 논증의 오류가 전편과 속편을 관통한다.

물론 이 시각은 한국만의 것은 아니다. 속편에서 미국인 마이크도 이와 비슷하게 본다. "난 이 베트남을 절개해서 내 메스로, 내 이 손으로 피비린내 나는 내장을 주물러보았단 말일세." 그래서 "내 요 골통 속엔 죽음의 의식과, 포탄 파편과, 똥을 싸지르고 폐허에 엎어져 있던 젊은 여인의 순대 창자가 가득 들어 있단 말이야."[63] 미국인치고는 드물게 양심적인 마이크는 빅 뚜이를 사랑하지만, 그녀의 피식민지적 결벽증까지는 받아들이지 못한다. 때때로 그가 소유욕을 보이며 베트남과 빅 뚜이를 '이상한 타자'로 동일시하는 것은 전편에서 황 병장과 한국군이 베트남을 줄곧 빅 뚜이와는 다른 '타락한 여성'으로 보는 시선과 같다. 이들은 가부장적인 남성 보호자가 없이는 살아갈 수 없는데, 사이공 함락 즈음에는 질서와 규율을 담당해온 연합군의 남성성이 작동하지 않는다. 「인간의 새벽」은 생계를 위해 딸을 미군에게 밀어넣고, 미군에 몸을 팔아 사이공을 탈출하려는 여성들의 모습으로 이를 재현하고 있다.

그런데 빅 뚜이가 다른 길을 택했다면, 한국과 엮이지 않았다면 어땠을까? 흥미롭게도 박영한은 이 질문에도 답을 제출했다. 사이공이 함락된 후 다시 질서를 부여하는 이는 북베트남에서 돌아온 빅 뚜이의 친구 트린이다. 빅 뚜이에게 안정된 미래를 줄 수 있는 트린은 빅 뚜이와 마이크의 관계에 개의치 않는다. 트린의 대범한 태도는 사상범을 처리하되 생존을 위한 단순 협력에는 관대했던 통일베트남정부의 시책을 암시하는 한편, 키엠이나 황 병장이 갖지 못한 믿음직한 남성성을 구현한다. 끝난 전쟁을 응시하며 박영한이 최종적으로 제출한 이 메시지는 공교롭게도 한국군이 참전 기간 동안 스스로를 정체화한 욕망이다. 그러나 한때 그럴 수 있었던 황 병장은 끝내 빅 뚜이의 죽음을 알지 못한다.

2) 비극적 로맨스에 담긴 피해자의식

프랑스 혁명기에 태어난 멜로드라마는 "개인을 가족, 조국, 인종, 계급, 인간성 등에 복종시킴으로써 사회적 갈등을 해결하려는 가족 로망스를 지향한다."[64] 자신의 계보를 알지 못하는 아동이 부친과 화해하며 가족 로망스를 완성하는 이야기는 혁명기의 불안을 순화했다. 통일베트남이 혁명 후 질서를 만들고자 공산당이 주도하는 가족 로망스를 적절히 활용했다면, 한국 또한 베트남 난민을 자국의 질서 체계 안에 넣고자 부분적으로 멜로드라마의 공식을 차용했다.

1985년 인기리에 상영된 〈사랑 그리고 이별〉은 한국의 베트남전쟁이 만든 혼종성을 가족 로망스로 해소할 수 있다고 설득한다. 당대의 인기 배우들이 출현한 영화는 한국 영화 '최초 현지 로케'로도 기대를 모았다. 그런데 서울의 월남 난민을 찍은 다큐와 비슷하게 이 영화에서도 비극을 일으킨 남성은 뒤로 빠지고 뜻밖에 연적이 된 여성 인물들이 전면에 나선다. 한국군 장교였던 영민은 해외 출장지에서 죽은 줄 알았던 연인 렛 뚜이를 기적적으로 만난다. 그 사이 렛 뚜이는 자신의 아들을 낳아 키우고 있었다. 렛 뚜이를 진심으로 사랑했던 그가 충격을 감당하지 못해 사라지자 서울에서 아내(윤희)가 날아온다. 그를 찾아나서는 윤희는 관객이 영민의 도피를 이해하도록 돕는 탐정이기도 하다. 윤희가 렛 뚜이를 만나 영민을 용서하게 되는 숭고한 심리는 홍보단계에서 친절하게 기술되었다.

누구의 잘못도 아닌 숙명적인 사랑의 고통 속에서 두 여자는 원망하다가 이해하고 동정하고 자신이 희생될 것을 결심도 하면서 숭고한 사랑의 경지를 감동적으로 보여준다. 두 사람의 진실은 더욱 아픔을 주며, 윤희는 마침내 자신에

영화 〈사랑 그리고 이별〉 포스터

게는 위로해줄 혈육이 있고 친구가 있고 사회가 있으나 렛 뚜이는 그 모든 것을 상실한 망국의 여인이란 것을 자각하고 떠나줄 것을 결심한다. 그러나 윤희의 희생을 그대로 보고 있을 렛 뚜이가 아니었다. 마침내 렛 뚜이의 굳은 결단이 내려지는데. "사랑 그리고 이별." 차라리 '재회'가 이루어지지 않았더라면. 나라를 잃은 여인의 사랑이 아름답고 슬프게 끝난다.

렛 뚜이가 한국을 노크한 이유는 단순하다. 거주지나 공민권이 필요해서가 아니라 영민의 핏줄인 아이(철수)를 받아들이라는 것이다. 이 요구는 정당성이 있다. 과거 렛 뚜이는 베트남을 탈출해 어렵게 한국에 도착했지만 영민의 결혼 소식에 스스로 한국을 떠나 대만에 정착한 후 아이를 위해서만 살았다. 그녀는 자신의 생사를 몰랐던 영민의 재혼을 이해할 뿐 아니라 중산층으로 잘 살아가던 영민 부부 앞에 나타난―나타났다기보다 발견된―것을 미안해한다. 그녀는 일제강점기 피식민지 남성 주체가 욕망한 순결한 '구원의 여성상'을 닮았다. 이렇게 착하고 순결한 렛 뚜이를 만난 윤희는 두 여자 사이에서 해결책을 몰라 모습을 감춘 남편의 내면적 갈등까지 추정하며 번민하다가 영민을 '양보'하겠다고 결심한다. 자신이 양보하면 렛 뚜이의 아이는 바로 영민의 대를 잇고 병상에서 손자를 기대하는 시아버지에게도 선물이 될 터였다. 여기서 아이에게 '두 어머니'가 생기는 문제는 영민이 나서야 하는 상황이다.

그러나 영민은 끝까지 두 여성을 사랑할 뿐이다. 무기력한 영민 대신 죄책감을 견디지 못한 렛 뚜이는 억지로 아이를 보낸 후 짐이 되지 않기 위해 독약을 마신다. "아름답고 슬프게" 영화가 끝나는 동안 관객은 졸지에 닥친 비극을 수용하고 용서하는 가상의 가족 로망스를 경험한다. 참전이 안긴 혼종성을 해결하는 이 가족 로망스적 해법은, 뒤에서 보겠지만, 난민과 라이따이한 문제를 개별 가정의 문제로 바꾸어 문제를 일으킨 남성 주체를 피해자화하는 전형적인 하위 젠더화 전략이다. 영민이 여성들의 처분만 기다리며 숙제를 미룬 탓에 해결을 떠맡은 여성들이 서로 자신의 자리를 양보하는 모습은 가히 망상적인데, 실제로 이러한 상황은 어불성설이었다. 한국 남성은 과거의 인연을 찾지 않았다. 1995년, 윤희와 비슷한 처지가 된 「붉은 아오자이」 속 인물들은 갑자기 생긴 남편/아버지의 '핏줄(딸)'을 격렬하게 거부하다가 핏줄의 지성과 주체성을 알게 된 후에야 서서히 상황을 수용한다(여기서도 작가의 의지가 개입하고 있음은 말할 것도 없다).

이 영화는 가부장적 안정성을 추구한 1980년대 전반 멜로드라마의 요소를 포함하고 있다. 하지만 이 정도 규모의 대중 영화가 참전이 안긴 숙제에 응해, 국가를 지우고 당사자 남성도 아닌 가정 내 여성의 문제로 상황을 처리해 아이만 살리고 서사를 폭파하는 것은 당시 한국사회가 이 문제와 마주할 준비가 전혀 되지 않았다는 고백과 같다. 그런데 왜 대중은 비극적 로맨스 서사에 호응했을까. 비극적 로맨스는 베트남전 종전을 거대한 운명에 휩쓸린 개인의 서사로 치환하는 데 효과적이다. 비극적 로맨스를 통하면 살벌한 정치 투쟁도 사적이고 감정적인 역사가 된다. 한국의 과거사인 난민과 라이따이한도 이 방식을 이용해 모두가 피해자인 서사를 구축할 수 있었다. 한국인 남성이 베트남에 가족을 두고 떠난 것도 운명에 휩쓸린 것이니 남성 또한 피해자인 것이다. 이렇게 남성을 피해자화하는 로맨스는 여성에게 해결의 열쇠를 넘기고는 모두가 피해자인 역사를 껴안고 핏줄의 화해를 촉구한다.

1980년대는 베트남전쟁 때문에 정상 가족을 만들지 못하게 된 보트피플, 라이따이한, 한국인 남성의 가족 모두가 피해자였다. 〈사랑 그리고 이별〉은 난민을 이용해 참전의 기억을 피해자 내러티브로 치환하는 1980년대 참전 담론의 전개를 확인해준다. 여기에 가해자는 없다. 굳이 꼽는다면 피해자 개인이 통제할 수 없는 재난으로서 전쟁과 참전을 명령한 국가가 가해자다. 1990년대 고엽제전우회의 피해자론도 이러한 분위기를 타고 있었지만, 정작 캠페인이 시작되자 국가가 아니라 캠페인 주최 측을 가해자로 지목했다. 참전군인단체의 피해자론과 비극적 로맨스의 피해자 민족주의 내러티브 모두 한국 남성을 피해자화할 뿐 참전이 만들어낸 라이따이한, 난민 문제에는 관심이 없다.

1980년대 후반에 나온 한 소설은 이를 더욱 분명히 보여준다. 1980년대 초 정부의 난민 수용 불가 방침이 선 후에도 국내 선박은 간간이 해상에서 난민을 구조했다. 1987년에도 난민을 구조한 외국 선박이 입항하거나 서해상에서 구조된 난민이 부산수용소에 수용되었다. 난민에 대한 관심은 식었지만 간혹 보트피

보트피플

플을 구조할 때는 어김없이 "자기 나라를 지킬 의사가 없는 국민은 누구도 도와주지 않는다"[65]는 논평이 붙었다. 이런 상황에서 보트피플의 비참을 인간 실존의 문제로 그린 희곡은 조명을 받지 못한 반면, 보트피플과 로맨스의 조합은 언제나 쉬웠다. 심지어 로맨스는 낭만적으로 참전을 회고하는 기제로도 활용되었다. 천금성은 「보트피플」(1986)에서 「인간의 새벽」이 실패한 한베 로맨스의 기억을 성공시킨다.

동백호가 말레이시아 교량 공사 현장에 가던 길에 미 항공기의 제보로 발견한 배에는 표류 17일을 맞은 난민 99명이 타고 있다. 그 자신 한국전쟁기에 월남한 난민이었던 선장은 고민 끝에 이들을 구조하고, 말레이 당국과 자재 하역을 놓고 실랑이를 벌이는 며칠간 난민들은 선장의 보호 아래 놓인다. 입도 허가가 선장 손에 달린 양 난민들의 신뢰는 절대적이다. 양국의 인연을 활용해 짧은 시간 선장과 난민 사이에 탄탄한 신뢰 관계가 형성된다. 소설 속 보트피플론은 당국의 담론을 그대로 복제한 수준이지만, 핵심은 짧게 지나치는 선원들의 발언이다. 해상 대기가 길어지자 선원들 사이에서 "좀 안된 일이기는 하지만 저 사람들을 처음의 조난 현장으로 되돌려 보내"자는 말이 나온 것이다. 흘리듯 지나친 이 말은 선원들이 공개적으로 발설하지 못한 속내였다. 말레이정부가 입도를 불허해 한국 기업이 수주한 현장은 공사가 중단될 판인데 구조를 요청한 미 항공기는 해결에 미온적이다. 진퇴양난에 빠진 동백호 선원들의 눈에는 이들을 바다로 돌려보내는 것이 최선이다.

선장이 선원을 달래며 보호자 역할을 완수하는 계기는 뜻밖에 나타난 양국의 로맨스 덕분이다. 기막힌 운명처럼 선장의 친구인 옛 한국군 장교의 애인이 나타난 것이다. 빅 뚜이처럼 아름다운 그녀는 난민 같지 않은 태도로 꿈꾸듯 한국행을 희망하고, "한국과 한국인들을 사랑한다"고 고백한다. 순간 선장은 배가 한국으로 돌아가면 "그녀가 감동할 것"이라는 낭만적 생각에 빠지나, 다행히 말레이정부가 난민을 받으면서 소설은 기분 좋게 끝난다. "그래. 귀여운 고크양. 너 말처럼 우리나라는 참으로 살기 좋은 곳이야. 이곳처럼 달아오르지도 않고, 새들은 즐겁게 노래하며 그 위에 맑고 푸른 하늘이 있어. 그리고 자유도. 너가 그토록 갖고 싶어 하는 자유가 있어. 그래, 고크양, 꼭 오라구. 우리들은 너를 기다리고 있을 거야."[66] 난민을 구조하는 인도적 국민국가에 대한 판타지를 자랑하는 이 발언은 1985년 같은 상황에서 난민을 구조했다가 고초를 겪게 되는 전제용 선장의 일화를 깔고 있다. 그러나 실제로 전제용은 이 선택으로 안기부의 조사를 받은 뒤 해고되었다. 난민을 버리자는 선원들의 발언이 당시 한국사회의 분위기를 반영하고 있는 것이다.

여기에 비하면 〈사랑 그리고 이별〉의 로맨스는 최소한 난민을 한국의 과거사로 수용하는 선은 지킨다. 가족 로맨스를 변형한 문제도, 양국 관계에서 태어난 아이들이 아직 성년이 되지 않아 초점화 대상을 성인 여성에 맞춘 것도, 불가피한 측면이 있다. 그러나 한국인 남성을 상황의 피해자로 만들고, 여성에게 가족 복원의 책임을 지우는 것은 이 남성들이 무엇을 바랐건 실제로는 아버지를 만나지 못한 난민이 압도적 다수였던 사실을 지우지 못한다. 그렇기에 더욱 '아름다웠던' 과거의 로맨스에 집착한다면, 현재의 비극적 로맨스는 떳떳했던 과거에 바치는 한국인 남성들의 집단적 기억일까. 다행히 이 로맨스는 베트남에 남은 라이따이한을 건드리지 않아 문제를 내부적으로 해결할 수 있다는 가능성이 있다. 비극적 로맨스가 가족 로망스를 차용한 까닭도 여기에 있을 것이다. 어떤 의미에서 이것은 베트남에 가족을 남겨둔 가여운 한국인 남성을 옹호하는 피해자 민족주의의 서사다.

3) 혼종적 정체성을 순치하기: 피해자들끼리 화해하기

1980년 신협 연합회가 불우 이웃 돕기의 일환으로 전개한 월남 난민 돕기 운동 보도에 따르면, 당시 서울에 거주하는 베트남 난민은 약 100여 명, 대부분 남편이 없는 여성들이 뜨개질, 식당, 미장원 종업원 등으로 어렵게 생활하고 있었다.[67] 〈윈티민윽의 7식구〉(1982)는 이 난민들을 취재한 다큐다.[68] 작가 김주영은 인천과 서울의 난민 하우스(황룡의 집/월남의 집)를 찾아갔다. 한국을 찾은 베트남 난민 여성들의 생활을 가감 없이 그대로 보여준다는 의도대로 오프닝 멘트가 나왔다. 월남 패망 후 "이 땅에 찾아온 난민은 어떻게 살고 있을까?" 이어 베트남전쟁사가 짧게 요약되고 컬러 화면이 나오면 당시의 보도 공식대로 생사의 갈림길에 놓인 보트피플이 보인다.

공식에서 이탈한 부분은 윈티민윽이 베트남인 전남편이 죽자

'살아남기 위해' 한국인 남편을 만나 일곱 남매의 어머니가 되었다는 것이다. 순결한 베트남 처녀와 한국인 남성의 결합에 익숙한 시청자들은 원티민웍의 혼종적 모성이 낯설 법하다. 그래서인지 카메라는 어려운 환경에서도 열심히 살아가는 한국인 남편의 세 딸을 담는다. 카메라가 매우 수줍음을 타는 자매들을 차례로 쫓아가자 이 '착한' 아이들의 미래를 염려하는 김주영의 목소리가 따라붙는다. 그는 이 아이들이 한국에서 차별 받고, 주눅들어 미래를 꿈꾸지 못할까 걱정스럽다. 카메라가 초등학교 2학년 딸을 비출 때 나지막이 흘러나오는 김주영의 목소리─"월남 패망에서 태어난 아이, 그러나 이 아이는 우리의 아이. 이 아이는 어떻게 자라야 할까. 어떻게 소녀의 문제를 풀어줘야 하나?"─에 주제의식이 응축돼 있다. 한국인 아버지를 둔 아이들은 "깊은 인연에 매달려 우리 땅에 온 사람들"이므로 우리가 무언가를 해줘야 한다. 그런데 무엇을? 한국의 난민 정착 지원이 어땠기에 계속 도와야 한다고 했을까.

제작진은 원티민웍 가족의 비극을 베트남의 역사에서 찾았다. 김주영이 다른 난민을 찾아가는 길에 자료화면과 이대용 전 주월공사, 적십자사 사무국장 인터뷰가 끼워졌다. 시청자도 아는 대로 군사력의 우위에도 불구하고 국론이 분열했고 집권층이 부패했다는 것, 민주/공산 진영의 대결에서 종교 집단이 정치에 참여해 공산주의에 대항하지 못했다는 진단이 앵무새처럼 되풀이되었다. 여기서도 아버지들은 보이지 않는다. 다른 기사나 영상처럼 아버지의 부재와 이들 난민의 처지는 전혀 별개인 양 다뤄

진다. 베트남이었으면 라이따이한이었을 아이들이 여기서는 시청자가 도와야 할 한국인이 되어 있다.

아버지가 베트남인인 윈티민윅의 아이들은 아예 보이지 않고, 그녀 또한 한국인 아이들의 어머니로만 조명된다. 제작진은 난민 여성들의 빈궁한 생활을 취재하면서 이들의 한국사회 적응 정도를 알고자 난민들의 이웃을 만난다. 한국인 남편이 있는 난민 여성의 이웃은 "한국말이 서툴고 남하고 접촉을 안 하며, 생활이 어렵다고 알고 있"다고 답한다. 상대적으로 형편이 나은 커플도 생활이 녹록하지 않다. 난민을 돕자고 말하는 제작진의 의도는 적십자 사무국장을 만난 자리에서도 확인된다. 아무리 어려워도 '고향'에서 살아가는 한국인에 비할 수가 없는 난민들을 위해 적십자사는 "좀 더 성의를 베풀어 연말 구호물자, 추석, 성탄절 등 몇 번씩 구호. 모자, 양복, 모포 등을 지급해 한국의 따뜻한 정을 느끼게 하"고 있다. 인터뷰를 들으면 정부는 이들에게 무관심하지 않다.

그러나 정부의 관심은 김주영이 마포구 '월남의 집'에서 만난 난민 여성 앞에서 단번에 무력화된다. 그녀는 "울고 싶을 때 많이 있죠?"라는 김주영의 질문에 '대뜸' 울어버린다. 감정이 격해져 (질문과 녹화를) "그만하라"고 거부한다. 확인할 수 있는 장면은 여기서 끝나지만,**69** 메시지는 충분했다. 제작진이 불러낸 난민들은 하나같이 한국사회의 관심과 지원에 목말라 있었다. 순하고 무력하게 보이지만 상식적으로 자신을 버린 한국인 남편/아버지에 대한 원망과 분노가 없을 리 없다. 취재에 응하며 의도적으로

억눌렀든 편집 과정에서 잘렸든 혼혈아를 다룬 문학 작품들을 참고할 때, 백인 혼혈이나 미국인 혼혈도 아닌, 패망한 나라의 피가 섞인 존재가 한국의 순혈주의와 인종적 편견을 어떻게 겪었을지 상상하기는 어렵지 않다. 이들은 월남 패망일에 맞춰 골방에서 잠시 판매대로 옮겨진 기념품처럼 '측은하게' 조명되었다가 이내 사라졌다.

미디어가 다시 이들을 공중파에 불러내는 때는 한베 재수교 무렵, 이제는 어엿한 성인이 된 아이들을 매개로 한베 화해를 논하면서다. 1992년 〈빨간 아오자이〉(MBC베스트극장)[70]는 원티민웍의 아이와 흡사한 딸이 자신을 버린 아버지와 화해하는 서사를 선보였다. 〈빨간 아오자이〉가 혼종적 정체성을 순치하는 방법은 단순하다. 비합법적 결혼(사실혼)이 만든 비극적 가족사를 2세들의 축복받는 결혼으로 풀면서 1980년대의 피해자론에 화해의 메시지를 적극적으로 집어넣는 것이다. 국희는 베트남의 피가 섞인 것 외에는 흠잡을 데가 없다. 사범대를 나온 지성과 미모에 건실한 한국 청년의 사랑을 받으며 과거 베트남과 인연이 있는 식당 주인의 집에서 생활하고 있다. 국적이 없어 교사가 되지는 못했지만 작고한 어머니가 남긴 빨간 아오자이를 소중하게 보관하고 애인의 어머니가 반대하는 결혼을 거부할 정도로 자존감이 높다. 그녀의 자존심도 그렇거니와 미국 가정에 입양된 베트남인 언니의 당당한 태도까지 포함해 이 작품은 1990년대 초의 여성주의를 적지 않게 수용했다.

국희가 기업체의 베트남어 강사인 것은 어머니에게서 배운 어머니의 모어로 생계를 꾸리는 점에서 재수교를 앞두고 다시 부는 베트남 붐에 대한 한국사회의 전향적 태도를 적극 반영한다. 국희는 살기 위해 잊어야 했던 어머니의 모어 덕에 준교원이 되었다. 가난과 비참을 의미하는 모계를 계승한 그녀의 자립성은 과거의 난민 재현과 표상 관습에서 진일보한 것이지만, 국희는 아직 공민권이 없어 완전히 한국에 뿌리를 내리지 못했다. 그녀가 바라는 완전한 뿌리내리기는 어머니의 빨간 아오자이를 입고 미래의 시어머니의 축복 속에서 어머니가 실패한 결혼을 완성하는 것인데, 그러려면 선결 문제가 있다. 자신을 버린 아버지와 어떤 형태로든 화해해야 하는 것이다. 다행히 아버지(경철)가 국희를 찾아온다.

경철은 베트남에서 토목 기술자로 국희의 어머니와 사실혼 관계에 있었다. 국희의 존재를 몰랐던 동안에도 그는 처자식을 버린 나쁜 사람이 아니다. 오히려 불의의 사고로 잠시 귀국한 사이에 사이공이 함락된 바람에 강제로 국희와도 헤어지게 된 전쟁의 피해자다. 지금은 국희보다 어린 또 다른 딸의 돌봄을 받는 경철은 베트남에 두고 온 딸을 방송에서 본 후 불편한 몸을 이끌고 딸의 냉대를 견디며 여러 번 찾아와 사과한다. 경철은 자신이 베트남에 돌아갈 수 없었던 부상에 대해서는 말하지 않는다. 시청자는 아비의 안타까운 사연과 변명하지 않는 태도를 미덥게 바라보며 조국근대화를 위해 일하다 다친 그를 연민하게 된다. 경철의 피해자성과 국희의 피해자성은 전쟁이 낳은 운명이라는 데서 본질이 같다. 또 국희의 애인의 아버지도 한국전쟁에서 사망한 공통점이 있다. 여기서 베트남전쟁은 한국전쟁을 잇는 '민족적' 재난의 감정 구조에 편입될 여지를 시도하는데, 그러려면 베트남전쟁이 만든 타자성과 혼종성을 한국사회가 수용 가능한 형태로 순화해야 한다. 이를 다루는 드라마의 혼종성도 간단하지 않고 인물들의 피해자성은 좀 더 복잡하다.

구분	혼종성	인물들의 피해자성과 현재 상태
국희 (주인공)	한국인 부친, 베트남인 모친	· 라이따이한, 무국적 고아 상태, 교원 자격증 취득 실패, 베트남인 언니와 강제 이별 · 애인의 집에서 결혼 반대
경철 (아버지)	베트남인 아내, 한국인 아내	· 베트남에서 부상, 베트남인 아내와 딸과 강제 이별 · 한국인 아내와 사별
언니	베트남인 부친, 한국인 의부, 베트남인 모친	· 베트남 난민, 7세에 한국 입국 후 미국으로 입양, 가족과 강제 이별 · 한국인 남자친구를 둔 성공한 미국인
동생	없음	· 장애인 아버지를 돌봄 · 모친 사망, 배다른 언니 출현
애인의 어머니	없음	· 한국전쟁 과부 · 남편 사별 후 가장 역할
애인	없음	· 한국전쟁에서 부친 사망 · 건실하고 선량한 한국 남성

얽힌 상황에서 평행선을 달리던 부녀의 화해를 돕는 의외의 인물은 국희의 베트남인 언니다. 한국이 품지 못한 난민이었던 그녀는 일시 귀국하여 동생에게 아버지를 만나라고 권한다. 그

녀가 미국에서 온 성공한 보트피플인 것이 흥미롭지만, 하필 한국인 애인이 있다는 설정은 사실 작위적이다. 어릴 때 강제로 미국에 가야 했던 그녀로서는 어머니가 묻혀 있고 아버지에게 다른 동생이 있다는 이유로 한국을 찾았으나 동생과 생이별한 부정적 감정이 앞설 법하다. 그런데도 미국 시민권자라는 설정 덕분인지 드라마의 인물들 중에서 가장 당당하고 주체적이며, 부친을 용서하지 못하는 동생에게 혈연의 의미를 깨우치고 유사시 국희의 미국행을 책임질 의지처가 된다. 성공한 보트피플은 부족함이 없다.

또 다른 화해의 촉진자는 국희의 배다른 한국인 동생이다. 경철이 딸의 용서를 무작정 기다리는 동안 한국인 동생은 처음부터 그녀의 존재를 짐작하고 있었다는 듯이 느닷없이 출현한 배다른 언니를 환대한다. 어른스럽고 침착한 이들의 조언과 위로 덕에 경철은 딸의 손을 잡고 식장에 들어서고 그녀는 어머니의 빨간 아오자이를 입고 축복 속에서 정상 가족을 만든다. 비슷한 전쟁의 상처를 겪은 두 집안이 비로소 핏줄을 얽게 되는 완전한 한국식 해피엔딩이다.

〈빨간 아오자이〉는 기본적으로 한국인의 민족 감정에 호소하는 가부장적 서사다. 당시 국적법에 따라 국희가 국적을 얻으려면 부친의 호적에 올라야 했는데 「붉은 아오자이」에 나오듯이 이는 간단한 문제가 아니었다. 1982년, 실제로 이런 일이 발생하자 한국인 아내는 아이들을 데리고 이혼을 택했다. 사업에 실패한 남편은 가출하고 베트남 아내는 시부모를 봉양하며 아이를 키워야 했다.⁷¹ 〈빨간 아오지이〉가 2세들의 행복한 미래를 위해 어머니들을 처음부터 사망자로 둔 것은 〈사랑 그리고 이별〉이 윤희의 아이를 두지 않았던 것과 유사하게, 경철을 두고 경쟁할 베트남/한국인 아내를 지움으로써 이 문제를 영리하게 피해간 것이다.

1990년대는 참전의 기억이 되살아나고 장성한 라이따이한이 출현하는 시기였다. 상처를 봉합하면서도 자유 진영의 승리를 상수로 두고 누구도 소외되지 않는 훈훈한 이야기가 필요했다. 〈빨간 아오자이〉는 그것이 베트남전쟁의 혼종성을 순치해 정상 가족을 만드는 것이라고 설득한다. 국희의 세대는 과거사를 부모 세대의 불행으로 두고 자유세계에서 살아갈 준비를 끝냈다. 시청자들이 이러한 메시지를 어떻게 수용했을지는 알 수 없지만, 변명하지 않고 무조건 사과하는 아버지와 국적이 다른 딸들이 화해하는 세상에는 어떤 폭력적 이데올로기, 국가권력의 억압과 통제도 보이지 않는다. 이를 대체하는 손은 '문민정부' 치하에서 베트남 진출을 준비하며 국희를 고용한 한국 기업이다. 부드러운 자본주의의 세상에서 국희는 자발적으로 혼종성을 순치하고 마침내 뿌리내리기에 성공한다.

그러나 베트남전쟁 종전이 묻은 양국의 과거사는 양국의 내부 문제만은 아니었다. 여전히 타자인 많은 난민이 양국의 과거사에 '가로놓여' 있었고 양국 정부는 이들에게 무심했다. 1997년 한국에 기술 연수차 온 라이따이한들은 한국의 한 소도시(마산)에서 드물게 스스로의 힘으로 뿌리내린 베트남인 난민을 만났다. 1975년 한국인 남편을 찾아 입국해 홀로 한국인의 핏줄을 길러낸 베트남 여성은 고국에서 기술 연수생으로 온 라이따이한을 자식처럼 환대했다.[72]

성장한 윈티민윅의 아이들, 핏줄이 섞였기에 한국 땅을 밟은 난민 2세들의 삶이 막 방송을 통해 재현되고 있었다. 〈빨간 아오자이〉는 바로 이 아이들을 내세워 최소한 한국인의 핏줄이 흐르는 (착한) 아이들에게는 공민권이 주어져야 한다고 주장했다. 그렇다면 이 당연한 주장을 위해 너무 복잡한 장치를 동원한 것은 아닌가. 혼종성을 순치하고 모범적인 라이따이한을 선발해 한국사회를 경험할 기회를 주는 것이 20년 만에 찾은 난민 문제의 해법이라면, 이들이 부산수용소의 보트피플과 다른 것은 단지 한국사회를 노크할 '자격―혈연'이 있었다는 것이다.

제5장

평화를
위하여

1. 경합하는 두 목소리

"본 재판정은 살아남고, 산산이 부서진 삶을 재건하고, 공
포와 수치를 이기고 세계를 향해 그들의 이야기를 들려준
생존자들의 강건함과 위엄을 인지한다. 정의를 위해 앞으
로 나선 많은 여성들은 이름 없는 영웅이다. 역사의 한 페
이지에 기록된 것은 고통 받은 여성들보다는 범죄를 저지
르거나 그들을 기소한 남성이지만, 이 판결문은 자신들의
이야기를 들려주고 최소한 4일간은 잘못된 일을 단두대에
올리고 진실을 왕좌에 올린 이 여성들의 이름을 기린다."

—여성국제전범법정(The Women's International War Crimes
Tribunal on Japan's Military Sexual Slavery) 판결문 중에서

2001년 월남참전전우복지회는 하미 마을에 위령비를 세우
며 주민들이 한국군의 민간인 학살을 기록한 비문 삭제를 요구
했다. 같은 시기에 중부 지역에 학교를 짓고 있었던 한국 외교관
도 같은 요청을 했다. 안팎의 공세에 직면한 주민들은 문제의 비

문에 연꽃무늬 덮개를 씌웠다. 이후 기록은 삭제도 공개도 아닌 상태로 가려져 있다. 하미 마을 역사를 아는 한국인 누구든지 이 비석을 찾을 수 있지만, 주민들이 기록한 역사를 볼 수는 없다. 생존자가 있고 가해자의 나라에도 알려진 사실이 피해 현장에는 공시되지 못하는 것이다. 재수교 후 한국과 베트남이 합의해 '과거를 덮은' 방식은 이렇듯 '눈 가리고 아웅'하는 형태였다.

한국인에게 탈냉전은 1989년 해외여행 자유화로부터 체감되었다. 국가의 허락 없이 ㈜공산권을 여행하는 것은 자유세계의 구성원들이 자본주의의 승리를 실감하는 기분 좋은 방식이다. 이른바 '가성비'가 여행지 선택을 좌우하는 오늘날 중국, 베트남, 캄보디아 곳곳에 한국인이 즐겨 찾는 관광지가 있다. 이 국가들에 대한 친밀도가 떨어질 때도 여행자가 줄지 않는 것은 한국인의 경제력이 여기서 더 여유로운 여행을 보장하기 때문이다.

황색 거인들은 1990년대부터 다시 베트남을 찾았다. 후예들은 더 많이 더 자주 베트남에 여행 간다. 여행지에서 양국 국민은 과거사 문제로 불편을 겪지 않는다. 베트남정부의 정책이 아니더라도 굳이 관광 산업에 양국의 불편한 과거사를 첨가할 이유는 없다. 구찌 터널을 상품화한 베트남은 누구에게든 매끄러운 서비스를 제공할 수 있을 것이다. 한국인이 특히 선호하는 다낭과 호이안이 한국군 주둔지였던 것만 보아도 양국의 국민감정은 과거사에 크게 구애받지 않는다. 바로 이 지역 곳곳에 한국군 증오비가 있는데 양국 국민은 약속이나 한 듯 서로가 만족하는 서비스를 주고받는다. 과거보다는 '미래지향적'인 양국 관계를 바라는 양국 국민 모두에게 도이머이는 유용한 준거이다.

하지만 어떤 이들은 양국 합의가 어떻든 과거사를 덮는 데 반대한다. 양국 정부의 합의(라고 보지만 기실 공식적 표명은 없었던 상호 묵인)에 대한 양국 국민의 기억 투쟁은 20년간 계속돼 왔다. 정부 간 합의나 침묵이 국가 사이에 있었던 전쟁범죄의 공론화를 막을 수는 없다. 베트남전쟁이 끝난 후 25년이 지나 이 문제가 우리의 과거사로 공론화된 것도 필연적 귀결이었다. 1999년 한국 시민들이 가해자의 위치에 자국을 세운 이래 가해자 담론은 피해자론까지 포함해 기존에 보이지 않았던 윤리적 문제를 제기했다. 베트남정부의 '반발'을 뚫고 2011년 고엽제 피해자들은 국가유공자 지위를 얻었고, 시민단체는 이에 대응하며 기억 투쟁을 계속해왔다. 그리고 지금 과거사 문제는 양 진영 대리인(변호인단)의 법적 다툼을 거쳐 문화적 차원의 투쟁으로 나아가고 있다. 참전군인의 위치를 더 깊이 이해하려는 시도도 시작되었다.

참전군인은 피해자인 가해자로 불려왔다. 2000년 캠페인 주최 측이 인정한 대로 참전군인의 피해자성은 가해자성과 분리되기 어렵다. 오다 마코토는 전후 일본사회를 돌아보며 태평양전쟁의 일본군이 피해자이기 때문에 가해자가 되었다고 주장했다. 피해와 가해 어느 쪽에 방점을 찍느냐에 따라 초점이 달라지기는 해도 전쟁범죄를 다룰 때 이러한 태도는 불가피하다. 다만 피해/가해 이분법을 거부하는 균형 잡힌 관점도 대리인을 통해서 다루어지는 복잡한 인식론의 속성상 어느 쪽에서도 환영받지 못할 때가 많다. 내 행동의 정당성을 (즉자적으로) 설명하지 못할 때 우리는 대개 대리인의 논리에 기댄다. 피해자성을 반복해서 공식적으로 '입증'해야 하는 피해자에게 대리인이 필요하듯이 가해자성을 '무화'해야 하는 가해자에게도 대리인이 필요하다. 근대 국가에서 전쟁범죄는 '증거'의 싸움이므로 전쟁범죄를 다루는 것은 결국 국가의 문서고를 여는 것이다. 문제는 여기에 있다. 어떤 국가, 정부도 지난 정부가 벌인 일을 흔쾌히 책임지려 하지 않는다.

한국정부는 반세기 전의 과거사에 대해 줄곧 '확인 불가' 입장을 표명해왔다. 문서를 통해 증거를 찾으려했던 시민사회 진영의 시도는 번번이 가로막혔다. 이 지난함을 깨는 길은 바로 참전군인을 만나 진실을 듣는 것이다. 참전군인들로부터 학살을 부인하는 피해자의식—"도덕적 고지를 선점"해 역사와 정면으로 마주보기를 피하는 심리[1]—을 읽기도 하지만, 반대로 참전군인들의 주장을 복수의 목소리로 들어볼 이유를 찾게 될 수도 있다. 피해자의 기억만 진실은 아니라고 항변해온 참전군인들의 부인은 어떤 정당성 위에 서 있을까. 캠페인 당시에도 몇몇 주민들의 말만 듣고 언론이 사실을 왜곡하고 있다는 주장이 있었지만, 민간인 학살을 대하는 참전군인들의 태도는 부인이라도 똑같은 입장이 아니다.

캠페인 당시에 있었던, '학살은 인정하되 고의성을 부정'하는 태도는 어떨까. 베트남에서 전투가 마을 단위, 더 작게는 몇몇 소대원 단위로 진행된 것은 사실이다. 이 경우 그런 일이 없었던 자신의 전쟁을 생각하면 피해자의 고발은 사실일 수 없다. 캠페인은 한국군 '개인'의 전쟁이 아니라 '한국군'의 전쟁을 말했지만,

이런 질문이 들어오는 순간 참전군인들은 본능적으로 '한국군'으로부터 떨어져 '자신'이 치른 전투에 대해 말하게 된다. 국방부 증언에서 "절대로 그런 일이 없었다"는 답변을 계급별로 분리해서 볼 필요가 있는 것이다. 동일한 주장을 사병이 했다면 개인적 결백을, 고급 장교가 했다면 정보 접근 권한이 강할수록 사건의 폭발력을 인지한 반응일 가능성이 높다.

이러한 반응은 피해자를 직접 대면함으로써 불식될 수 있다. 실제로 캠페인 기간에 피해 지역을 방문한 참전군인은 피해자의 주장을 어느 정도 납득했지만, 그렇지 않은 이들은 오랫동안 이 문제를 좌우의 진영 싸움으로 돌리거나 과도한 윤리의식에 사로잡힌 이들이 베트남정부도 침묵하는 사안에 매달린다고 보았다. 피해자를 직접 대면하는 것은 관계자도 볼 수 없는 곳에 숨겨진 문서들과 단수와 복수가 중첩된 참전군인들의 모순적인 답변에도 불구하고 '학살이 있었다'는 사실을 온몸으로 느끼는 것이다. 또한 피해자와 가해자의 얼굴을 모두 '가리는' 양국 정부의 합의가 정의롭지 못했고 가해국의 시민들이 피해자의 기억을 '공정하게' 다루려고 노력하고 있음을 공표하는 것이다. 대면한 피해자의 얼굴은 확인할 수 없는 문서들의 증언력을 돌파하는 힘이 있다.

2018년 4월 20일에서 22일까지, 학살 50주년에 한국의 시민들은 퐁니·퐁넛, 하미 마을 피해자를 초대해 '베트남전쟁 시기 한국군에 의한 민간인 학살 진상 규명을 위한 시민평화법정'을 열었다. 그로부터 3년 후 시민평화법정이 남긴 숙제를 다루는 또다른 법정이 열렸다. 문서들의 증언력과 피해자 증언이 한 자리에서 뒤섞인 두 법정은 무엇을 성취하고 무엇을 남겼을까. 경합하는 목소리들을 가르고 민간인 학살 논란이 도달한 지점을 짚어보고자 한다.

1) 시민평화법정: 대리자들의 싸움

시민평화법정은 한국의 베트남전쟁 담론사에서 기념비적 시간을 열었다. 민변 소속 변호사들이 참여해 한국군의 전쟁범죄를 다룬 법정은 2000년 도쿄에서 개최된 여성국제전범법정이 모델이다. 법정의 주인공은 퐁니·퐁넛, 하미 마을에서 온 두 생존자 여성이었다. 응우옌티탄과 응우옌티탄. 이름이 같은 두 생존자는 8세, 10세의 기억 속에 있는 한국군을 소환했다. 이들의 증언은 이전의 언론이나 영상으로 만났던 것과는 질적으로 다른 체험을 선사했다. 한국사회는 참전 반세기를 넘겨 (모의지만) 법정이란 형식을 빌려 국경을 넘는 시민성을 구현했다. 원고/피고 대리인들은 모의재판의 수위를 넘어서는 공방을 벌이면서 피해자를 위한 자리를 마련했다. 법정의 재판부[2]와 행사를 준비한 단체, 스텝들은 피해자의 아픔에 공명하는 이들이었다. 또 방청석에는 다수 참전군인들이 앉아 있었다.

두 응우옌티탄의 메시지는 시간을 두고 곧 한국어로 전달되었다. 법정의 한국인들은 이들의 고통을 애도하며 한국 시민사회가 마련한 공개적 사과에 참여했다. 매끄럽지 않은 통역 등 각종 불편을 무릅쓰고 피해자들의 비언어적 표현에 집중하는 '듣기 공

동체'가 구현되었다.[3] 한편으로 이 자리는 시민사회 진영이 그동안 내부 고발자로 있으면서 피해자 편에서 모아온 증언의 진실성을 스스로 심문하는 자리기도 했다. 고경태, 구수정 증인을 심문할 때 발생한 '과열된' 분위기는 기실 참전군인 대 시민사회 진영의 긴 싸움을 그대로 가져와 법적 판단을 구하는 것으로 보였다. 반면 재판관들은 법정의 취지에 맞게 피해자들의 기억을 최대한 정확하게 끌어내고자 배려했다. 영상을 통해 현지의 다른 유족들이 일부 불충분한 부분을 보충하기는 했어도 법정에서 사건의 진위는 피해자 증언이 아니라 피해자의 편에 선 증인들을 심문하며 논박되었다. 한국사회의 내부 갈등이 초점화된 이 상황은 사실이 사안이 안고 있는 본질적인 모순이다. 학살의 책임은 국가에 두면서도 실제로 재판은 한국군의 학살을 입증/반박하는 형태로 재판이 진행되었는데 피고석에는 참전군인이 없었다.

원고 대리인들은 법률적 관점에서 대한민국의 책임과 가해자이자 피해자인 참전군인을 분리해 대한민국에 책임을 물었다. 형식은 민사이나 내용은 형사소송이고, 민사인데도 피해자만 있고 대한민국이 가해자로 지목된 것이다. 즉 추상적인 국민국가의 영속성을 전제로 과거 박정희정권의 파월 결정이 낳은 한국군의 전쟁범죄에 대한 책임을 현재 대한민국 정부에 물은 셈인데, 참전군인과 대한민국을 분리하는 바람에 대한민국이 유죄를 받아도 참전군인의 행위에 대해서는 무엇도 묻지 않은 것이 되었다. 그런 의미에서 참전군인은 방청석에는 앉아 있었지만, 재판의 구성 요소로서는 '상징'으로도 존재하지 않았다. 피해자들이 듣고 싶었던 가해자의 목소리는 퐁니·퐁넛 마을에 있었던 한 군인의 인터뷰 영상이 대체했다. 이날 그는 참전군인 '최초'로 공개석상에서 학살이 있었다고 인정했지만, 피해자 변호인단이 밝힌 대로 이는 전언의 형태―현장에는 있었으나 우리 소대가 발사하지 않았다―였다.

이런 상황에서도 피고 대리인단(이하 정부 변호인단)은 정확하게 참전군인을 대리했다. 대리인단은 방청석에 앉은 참전군인들의 복잡한 심리를 대변해 주월 한국군 기록문서와 전쟁 일반의 특성을 근거로 '법률적' 해석에 집중했다. 피해자 변호인단과 가해자 변호인단의 공방은 치열하게 오갔다. 피해자 증언이 끝나자 시작된 두 변호인단의 공방은 피해자 증언을 제껴두고 법적 판단에 의한 결론을 향해 질주했다. 이국의 언어를 쓰는 피해자와 재판장에 없는 가해자 집단을 대리하는 대리인단의 법리 다툼은, 좁게 보면, 1969년 당시 한국군과 미군이 작성한 양민 학살 보고서의 진위를 캐는 등 2000년에 제기된 논점에 집중되었다. 정부 변호인단이 증명하고자 했으나 실패한 논점 자체가 2000년 과거 한국군의 보고서에 근거해 제출된 이율배반적 명제다.

> 1. 퐁니·퐁넛/하미 마을에서 벌어진 민간인 학살은 한국군의 소행이 아니다.
> 2. 설령 한국군에 의한 피해가 있었다 하더라도 베트콩 의심자를 상대로 한 교전 중 정당방위였다.

위 명제는 모순된다. 논리적으로 첫 번째 명제가 참이라면 두 번째 명제는 성립될 수 없다. 그런데도 정부 변호인단은 고경태, 구수정을 상대로 피해자 증언의 진실성을 심문하는 과정에서 두 명제를 동시에 인정했다. 말했듯이 이 논리는 캠페인 이후 민간인 학살을 부정한 참전군인단체에서 제출한 것이다. 정부 변호인단이 이를 그대로 이용해 피해자들의 증언과 진술의 증거 능력을 부인하는 것은 국가 간 전쟁범죄 같은 사안은 피해자들의 진술이 아니라 국가기관이 보증한 '공적'인 문서로 다투어야 한다는 방어적 태도를 되풀이하는 것이다. 캠페인 당시 채명신 사령관이 양쪽 국가가 보유한 기록(문서)을 비교해 진실을 밝히자는 주장이 이것이었다. 변호인단의 설명처럼 '일부 군인들의 일탈'로부터 다수 참전군인의 명예를 지키려는 의도가 있었겠지만, 비밀 해제된 미군 보고서까지 의심하며 문서가 학살 부대를 특정하지 않았고, 기록된 시간이 우리 쪽 문서의 한국군 이동 시간과 일치하지 않는다는 등의 이유를 들어 피해자 진술을 부정하는 것은 법정 준비팀이 공개적으로 모의재판의 법리 공방을 현재 공개된 증거물(문서)로만 다루겠다고 선언한 것과 같다.

준비팀이 겪은 지난한 증거 확보 과정에서도 나타나듯이[4] 참전군인단체가 내놓은 공식적 답변은 18년 째 멈춰 있었다. 법정이 방청석과 시청자(법정은 방송으로 중계되고 베트남에도 보도되었다)의 시선을 감수하고 이를 인용한 것은 피해자와도 별개로 이 사안이 한국의 내부 문제임을 출석하지 않은 가해자들의 논리로 제시한 것이다. 따라서 법정은 분명 피해자의 증언을 '듣는' 자리였지만, 한편으로는 시민사회 진영이 참전군인단체에 건네는 공개적인 초대장이었다. 정부 변호인단이 피해자 편에 선 내부 고발자를 과하게 심문하고, 참전군인단체의 헐거운 논리를 그대로 가져와 참전군인단체의 대답을 듣고자 한 것도 국가의 명령대로 움직였던 참전군인의 입장에서 피해자성을 인정하는 것을 넘어 배려까지 하고 있었다. 캠페인 당시 주최 측의 태도도 이것이었다.

문제는 오히려 참전군인의 피해자성을 양쪽이 모두 인정하더라도 참전군인들로서는 피해자들이 바라는 대로 사건을 정확하게 '기억'(한다고 말)할 수 없으면서도, 재판 결과에도 승복하지 못하는 사태가 생기는 데 있었다. 이것은 개인 책임과 국가 책임을 함께 다룬 형사소송 형식을 택했던 도쿄 법정과 달리 법정이 국가 책임만을 다루기로 했을 때 전제된 문제기도 하다. 그 결과 준비팀이 바라던 대로 원고가 이겼지만 방청석과 시청자는 서로 다른 의미로 불만족스러운 피해자들을 보게 되었다. 통역되지 않았지만 당일 재판이 끝났을 때 군복을 입은 방청석의 참전군인과 퐁니·퐁넛 마을의 응우옌티탄 사이에 본래라면 재판에서 다뤘어야 할 상당한 긴장이 있었다.[5]

재판부는 한국정부가 배상금을 지급하고 한국군의 전쟁범죄를 공식 인정하라는 원고 측 주장을 받아들였다. 전쟁기념관과 베트남전쟁 관련 공공시설에 민간인 학살을 적시할 것과 정부의 진상조사 실시는 '권고'되었다. 처음부터 어느 정도 예정된 결과였고, 다루지 못한 참전군인의 가해자성 문제가 남았다. 하지만 피해자 변호인단의 주장대로 양국 정부가 대다수 선량한 참전군인의 명예를 위해 "하루바삐 국가 차원에서 학살 부대를 특정하는 진상조사"에 나설 가능성은 낮다. 양국은 이를 원하지 않는다.

이 사실을 분명히 알았던 참전군인 출신 작가는 「귀인」(2014)에서 가해자들을 유형별로 분류한 바 있다. 작가는 살아 돌아온 전우들이 풀어놓은 "젊은 날 그 낯선 땅의 얘기들을 삼십 년 동안 긁어모아"[6] 참전 기간 한국군의 성범죄를 단죄하는 추리 서사를 썼다. 이 민감한 주제를 다루는 소설의 방식은 전쟁범죄에 가담한 이들에게 죄의 경중을 묻는 것이다. 과거 베트콩 여성을 사랑해 딸을 낳은 엘리트 군인(한재민)은 긴 세월이 흘러 베트남에서 존경받는 부유한 사업가가 돼 아내의 죽음을 밝히고자 마침 내 전우들을 초대하는 전적지 여행을 기획한다. 한재민은 아내 의 죽음에도 개입한 이들이 참회하기를 원한다. 소설 속 한국군 의 범죄는 작가의 말마따나 "대부분 사실에 기초한 것들"[7]이지 만, 가해자들을 차등 분류하고 전직 장관이 옛 중대장으로 동행 하는 등 몇몇 안전장치가 있다. 또 한재민은 거의 성자처럼 베트 남의 전쟁 피해자를 도우며 살아간다.

그러나 한재민의 관용에도 불구하고 뻔뻔한 가해자들은 참회 하지 않는다. 그러기는커녕 여행의 끝에서 이들은 말 그대로 '천 벌'을 받음으로써 양국 정부의 관심사로도, 한재민과 같은 이의 설득으로도 풀릴 수 없는 이 문제의 성격을 분명히 한다. 이들이 유일하게 가짜 참회를 생각하는 순간은 도박에서 잃은 돈을 찾 고자 한재민에게 바라는 것이 있어서인데 이때도 형식적인 수준 에도 못 미치는 범죄 사실만을 인정한다. 한국 문학사에서 파월 소재 작품들의 이상적 바람이 총체화된 한재민이 한국군의 전 쟁범죄를 권선징악과 사필귀정으로 처리하는 플롯은 완전한 판 타지다. 이 작품은 2014년 시점에 참전을 성찰하는 참전 작가의 소명의식을 담아 한국의 베트남전쟁 담론이 지적해온 모든 요소 를 집어넣은 한판 씻김굿을 벌였다. 씁쓸하게도 양국 정부가 방 치한 과거사를 풀 길은 '부유한 실업가'의 의지밖에 없다.

「귀인」의 방식은 비현실적인 판타지지만, 따져보면 한국전쟁 기 민간인 학살도 반세기가 지나서야 조사단이 꾸려졌다. 허황 된 판타지로 밀어두기보다는 이런 방식을 이용해서라도 성취하고 싶은 '의미화 실천'으로서 문화적 재현물의 역할에 주목할 필요가 있다. 예컨대 시민평화법정 또한 한재민 같은 '상상적' 영웅이 아니라 평범한 시민들이 만들어낸 특별한 씻김굿이었고, 자의로 법정을 찾아온 참전군인이 있었다. 이들은 한재민과 함께 온 소대원들이었다. 법정을 지켜보며 참전군인들이 하고 싶은 말은 무엇이었을까. 대리자의 말과 표정은 충분히 만족스러웠을까. 통역되지 않는 피해자의 언어와 비언어적 몸짓에서는 무엇을 느꼈을까. 대리자들의 싸움은 대화하지 않는 당사자를 지켜봐야 하는 관객의 답답한 심정을 고스란히 남겨두었다. 2021년 시민평화법정의 스핀오프 격인 연극 〈별들의 전쟁〉은 당사자들을 무대에 불러 모았다. 이 두 번째 법정에서 당사자들은 서로를 향해 직접 자신의 이야기를 시작한다. 참전군인들은 침묵하지 않는다.

2) 〈별들의 전쟁〉: 두 번째 법정의 피해자들

2021년 극단 '신세계'는 시민평화법정이 모델인 법정극을 무대에 올렸다. 퐁니·퐁넛/하미 사건을 조합한 세 시간이 넘는 법정극이 내건 재판의 명칭은 '베트남전쟁 시기 한국군에 의한 민간인 학살 진상 규명을 위한 시민평화법정'과 달리 '베트남전쟁시기 한국군에 의한 민간인 학살 사건에 대한 법정'이다. 시민평화법정에서 다루지 못한 것들을 초점화하고자 한 명칭대로 여러 증인들을 소환하여 민간인 학살이 포함된 베트남전쟁의 한국사회사를

극단신세계의 연극 〈별들의 전쟁〉 포스터

들여다보았다. 판사는 형식적으로 착석하고 그날의 관객이 배심원이 되어 대리인단이 심문하는 일곱 증인의 주장을 들었다. 관객의 판단을 당일의 재판 결과로 삼는 것은 본래 문화적 재현이 열린 구조를 택하기도 하지만 매회 배심원들(관객)이 내리는 판결로부터 이 사건에 대한 한국사회 구성원들의 반응을 실시간으로 확인하는 장점이 있다.[8] 전체 3막 구성 순서는 다음과 같다.

원고 : 응우옌티쭝

피고 : 대한민국

원고 소송 대리 변호사 : 박용미, 민기현

피고 소송 대리 변호사 : 이진우, 박애경

배심원 : 관객

순서	내용	시민평화법정 관련성
재판 시작	재판장 입장	
배심원 선서	관객 선서	방청석 관객을 배심원으로 차용
원고 소송 요지 진술	베트남전쟁에 대한 간략 설명 및 청구 내용 요약	피해자 대리인단 진술 내용 차용
피고 답변 요지 진술	베트남전쟁의 특수성 및 원고 청구의 부당성 주장	대한민국 대리인단 진술 내용 차용
고정수 기자 심문	민간인 학살 문제 취재 경력 20년차 전문가 답변	고경태, 구수정 심문 내용 차용
이문안 증인 심문	해병대 출신 전역병 베트남전쟁 관련 부대 내 교육 질문	없음

변구윤 증인 심문	참전군인, 대한참전군인회 부회장 신분	참전군인 영상 증언
유종호 증인 심문	당시 비공식 한국군 포로, 캄보디아 감옥 수감자	없음
휴정		
여상미 증인 심문	파월 간호장교, 한국군에 의한 성범죄 사실 진술	없음
쩐반킴 증인 심문	미풍 학살 때 한국군 성폭행으로 태어난 라이따이한	없음
장용선 증인 심문	대학생, 참전군인 조부의 가정 폭력 피해자, 역사 동아리에서 베트남전쟁 공부	없음
원고 최후 진술	증언의 대가성과 진실성에 대한 입장 진술	없음
미풍 마을 야유나무 증인 심문	원고/피고 최후 진술 전에 동일 증인으로 채택됨	퐁니 · 퐁넛 학살 현장에 있 었던 나무 차용
배심원 판결		
출연자 춤	원고, 애국가와 함께 화합	없음
마지막 무대	향로가 보이고 암전	

    표에서 보이듯이 〈별들의 전쟁〉은 축적된 베트남전쟁 담론의 피해자론을 모두 포괄하고 있다. "전쟁에 대한 국가 차원의 망각 속에서 개별적인 피해자와 가해자 모두 이 전쟁의 '희생자'라는" 관점에서 "결국 '피해자성을 내포한 가해자성'을 지닌 우리의 이야기"를 하고 싶었다는 연출의 말[9]은 과장이 아니다. 베트남인 피해자와 한국인 피해자를 포괄하는 피해자론을 계급, 젠더별로 층층이 겹치게 쌓아 베트남전쟁의 사회사를 '바로 여기'에서 재

현하고 있다. 시민평화법정의 피해자들을 종합해 창조한 원고(응우옌티쫑)가 소를 제기한 당사자임에도 극 전체에서 비중이 크지 않은 것도 이 때문이다.

2018년 법정의 결과로 태어난 것으로 보이는 원고는 극에서 베트남인 피해자로만 존재하지 않는다. 원고의 당당한 모습과 한국어 사용으로 인한 의사소통은 원고에게 베트남인 피해자면서도 동시에 수요집회에서 시민권을 획득한 일본군 성노예 피해자라는 이중의 아이덴티티를 부여한다. 비슷한 처지에서 고통 받는 피해자연대를 성취하는 존재로서 원고는, 재판이 진행될 때도 부당한 비난에 침묵하지 않고, 종종 대리인단의 변호를 압도한다. 원고가 '약하고 무력한 피해자'가 아닌 덕에 증인들은 원고와도 직접 언쟁하는 등 마지막까지 팽팽하게 재판이 진행된다. 사실 여기에는 반전이 있다.(원고는 이미 죽은 혼령이다) 하지만 연극은 지금까지 어떤 형태로도(시민평화법정조차도) 피하지 못한 남성 한국: 여성 베트남의 고착된 젠더 구도를 벗어나 언제나 무력하고 수동적인 존재여야 했던 피해자 여성을 이 순간 판관의 지위에 앉힌다.

국가자격 상실 청구의 의미

두 번째 법정이 다루는 사건은 1968년 원고가 12세에 겪은 민간인 학살 사건이다. 피고(대한민국) 변호인단은 12세에 머물러 있는 원고의 기억을 의심한 후 설령 원고의 주장이 사실일지라도 그것이 대한민국이 국가의 자격을 잃어야 할 범죄냐고 반론

한다. 아마도 배심원석에 앉은 관객도 그렇게 생각할 것이다. 여기에는 시민평화법정을 준비했던 한국 시민사회가 부득이 가족 로맨스를 차용하면서 발생한 문제의식도 엿보인다. 남성 젠더인 (선한) 정부가 법원의 명령대로 따르기만 하면 문제가 해결될 것인가. 정부의 배상을 명령하는 (주로 남성들로 구성된) 재판부의 '권위'는 충분히 정당한가. 만약 재판부가 피해자의 편을 들지 않는다면? 배심원 재판은 지금껏 최선의 해결책으로 상정된 양국 공동 진상조사와 대한민국정부의 사과가 필요하고, 또 이를 원하지만 이것이 만병통치약은 아니라는 의구심을 함축하고 있다.

한일 위안부 합의에서 보듯이 정권이 바뀌면 합의가 부정되고 당사자가 배제될 위험이 상존한다. 선한 국가는 없으므로 정부가 피해자들의 대리자로 나선다고 반드시 옳은 결과를 기대할 수도 없는데, 법정은 블랙 코미디처럼 정작 원고가 승소하면 원고의 요구를 집행할 수 없는 이상한 재판을 진행한다. 시작부터가 사태를 여기까지 방치한 국가에 대한 지독한 냉소다. 가족 로맨스를 지향하는 근대 국민국가는 법원, 경찰과 같은 국가기구를 통해 구성원의 갈등을 조정하고 질서를 추구한다. 그런데 스스로의 존재를 부정하는 재판장에서 대리인과 증인들이 국가자격 상실을 다투고 있으니 기실 이 자체가 난센스지만, 이 부분만 제외하면 원고의 청구 내용은 시민평화법정과 같다. 관객은 연극을 보면서 시나브로 2018년 법정의 담론을 충실히 학습한다.

연극은 시민평화법정이 배제한 가해자 참전군인들을 통해 국가의 자격을 질문했다. 보수/중도/진보적 편에 있는 증인들은 각자의 시각에서 국가를 옹호/비난하며 베트남전쟁이 당대 한국사회의 세대, 진영, 젠더 갈등의 기원인 사정을 재현했다. 이 연극에서 베트남전쟁은 당대 한국의 굵직한 사회적 갈등이 여러 층위에서 충돌하는 역사적 심급이다. 그런데도 증인과 배심원들이 국가에 대한 책임 추궁에 소극적이 되는 것은 우리 역사에서 국가가 이해관계의 조정자라기보다 시민적 권리와 자유를 제한하는 통치 권력이었던 탓이다. 특정 시기 통치 권력의 태도에 따라 국가, 실제로는 정부를 두려워하는 국민이 만들어진다. 역사상 가장 강한 통치 권력을 쥐었던 박정희시대의 참전군인들이 고엽제전우회를 설립해 국가를 상대하기 시작한 때는 군부 독재가 끝난 1991년이었다. 그 후 참전군인단체는 더 많은 혜택과 복지를 추구하며 피해자의 자리를 독점해왔다. 이 문제에 관한 한 참전군인단체와 국가는 서로의 필요를 충족해온 것이다.

이 지점에서 원고 변호인단은 역대 정부들이 특정 단체 편에서 해온 것만으로 이 문제에 대한 국가의 역할이 충분했는지 묻는다. '우리는 왜 베트남전쟁에 대해 질문하지 않는가.' 원고 변호인이 짚어내는 질문의 '우리'는 국가다. 참전군인단체의 요구는 수용했지만 베트남전쟁 피해자를 대하는 한국정부의 태도는 4.3, 5.18 당시 정부가 자국민을 대한 태도와 비슷하다. 시민평화법정에서도 비슷한 설명이 있었다. 자국민이 아니어도 자국의 권력이 개입해 부당하게 희생된 죽음을 모른 척해서는 안 되는 것이다. 이는 선한 국가가 아니라 민주 정부가 지켜야 할 상식이다. 그런데 군부 독재가 끝나 '국기에 대한 맹세'를 강요하지 않

극단신세계의 연극 〈별들의 전쟁〉의 한 장면

는 시대에도 왜 이런 죽음은 '역린'이었을까. 경제적 성공 앞에서 정치적 민주화는 빛 좋은 개살구인가. 이 점에서 국가자격 상실 청구는 사실 민주화 시대의 정부들에 던지는 질문이다.

연극은 이러한 국가의 몰염치가 무슨 짓을 해도 국가의 존재를 긍정하는 국민이 만들어낸 결과가 아니냐고도 질문한다. 정확히 피고 대리인의 질문이 이것이다. '왜 50년 전 원고의 사건을 지금 대한민국이 책임져야 하나?' 한국은 반세기가 넘도록 일본사회로부터 비슷한 질문을 들어왔다. 사실 관계를 확인해야 한다, 이미 국가 간 합의가 끝났다, 상대국이 원치 않는다… 한국은 일본의 태도에 분노했지만 베트남전쟁에 대해서는 일본과 비슷하게 반응했다. 그런데 한국사회의 망각을 내버려둔 국가는 알다시피 통일베트남이다. 과연 이 물음은 한국에만 해당되는 것일까.

피해자성에 대한 비판

피해자의식은 유용하다. 나치의 홀로코스트 책임자였던 아이히만조차도 자신은 거대한 시스템의 부속품일 뿐이었다고 주장했다.[10] 단순한 것 같아도 피해자의 자리에서 쏟아지는 비난에 눈을 감는 것은 사실 상당한 자기기만과 균열을 버텨야 한다. 지위가 높은 장교도 마찬가지다. 예컨대 한 사건의 결과로 명예와 치욕이 함께 부과되면 누구든 명예를 택하겠지만, 허울 좋은 명예보다 고통스러운 치욕을 통해서만 자신의 처지를 말할 수 있다면 사정이 달라진다.

참전군인들의 피해자성 주장은 이러한 딜레마를 안고 있다. 참전군인단체는 가해자의 위치에서 누린 자부심을 유지한 채 피해자성을 주장해왔다. 이것이 단지 '영광의 상처' 정도라면 양자를 조화롭게 조정할 수 있을 것이다. 그러나 피해 정도가 이익과 자부심보다 더 크거나 심각할 때, 다시 말해 남의 도움이 없이는 거동하지 못하는 장애가 있을 때, 피해자성은 자신에 한정되지 않는다. 「슬로우 불릿」의 익수는 최악의 상황에서 예기치 않게 떠오른 가해의 기억으로 고통 받았다. 참전군인이 피해자의 위치에서 국가에 책임을 묻는 것은 이러한 자기 존재의 모순을 응시하는 것이다. 참전군인이 원하는 '명예로운 피해자'는 존재하기 어렵다.

〈별들의 전쟁〉은 참전군인 가족을 증언대에 세워 명예로운 피해자를 원하는 가해자의 얼굴을 드러낸다. 장애를 앓는 참전군인 대신 증언대에 선 어머니와 손녀는 의도치 않게 피해자의 가해자성을 증언한다. 이북 출신 어머니에게 아들은 집안을 일으킨 자랑스러운 파월 용사다. 아들의 몸값으로 집을 마련했지만 귀국 후 공장에서 다친 후 포악해진 아들은 고엽제 후유증을 앓는 국가 유공자다. 아들의 서사는 고엽제 피해자 서사의 전형성을 담보하고 있다. "시끄러운 일을 만들고 싶지 않고", 복지가 잘돼 치료 또한 만족한다는 어머니 또한 '6.25'와 '월남전'을 동일시하는 세대다. 베트콩을 죽인 것은 빨갱이를 죽인 것이었다. 반공을 체화한 세대에게는 논리적 심문이 통하지 않는다. 심문 중 궁지에 몰리자 대뜸 눈물을 터트리는 바람에 원고 대리인은 그녀를 상대해 제대로 반대 심문을 진행하지 못한다.

상황은 아들의 손녀 뻘인 대학생 증인이 등장하면서 반전된다. 아들을 대리해 국가–가부장–남성 연대 편에 선 어머니에 맞서 대학생 손녀는 개인–인권–페미니스트로 발언한다. 손녀 증인이 토로하는 가정사의 핵심은 파월 해병대 출신 조부의 폭력성이다. 조부의 폭력성은 베트남 전장에서 아들에게로 대물림되었다. 증언대의 '불손'한 손녀 증인은 피해자를 고집하는 조부를 가해자의 자리로 끌어내, "국가가 살인죄를 키웠고 방목"했어도 전쟁 트라우마가 폭력을 정당화할 수 없다고 외친다. 손녀의 외침은 앞서 이들의 편에 선 어머니 증인에 대한 반격이다.

그런데 손녀가 조부의 폭력을 참을 수 없는 이유는 아이러니하게도 어머니가 베트남인 결혼이주여성이어서다. 조부 때 시작된 양국의 인연은 손녀가 베트남전쟁을 공부하는 이유가 되었다. 가족사를 이해하기 위해 역사 동아리에서 베트남전쟁을 배운 손녀는 부모를 때리는 조부의 가해자성을 역사적으로 읽어낸다. '학살은 지속된다'는 손녀의 외침은 베트남전쟁기로부터 고착된 양국 관계에 대한 은유다. 베트남은 조부가 사람을 죽였고 아버지가 신붓감을 데려온, 곧 한국 남성의 정복 판타지가 충족되는 곳이다.[11] 바로 그 조부 덕에 누리고 살지 않았냐는 피고 변호사의 심문에 누린 것이 없으며 "맞고 살았다"고 답하자 분노한 두 참전군인이 손녀의 증언이 끝나기 전에 달려들어 법정은 난장판이 된다. 연극은 이렇게 과거 참전군인단체의 학술 회의장 난입을 패러디한다.

한국군의 범죄는 전장의 한국 여성을 통해서도 밝혀진다. '백의의 천사'였던 전직 간호장교는 피고 증인으로 출석해 피고 대리인이 친근감 있게 부르는 '어머니' 칭호를 거부한다. 어머니가 아니라 '간호장교'라고 부를 것을 요구하는 그녀는 피고 편에서 피고 측의 논리를 자폭하는 차별당한 여성 젠더다. 베트남에서 그녀는 "태생이 곱고 착한 한국군" 상관들로부터 간호 업무 외에도 "한복을 입고 만두를 굽고 술시중"을 들 것을 요청받았다. 그녀는 놀라운 기억력에 따라 한국군의 강간에 대해서도 증언한다. 한국군은 '성매매'를 넘어 "미군이 한국 가서 한 짓을 그대로 했다." 피고 증인의 위치를 벗어나는 그녀의 폭탄 진술로 참전군인의 피해자의식이 품고 있는 허위가 폭로된다. 피고 대리인이 곧

경에 처하자 실언을 깨달은 그녀는 서둘러 단서를 붙인다. 일부 "일탈 병사의 개인" 책임이고, 모든 것이 "다 전쟁의 상처지." 하지만 발언은 수습되지 않고 그녀는 순간 증언대에서 자신의 위치를 잃는다.

이 발언은 민간인 학살 논란이 시작된 후 나온 참전군인단체의 공식적 입장을 닮아 있다. 참전군인단체는 '극히 일부'가 저지른 범죄를 두고 "참전군인 전체를 모독하지 말라"고 주장해왔다. 문제는 누구도 한국군 '전체'의 명예를 모독한 '극히 일부'에 대해 분노하지 않았다는 것이다. 참전군인단체가 말하는 '극히 일부'가 어느 정도인지 묻지 않을 수 없다.

공민증 없는 피해자의 외침

한국군의 피해자의식은 경제성장의 주역이라는 의식과 분리될 수 없다. '극히 일부'를 밝힐 수 없는 이유도 여기에 있을 것이다. 가장 낮은 차원에서 피해자 담론은 피식민지인이 억압받는 자신을 인식하고 대항 담론을 만드는 출발점이 되어왔지만, 이 또한 세력화되지 않으면 힘을 쓰지 못한다. 군사 독재에 맞서 시민사회를 키워온 한국사회는 의문사진상규명위원회와 진실화해위원회를 운영하며 공권력에 의한 피해를 규명해본 경험이 있다. 시민평화법정도 이렇게 축적된 역량이 만들어낸 피해자 위로의 장이었다.

시민평화법정은 이 문제를 국민국가 한국과 베트남인 피해자 개인의 문제로 다루었다. 그러나 전쟁이 끝난 자리에는 억울하게 희생된 베트남인과 한국인 피해자만 있지 않았다. 베트남인 피해자, 한국인 피해자가 아니라 '전쟁의 부산물'로 불렸던 이들은 어느 사회에서도 공민증을 받지 못한 베트남전쟁의 또 다른 피해자들이다. 이들은 피해자 담론의 밑바닥에서 두 국민국가 민족 집단의 혼종적 존재로 분류되어 이 문제가 양국의 과거사가 된 동안에도 줄곧 소외되어왔다. 〈별들의 전쟁〉이 시민평화법정을 뛰어넘어 그간 축적된 베트남전쟁 담론을 소화하는 재현물로서 빛나는 순간은 이 혼종적 존재(짠틴탐)을 증언대에 세울 때다.

그는 베트남인 어머니와 한국군 사이에서 태어났다. 작전 당일 어머니가 한국군에 성폭행을 당해 태어났다는 설정이 과도해 보이지만 간호장교가 증언한 대로 작전지 성폭행은 드물지 않았다. 그는 통일베트남에서 "경멸스러운 대한의 혼혈"로 차별받고 한국에서도 외면당했다. 차별을 피해 사이공에 정착한 라이따이한들처럼 그도 정상적인 방법(결혼, 사실혼 등)으로 태어나지 않아 '월남 패망' 당시 한국에 올 수 없었다. 이 이야기에는 한베 재수교 후 언론이 반짝 조명한 라이따이한 르포가 보인다. 정확하진 않지만 한국군 주둔기에 태어난 라이따이한이 약 3만 명, 재수교 후 태어난 신라이따이한까지 포함하면 구체적인 인원을 추산하기 어렵다.

피고 대리인단이 한국군을 두둔하고자 간호장교를 부른 것처럼 원고 대리인단이 그를 증언대에 세워 한국군의 전쟁범죄를 입증하려 한다. 하지만 그 역시 간호장교처럼 원고 대리인단의 기대를 무참하게 배반한다. 그는 법정 결과에 관심이 없으니 한국과 자신을 더 이상 엮지 말라고 잘라 말한다. 이러한 냉소는 어디에서 기인할까. 자신을 '한국인'으로 생각하면서도 한국인이라 불리기를 거부하는 까닭은 (진짜) 한국인들이 자신과 아이에게 저지른 무례를 용서할 수 없기 때문이다. 그가 만난 (진짜) 한국인은 자신에게 사기를 치고, 딸의 학교에 무턱대고 찾아와 딸의 혼종성을 강제로 '아우팅'시켰다.

라이따이한의 혼종성을 양국에서 버려진 피해자로만 보는 것도 문제는 있다. 1990년대 이들의 존재가 공론화된 후 라이따이한은 산업 연수생으로 우선 선발돼 양국을 오가는 직업에 종사할 수 있었다. 1990년대 후반 라이따한을 다룬 다큐에서 '순혈' 베트남인이 잡지 못하는 기회를 잡아 한국 기업에 우선 취업한 이들의 형편은 풍족하다. 그러나 이것은 '착하고 똑똑한' 라이따이한의 몫이었다. 그렇지 않은 다수의 일원으로 살아온 그는, 이 순간 한국 시민단체와 베트남정부가 보증하는 '피해자증'을 가진 원고를 격렬하게 질투한다. "베트남에서도 여기(한국)에서도 위로받는" 원고가 부럽다고 외치며 돌연 그가 퇴장하는 장면은 국가 간 사과/수용으로도 해결되지 않을 비균질적인 피해자의 존재에 대한 메시지다. 가해자/피해자가 아니라 피해자/피해자 사이에도 층위가 있다. 앞으로의 과제는 이 누락된 존재의 시점을 찾는 것이다.

2. 사과의 윤리

1968년 한국군은 하미 마을 주민들을 두 번 죽였다. 한국군은 당일 이들을 죽이고 다음날 불도저로 시신을 미는 두 번째 학살을 저질렀다. 그리고 2000년 주민들은 학살 사실을 기록한 하미 마을 증오비의 비문을 수정하라는 '이상한' 압력을 받았다. 세 번째 압력을 받았을 때 주민들은 성 당국과 한국 참전군인단체가 지원해 세운 위령비를 두고 양국 정부와 대립하는 모양새가 되었다.[12] 주민들은 반대했지만 결국 비문은 연꽃에 가려졌다. 주민들을 도왔던 한국인 통신원은 주민들의 슬픔을 위로해야 했다.

이 사건은 '사과의 정치'에 대한 물음을 제기한다. 누가, 어떻게 사과를 요구하고, 또 누가 이것을 수용해야 하는가. 하미 마을 비문은 가해자의 사과를 요구하고자 기록되지 않았다. 바깥에 알려졌을 때의 효과를 부정할 수 없지만, 근본적으로 학살을 잊지 않으려는 주민의 각오를 새긴 것이다. 이는 수요집회에 비할 수도 없이 미미한 항의다. 그런데도 한국 외교관과 마을을 돕겠다고 나선 참전군인단체는 왜 비문 수정을 요구했을까. 주민들은 인민위원장이 나서 전하는 중앙정부와 한국 외교관의 삭제 요청을 끝까지 거부할 수 없었다. 사실상 두 정부의 압력에 학살에 대한 공동체의 기억을 교정하도록 요구받은 것이다.[13]

이 무례한 방식은 양국 정부의 이해관계에 휘둘리는 피해자의 위치를 확인시킨다. 수요집회는 사과할 주체로 일본정부를 택했다. 위안부 강제 동원에 실질적으로 관여한 과거 정부의 잘못을 현재 정부가 인정하고 공식 사과하라는 것은 20년간 수요집회를 지속시킨 동력이었다. 피해자에게 가해자의 진정한 사과만큼 좋은 치유는 없다. 그러나 정치의 영역에 들어오는 사과는 복잡한 역학이 작동한다. 하미 마을의 사례처럼 '기술적'으로 문제를 덮는 것도 나쁘지만, 어떤 사과는 오히려 피해자를 불편하게 하고 아직 용서할 준비가 되지 않은 피해자를 다그칠 수 있다. 일찍이 이청준이 「벌레 이야기」에서 제기한 용서와 구원의 문제는 전쟁기 민간인 학살 범죄에도 적용될 법한 가해자의 사과 윤리를 시사한다. 국가가 피해자를 전적으로 대리할 수 없듯이 한 개인이 가해자들을 대표하는 위치에 서겠다는 태도도 위험하다.

〈별들의 전쟁〉은 적군에 잡혀 비공식 포로가 되었던 양심적인 참전군인과 원고의 대화를 통해 이를 날카롭게 제기한다. 지금껏 시민사회는 베트남전쟁기 민간인 학살에 대한 한국정부의 사과를 위안부 문제에 대한 일본정부의 태도에 비추어 촉구해왔다. 한국군이 베트남에서 저지른 전쟁범죄를 사과하지 않고 일본정부의 사과를 요구할 자격이 없다는 지적은 시민평화법정과 〈별들의 전쟁〉에서 간접적으로 언급되었다. 이는 가해자의 윤리를 성찰할 것을 요구하는 정당한 비판이다. 허나 두 번째 법정에서도 지적되었듯이 A와 B는 충분조건일 수는 있으나 필요충분조건은 아니다. 양자 관계를 잘못 설정할 경우 피고 변호인의 말대로 "우리가 일본에 사과 받자고 이 문제(민간인 학살)를 다루나?" 같은 잘못된 논리에 빠지게 된다. 무턱대고 사과만이 능사는 아닌 것이다.

사과가 유일한 목표일 때 사과의 주체와 범위가 왜곡되는 사고가 발생한다. 긴 싸움에 지친 누군가는 두 번째 법정의 증인처럼, 내가 죽이지 않았으나 "대한민국 군인을 대표해 사과"하고 상황을 끝내고픈 조급증에 빠질 수 있다. 당일 방청석을 지킨 참전군인들 중 일부의 심정이 이렇지 않았을까. 이렇게 추론하는 까닭은 포로 증인이 들려준 이야기들이 베트남전쟁 소재 소설의 인물들이 기억하는 전쟁과 닮아 있기 때문이다. 이들은 마을을 불태우고 처녀를 강간하고 포로를 죽이면서, 동시에 학교와 다리를 세우고 태권도를 가르쳤던 한국군의 일원이었다. 상식적으로 양립하기 어려운 것들이 양립한 전쟁에서 살아남은 이들이 '청산할 과거사'로서 베트남전쟁을 응시한 시간이 20년이 넘었다. 그러나 시민사회가 기다려온 가해자 증언자는 나타나지 않았다.

하미 마을 위령비 건립을 지원한 참전군인단체는 2000년 참전군인으로서 학살지를 다녀와 지원 의사를 밝혔다. 한국군의 일원으로 한국군의 과오를 인정한 셈이지만, 범죄가 기록된 비문이 남는 것은 반대했다. 한국사회는 오랫동안 이 수준, 나는 하지 않았지만 피해 지역에 기금을 내는 데는 찬성해왔다. 여기서 더 나간 비문 삭제 요구는 내가 낸 기금으로 나와 연관된 집단의 기억을 통제하겠다는 발상이다. 이것은 돈으로 기억의 현존을 막는 것이 아닌가. 이런 기금은 일방적인 사과만큼이나 일방적이다. 일방적인 사과는 사과를 거부하는 피해자를 비난하는 윤리적 도착에 빠지고 일방적 기금은 피해자가 용서하지 않은 화해를 이루었다는 착각을 가져온다.

〈별들의 전쟁〉의 원고는 포로 증인의 일방적인 사과를 거절한 뒤 그의 비난을 받았다. 이 인상적인 장면은 가해자들이 무심코 해왔고 어쩌면 또 앞으로도 할지 모를 일방적인 사과/기금에 대한 주의 깊은 경계이다. 사과하되 용서받기를 전제해서는 안 된다는 것. 함부로 참전군인이나 대한민국을 대표하겠다고 나서도 안 된다. 분명히 "우리 모두는 피해자"며 부채감을 털고 "이제 좀 쉬고 싶은" 마음이 들 수 있지만, 그것은 가해자인 피해자가 먼저 발설할 말이 아니다. 피해자의 언어를 가로채 피해자의 얼굴로 고백하고, 피해자의 빈곤을 이용해 피해자의 기억을 통제하려는 것은 자신을 피해자화하는 나르시시즘이 극에 달한 것이다. 사과를 거부당한 포로 증인이 불현듯 요의를 느끼고 선포되는 휴정은 이러한 부끄러움에 반응하는 가해자의 신체적 반응이다.

사과하는 방법을 아는 가해자는 피고 대리인이 원고에게 한 다음 질문이 얼마나 무례한지 안다. 피고 대리인은 원고에게 증언의 '동기'를 질문하면서 우리에게도 매우 익숙한 '순수한 피해자'를 소환한다. 증언을 몇 번 했나? 돈을 받은 대가성이 아닌가? 순수한 민간인, 순수한 희생자. 과거사 청산의 국면마다 강박처럼 피해자들을 고문하는 이 단어는 법률적 검토를 명분으로 피해자들을 다시 죽이는 언어적 학살이다. 어떻게 이렇게 무례하게 피해자들을 대할 수 있을까 싶지만, 이 질문은 우리 사회에서 사회적 참사가 생길 때마다, 심지어 퐁니·퐁녓 마을의 피해자 응우옌티탄이 베트남의 주민들로부터도 들어야 했던 발언이다. 이 발언을 통해 양국의 국민이 확인하고 싶은 '순수성'은 무엇인가. 순수한 피해자, 순수한 증인이란 정치적 기술이 없어도 어렵게 그날을 증언하는 자들은 자신의 윤리를 가진다.

2007년, '월남 패망' 후 헤어졌던 아내와 아이를 찾고자 뒤늦게 베트남에 간 '아리랑싱어즈' 리더 홍신윤은 참전군인 신분으로 돌아가 퐁니·퐁녓 마을을 찾았다. 그에게 가족을 찾는 것과 한국군의 잔학 행위를 사과하는 것, 안타깝게 죽은 부대원들의 전사지를 찾아가는 것은 본질적으로 같은 행위다.[14] 참전군인이 었던 그가 수행하는 사과의 윤리 안에서 이것들은 모순되지 않는다. 또 시민평화법정에서 참전군인 최초로 민간인 학살을 증언한 류진성은 2021년 민변이 응우옌티탄을 대리해 한국정부를 상대로 제기한 퐁니·퐁녓 사건 손해배상청구소송 법정에 실명과 얼굴을 드러냈다. 주변의 만류에도 불구하고 "전쟁이 얼마나 참혹하고 비정한 것인가를 내가 경험한 것을 토대로 세상에 경종을 울려주고 싶"어 얼굴을 공개한 그는 정작 "재판의 승패엔 관심이 없"었다. 류진성은 법정에서 증언자–군인으로서 자신의 위치를 거듭 표명했다. 그는 전쟁터에서 죄의식을 느낀 적이 없었고 돌아와 이 문제가 공론화되자 생각이 바뀐 '군인'이었다.

2022년 국회 간담회에서 어떻게 증언을 결심하게 되었냐는 한 시민의 물음에도 답은 같았다. 학살의 책임은 그것을 '명령'한 군인이 져야 하며, 진정한 "군인은 잘못을 인정하고 시인하고 증언할 수 있는 용기가 있어야 한다." 류진성의 이 발언은 한 참전군인이 동료 집단에 대해 말하는 최선의 윤리다.[15]

승패에 괘념치 않는다는 말대로 이 사건은 넘치는 피해자와 극히 소수의 증언자가 있다. 〈별들의 전쟁〉은 극의 끝에서 원고가 그날 학살에서 죽은 소녀임을 밝힘으로써,[16] 이 사건이 '객관적 증거'로 다툴 수 없는 사안임을 거듭 피력했다. 하지만 진실의 편린은 도처에 있다. 또 다른 참전군인은 일찍이 기억 속 전장의 자신을 이렇게 증언했다.

> 일번 공로 위를 지나치는 많은 차량들
>
> 그들의 저격에 박살이 나도
>
> 한국군은 피해 대상에서 제외된 것은
>
> 어김없이 전개되는 보복 공격이 두려워서일까
>
> 제주에서 여수 순천에서
>
> 지리산 자락에서
>
> 동족이 동족을 학살한 따이한들의 잔인성을
>
> 저들도 안다
>
> 해방 전사들 주머니 속은 늘 호치민 사진과
>
> 노란색 전단
>
> 한국군과의 교전을 절대 피하라[17]

한국군의 용맹을 기록한 공적 문서는 광기의 시간을 기록하지 않았을 것이다. 그러나 광기에서 살아남은 피해자들은 일부 기억의 착오에도 불구하고 죽은 자의 기억까지 재현할 책임을 진다. 피해자들은 온전히 자신의 기억만으로 증언하지 않는다. 아우슈비츠에서 살아남은 프리모 레비가 고통을 견디며 증언을 멈추지 않은 것은 '도덕적 의무'나 '해방'이 아니라 발화의 무력함을 알면서도 말하지 않을 수 없는 충동에 의해서였다.[18] 이 충동에 따르는 증언자의 불확실한 기억을 메우는 이들은 죽은 자를 포함해 그곳에 있었던 또 다른 피해자들이다. 여기에는 처음부터 끝까지 12세 소녀의 죽음을 목격한 비인간 존재들 — 현장을 목격한 야유나무와 우물 — 도 있다. 전쟁 폭력의 범위는 사람에 한정될 수 없다. 사과의 윤리는 마을의 나무와 숲, 물소, 하천에 이르기까지 과거 마을 공동체를 구성했던 비인간 존재들의 희생을 포함하는 차원이라야 한다.

그러니 베트남정부가 원치 않는 사과란 언어도단이다. 베트남정부가 자국민의 피해 사실을 어떻게 기록/기억했고, 정책적으로 피해자들의 과거사 수용을 어떻게 유도하든, 가해자가 가져야 할 사과의 윤리는 이것과 무관하다. 우리는 정부에게 사과하지 않으며, 설령 그것이 베트남인들의 태도일 때도 그것을 우리의 방패로 세워서는 안 된다. 한국군이 마을에서 벌인 전쟁에 대한 사과는 마땅히 주민들을 향해야 하므로 국가가 우리의 피해자의식을 강화하는 장치로 기능하게 두는 것은 사과의 윤리를 포기하는 것이다. 이것을 방어해온 한국 시민사회는 종전 40여 년 만에 피해 지역과 교류하고 있다. 한국인들은 꾸준히 하미를 찾는다.

한국군 주둔기의 어떤 기억들은 종내 복구되지 못할 것이다. 그러나 이미 문은 열렸고 이제 베트남전쟁은 종군기자와 한국군의 기억으로만 기술되지 않을 것이다. 작가들에게 이 전쟁은 베트남에서 시작된 1세대의 과거와 국민국가의 국경을 넘은 2, 3세대의 미래를 포괄하는 길고 복잡한 이야기다. 그간의 스토리가 주로 채 기억되지 못한, 귀국했으나 귀환하지 못한 자들에 대한 국민국가적 스코프(scope)가 작동한 이야기였다면, 베트남에서 온 결혼이주 여성, 이주노동자들은 베트남의 한국인들과 더불어 21세기 한국의 베트남전쟁 담론과 재현사에 기입될 새로운 주체다. 이 경계인들이 사과의 윤리를 어떤 식으로 풀어갈지 예단할 수 없다. 이들이 한국 시민사회와 베트남 피해자들이 맡아온 역할—양국 정부의 바람대로 '기억의 전쟁을 그만 끝내려는' 국민국가의 무의식에 경종을 울리는—을 할 수 있을지도 사실은 불확실하다.

아마도 역설적으로 양국 관계가 좋을수록 베트남전쟁은 더 잊히기 쉬울 것이다. 현재 진행 중인 재판의 결과로 양국 정부가 뒤늦게 협의를 시작해도 이 문제에 관한 우리 사회의 태도는 느릴 수 있다. 또 재수교 후 양국 국민감정으로 추측하건대, 누군지 모르는 가해자를 밝히느니 그 노력을 피해 지역 지원에 쏟자는 의견이 더 지지받을 것이다. 경제성장을 욕망하는 사회에서 자본은 한국과 베트남의 과거사를 점점 양국이 무난히 '공유할 만한 것'으로 변화시킨다. 그것이 꼭 나쁘지만은 않다. 2000년 한국정부와 시민사회가 한국군 주둔지에 지은 학교와 병원은 베트남전쟁이 준 기회로 성장한 한국이 건네는 과거사 해결의 한 방식이었다. 사과의 윤리를 지키지 못했으나 그럼에도 비문 삭제를 둘러싼 피해자들의 기억 투쟁은 계속되고 있다.

오늘날 자본이 매개하지 않는 장소는 없다. 하지만 자본주의 체제 안에서라도 우리는 조금 더 공정하게 기억을 다룰 수 있다. 많은 소설, 영화, 연극, 연구서가 보여주었듯이 가해자의 위치를 자각한 주체가 반보쯤 앞서 담론을 주도하는 것은 이 문제에 관한 국민국가 내부의 진전된 사회적 합의를 촉발하는 데 필요하다. 국가자격 상실 청구 재판이 끝났을 때 〈별들의 전쟁〉의 어린 피해자는 망자의 세계로 돌아갔지만, 우리는 여전히 생존한 피해자들과 함께 살아가고 있다. 피해자의 손을 잡는 것은 복잡하고 어려운 정치적 '결단'이 아니다. 일찍이 2000년 캠페인 당시 한 독자는 이를 "자신의 잘못에 사과를 구하"는 '정의'로 정리했다. 다행히 시민의 윤리는 같은 길을 간다.

에필로그

기뻐하는 타자의 얼굴

2023년 2월 7일, 대한민국 재판부는 퐁니·퐁넛 사건 피해자 응우옌티탄이 제기한 한국군에 의한 민간인 학살 피해에 대한민국의 책임을 인정했다. 이 판결은 응우옌티탄이 "한국정부에 진상 규명과 사과를 요구한지 11년 만에 정부 차원에서 대한민국의 책임이 인정된 첫 사례"(베트남전쟁 문제의 정의로운 해결을 위한 시민사회네트워크 입장문(2023년 2월 19일))다. 2013년부터 시작한 그녀의 용기 있는 증언의 결과이자 사건 해결을 위해 노력한 한국 시민사회가 받아낸 정당한 판결이다. 판결 소식을 들고 응우옌티탄은 기뻐했다. 시민평화법정 전후 한국을 방문한 자리에서 본 '고통 받는 타자의 얼굴'이 아니었다.

"학살 사건으로 희생된 영혼들이 저와 함께하며 응원해준 것이라 생각합니다. 영혼들도 이제 안도할 수 있을 것이고 위로가 될 것 같아 너무도 기쁩니다." 카메라를 향해 웃는 그녀의 얼굴에는 같은 감정을 느꼈을 망자의 표정이 겹쳐 있었다. 그로부터 10일 후 국방부장관은 국방위원회에 출석해 "국방부가 확인한 바에 따르면 학살은 없었고, 재판부의 판결에도 동의하지 않는 다"고 밝혔다. 재판이 진행되는 동안 국방부가 어떤 문서를 확인했는지 모르겠다. 많은 이들이 궁금했을 것이다.

타자 윤리학으로 잘 알려진 레비나스는 홀로코스트에서 가족을 잃고 그 자신은 요행히 살아남았다. 전체주의의 광기를 경험한 레비나스에게 타자는 절대적 존재며, 평화롭고 안온한 나의 영역을 깨고 침입하는 '얼굴'이다. 우리의 정의는 이렇게 불시에 현현하는 벌거벗은 타자의 얼굴을 보는 것이다. 내가 아무리 거부하고 부정해도 '무한히' 찾아와 내 앞에 나타나는 타자의 얼굴을 막을 수 없다.[1] "살인하지 말라"는 계율을 어긴 누군가의 폭력을 증언하는 타자의 얼굴은, 그래서 나와 달리 낯설고 불쾌하며 전율스럽다. 2013년 우리에게 응우옌티탄은 바로 이 타자로 나타났다. 그녀의 얼굴은 1968년 부당하게 희생된 망자들의 얼굴로도 보였다. 사건이 일어난 지 55년이 흘러 이제야 나와 같은 표정을 짓게 된 그녀를 모욕하지 말아야 할 것이다.

이 판결은 한국의 시민과 베트남의 인민이 함께 이룬 소중한 성취다. 응우옌티탄은 국민국가 베트남정부의 방침을 수용하지 않았다. 이것이 그녀의 첫 번째 용기였다. 하미 마을 주민이 과거를 기억하고자 증오비를 세운 후 마을을 방문한 디엔반현 직원 르엉미런은 1995년 퐁니·퐁넛 마을에서 한국군 학살 조사보고서를 펴냈다.[2] 사건 조사 당시 또 다른 공무원은 한국 연구자에게 당국의 공식 방침과 별개로 개인적으로 감사한다는 뜻을 표했다.[3] 과거사 문제에 관한 한 베트남정부는 인민(people)의 목소리를 환영하지 않았다. 이번 판결로 합의도 폐기도 아닌 상태로 과거사를 대해온 양국 정부의 태도에 변화가 있기를 기대한다.

과거를 여는 것이 미래를 만드는 작업이라면 양국의 시민/인민에게 주어진 역할은 조금씩 다를 수밖에 없다. 우리의 역할은 고통을 호소하는 타자를 환대하는 것이고, 외부와 연대해 베트남정부의 반응을 끌어내는 것은 베트남인들의 역할이다. 3월 9일 국방부가 항소하자 베트남정부는 이례적으로 '강한 유감'을 표명했다. 베트남의 태도 변화가 읽힌다. 어느 사회에서나 인권과 정의는 절실한 의제지만 불행히도 경제성장이 빠른 저개발국일수록 더욱 성장론에 묻히기 쉽다. 한국에 오기 쉽지 않았을 그녀의 두 번째 용기를 생각하며, 고통을 견디며 증언해온 응우옌 티탄의 기쁨을 함께 기뻐한다.

주

프롤로그

1 이홍길, 「베트남 이야기(1)」, 『시민의 소리』, 2018년 4월 26일자(http
://www.siminsori.com/news/articleView.html?idxno=202608).

2 채수홍, 「베트남 2017: 정치, 경제, 대외 관계의 현황과 전망」, 『동남아
시아연구』 28(1), 한국동남아학회, 2018, 39-40쪽 참조.

1장

1 http://www.kovietpeace.org/c/17

2 고경태, 『베트남전쟁 1968년 2월 12일』, 한겨레출판, 2020, 28쪽.

3 임재경, 「회고록(8): 기자생활에서 프랑스로, 다시 돌아와서」, 『녹색평
론』 143, 2015년 7월, 193쪽. "그걸 '베트남 특수'라고 그랬지요. (…)
연간 수출액 1억 달러 달성했다고 자축하고 그럴 때였으니까. 한국 사
람들이 전부 그렇게 생각한 건 아니겠지만, 대부분이 그런 면만 고려한
게 사실이에요. 그런데 여러 측면을 봐야 하는 기자들조차도 외화벌이
의 반대 측면, 즉 전혀 명분 없는 전쟁에서 무고한 사람들이 목숨 잃고
팔다리 잘려나가는 그런 문제는 별로 생각을 하지 않은 거예요."

4 시기는 같지만 윤충로는 리영희의 「베트남전쟁」(1975) 간행을 대항
기억 형성기의 시작점에 두고, 1999년 이후를 하나로 묶어 (1) 공식적
기억의 정형화와 망각, (2) 대항 기억 형성과 기억 투쟁, (3) 전쟁에 대
한 2차적 망각과 기억을 위한 투쟁으로 구분했다. 리영희의 무게를 강

조한 것인데 타당성이 있다. 그러나 (3)의 시기는 기억 투쟁을 주도하는 주체들의 집단화와 지향점에 따라 세분화할 필요가 있다. 윤충로, 「한국의 베트남전쟁 기억의 변화와 재구성」, 『사회와역사』 105, 한국사회학회, 2015, 7쪽.

5 신형기, 「베트남 파병과 월남 이야기」, 『동방학지』 157, 동방학회, 2012. 신형기는 파월 수기 여러 편을 분석하여 월남전을 국가적 스코프(scope)가 지배하는 '반공개발'로 정의하고, '황색 거인'의 현실 등을 비판적으로 조명했다. 그러나 많은 텍스트를 한꺼번에 다루면서 텍스트의 기본 정보를 정확하게 제시하지 않았고, 베트남이 젠더 구도에 포착되는 과정을 분석하며 필자들의 베트남 여성 인상기를 과잉 해석하고 있다(같은 논문, 96쪽). 또 수기와 소설이 생산된 시간차를 충분히 고려하지 않았다.

6 전자 편에서 쓴 글로는 김윤식, 「한국문학의 월남전 체험론 상, 하」, 『한국문학』 269, 한국문학사, 2008; 정호웅, 「월남전의 소설적 수용과 그 전개양상」, 『출판저널』 135, 1993 참조. 후자는 서은주, 「한국소설 속의 월남전」, 『역사비평』 32, 역사문제연구소, 1995; 고명철, 「베트남전쟁소설의 형상화에 대한 문제」, 『현대소설연구』 19, 현대소설학회, 2003; 장윤미, 「월남전을 소재로 한 한국소설의 고찰」, 『동남아시아연구』 19(1), 동남아시아학회, 2009; 김은하, 「남성성 획득의 로맨스와 용병의 멜랑콜리아: 개발독재기 베트남전 소설을 중심으로」, 『기억과 전망』 31(0), 민주화운동기념사업회, 2014 참조.

7 다큐〈이제는 말할 수 있다: 월남에서 돌아온 새까만 김 병장〉 77회, MBC, 2004년 3월 28일자 방영 참조.

8 1964년부터 1973년 파월 기간 동안에 출판된 수기가 대상이다. 그 후에도 간혹 수기가 나오지만 파월 당시 현장 분위기가 살아 있는 수기는 「월남서 보낸 시인일기」(1965), 『피 묻은 연꽃』(1965), 『월남 하늘에 빛난 별들』(1966), 『월남전과 한국』(1966), 『정글의 벽』(1967), 『평화의 길은 아직도 멀다』(1969), 『베트남에 오른 횃불』(1970) 정도다. 이 수기의 일부는 당시 『조선일보』, 『경향신문』, 『세대』 등에 먼저 실리기도 했다.

9 황봉구, 「월남전 종군기자들」, 『신문과방송』, 한국언론진흥재단, 1987년 4월, 77쪽. 1960년대 초반까지 한 식탁에 앉아 밥을 먹을 정도로 적

었던 사이공 특파원은 한때 700명으로 늘었다가 70년대가 되면서 줄어들어 74년 중반에는 겨우 35명가량이 남았다고 한다.

10 리영희, 「기자 풍토」, 『전환시대의 논리』, 창비, 2006, 482쪽(원문: 『創造』, 1971년 9월).

11 『피 묻은 연꽃』은 조선일보사 주월 특파원이었던 이규영이 같은 신문에 연재한 「메콩강의 비둘기」와 「이것이 월남이다」를 합쳐서 엮었다. 『월남 하늘에 빛난 별들』은 주월 한국군의 전투 기록이 중심이며, 필자는 월남종군작가단의 일원이었다. 글의 일부는 사전에 『기독교방송현지특집』과 『경향신문』에 연재되었다. 『평화의 길은 아직도 멀다』의 박안송 기자는 동양통신사 특파원으로 전국 언론사에 파월 뉴스를 공급하며 3년간 종군했고, 1968년 테트(구정)공세를 겪기도 했다. 『베트남에 오른 횃불』의 저자 김진석은 당시 국방부 일간 전우신문사 소속 특파원이었다. 한편 다른 수기에 비해 『피 묻은 연꽃』은 보도 태도가 상대적으로 객관적이다.

12 「월남서 보낸 시인일기」 4회분에는 신세훈의 고정 팬인 여성이 H신문에 기고한 글이 문제가 되어 필자가 스캔들에 휩싸인 사정이 나온다. 신세훈, 「월남서 보낸 시인일기: 비둘기부대 통신 ①-⑥」, 『세대』, 1965년 6월-1965년 11월.

13 전자에 속하는 수기는 조성국, 『짜국강』, 형설, 2012이, 후자에는 김진선, 『산 자의 전쟁 죽은 자의 전쟁』, 중앙M&B, 2000과 소설과 수기의 중간에 해당하는 유중원, 『인간의 초상』, 도화, 2022이 있다.

14 조서연, 「한국 '베트남전쟁'의 정치와 영화적 재현」, 2020, 서울대학교 박사학위논문, 164-171쪽 참고.

15 리영희, 「베트남 인민에 먼저 사과할 일」, 『한겨레』, 1994년 3월 5일자.

16 한만수, 「베트남 연구는 곧 우리 자신 확인 작업」, 『경향신문』, 1995년 10월 25일자.

17 Walter Benjamin, 최성만 역, 『역사의 개념에 대하여·폭력비판에 대하여·초현실주의 외』, 길, 2008.

18 한베평화재단은 베트남전쟁 당시 있었던 한국군의 민간인 학살에 대한 반성과 진상 규명, 사죄를 통해 대한민국과 베트남 사이의 평화를

이루고자 하는 민간단체다. 2016년 4월 27일 발족식에서 베트남전쟁 민간 희생자를 기념하는 조형물인 베트남 피에타상을 공개하고, 이를 베트남에 건립하겠다는 취지를 밝혔다. 2016년 9월 19일 창립 총회를 갖고 천주교 제주교구 주교인 강우일을 이사장으로 선임했다 (http://kovietpeace.org 참고).

2장

1 전재호, 「박정희 체제의 민족주의」, 『한국정치학회보』 32(4), 한국정치학회, 1999. 98쪽.

2 윤해동, 「냉전자유주의와 한국정치의 탈자유주의적 전환」, 『동북아역사논총』 59, 동북아역사재단, 2018. 133쪽.

3 심재훈, 「베트남전쟁의 보도」, 『신문과방송』, 한국언론진흥재단, 1967년 12월, 27쪽. 이 글에서 분석할 수기의 저자들도 20대 후반부터 30대 중반 사이에 베트남을 다녀왔다.

4 리영희, 「전차의 길을 막는 사마귀」, 『대화』, 한길사, 2006, 346-347쪽.

5 리영희, 「기자 풍토」, 앞의 책.

6 심재훈, 앞의 글, 24쪽.

7 김성진, 「월남 취재보도 소고」, 『신문과방송』, 한국언론진흥재단, 1967년 9월 참조.

8 파월 기간 동안 특파원이 국내 매체에 기고한 기사류를 통칭하는 의미로 사용한다. 1965년 비둘기부대가 떠날 때 1차로 10명의 특파원이, 전투부대가 떠날 때 2차로 12명이 종군했다. 각각 신문·사진·통신·방송기자가 있었고, 1, 2차 모두 신문기자가 각각 4명, 7명으로 가장 많았다. 손주환, 「월남종군기자고」, 『신문과방송』, 한국언론진흥재단, 1965년 12월, 56쪽. 또 한국군 전투의 절정기였던 1967년에는 사이공 미군 당국에 24명의 한국 특파원이 등록돼 있었다. 이석열, 「한국신문의 월남전보도」, 『관훈저널』 14, 관훈클럽, 1967년 4월, 89쪽.

9 1950년대 아시아내셔널리즘의 국내 수용은 김예림, 「1950년대 남한의 아시아 내셔널리즘론」, 『아세아연구』 55(1), 고려대학교 아세아문제연구소, 2012 참고.

10 특히 『청맥』에서 이러한 입장이 개진되었다. 김주현, 「『청맥』지 아시아 국가 표상에 반영된 진보적 지식인 그룹의 탈냉전 지향」, 『상허학보』 39, 상허학회, 2013 참고.

11 박안송, 『평화의 길은 아직도 멀다』, 咸一出版社, 1969, 24-25쪽 참고.

12 '자유 월남'의 기자를 통해 냉전이 해체되고 아시아내셔널리즘이 구현되고 있던 인도차이나의 현실과 베트남전에 대한 한월 지식인의 입장차가 상징적으로 드러나는 장면이다. 아이러니하게도 여기서 박안송은 베트남의 미래를 현지인보다 더 걱정하며, 이 기자의 사상을 검증하고 있다. 베트남전의 진실이 알려진 지금은 이 기자의 태도가 충분히 수긍되지만, 갓 월남에 도착한 특파원으로서는 매우 당황했을 것이다. 이렇게 보면 반공의 전도사 같은 그의 태도는 아시아내셔널리즘과 중립주의라는 세계사적 흐름으로부터 비켜선 1960년대 엘리트의 인식론적 한계를 반영하고 있다.

13 板垣與一, 김영국 역, 『아시아의 민족주의와 경제발전』, 범조사, 1986 참조.

14 이규영, 『피 묻은 연꽃』, 영창도서사, 1965, 134-135쪽; 박안송, 앞의 책, 238쪽.

15 김진석, 『베트남에 오른 횃불』, 신아각, 1970, 68-69쪽.

16 위의 책, 160쪽.

17 『오늘의 월남』, 공보부, 1966, 49-58쪽 참고. 이 책은 "國民 여러분이 越南 또는 우리 第二戰線으로서의 越南戰線을 올바로 理解하는 데 도움"을 주기 위해 제작되었다. 베트남의 지형, 지질, 기후를 설명하고 베트남의 피식민 역사를 간략하게 서술한 다음, 미국이 프랑스의 '괴뢰정권' 바오다이를 대체해 고딘 디엠을 "새로 수상으로 앉혔다"고 쓰고 있다.

18 위의 책, 27쪽.

19 박안송, 앞의 책, 121-126쪽.

20 유근주, 『종군작가의 월남 상륙기』, 미경출판사, 1966, 122쪽.

21 이러한 사정은 신세훈의 「비둘기부대 통신」에 잘 나타난다. 비둘기부대 장교 신세훈은 베트남에 대한 이국 취향을 사이공 시내에서 충족한다. 신세훈, 앞의 글 참고.

22 대표적으로 1966년 번역된 M. 시바람의 『얼굴 없는 전쟁』이 있다. 이 책의 제1장 「사이공! 오 사이공」은 피식민지 수도로 성장해온 사이공을 매혹적이고 풍요로운 '음모의 도시'로 기술한다. 전시를 비웃듯이 자체의 동력으로 숨을 쉬고, 소비를 미덕으로 삼아 "극과 극이 한데 얽혀" 도시의 정체성을 형성하고 있다. 베트콩의 테러도 언급되지만, 사이공은 여성, 클럽, 상점 등이 만들어내는 모더니티가 만개한 도시다. 지나친 소비문화를 우려할 때조차 사이공의 모더니티는 지켜져야 할 일상이다. M. Sivaram, 서울신문사외신부 역, 『얼굴 없는 전쟁』, 서울신문사, 1966, 13-14쪽. 그런데 이러한 시선이 한국 특파원의 글에도 그대로 반복되는 것은 '외신 베끼기'로도 납득되지 않는 측면이 있다. 사이공의 무엇이 그토록 매혹적이었을까. 예컨대 파월 초기의 맹호부대 장교에게 사이공은 성적 문란을 경계하는 '금지된 장소', 풍문으로 상상되는 모더니티의 도시였다. 이규영에게는 프랑스인이 정착시킨 씨에스타와 아오자이 차림의 아가씨들, 냄새 고약한 넉맘(생선젓갈)이 뒤섞인 요령부득의 도시였다. 또 김진석에게는 한국전쟁기의 서울, 부산과 견줄 수 없는 환락의 도시, 남자가 적고 성적으로 개방된 '섹스의 도시'였다. 김진석, 앞의 책, 88-89쪽 참고.

23 「파월 현실 인정 박순천씨, 증파 반대 당책은 불변」, 『중앙일보』, 1966년 9월 8일자.

24 古田元夫, 박홍영 역, 『역사속의 베트남전쟁』, 일조각, 1991, 161쪽.

25 「〈時事〉불꽃 튀기는 인도지나반도」, 『청맥』, 1964년 8월, 85쪽.

26 여정동, 「展開될 아시아의 새 樣相」, 『청맥』, 1965년 6월, 41쪽.

27 서동구, 「新生强大國의 擡頭가 의미하는 것」, 『청맥』, 1965년 3월, 51쪽.

28 조순환, 「맥나마라 전쟁의 새 국면」, 『청맥』, 1965년 5월, 122-123쪽.

29 전남석, 「동남아의 반작용」, 『청맥』, 1965년 7월, 66쪽.

30 좌담회,「월남과 한국문제: 특파원들의 증언·전쟁과 평화」,『사상계』 177, 1968년 1월, 160-222쪽. 참석자는 양흥모(중앙일보 논설위원), 조순환(한국일보사 외신부 차장), 이석열(사회자·동아일보 방송뉴스부 차장), 이도형(조선일보 사회부 기자), 심재훈(경향신문 외신부 차장), 장두성(중앙일보 사회부 기자) 등이다.

31 리영희,「베트남전쟁(1)」,『전환시대의 논리』, 창비, 2006, 368쪽.

32 김태우,「한국전쟁 연구동향의 변화와 과제, 1950-2015」,『한국사학 사학보』 32, 한국사학사학회, 2015, 327쪽.

33 김학준,「한국전쟁의 기원」,『한국정치외교사논총』 5, 한국정치외교 사학회, 1989.

34 한국전쟁의 내전 개념 변천사에 대해서는 이삼성,「한국전쟁과 내전」,『한국정치학회보』 47(4), 한국정치학회, 2013 참조.

35 박찬승,『마을로 간 한국전쟁』, 돌베개, 2010.

36 신은경,「1950년대 전시 소설 연구: 전시의 민족정체성을 중심으로」, 고려대학교 박사학위논문, 2021.

37 이영미,『동백 아가씨는 어디로 갔을까: 대중문화로 보는 박정희 시대』, 인물과사상사, 2017, 149쪽.

38 2005년 12월 1일부터 2006년 11월 30일까지 접수한 9,609건을 분리·이관하여 9,980건을 조사했다. 진실화해를위한과거사정리위원회,「진실화해위원회 종합보고서 3 민간인집단희생사건」, 2010, 2-3쪽.

처리 유형	진실 규명	진실 규명 불능	각하	취하	이송	중지	계
사건 수(건)	8,187	464	1,056	264	5	4	9,980
비율(%)	82.03	4.64	10.58	2.64	0.05	0.04	100

39 위의 보고서, 5쪽.

40 나정원·김용빈,「대한민국 민주주의와 베트남전쟁」,『사회과학연구』 53(1), 강원대학교 사회과학연구원, 2014, 266쪽.

41 채명신,『베트남전쟁과 나』, 팔복원, 2006, 87쪽.

42 위의 책, 485쪽.

43 이원규, 『훈장과 굴레』, 현대문학, 1987, 42쪽.

44 민사작전의 전모는 문선익, 「베트남전쟁기 한국군의 민사심리전 연구」, 연세대학교 석사학위논문, 2020 참조.

45 고경태, 앞의 책, 355쪽.

46 최용호, 『증언을 통해 본 베트남전쟁과 한국군 3권』, 국방부 군사편찬연구소, 2003 참조. 특히 1960년대 후반에 참전한 군인들이 이를 지적하고 있다.

47 野田正彰, 서혜영 역, 『전쟁과 인간』, 길, 2000.

48 김진선, 앞의 책, 18쪽.

49 Slavoj Zizek, 이수련 역, 『이데올로기의 숭고한 대상』, 새물결, 2013, 65~69쪽.

50 채명신, 앞의 책, 85쪽.

51 Antonio Gramsci, 이상훈 역, 『옥중수고 1』, 거름, 1999.

52 박태균, 「1960년대 반공 이데올로기의 진화」, 『반공의 시대: 한국과 독일, 냉전의 정치』, 돌베개, 2015 참조.

53 이송순, 「1970년대 한국 대중의 정치의식과 '반공국민'으로 살아가기」, 『민족문학연구』 71, 고려대학교 민족문화연구원, 2016.

54 정진상, 「한국전쟁과 전근대적 계급관계의 해체」, 경상대학교 사회과학연구소, 『한국전쟁과 한국자본주의』, 한울아카데미, 2000, 49쪽.

55 김동춘, 『전쟁과 사회』, 돌베개, 2000 참조.

56 위의 책, 50쪽.

57 고경태, 앞의 책, 365쪽.

58 「영화, '하얀 전쟁' 표현의 자유 공방」, 『한겨레』, 1992년 7월 10일자.

59 채명신, 앞의 책, 179쪽. 채명신과 후임자 이세호의 작전 개념은 달랐다. 채명신은 베트남전에서 "큰 희생을 무릅쓰고 점령해야 할 공격 목표나 시간제한을 받아가며 급하게 점령해야 할 공격 목표는 없다"고 보고 대민(민사)작전을 중시했다. 반면 이세호는 적극적으로 전투에 나서서 적을 타진할 것을 강조했다.

60 신정,『쟝글의 벽』, 홍익출판사, 1967 참고.

61 박태균,『베트남전쟁』, 한겨레출판, 2015, 27쪽.

62 파병안이 국회를 통과하는 자세한 경위는 앞의 『사상계』(1968년 1월) 좌담회 참고. 당시 민중당 임창규 의원은 "이미 세계 여론이 반대"하고 제네바협정 위반, 유엔 반대 등을 이유로 파병에 반대했는데, 의원들의 집단적 호응을 얻지 못한 채 국방위 정책위원으로 문제를 지적한 정도였다.

63 서중석,『대한민국 선거 이야기』, 역사비평사, 2008, 147쪽.

64 윤충로,『베트남전쟁의 한국사회사』, 푸른역사, 2015, 93쪽.

65 Werner Sombart, 이상률 역,『전쟁과 자본주의』, 문예출판사, 2019.

66 Nikolai Bukharin, 최미선 역,『세계경제와 제국주의』, 책갈피, 2018.

67 Herbert Marcuse, 박병진 역,『일차원적 인간』, 한마음사, 2009.

68 최용호, 앞의 책 참고.

69 월맹군 지도부의 본거지로 알려진 험준한 푸캇산과 일대를 토벌한 작전이다. 푸캇산은 미군은 물론이고 월남군도 접근하지 못한 '미답지'에 천연동굴이 수없이 깔려 "방자(防者)에게는 유리하고 공자(攻者)에게는 불리한 지역"이었다. 당시 맹호 6호 작전으로 불렸다. 채명신, 앞의 책, 322쪽.

70 김진석, 앞의 책, 231쪽.

71 임수정·이혜은,「1950년대 잡지 창간호에 나타난 반공담론」,『서지학연구』70, 한국서지학회, 2017, 108쪽. 1952년 국무회의에서 제정한 '우리의 맹세'는 교과서와 모든 서적에 반드시 수록해야 하는 문구였음에도 1950년대 잡지 중 약 19%, 정부 간행물 27종 가운데서는 3종만 이를 수록했다. 같은 글, 104쪽에 수록된 우리의 맹세는 다음과 같다. 1. 우리는 대한민국의 아들딸, 죽음으로써 나라를 지키자. 2. 우리는 강철같이 단결하여 공산침략자를 쳐부수자. 3. 우리는 백두산 영봉에 태극기 날리고 남북통일은 완수하자.

72 두 작가는 1942년에 태어났다. 4.19세대 의식을 표방한 김현, 박태순, 임헌영 등 60년대의 신세대들도 대부분 1939-42년생이다.

73 이선미, 「냉전과 소설의 형식, '(경남)진영'의 장소성과 사회주의자 서사 Ⅰ」, 『한국문학논총』 87, 한국문학회, 2021, 377쪽.

74 김원일은 「노을」로 반공문학상(1978)을 받았고, 참여정부가 들어서자 박정희의 공과를 따지되 그 "강력한 추진력이 오늘의 조국을 근대화"시킨 것을 진보진영이 폄훼해선 안 된다고 썼다. 김원일, 「인간을 어찌 흑백으로 평가하랴」, 『동아일보』, 2005년 2월 28일자.

75 「머나먼 쏭바강」은 황 병장의 귀국선에서 끝난다. 그런데 작가는 1980년에 후속편 「인간의 새벽」을 썼다. 후속편은 남베트남 패망기에 혼란을 겪는 빅 뚜이와 주변 인물들의 이야기다. 전작과 별개의 이야기인데도 굳이 빅 뚜이를 등장시켜 전편에서 배경으로 밀어둔 베트남 내부를 들여다보고 있다.

76 이송순, 앞의 글, 41-88쪽.

77 1972-1973년에 미국은 21억6천7백만 달러를 월남에 원조했으나 1973-1974년에는 9억6천4백만 달러를 원조했다. 1973년 중동전쟁의 여파로 석유, 군수물자 비용이 뛴 것을 감안하면 사실상 80%를 삭감한 것이다. Denis Warner, 백우근 역, 『印支風雲三十年』, 태양문화사, 1978, 14쪽.

78 이런 기사는 매우 많았다. 대표적으로 신영수, 「지상의 연옥 (⋯) 울부짖는 베트남」, 『경향신문』, 1975년 4월 19일자 참고.

79 대표적으로 「與·野 印支敗亡分析에 현격한 見解差」, 『동아일보』, 1975년 5월 12일자; 「국민이 정부를 믿고 싸울 결의를 집권자가 만들어야」, 『동아일보』, 1975년 5월 1일자. 비교하여 사설란에서 월남 패망에 대한 데스크의 입장을 정리한 「자멸항복을 택한 월남 비극」, 『경향신문』, 1975년 4월 30일자; 「범국민적인 안보 궐기로 북괴 남침야욕 분쇄하자」, 『경향신문』, 1975년 5월 1일자 참고.

80 유럽에서 난민처리 문제는 1951년 '난민협약(Convention Relating to the Status of Refugees)'과 1967년 '난민의정서(Protocol Relating to the Status of Refugees)'를 거쳐 보편적인 국제규범이 된다. 한국은 1992년 난민협약과 난민의정서에 가입한 후, 1993년 12월 출입국관리법에 난민인정 조항을 신설했으며, 2008년 12월 난민지위 인정절차와 난민에 대한 처우를 법률로 규정했다. 김성수, 「난민의 요건과 출입국관리법상 난민인정에 관한 검토」, 정인섭·황필규 편,

『난민의 개념과 인정절차』, 경인문화사, 2011, 136-137쪽.

1991년 난민협약에서 채택된 난민 개념도 ①'국제법상' 자국민 보호 원칙에서 배제된 사람들→①항에 더해 ②'사실상' 소속국으로부터 자국민 보호를 받지 못한 사람→①, ②항에 더해 ③개인적 결단에 의해 자유·안전·정의를 찾아 소속국을 이탈한 사람으로 확장된다. 1967년 난민의정서는 난민협약에서 시간과 지역적 제한을 제거했으나 난민 요건을 인종·종교·민족·특정 사회집단에 의한 '박해'로 규정했다. 1969년 아프리카 난민 문제를 해결하기 위한 협약(Convention on the Specific Aspects of Refugee Problem in Africa)에서 "외부의 침략·점령·외국의 지배 또는 원 소속국의 일부나 전체의 공공질서를 심각하게 교란시키는 사건으로 말미암아 원 소속국 밖에서 피난처를 찾기 위해 상시 거주지를 떠나게 된 사람"이 난민에 포함된다. 가장 최근의 개념은 1984년 아메리카국가기구(Organozatiom of American States)의 요구로 난민협약과 난민의정서에 의한 난민 외 "일반화된 폭력·외국의 침략·내전·대규모 인권침해 또는 기타 공공질서를 교란시키는 중대한 상황에 의하여 생명·안전·자유가 위협받은 사람"도 난민 범주에 추가되었으나 법률적 구속력은 없다. 같은 책, 144-145쪽 참고.

81 「"韓越夫婦 두쌍" (…) 새아침의 부푼 꿈」, 『동아일보』, 1968년 1월 4일자; 「派越將兵의 現地結婚 제한 안 해」, 『경향신문』, 1967년 3월 30일자.

82 오태영, 「민족적 제의로서의 귀환」, 『한국문학연구』 32, 동국대학교 한국문학연구소, 2007 참조. '원래 있던 곳으로 다시 돌아오거나 돌아감'을 뜻하는 귀환은 근대사에서 몇몇 중요한 기록으로 서사화되었다. 문학사의 대표적인 귀환 서사는 해방기 일제의 영토에서 귀환하는 조선인을 다룬 것으로, 일본 또는 만주에서 조선으로 들어오는 민족의 이야기다. 해방이 되었어도 귀환은 여전히 녹록치 않지만 해방기 귀환 서사는 곧 세워질 신생 독립국에 대한 희망이 지배하는 화합과 신생의 이야기였다.

83 대표적으로 김동리, 『귀환 장정』, 수도문화사, 1951 참고.

84 한국 해군 수송함에 탄 1,364명은 한국인 319명, 한국인의 월남인 처와 자녀 및 가족 659명, 순수 피난 월남인 329명, 중국인 33명, 필리핀인 1명, 전주월한국대사관 직원 및 주한월남대사관가족 23명이었

다. 이 중 부산시난민임시구호본부(서대신동 구부산여고) 수용소에
는 마지막 23명을 뺀 1,341명이 수용되었다. 「亡國의 설움 파도에 띄
우고 自由에의 航進 18km마일 越難民 撤收艦 釜山에」, 『동아일보』,
1975년 5월 13일자.

85 다문화사회에서 한국의 단일민족중심주의가 갖는 문제 및 함의에 대
    해서는 하진기, 「단일민족의식이 다문화한국사회의 인종계층화 형성
    에 미치는 영향과 그 함의」, 『다문화와 평화』 12, 성결대학교 다문화
    평화연구소, 2018 참조.

86 「東南亞분해와 韓國外交」, 『경향신문』, 1975년 5월 1일자 참조.

87 사이공 함락 1년 전 한 특파원이 최소치로 잡은 월남 체류 한국인은
    1,200여 명이다. 대개 월남에서 가정을 이룬 잔류 기술자였는데, 월
    남 여성과 정식으로 결혼한 이가 50여 명, 나머지는 동거였고, 그 사
    이에 217여 명의 혼혈아가 있었다. 이시헌, 「戰後의 뒤안 休戰: 一年
    이 지난 越南 ⑤ 다이한의 殘影」, 『동아일보』, 1974년 3월 25일자. 사
    이공 함락에 대한 자세한 내용은 jtbc 특집다큐 4부작 〈사이공 1975〉,
    2014 참조. 주월 공사 이대용, 서병호, 안희완 영사가 탈출하지 못하
    고, 5년간 월남에 억류된 사정은 이대용, 『사이공 억류기』, 한진출판
    사, 1981 참고.

88 안병찬은 1973년 사이공에서 한국군 철수를 지켜보았다. 1975년 3월
    23일, 그가 다시 사이공에 간 것은 신생 언론사였던 한국일보사의 진
    취적 분위기와 발행인 장기영의 의지였다. 안병찬을 돕던 기자 양평
    은 4월 25일 방콕을 통해 귀국하지만, 그는 4월 30일 새벽까지 사이공
    에 머물다 가까스로 미군 헬기로 탈출한다. 미군함, 필리핀을 거쳐 취
    재한 과정을 「사이공 최후의 새벽」(1975)에 담았다. 2005년에 증보
    판(『사이공 최후의 표정, 컬러로 찍어라』)이 나왔다.

89 「生地獄 다낭 最後의 날, 空港서의 피난민 탈출 目擊記」, 『동아일보』,
    1975년 3월 31일자; 「보복대상 20만 (…) 사이공 탈출에 혈안」, 『동
    아일보』, 1975년 4월 26일자. 미군 비행기에 타려는 월남인들의 아비
    규환이 소개되고, 출국 티켓을 얻지 못한 월남인들이 최후에는 자살
    을 생각하고 있다는 내용이다.

90 「사이곤 잔류 교민 백 명쯤」, 『경향신문』, 1975년 5월 5일자. 같은 날 다른 신문은 잔류 교민을 70명으로 보도한다. 「뒤늦게 僑民동정에 신경세운 外務部」, 『동아일보』, 1975년 5월 1일자.

91 사이공 외곽지대 정보에 어두웠던 한국인, 파월 이전부터 월남에 거주했던 한국인 등이 해당된다. 이 중에는 안중근 의사의 일가로 고초를 겪고, 당시 한국대사관 수위였던 안수명 노인도 있다.

92 안병찬, 『사이공 최후의 표정, 컬러로 찍어라』, 2005, 79쪽.

93 위의 책, 100쪽.

94 김대윤은 1967년 9월에 와서 1974년 10월부터 미국 총영사관에서 발전기 감독으로 일하던 중 다낭 함락을 맞는다. 그는 3월 27일 아침, 자신을 만류한 미국인 행정관이 홀로 떠난 상태에서 미국인 자동차를 가까스로 얻어 타고 탈출한다. 앞의 책, 133쪽. 피난 중 월남군 패잔병들의 사격으로 사망한 한국인도 2명 있었다. 「다낭僑胞 2명 死亡」, 『동아일보』, 1975년 4월 26일자.

95 수백 명의 월남인들이 푸쿠옥 섬에서 하선을 거부했고, 월남인 피난민을 태운 배가 접근하여 이를 물리치느라 해군이 "전투태세에 돌입"하기까지 했다. 전영상, 「나의 베트남 36年, 하노이, 사이공 그리고 母國까지(1)」, 『동아일보』, 1975년 5월 14일자 참고. 전영상은 당시 36년간 월남에 있으면서 한국교민회장을 맡았다. 그에 따르면 귀환 당시 월남에서 30년 이상 체류한 교민가족은 6가구 4-50명 수준이었다.

96 대표적으로 좌담회, 「월남 최후의 날」, 『신동아』 129, 1975년 5월 참고. 비교적 끝까지 월남에 있었던 '인사이더'의 입장에서 월남의 패망 원인을 이야기하는 자리에서 주월대사관 공보관은 일부 사업자와 가족이 있는 교민이 월남에 남았다고 하는데, 그들의 안전은 언급하지 않는다.

97 「政府 곾島 수용僑民 救護策 검토, 거의 第3國行 희망」, 『경향신문』, 1975년 5월 7일자. 월남 패망 후 해외에 대피한 한국인 수는 5월 7일부터 단 5일 사이에 120여 명에서 240명으로 계속 늘어나 정확한 집계가 불가능했다.

98 「政府, 越難民 對策에 腐心 美등에 移送 모색」, 『동아일보』, 1975년 5월 6일자.

99 「"移民政策 어긋나" 一部선 反論도」, 『경향신문』, 1975년 5월 12일자.

100 안병찬, 앞의 책, 224쪽.

101 정인섭, 앞의 책, 29쪽.

102 상이군인은 "자신의 집 또는 일상적 거주지에서 강제적 또는 의무적으로 도피하거나 떠나도록 된 사람들, 특히 무장분쟁, 무분별한 폭력 상황, 인권유린, 자연재해 또는 인공적으로 발생한 재해 등의 피해를 피하거나 그 영향으로 인해 실향된" 난민에 해당한다. 박경태, 「한국 사회와 난민」, 『문화과학』 88, 문화과학사, 2016, 48쪽.

103 小田實, 이규태·양현혜 공역, 『전쟁인가 평화인가』, 녹색평론사, 2004.

104 박안송, 앞의 책, 227쪽.

105 김진석, 앞의 책, 306쪽.

106 차례로 「월남휴전 뒤에 한국경제 특혜」, 『경향신문』, 1968년 11월 2일자; 「二月중 월남에 경제사절」, 『동아일보』, 1969년 1월 16일자; 「월남 휴전 협정설과 전후 복구문제」, 『경향신문』, 1973년 1월 23일자 참조.

107 김진석, 앞의 책, 292쪽.

108 심재훈, 앞의 글, 24쪽.

109 김우성, 「베트남 참전 시기 한국의 전쟁선전과 보도」, 서울대학교 석사학위논문, 2005, 59-60쪽.

110 김명회, 「월남협상과 종전 후의 귀결점」, 『세대』 72, 1969년 7월, 111쪽.

111 정원열은 1969년 12월부터 1970년 10월까지 주월특파원을 지냈고, 1972년 12월 2일부터 1973년 4월 20일까지 조선일보에 「메콩江은 證言한다」를 연재했다. 1973년 연재를 바탕으로 동명의 책을 펴냈다.

112 한국군 철수에 얽힌 사정은 박태균, 앞의 책, 240-248쪽 참고.

113 「여·야, 印支敗亡分析에 현격한 見解差」, 『동아일보』, 1975년 7월 2일자; 「越南 패망하자 탈 벗고 前列에, 美 CIA通譯이 베트콩」, 『경향신문』, 1975월 9월 11일자; 「共和·維政성명, 越南赤化 1돌맞이 總力安保 새 결의를」, 『경향신문』, 1976년 4월 30일자 참조.

114 박정희, 대통령연두기자회견, 1972년 1월 2일자. 새마을운동의 성격과 연구 시각에 대해서는 고원, 「박정희정권 시기 농촌 새마을운동과 '근대적 국민 만들기'」, 『경제와사회』 69, 2006 참조. 고원은 새마을운동을 '헤게모니적 권력 전략'의 관점에서 정권이 주민의 동의를 획득하기 위해 사용한 전략과 70년대 후반 들어 내부에서부터 균열이 생기는 한계 지점을 규명했다.

115 박정희, 『새마을운동: 박정희대통령연설문선집』, 고려서적주식회사, 1978.

116 「'파월 용사' 고속도로 시위」, 『한겨레』 1992년 9월 27일자.

117 한관형, 「고엽제 환자 고통 덜어주자」, 『동아일보』, 1992년 10월 10일자.

118 김진선, 앞의 책, 95쪽.

119 강유인화, 「한국사회의 베트남전쟁 기억과 참전군인의 기억 투쟁」, 『사회와역사』 97, 한국사회사학회, 2013.

3장

1 박안송, 앞의 책, 49쪽.

2 『오늘의 월남』, 공보부, 1966.

3 배기섭, 「월남의 그 풍토와 정경」, 『월남 하늘에 빛난 별들』, 세림출판사, 1966, 28-29쪽.

4 신세훈, 앞의 글, 4회, 『세대』, 1965년 9월, 318-319쪽.

5 이규영, 앞의 책, 20-24쪽.

6 박안송, 앞의 책, 49쪽.

7 이규영, 앞의 책, 24쪽.

8 위의 책, 33쪽.

9 위의 책, 35-36쪽.

10 신세훈, 앞의 글, 3회, 『세대』, 1965년 8월, 312쪽.

11 김진석, 앞의 책, 205, 208쪽.

12 베트남전쟁에서 미군 병사는 1년씩 교대로 근무했다. 이러한 단기 순환근무는 시간이 흐를수록 미국 내 반전여론을 타고 "전역할 때까지 남은 날짜만 세"는 풍경을 만들었다. Jonathan Neale, 정병선 역, 『미국의 베트남전쟁』, 책갈피, 2004, 114쪽.

13 이규영, 앞의 책, 287쪽.

14 배기섭, 앞의 책, 251쪽.

15 위의 책, 324쪽.

16 김진석, 앞의 책, 24쪽.

17 위의 책, 260쪽.

18 이원규, 앞의 책, 1987. 한편 성우는 원로의 딸과 사랑에 빠지고 충무무공훈장을 받는다. 그러나 원로는 배신자로 찍혀 베트콩에 처형된다. "고통당하는 사람들을 위해 한 그루 작은 나무가 되고 싶"(282쪽)어 했던 성우의 이상은 붕괴된다. 베트콩의 위협이 두려운 주민들은 "한국군의 보호 우산을 벗"겠다고 통보하지만, 성우의 자책과 관계없이 부대는 성우의 작전 성공을 높이 평가한다. "당신 심정 잘 알겠어. 하지만 여긴 전장이야. 이번 사태를 몰구 온 건 적이야. 주민들을 죽인 건 바로 그들의 동족이라구. 사실 까놓구 말하면 연대로서야 학교 지어주고 다리 놔준 반대급부루 백이십 명의 적을 잡았어. 뺏겼다가 찾은 총 말구두 백열여덟 정의 적 화기를 노획했어. 그건 아군 생명 몇백의 비중이야. 그러니 당신의 그동안의 노력은 황금알을 낳은 거야. 우린 지금 다 같이 결론 내렸어. 박성우는 결국 황금 거위가 됐다구 말야."(335쪽)

19 공식 면허를 획득한 의사와 치과의사는 1960년에 7,673명, 1,351명이었고, 1970년에는 16,202명, 2,122명으로 증가폭이 매우 느렸다. 당시 의사들은 1/3이상 서울에 거주했다. 1967, 1968년 국민 의료 이

용도는 25.4%, 25%로 오히려 감소하는 때도 있었다. 이주연, 「의료법 개정을 통해서 본 국가의 의료 통제」, 『의사학』 19(2), 대한의사학회, 2010, 424쪽.

20 배기섭, 앞의 책, 279-280쪽.

21 〈월남에서 돌아온 김 상사〉는 파월 이데올로기를 충실하게 받아쓴 노래로, 열대에서 새까맣게 타서 돌아온 귀환 장병에 대한 여성 화자의 호감을 명랑하게 노래했다. 이 노래는 귀환 장병을 전쟁을 겪고 의젓해진 장남 이미지로 표상했는데, 가사의 핵심은 주인공이 '돌아왔다'는 것이다. 가사 어디에도 그를 새까맣게 태운 월남에 대한 언급은 없다. 유사한 방식으로, 파월 기간 동안 월남은 〈대한뉴스〉, 각 언론사 특파원의 기사에서 용감한 맹호들이 베트콩과 싸우는 열대의 전장으로 이미지화되었으나 박안송의 지적처럼 대중은 파월 기간 내내 베트남에 대해 무지했다. 박안송, 앞의 책. 249쪽. 그의 지적은 파월 기간 동안 한국을 총력전 상태로 보고 후방의 관심을 촉구하는 것이었지만, 시종 연출된 장면을 보아야 했던 국민들이 60년대 후반 미국처럼 전쟁의 참상을 객관적으로 보도한 미디어나 저널리스트의 활약에 힘입어 베트남을 '다르게' 상상하기란 불가능했다.

22 오제연, 「1960년대 초 박정희정권과 학생들의 민족주의 분화」, 『기억과전망』 16(0), 민주화운동기념사업회, 2007, 316쪽.

23 윤충로, 「베트남전쟁 시기 한·미·월 관계에서 한국의 '정체성 만들기'」, 『담론201』 9(4), 한국사회역사학회, 2006, 178쪽.

24 오제연, 앞의 글 참고.

25 김진석, 앞의 책, 57쪽.

26 류기현, 「주월 한국군의 대민 관계: 참전군인들의 구술증언을 중심으로」, 『구술사연구』 11(1), 한국구술사학회, 2020, 55쪽.

27 민족적 민주주의를 알린 핵심 인물인 김종필이 1966년 파월 부대를 방문하여 과거 일제강점기에 고난 받고 약소민족의 분통을 해소하게 되었다는 격려사의 한 대목이다. 김진석, 앞의 책, 181쪽.

28 최용호, 앞의 책, 93쪽, 143쪽.

29 문선익, 앞의 논문, 50쪽.

30 청룡부대가 주둔했던 투이호아 지역에서 청룡부대 이전을 반대하는 현지 월남민의 시위 소식이 있었다. 배기섭, 앞의 책, 76쪽; 최용호, 앞의 책, 150쪽.

31 채명신, 앞의 책, 238쪽.

32 위의 책, 240쪽.

33 후인김응언, 「베트남과 한국의 한국군 파병에 대한 인식 연구」, 한남대학교 석사학위논문, 2016, 33-36쪽 참고.

34 William C. Dowling, 곽원석 역, 『『정치적 무의식』을 위한 서설』. 월인, 2000, 154-158쪽 참조.

35 신정, 앞의 책, 157쪽.

36 위의 책, 158-159쪽.

37 『쟝글의 벽』은 베트남 풍물 소개나 이국 취향 감성이 보이지 않는다. 전장에서 살아야 하는 군인의 일상을 기록했다. 신정은 "변소 한 칸을 제대로 지을 줄 모르는" 월남인의 습성을 이해할 수 없다고 불평하지만, 기혼 여성이 빈랑 열매를 씹는 것을 정조 관념으로, 흔한 여성의 재혼을 전쟁의 영향으로 이해하는 등 월남 풍속을 훨씬 대범하게 수용한다. 위의 책, 184-185쪽 참조.

38 김진석, 앞의 책, 69쪽.

39 위의 책, 68-69쪽.

40 위의 책, 87쪽.

41 "환영객들은 국민이 아니라, 시민이 아니라, 장관과 군인이 아니라, 경찰들이 아니라, 순진한 학생들이었다. 그나마 동원되어 나온 학생들이었다. (…) 솔직히 말해서 선발대가 올 적에 쌔이곤 시민들의 열광적인 환영 속에 발을 디민다는 것은 좀 생각해볼 문제였다. 우리가 거짓말이라도 이미 활자화되면 그것은 진실이라 믿는 버릇이 있다. 그 기사를 쓴 신문기자는 분명히 열광적으로 환영하는 쌔이곤 시민들을 눈으로 봤는지는 내가 알 바 없다. 그러나 나는 본대가 입국한 오늘 월남 국민들이 우리들에게 얼마나 무관심한가를 알 수 있었다." 신세훈, 앞의 글, 1회, 『세대』, 1965년 6월, 173쪽.

42 위의 글, 172쪽.

43 위의 글, 2회, 『세대』, 1965년 7월, 302쪽.

44 김진석, 앞의 책, 88-89쪽.

45 이규영, 앞의 책, 121쪽.

46 신정, 앞의 책, 216쪽 참조. 미군에 비해 처우가 열악한 한국군의 처지를 토로한 끝에, 성매매를 자유롭게 하는 미군과 달리 이 문제에 대한 맹호부대의 군기는 엄격하기로 소문이 나 있고, 경제적 여유 또한 없다고 쓴다.

47 사학계 연구로는 권헌익, 유강은 역, 『학살, 그 이후』, 아카이브, 2012; 윤충로, 『베트남전쟁의 한국사회사』, 푸른역사, 2015; 김정배, 「미국, 유신 그리고 냉전 체제」, 『미국사연구』 38, 한국미국사학회, 2013; 「베트남전쟁과 미국 그리고 냉전 체제」, 『역사와경계』 80, 부산경남사학회, 2011 참고.

48 김홍철, 「월남 전후처리와 우리의 문제」, 『사상계』 188, 1968년 12월, 69-72쪽. 휴전(休戰, Cease-fire)은 종전(終戰, Cessation of War)과 다르다.

49 윤종현, 「한국 휴전과 비겨 본 월남 종전의 전망」, 『해군』 192, 해군본부정훈감실, 1969년 7월, 48쪽.

50 김우성, 앞의 논문, 92쪽.

51 『신동아』 95호(1972년 7월) 특집, '월남전의 새 국면과 방향' 아래 실린 정용석, 「전쟁 종식의 조건과 전망」, 우승용, 「월남 평화 모색의 미로」, 홍승면, 「강대국 정치의 각축 속에서」 참고. 민병천, 「월남전의 특색과 한국에 대한 영향」, 『국방연구』 28, 국방대학교 안보문제연구소, 1970 참고. 사이공정부에 대항해 1969년 설립된 남베트남임시혁명정부 안에서도 통일 후 최소 5년간 남북 연합정부를 희망했다. 이한우, 「베트남 통일 후 사회통합 과정의 문제」, 『아세아연구』 50(3), 고려대학교 아세아문제연구소, 2007, 42쪽.

52 민병천, 앞의 글, 54-55쪽.

53 「越南休戰 불안한 출발」, 『동아일보』, 1973년 1월 29일자.

54 「越南休戰協定에 不滿」, 『동아일보』, 1973년 2월 2일자.

55 「월남 휴전 뒤에 한국경제 특혜」, 『경향신문』, 1968년 11월 2일자; 「二月중 월남에 경제사절」, 『동아일보』 1969년 1월 16일자; 「월남 재건에의 참여」, 『매일경제』, 1973년 1월 29일자.

56 이시헌, 「전후의 뒤안 휴전 ①-⑤」, 『동아일보』, 1974년 3월 18일-3월 25일자 참조.

57 이하나, 「유신체제 성립기 '반공' 논리의 변화와 냉전의 감각」, 『역사문제연구』 32, 역사문제연구소, 2014년 10월, 524쪽.

58 김영준, 「월남전: 변모의 전망」, 『세대』, 1968년 4월, 175쪽.

59 1970년 중반 이후 박정희정권은 북한 위협을 강조하는 한편으로 북한과의 접촉을 '모순적'으로 시도했다. 김정배에 따르면 유신은 미국의 대중공 정책 변화가 초래할 정권 위기의 위험성과 남북 화해가 초래할 정권 위기 위험성에 박정희정권이 '사적'으로 대응한 사건이다. 김정배, 「미국, 유신 그리고 냉전 체제」, 『미국사연구』 38, 한국미국사학회, 2013년 11월, 172-183쪽.

60 좌담회, 「여·야 중진 좌담, 안보를 보는 평행선 시각」, 『동아일보』, 1975년 4월 14일자.

61 패망 시기가 빨랐을 뿐 정부가 전혀 예측하지 못했다고는 볼 수 없다. 안보 위기에 따른 의도된 발언이거나 한국정부의 정보 수집력이 약했다는 뜻인데, 어느 쪽이든 주류 매체에서 여당을 대표하는 발언이므로 놀랄 만하다.

62 좌담회, 「월남 최후의 날」, 『신동아』 130, 1975년 6월. 좌담회는 5월 9일 열렸으며 한국일보 기자 양평의 사회로 김기원(전주월대사관 공보관), 안병훈(전주월의료원 사절단장), 이숙자(전사이곤대 문과대 대학원생), 이해욱(대림산업 전주월사무소장), 박흥원(동아방송 해설위원, 전주월 특파원) 등이 참석했다.

63 위의 글, 132쪽.

64 이용필, 「미국의회의 세력구조와 대한정책」, 『신동아』 131, 1975년 7월, 126쪽.

65 김홍길, 「개발도상국의 정치적 시련」, 앞의 글. 74-75쪽. 김홍길은 냉전기 강대국들이 정치·경제·군사·외교 제국면에서 개도국의 운명을 결정하는 간접지배 형태를 신식민주의로 명한다.

66 김학준,「미국은 한국을 책임져야 한다」,『세대』144, 1975년 7월. 또 『세대』143호(1975년 6월)에 실린 '특별기획·한국안보 11문 11답', '한반도와 열강' 기획은 이런 우려를 질문답변 형식에 담은 종합판이다.

67 위의 글, 81쪽.

68 리영희,「월남전쟁」,『신동아』103, 1973년 3월.

69 「인지 사태 이후 미국의 대한군사방위정책(자료집)」,『세대』144, 1975년 7월.

70 유경현,「월남전 후의 따이한」,『동아일보』, 1968년 10월 22일자.

71 김홍철, 앞의 글, 76쪽.

72 「대월남 경제 진출과 BA정책」,『신동아』18, 1966년 2월.

73 파월 인력은 1966년 1만204명에서 점차 증가하다 1969년 이후 휴전론이 무르익자 동남아와 기타 지역으로 인력 수출 방향이 바뀐다. 인력은 고졸 이상 학력이 40%를 상회했고, 용역군납과 건설군납으로 나뉘어 군 관련 업무에 종사했다. 1966년 기준으로 외국기업 중에서는 빈넬(Vinnel)사의 임금이 월 평균 690달러로 높았고, 한국 기업 한진이 월 300달러로 최저임금을 지불했다. 아산사회복지사업재단 편,『한국의 해외취업』, 아산사회복지사업재단, 1988, 187쪽.

74 파월 기술자들의 사이곤 현지 좌담회,「생각했던 것보다는 안전한데요」,『신동아』25, 1966년 9월. 좌담회는『동아일보』특파원 이석열의 사회로, 김원재(페이지통신시설회사 전자기술자), 김을규(트란스·아시아회사 건축기사), 윤백현(트란스·아시아회사 건축설계課 閣), 이동화(알·엠·케이회사 電工), 이인화(페이지통신시설회사 자재관리 담당), 최옥수(아드리언·윌슨회사 전기기사), 최근명(트란스·아시아회사 전기기사)이 참석했다. 이들에 따르면, 1966년 7월 말 현재 파월 기술자는 6천8백 명에 달했다.

75 박안송, 앞의 책, 222-224쪽 참고. 메콩종합개발계획은 1963년 아시아 극동경제위원회에 의해 수립됐고, 릴리엔솔 보고서에서 구체화되었다. 릴리엔솔 보고서는 미국의 테네시계곡개발계획 입안자 D. E. 릴리엔솔(미국자원개발회사 회장)과 월남정부 경제개발담당 국무상 보 쿠옥 툭이 중심이 되어 작성했다. 주 내용은 메콩개발계획 외 월

남 농업 부흥, 공업화, 연안해운 진흥, 도로망 확충, 전력 확보안 등이다. 당시 월남은 호놀룰루 회의에서도 비슷한 전후 경제개발계획안을 내었는데, 경제부흥에 10억6천9백만 불, 경제계획에 19억4천만 불을 계상했으며, 그중 25억9천6백만 불을 외국 원조에 기대하고 있었다. 사실상 미국 원조에 달린 계획이었다.

76 「정부, 월남 복구에 적극 참여」, 『동아일보』 1973년 1월 25일자; 「월남 휴전 협정설과 전후 복구 문제」, 『경향신문』, 1973년 1월 23일자. 「외한은 지적 "월남 전후 복구사업 따라 경공업 합작 필요"」, 『동아일보』 1973년 6월 22일자.

77 「전후 새 협력 모색」, 『경향신문』, 1973년 4월 11일자.

78 「정부 월남에 백만 달러 원조」, 『동아일보』, 1973년 6월 11일자.

79 「종장을 넘긴 12년의 월남전」, 『동아일보』, 1973년 1월 25일자. 1968년 당시 비슷한 시각을 보이는 기사로 「단폭 뒤에 올 세계의 과제들 (16)」, 『매일경제』, 1968년 11월 22일자.

80 1974년 12월 16일자 『매일경제』 1면에 실린 「사이곤서 개막, 한월 경제각료회담」도 복구 참여를 논하기로 했다는 원론적 소식만 전하고 있다.

81 김태선, 「아깝게 끊긴 輸出大魚줄」, 『동아일보』, 1975년 4월 26일자. 이 밖에도 「충격 속에 막 내린 경협」(『매일경제』, 1975년 5월 2일자)도 유사한 감상을 전한다.

82 이창열, 「동남아시아 경제기행 ①-⑤」, 『동아일보』, 1964년 12월 1일-1964년 12월 26일자. 경제학자인 필자는 대만(①-④)과 필리핀(⑤)을 다녀와 글을 실었다. 대만 경제의 발전상을 부러워하면서 필리핀에 대해서는 삼모작이 되는 자연환경을 믿고 게으른 필리피노와 부지런한 화교의 모습을 대비하여 서술했다. 필리핀 기행은 1회로 미결되었다.

83 이하형, 「1960년대 중엽 '중공의 부상'에 대한 박정희정부의 지정학적 인식과 대응」. 연세대학교 석사학위논문, 2018, 94-100쪽 참고.

84 이충, 「동남아로 뻗는 한국상」, 『세대』 33, 1966년 4월, 194-196쪽. 1966년 11일(2월 7일-18일)간 다녀온 박정희의 동남아 3개국 순방 성과를 소개하고 있다.

85 분차나 아타코르,『지역 협조를 향한 동남아 현실』,『세대』 82, 1970
    년 5월 참조.

86 임종철,「동남아 주마간산기: 경제시찰여행에서 돌아와」,『창작과비
    평』, 1967년 여름호, 300-306쪽.

87 좌담회,「한국 기업 '성업' 중」,『신동아』 104, 1973년 4월. '포스트 베
    트남'을 계기로 보다 적극적인 동남아 진출 방안을 논의하는 자리였
    고, 참석자는 고관영(미원 인도네시아 파견단장), 이정익(대림산업
    부사장), 정인영(현대건설 사장), 정천석(고려개발 사장), 최계월(남
    방개발 사장), 이갑섭(경제평론가) 등이다. 이들은 기업인답게 동남
    아에서 겪는 현실적인 어려움을 토로하며, 큰 관급 공사에 대한 정부
    의 보증을 요구한다.

88 조세형,「아시아의 미래상」,『신동아』 41, 1967년 11월, 74쪽. 한국일
    보사 편집부국장이었던 조세형이 동남아 10개국을 2달간 돌며 각국
    지식인들을 만나는 '대담여행' 후 집필한 책(『아시아人은 말한다』)의
    일부를 발췌해 실었다. 인도, 태국, 싱가포르, 월남, 필리핀, 일본 언론
    인과 말레이시아 역사학 교수, 싱가포르 정치연구자 등 모두 12명과
    대담했다.

89 「멍드는 라오스의 중립」,『사상계』 121, 1963년 5월, 158-161쪽.

90 라오스, 캄보디아 동향은 잡지에서 주로 '움직이는 세계'와 같은 해
    외 통신란에서 전해졌다.「라오스의 새로운 긴장 상태」,『사상계』 73,
    1959년 8월;「라오스 동란」,『사상계』 87, 1960년 10월 참고. 60년
    대 이후 라오스 관련 기사는 윤종주,「줄타는 인지반도 내의 라오스
    중립」,『사상계』 112, 1962년 10월;「안 풀리는 라오스 문제」,『사상
    계』, 1961년 7월;「결단을 부르는 동남아 삼각 전란」,『사상계』 135,
    1964년 6월;「월남군의 라오스 진격 작전」,『신동아』 80, 1971년 4월
    참고.

91 유다가 구보다,「동남아의 경제자원과 개발의 비전」,『세대』 82,
    1970년 5월, 100-105쪽. 필자는 아시아극동경제의원회 자문관이다.
    이 글은 특히 휴전 이후 미국의 안배로 일본이 아시아의 리더로 등장
    하는 데 대한 우려와 민족적 반감을 일본인 필자로부터 확인시켜주는
    텍스트이기도 하다.

92 「아시아의 새 물결 ①-④」, 『동아일보』, 1967년 11월 16일-11월 30일자.

93 유다가 구보다, 앞의 글, 101쪽. 그는 메콩개발계획이 몽상이라는 비웃음 속에서도 메콩 4개국에서 일부 계획이 실현되었다고 쓰지만, 구체적인 내용을 언급하지 않고 계획에 따라 경제상황이 좋아질 4개국의 미래를 낙관한다. 그러나 메콩개발계획은 1996년에 이르러서야 실질적으로 추진된다. 국가안전기획부, 『96년도 해외산업 경제정보』, 국가안전기획부, 1996. 199-222쪽 참고.

94 「해외인력 진출 활발」, 『매일경제』, 1972년 10월 11일자. 취업 여부를 집계하지 않은 총 인력은 63,258명이었다.

95 1970년 3월 『신동아』 특집, '월남전 종전 그 후'에 태국, 인도네시아, 말레이시아의 고속도로 건설 현장, 벌목 현장, 조미료 공장 사진이 크게 실렸다.

96 분차나 아타코르, 앞의 글, 111-113쪽.

97 조세형, 앞의 글 참고.

98 고은, 「월남 종전을 사이공에서 맞은 한 시인의 월남기행 ①」, 『세대』 116, 1973년 3월, 145쪽. 이 글은 ②회로 완결된다.

99 위의 글 ②, 1973년 4월, 363쪽.

100 좌담, 「여·야 중진 좌담, 안보를 보는 평행선 시각」, 『동아일보』, 1975년 4월 14일자.

101 김담구 외, 「인지 이후 동남아의 새 기류 ①-③」, 『동아일보』, 1975년 5월 29일-5월 30일자; 신영수 외, 「동남아의 전국시대 상·중·하, 인지전 종결 파장 그 이후」, 『경향신문』, 1975년 5월 7일-5월 9일자.

102 박동묘, 「우리는 월남과는 다르다」, 『경향신문』, 1975년 5월 7일자.

103 「苦難의 航海 30日만에 雙龍號 難民들 到着」, 『매일경제』, 1975년 5월 24일자.

104 「월남 난민과 국제 사회」, 『조선일보』, 1975년 5월 14일자.

105 「越南難民들에 만찬」, 『조선일보』, 1982년 5월 1일자.

106 「亡國恨 파도에 싣고 (…) 高錫彬씨의 越南人 아내 레티렛夫人 탈출 手記」, 『경향신문』, 1975년 5월 13일-14일자.

107 「따뜻한 환영 무한히 감사」, 『매일경제』, 1975년 5월 14일자; 「명암 365일③, 자유 찾은 월남 난민」, 『경향신문』, 1975년 12월 16일자. 일간지에 게재된 미담의 여주인공은 대체로 엘리트 여성이다. 기사에 따르면, 11일 현재 한국에서는 621명(출생아 12명)의 월남 난민이 한국 체류를 희망했다. 한국인 남편이 사기죄로 구속되고 생계가 막막해진 월남 여성도 한국사회의 온정을 드러내는 미담의 주인공이다. 「횡설수설」, 『동아일보』, 1976년 7월 20일자. 이 여성(23세)은 전국을 떠돌다가 신문에 딱한 사정이 알려져 사회의 도움으로 서울의 슈퍼마켓에 취직한다.

108 1975년 8월에 부산수용소에 있던 월남인 600여 명이 제3국으로 떠나 200여 명이 남았고, 12월에는 27가구가 10개 시도에 분산하여 정착했다. 이 기사의 주인공은 한국인과 결혼하여 미군부대에 취직한 뒤 돈을 모아 월남 식당을 차린 월남 여성으로, 난민 중에서도 매우 성공적인 케이스이다. 「새 삶意志 심어준 따이한 人情」, 『경향신문』, 1977년 5월 23일자.

109 노영순, 「한국문학의 베트남 선상난민 형상화와 존재 양태」, 『해항도시문화교섭학』 10, 한국해양대학교 국제해양문제연구소, 2014, 193쪽.

110 「서울에 越南 음식점 등장, 難民會서 '나트랑' 開業」, 『매일경제』, 1976년 8월 12일자; 김세환, 「亡國의 恨 달래는 서울의 越南人」, 『경향신문』, 1977년 4월 30일자.

111 「베트남 난민보호소」, 『부산역사문화대전』, http://busan. grandculture.net/Contents?local=busan&dataType=01&contents_id=GC04217001

112 http://www.aseandaily.co.kr/news/articleView.html?idxno=1000393

113 유근주, 앞의 책, 16쪽.

114 「越南難民돕기운동 전개」, 『매일경제』, 1980년 12월 6일자.

115 「副川전철역 건너편 월남집」, 『매일경제』, 1981년 11월 3일자.

116 총 60분 분량이나 원본 필름이 훼손되어 KBS 자료보관소 필름은 30분 분량만 확인할 수 있다.

117 「살기 힘들수록...」, 『동아일보』, 1985년 4월 29일자.

118 임철, 「社長에 오른 越南難民 '미세스랑'」, 『매일경제』, 1985년 3월 16일자.

119 「망국 9년의 절규」, 『동아일보』, 1984년 4월 30일자.

120 「副川 전철역 건너편 월남집」, 『매일경제』, 1981년 11월 3일자.

121 박우정, 「경제난에 허덕이는 베트남」, 『경향신문』, 1980년 5월 1일자.

122 「赤化 6년 悲慘한 베트남」, 『동아일보』, 1981년 4월 27일자.

123 「印支難民구호基金 韓國서 4百8십萬弗」, 『조선일보』. 1979년 11월 29일자.

124 「越難民 지금까지 4백4명 받아」, 『조선일보』, 1980년 10월 17일자.

125 노영순, 앞의 글, 81-82쪽.

126 「東南亞의 悲劇 갈 곳 없는 베트남 難民」, 『동아일보』, 1979년 6월 18일자.

127 김일수, 「제2의 팔레스타인화 위험 인지 난민」, 『동아일보』, 1978년 9월 25일자.

128 이남규, 「아시아의 새 고동 ②, 옛 이웃도 반기지 않는 전쟁유산」, 『조선일보』, 1979년 1월 13일자.

129 부산난민수용소는 1977년 9월 15일에 개소해 1989년 8월까지 13년간 36차례에 걸쳐 해상에서 구조된 1,382명이 입소했다. 매년 평균 106명이 들어왔다. 1993년 5월에 마지막 난민이 출소하기까지 1977년-1989년 사이에 들어온 난민은 사망자 2명을 제외하고는 제3국에 정착했다. 노영순, 「바다의 디아스포라, 보트피플: 한국에 들어온 2차 베트남 난민(1977-1993) 연구」, 『디아스포라연구』7(2), 전남대학교 글로벌디아스포라연구소 2013, 76쪽. 특히 1977년부터 1982년까지 구조된 난민의 48%에 해당하는 663명이 입소했다.

130 「월남 난민 뒷바라지한 윤석인 적십자사 국제과장」, 『경향신문』, 1982년 2월 25일자.

131 「越南난민수용소」, 『동아일보』, 1980년 4월 7일자.

132 홍승면, 「베트남 난민」, 『경향신문』, 1979년 7월 7일자.

133 김진현, 「東南亞의 새 골칫거리 베트남難民 '第2波'」, 『동아일보』, 1979년 2월 17일자.

134 최석영, 「전제용 선장, 우리들의 평범한 영웅」, 『경향신문』 2014년 9월 23일자. https://m.khan.co.kr/opinion/contribution/article/201409232055565#c2b

135 노영순, 「바다의 디아스포라, 보트피플: 한국에 들어온 2차 베트남 난민(1977-1993) 연구」, 『디아스포라연구』 7(2), 전남대학교 글로벌디아스포라연구소, 2013, 105쪽.

136 〈베트남전쟁, 그 후 17년, 제2부 새로운 출발〉, KBS1, 1993년 2월 9일자.

137 베트남 다시 본 18년 취재팀, 「전후 1천800km 종단기행 1」, 『조선일보』, 1993년 2월 8일자.

138 「베트남 참전 유감 표명」, 『한겨레신문』, 1994년 5월 22일자.

139 베트남 다시 본 18년 취재팀, 앞의 기사, 2회, 1993년 2월 9일자.

140 위의 기사, 5회, 1993년 3월 3일자.

141 위의 기사, 4회, 1993년 5월 18일자.

142 「아시아와 어떻게 사귈까 1, 베트남(1)」, 『한겨레신문』, 1995년 3월 14일자.

143 최용호, 앞의 책. 국방부는 1970년대부터 베트남전쟁사를 기록할 목적으로 부대별로 참전군인의 전투 증언을 녹취했다. 2001년부터 2003년까지 순차적으로 두터운 증언집을 발행하던 중 논란이 생기자 한국군의 양민 학살 관련 질문을 증언 내용에 포함하면서 신규 증언자들 외 과거 증언자들에게도 다시 해당 내용을 물었다.

144 「맹호부대원 민간인 사살 혐의로 무기징역형」, 『한겨레21』 304호, 2000년 4월 20일자; 「양민 학살 중앙정보부에서 조사했다」, 『한겨레21』 306호, 2000년 5월 4일자.

145 Jonathan Neale, 앞의 책, 125쪽.

146 육정수, 「헌법과 베트남민 사살」, 『동아일보』, 2000년 7월 16일자. 이 사건은 7월 14일 정치면 특집으로 다루어졌다. 대법원 판결 외에 당시 소대장 김모씨의 재심 및 진상요구 인터뷰도 함께 실었다.

147 『한겨레21』 302호, 2000년 4월 6일자, 11쪽.

148 캠페인정리 좌담, 「인권운동의 수준을 한 단계 높였다」, 『한겨레21』 325호, 2000년 9월. 진실위원회 대표로 강정구가 사회를 맡고, 캠페인에 깊이 관여한 정창권, 차미경이 참석했다.

149 『한겨레21』, 289호, 1999년 12월 30일자, 15쪽.

150 조성곤, 채명신 인터뷰, 「양민인지 아닌지 가려보자」, 『한겨레21』 287호, 1999년 12월 16일자, 69쪽.

151 육정수, 앞의 글.

152 조성국, 『짜국강』, 형설, 2005; 유중원, 『인간의 초상』, 도화, 2022. 조성국은 1967년 청룡부대 소대장을 역임했다. 전장에서 기록한 일기로 1981년 동아일보사 16회 논픽션 공모에 당선된 후 2005년에 증보판을 냈다. 유중원은 1969년 백마부대원으로 참전했다. 뒤늦게 베트남전쟁을 소재로 소설 같은 회고록을 냈는데, 대항 담론의 영향이 짙게 느껴진다.

153 전진성, 『빈딘성으로 가는 길』, 책세상, 2018, 145쪽.

154 Viet Thanh Nguyen, 부희령 역, 『아무것도 사라지지 않는다』, 더봄, 2019, 200쪽.

155 유현산, 응웬 짱 인터뷰, 「한국사람 폭력적이라 생각했는데…」, 『한겨레21』 361호, 2001년 5월(https://h21.hani.co.kr/arti/reader/together/2572.html?_ga=2.122974284.619542711.1665055064-1698114169.1665055064).

156 2021년 1월 28일, 김해에 4,538명의 베트남인들이 들어왔다. 이 숫자는 같은 시기의 동남아시아 입국자 13,142명 중 30%에 달하며, 조선족(3,027명)보다도 많다. 연령대는 2-30대가 과반을 차지하고 평균 연령이 33세 전후로 청년층이 두드러진다. 「김해시 다문화·외국인가구통계」, 경상남도 김해시, 통계청 『지역통계 행정DB』.

157 최초에 접촉했던 부울경 거주 결혼이주여성은 모두 주제를 듣고 대면 인터뷰를 거절했다. 차선으로 5년 이상 한국 거주 경험이 있는 베트남인들(주로 결혼이주여성)로 대상을 넓혀 서면으로 설문을 받았다. 이주노동자들과는 창원시 소재 경남이주민노동복지센터의 도움으로 대면 인터뷰를 진행했다.

158 경남이주민노동복지센터 이철승 대표 자택 인터뷰. 2022년 7월 20일 오후 2시.

159 이 장을 쓰면서 베트남 이주민들과 인터뷰를 진행하기 위해 김해결혼이주여성 커뮤니티 및 경남이주민노동복지센터 관계자 두 분의 도움을 받았다. 김해결혼이주여성 커뮤니티 봉사자는 베트남에서 오래 일한 경험이 있고 베트남어에 능통해 친밀하게 지내는 부산경남 지역 결혼이주여성들을 소개해주었다. 이철승 대표 또한 다년간 이주노동자인권센터에서 만난 베트남인 이주노동자들에 관한 이야기를 들려주었다. 이 내용은 두 사람이 사석에서 오랫동안 베트남인들을 만난 소감 중 주장이 겹치는 부분이다.

160 응오지엠 홍아, 「한국군의 베트남전 참전에 대한 베투남 언론보도 연구(1976-2018.6)」, 서울대학교 석사학위논문, 2019, 44-60쪽.

161 후인김응언, 앞의 논문, 58쪽.

162 이름 대신 ABC, 갑을병 등으로 표기한다. 답변은 거의 베트남어로 받아 번역했다.

163 이 문항은 시민평화법정을 간단하게 설명하고 방송 시청 주소를 알려주었다.

164 창원시 소재 경남이주민노동복지센터에서 한국어와 베트남어로 진행되었다. 간단한 정보는 한국어로, 질문에 깊이 있는 답은 시민단체에서 일하면서 양국 언어에 모두 능통한 병이 통역했다.

165 1차 좌담회 때 긍정적으로 답했으나 2차 인터뷰 약속을 잡으려 접촉하자 응하지 않았다. 거듭 요청해도 답이 없어 2차 좌담회를 진행하지 못했다.

4장

1 박진임, 「한국소설에 나타난 베트남전쟁의 특성과 참전 한국군의 정체성」, 『한국현대문학연구』 14, 한국현대문학회, 2003, 131쪽.

2 황석영, 「탑」, 『황석영중단편전집 1』, 창작과비평사, 2000. 93쪽.

3 월남전 보도와 파월 통신의 구체적인 내용은 먼저 국내 매체에 기고한 후 책으로 엮은 수기류를 참고하면 된다.

4 안정효, 『하얀 전쟁』, 고려원, 1989. 67쪽.

5 김진선, 앞의 책, 95쪽.

6 이윤기, 『하늘의 문』, 열린책들, 2012. 551쪽.

7 최용호, 앞의 책 1권, 320쪽.

8 김태수, 「죽은 자들과 산 자들」, 『베트남, 내가 두고 온 나라』, 푸른사상, 2019, 37-38쪽. 이 시집의 최초 출판 연도는 1987년이다.

9 안정효, 앞의 책, 551쪽.

10 박경석, 『그날』, 동방문화원, 1985, 151쪽.

11 심주형, 「베트남전 참전에 대한 기억의 정치」, 서울대학교 석사학위 논문, 2003 참조.

12 2017년 국방부에서 펴낸 안보도서(『전선 건너온 삶의 여로에』, 은빛, 2017)에 실린 정승재와 권묘안이 여기에 해당한다.

13 조성국, 앞의 책 참조.

14 정재림, 「황석영 소설의 베트남전쟁 재현 양상과 그 특징」, 『한국학연구』 44, 고려대학교 한국학연구소, 2013, 306쪽.

15 황석영, 「돌아온 사람」, 앞의 책, 118-119쪽.

16 윤충로, 앞의 책, 158쪽. 저자가 만난 참전군인들도 전장에서 잔학행위가 벌어지는 이유는 전우를 잃은 보복심리가 컸다고 말한다.

17 「宅地조성 등 聲援 잇달아 派越전상자 自立村」, 『경향신문』, 1974년 3월 25일자.

18 작품에서 두 번째 매혈을 앞두고 매혈 거간꾼(넙치)를 만난 후 자신을 심문하는 공무원(사무직)과 자신이 같을 수 없음을 강변하는 대목에서 표출된다. "대체 노동이란 게 뭡니까. 손으로 땀 흘려 하는 일이 노동이지요. 네, 그럴까요? 선생께서 사무를 보면서 나처럼 일하는 사람들을 생각하구 있을 때, 그때에 선생은 저와 같다 이겁니까? 절대로 그렇진 않습니다. (…) 나는 그 전엔 몰랐습니다. 내가 왜 이런 조건 속에서 무섭고 혹독한 인생을 견디고 있나, 하는 의심조차 품지 않고 참기만 했었죠. 참 놀랍도록 미련하게 참았죠. 그런데 내가 이 거리를 걷고 있는 수많은 사람들 중의 하나라는 걸 알게 된 겁니다. 아 나두 사람이었구나. 헌데 어째서 나는 이 떨어진 군복을 입고 있을까. 왜 내 의도 못 입고 추운 겨울바람에 떠나. 왜 굶나. 왜 피까지 파는가……" 황석영, 「이웃 사람」, 『황석영 중단편전집 2』, 창작과비평사, 2000, 170쪽.

19 위의 책, 180-181쪽.

20 「"돈 많은 집 같아 범행계획", 화곡동 3남매 살인강도사건 수사정보」, 『동아일보』, 1974년 10월 7일자.

21 군사노동은 "노동을 실행하는 행위 속에서 문자 그대로 자신을 버리"는 극단적인 서비스 노동이며, 군사노동자는 일종의 대리물로서 노동을 하며 죽지만 바로 그 특수성 때문에 "민족주의화되고 신성시되며, 기념화되며 망각된다." 이진경, 나병철 역, 『서비스 이코노미』, 소명출판, 2015, 54쪽. 이진경은 1부에서 베트남전쟁기 한국의 군사, 성노동을 하위제국주의적 서비스 이코노미로 파악하고, 「영자의 전성시대」, 「몰개월의 새」를 집중적으로 분석했다.

22 조서연, 앞의 논문, 171쪽.

23 임지현, 『희생자의식 민족주의: 고통을 경쟁하는 지구적 기억 전쟁』, 휴머니스트, 2021.

24 「越南戰서 다진 전우애 生活戰線으로 '맹호3중대 戰友會' 10년」, 『경향신문』, 1987년 8월 31일자.

25 〈집중기획 베트남전쟁 그 후 17년 2부: 새로운 출발〉, KBS1, 1993년 2월 9일자.

26 이대환, 『슬로우 불릿』, 아시아, 2013, 16쪽.

27 위의 책, 88쪽.

28 위의 책, 142쪽.

29 김태수, 「내가 처음 만난 베트콩」, 앞의 책, 51쪽.

30 배기섭, 앞의 책, 100쪽, 115쪽.

31 안정효, 앞의 책, 86쪽.

32 위의 책, 116쪽.

33 배기섭, 앞의 책, 102쪽.

34 조성국, 앞의 책, 115쪽.

35 https://www.ehistory.go.kr/page/view/movie.jsp?srcgbn=KV&mediaid=422&mediadtl=3911&gbn=DH

36 「비둘기部隊, 베트콩에 被襲」, 『동아일보』, 1976년 4월 3일자.

37 박영준, 「용사」, 『사병문고』 3, 육군본부 정훈감실, 1952년 6월.

38 1968년 무장공비사건이 터졌을 때 언론은 '살인마' 김일성괴뢰도당을 규탄하며 사건의 전말을 상세히 보도했다. 사살된 공비와 공비가 죽인 내국인의 시신이 나란히 〈대한뉴스〉에 나왔다. 공비의 잔인성과 국군의 용맹함을 나란히 병치한 것이다. 「무장공비를 무찌른다 1, 2신」, 〈대한뉴스〉 701, 702호, 1968년 11일 16일자, 11월 23일자. 붙잡힌 공비들은 침착하게 북한의 적화의지를 증명했다. 반면 1960년대 〈대한뉴스〉 속 베트콩은 초라하게 쭈그리고 있거나 국군의 치료를 받는 모습이 많다.

39 박영준, 「암야」, 『전선문학』 창간호, 1952.

40 박연희, 「무기와 인간」, 『전선문학』 6, 1953, 21쪽.

41 박영준, 앞의 책, 22쪽.

42 박안송, 앞의 책, 54쪽.

43 조성국, 앞의 책, 121쪽.

44 신세훈, 앞의 글, 6회, 『세대』, 1965년 11월, 314쪽. 그는 밀림을 제거하지 않고는 전쟁에 이기기 어렵다고 단언한다.

45 북베트남군 지도부가 있는 푸캇산 일대를 토벌한 작전. 일명 맹호 6호작전으로 불렸다.

46 김진석, 앞의 책, 231쪽.

47 Malcolm Browne, 심재훈 역, 『이것이 월남전이다』, 정향사, 1965 참조. 말콤 브라운은 수없이 많은 사례를 들어 미군의 신무기를 무력화하는 베트콩의 뛰어난 위장술과 수제 무기 제조기술이 밀림, 논둑과 합쳐져 전투에서 어떤 효과를 낳는지 열거하고 있다.

48 조서연, 앞의 논문, 36쪽.

49 특파원 수기에서 베트콩 귀순(투항) 서사는 적지 않은 분량을 차지한다. 대개 어머니나 아내의 노력으로 전투에 지친 성인 남자가 귀순한다. 그는 월맹군 사이에 퍼진 한국군의 용맹을 말하고 자유 월남의 품에 안긴다. 특히 부상당한 베트콩의 마음을 돌려놓은 붕타우 이동외과병원의 간호장교 이야기는 모든 수기에 빠지지 않고 등장한다. 이 서사들은 전쟁터에서 피어난 휴머니즘을 전달하기 위해 '평범한 인간' 베트콩을 기술하는 식으로 전후 소설을 환기한다. 배기섭이 피살된 베트콩의 시로 소개한 「어머니」는, 그에 따르면 "월남전의 전기를 마련하며 베트콩들이 모두 공산주의자가 아니라는 것이 판명된 증거"로 "동족상잔의 쓰라린 경험"을 토로한 휴머니즘 시다. 반공시가 아니라 내전을 치르는 북부 출신 베트콩의 내적 갈등을 토로하는, 북부 출신 병사라면 누구나 품음 직한 생각이 주 내용이다. 이 시에서 반공 시로 읽히는 근거가 되는 부분은 시적 화자가 남쪽 땅 마을의 평화를 짓밟을 지뢰를 파묻는 고통을 고백하는 마지막 부분이다. "그런데 왜?/ 우리들은 해방이란 이름으로 동족의 마을을 불 지르고 파괴해야 합니까?// 어머니와 나와, 우리 친척과 같은 사람들이, 아니 우리와 같은 피의 민족을/피를 흘리게 할 지뢰를 파묻을 때 나는 흔들리는 버드나무 가지처럼/손이 떨릴 때가 한두 번이 아니었습니다." 배기섭, 앞의 책, 248쪽.

50 안정효, 앞의 책, 202쪽.

51 배양수가 2006년 원제(AO Trang)를 살려 「하얀 아오자이」로 다시 번역 출간했다. 그에 의하면 주인공의 실제 모델은 호치민에 거주하고 있던 응웬티쩌우로, 1988년에 소개된 찬딘 반의 「불멸의 불꽃으로 살아」에 등장하는 여성의 모델이기도 하다. Nguyen Van Bong, 배양수 역, 『하얀 아오자이』, 동녘, 2006, 6-7쪽.

52 찬딘 반, 김민철 역, 『불멸의 불꽃으로 살아: 한 베트남 혁명전사의 삶과 죽음』, 도서출판 친구, 1988.

53 이한우, 앞의 글, 45쪽.

54 베트남 다시 본 18년 취재팀, 앞의 기사, 14회, 1993년 5월 18일자.

55 〈굿모닝 베트남〉, SBS, 1995년 5월 9일자.

56 작가 김광휘는 과거 맹호부대 한국군 소위였다. 김광휘, 『귀인』, 나비 꿈, 2014, 393쪽.

57 〈굿모닝 베트남〉, SBS, 1995년 5월 9일자.

58 〈사이공1975: 제4편 호치민의 한국인들〉, jtbc, 2014년 7월 12일자.

59 〈베트남전쟁, 그 후 17년, 제2부 새로운 출발〉, KBS1, 1993년 2월 9일자.

60 〈라이따이한〉, MBC경남, 1996년 2월 1일자; 〈아버지의 나라, 한국을 배웁니다〉, MBC경남, 1997년 9월 4일자.

61 1993년 11월부터 1994년 1월까지 SBS 드라마로도 제작되었다. 한베 재수교 후 제작되는 바람에 그 사이 베트남전쟁을 보는 시선의 변화 가 1회차 오프닝 멘트에 반영돼 있다. "외세에 대한 전쟁을 벌여온 저 력으로 베트남은 게릴라전을 통해 미국을 괴롭혔고, 미국은 당황해서 한국에 파병을 요청했다. 박정희정권은 식량난과 한일회담으로 곤란 을 겪던 차에 파병을 결정, 한국군은 정글지대 중부 지방에 배치되어 연 5,000명 이상 희생자가 발생했다. 그 때까지도 참전한 한국 젊은이 들은 (이것을) 모르고 있었다. 한국은 인류 역사상 가장 지루한 전쟁 에 참여해 세계사의 늪지대에 빠졌다."

62 박영한, 『인간의 새벽』, 까치, 1980, 120-121쪽.

63 위의 책, 149쪽.

64 Lynn Hunt, 조한욱 역, 『프랑스 혁명의 가족 로망스』, 새물결, 1999, 257쪽.

65 선우휘, 「4월이 가고 5월이 왔다」, 『조선일보』, 1983년 5월 1일자.

66 천금성, 「보트피플」, 『동서문학』, 1986년 5월, 51쪽.

67 「越南難民 돕기운동 전개」, 『매일경제』, 1980년 12월 6일자.

68 당시 『매일경제』는 김주영의 출연을 알리며 "7자녀를 사글세방에서 키우는 월남 여인 윈티민윅의 이야기"로 소개했다. 「KBS특집 조국 잃은 7년: 윈티민윅의 7식구」, 『매일경제』, 1982년 4월 29일자.

69 KBS 수장고에 보관 중인 필름이 훼손돼 60분 영상 중 30분밖에 확인하지 못했다.

70 〈빨간 아오자이〉, MBC, 1992년 9월 6일자.

71 「"이 며느리 없으면 어떻게…" 越南人 孝婦 레데투 女人」, 『매일경제』, 1982년 7월 31일자.

72 〈아버지의 나라, 한국을 배웁니다〉, MBC경남, 1997년 9월 4일자.

5장

1 전진성, 앞의 책, 210쪽.

2 재판부를 맡은 김영란 전 대법관과 이석태, 양현아 변호사는 사회적 약자를 위한 법률 활동을 해왔다.

3 이한빛, 「가해자 됨을 묻기 위하여」, 『사이間SAI』 26, 국제한국문학문화학회, 2019, 119쪽.

4 임재성 변호사 증언. 국정원을 상대로 퐁니·퐁넛 사건 당시 한국군 관련 기록을 얻는 데 사용한 긴 시간과 노력을 설명했다. 〈베트남전쟁 시기 대한민국 군대에 의한 민간인 피해사건 조사에 관한 특별법 제정을 위한 연속간담회〉, 이재정TV, 2021년 7월 7일자.

5 이에 대해서는 시민평화법정 앞뒤 이야기이기도 한 이길보라의 영화 〈기억의 전쟁〉(2018)에 잘 나타나 있다. 재판이 진행되는 동안 단 한 번도 박수를 치지 않은 참전군인을 본 응우옌티탄이 마지막 증언에서 참전군인의 사과를 듣고 싶다고 발언하지만 아무도 사과하지 않았다.

6 김광휘, 앞의 책, 495쪽.

7 같은 책, 496쪽.

8 〈별들의 전쟁〉은 2021년 8월 21-29일 아르코예술소극장에서 공연되었다. 이 장은 극단이 실황 녹화한 공연 영상을 받아 분석했다.

9 선명수, 「'피고 대한민국'은 유죄입니까? 베트남전 민간인 학살 다룬 연극 '별들의 전쟁'」, 『한겨레』, 2021년 8월 22일자(https://m.khan. co.kr/view.html?art_id=202108221724001#c2b).

10 Hannah Arendt, 김선욱 역, 『예루살렘의 아이히만』, 한길사, 2006.

11 그러나 손녀의 엄마는 돈에 팔려온 결혼이주여성이 아니라 아버지와 연애 결혼했다. 경제적으로도 외가가 더 잘 산다고 말한다.

12 권헌익, 앞의 책, 236-240쪽. 저자가 하미 마을에서 직접 확인한 증오 비와 새로운 위령비 설계 및 비문 내용에 관한 반응들이 자세히 나와 있다.

13 양국 정부의 입장에서 비문이 삭제된 경위는 이용준, 『베트남, 잊혀진 전쟁의 상흔을 찾아서』, 조선일보사, 2003 참고. 이용준은 2000-2001년 사이 주베트남 대사관 외교관 신분으로 중부 5개 피해 지역에 학교와 병원을 짓는 일에 앞장섰다.

14 〈사이공 아리랑〉, 대구MBC, 2006년 7월 26일-7월 28일자.

15 〈베트남전쟁 시기 대한민국 군대에 의한 민간인 피해사건 조사에 관한 특별법 제정을 위한 연속간담회〉, 이재정TV, 2021년 7월 7일자.

16 기억의 부정확성을 질타 받은 원고는 최후 진술에서 자신이 망자라고 밝힌다. 12세에 미퐁마을에서 젖가슴이 잘려 죽은 응우옌티쭝은 마지막으로 부르짖는다. "대체 우리를 왜, 누가 죽였나? 그리고 왜 여기 안 왔나?" 이 공연에서는 원고 최후 진술 후 배심원 판결(유죄 20명, 무죄 19명, 기권 10명)에 따라 대한민국은 국가 자격을 상실했다.

17 김태수, 「사단 작전」, 앞의 책, 95쪽.

18 Primo Levi, 이소영 역, 『가라앉은 자와 구조된 자』, 돌베개, 2014, 100쪽.

에필로그

1 Emmanuel Levinas, 김도형·문성원·손영창 공역, 『전체성과 무한』, 그린비, 2018.

2 고경태, 『한 마을 이야기 퐁니·퐁녓』, 보림출판사, 2016, 64쪽.

3 〈시민평화법정〉, 2018년 4월 22일자 구수정 증인 발언.

참고문헌

1. 신문 · 잡지류

- 『경향신문』, 『동아일보』, 『조선일보』, 『매일경제』, 『사상계』, 『세대』, 『신동아』, 『전선문학』, 『창작과비평』, 『청맥』, 『프레시안』, 『한겨레 신문』, 『한겨레21』

2. 논문 자료

- 강유인화, 「한국사회의 베트남전쟁 기억과 참전군인의 기억 투쟁」, 『사회와역사』 97, 한국사회사학회, 2013.

- 고원, 「박정희정권 시기 농촌 새마을운동과 '근대적 국민 만들기'」, 『경제와사회』 69, 2006.

- 고명철, 「베트남전쟁 소설의 형상화에 대한 문제」, 『현대소설연구』 19, 현대소설학회, 2003.

- 김동춘, 「시민권과 시민성」, 『서강인문논총』 37, 서강대학교 인문과학연구소, 2013.

- 김예림, 「1950년대 남한의 아시아 내셔널리즘론」, 『아세아연구』 55(1), 고려대학교 아세아문제연구소, 2012.

- 김우성, 「베트남 참전 시기 한국의 전쟁 선전과 보도」, 서울대학교학교 석사학위논문, 2005.

- 김원, 「1975년 베트남 공관원 억류 사건을 둘러싼 기억들의 재구성」, 『구술사연구』 6(1), 한국구술사학회, 2015.

- 김윤식, 「한국문학의 월남전 체험론 상·하」, 『한국문학』 269, 270호, 한국문학사, 2008.

- 김은하, 「남성성 획득의 로망스와 용병의 멜랑콜리아: 개발독재기 베트남전 소설을 중심으로」, 『기억과전망』 31(0), 민주화운동기념사업회, 2014.

- 김정배, 「미국, 유신 그리고 냉전 체제」, 『미국사연구』 38, 한국미국사학회, 2013.

- 김정배, 「베트남전쟁과 미국 그리고 냉전 체제」, 『역사와경계』 80, 부산경남사학회, 2011.

- 김주현, 「『청맥』지 아시아 국가 표상에 반영된 진보적 지식인 그룹의 탈냉전 지향」, 『상허학보』 39, 상허학회, 2013.

- 김태우, 「한국전쟁 연구동향의 변화와 과제, 1950-2015」, 『한국사학사학보』 32, 한국사학사학회, 2015.

- 김학준, 「한국전쟁의 기원」, 『한국정치외교사논총』 5, 한국정치외교사학회, 1989.

- 나정원·김용빈, 「대한민국 민주주의와 베트남전쟁」, 『사회과학연구』 53(1), 강원대학교사회과학연구원, 2014.

- 노영순, 「바다의 디아스포라, 보트피플: 한국에 들어온 2차 베트남 난민(1977-1993) 연구」, 『디아스포라연구』 7(2), 전남대학교 글로벌디아스포라연구소, 2013.

- 노영순, 「한국문학의 베트남 선상난민 형상화와 존재양태」, 『해항도시문화교섭학』 10, 한국해양대학교 국제해양문제연구소, 2014.

- 류기현, 「주월 한국군의 대민 관계: 참전군인들의 구술증언을 중심으로」, 『구술사연구』 11(1), 한국구술사학회, 2020.

- 문선익, 「베트남전쟁기 한국군의 민사심리전 연구」, 연세대학교 석사학위논문, 2020.

- 민병천, 「월남전의 특색과 한국에 대한 영향」, 『국방연구』 28, 국방대학교 안보문제연구소, 1970.

- 박준식·김영근, 「한국전쟁과 자본가 계급」, 『아시아문화』 16, 한림대학교 아시아문화연구소, 2000.

- 박진임, 「한국소설에 나타난 베트남전쟁의 특성과 참전 한국군의 정체성」, 『한국현대문학연구』 14, 한국현대문학회, 2003.

- 서은주, 「한국소설 속의 월남전」, 『역사비평』 32, 역사문제연구소, 1995.

- 신은경, 「1950년대 전시 소설 연구: 전시의 민족정체성을 중심으로」, 고려대학교 박사학위논문, 2021.

- 신형기, 「베트남 파병과 월남 이야기」, 〈동방학지〉 157, 동방학회, 2012.

- 심주형, 「베트남전 참전에 대한 기억의 정치」, 서울대학교 석사학위논문, 2003.

- 오제연, 「1960년대 초 박정희정권과 학생들의 민족주의 분화」, 『기억과전망』 16(0), 민주화운동기념사업회, 2007.

- 오태영, 「민족적 제의로서의 귀환」, 『한국문학연구』 32, 동국대학교 한국문학연구소, 2007.

- 윤종현, 「한국 휴전과 비겨 본 월남종전의 전망」, 『해군』 192, 해군본부정훈감실, 1969.

- 윤충로, 「베트남전쟁 시기 한·미·월 관계에서 한국의 '정체성 만들기'」, 『담론201』 9(4), 한국사회역사학회, 2006.

- 윤충로, 「한국의 베트남전쟁 기억의 변화와 재구성」, 『사회와역사』 105, 한국사회사학회, 2015.

- 윤해동, 「냉전자유주의와 한국정치의 탈자유주의적 전환」, 『동북아역사논총』 59, 동북아역사재단, 2018.

- 응오지엠 홍아, 「한국군의 베트남전 참전에 대한 베트남 언론보도 연구(1976-2018.6)」, 서울대학교 석사학위논문, 2019.

- 이삼성, 「한국전쟁과 내전」, 『한국정치학회보』 제47(4), 한국정치학회, 2013.

- 이선미, 「냉전과 소설의 형식, '(경남)진영'의 장소성과 사회주의자 서사 Ⅰ」, 『한국문학논총』 87, 한국문학회, 2021.

- 이송순, 「1970년대 한국 대중의 정치의식과 '반공 국민'으로 살아가기: 개인일기 4종을 통해 본 1970년대 대중의 정치의식」, 『민족문화연구』 71, 고려대학교 민족문화연구원, 2016.

- 이주연, 「의료법 개정을 통해서 본 국가의 의료 통제」, 『의사학』 19(2), 대한의사학회, 2010.

- 이하나, 「유신체제 성립기 '반공' 논리의 변화와 냉전의 감각」, 『역사문제연구』 32, 역사문제연구소, 2014.

- 이하형, 「1960년대 중엽 '중공의 부상'에 대한 박정희정부의 지정학적 인식과 대응」. 연세대학교 석사학위논문, 2018.

- 이한빛, 「가해자 됨을 묻기 위하여」, 『사이間SAI』 26, 국제한국문학문화학회, 2019.

- 이한우, 「베트남 통일 후 사회통합과정의 문제」, 『아세아연구』 50(3), 고려대학교 아세아문제연구소, 2007.

- 임수정·이혜은, 「1950년대 잡지 창간호에 나타난 반공담론」, 『서지학연구』 70, 한국서지학회, 2017.

- 장윤미, 「월남전을 소재로 한 한국소설의 고찰」, 『동남아시아연구』 19(1), 동남아시아학회, 2009.

- 전재호, 「박정희 체제의 민족주의」, 『한국정치학회보』 32(4), 한국정치학회, 1999.

- 정재림,「황석영 소설의 베트남전쟁 재현 양상과 그 특징」,『한국학 연구』44, 고려대학교 한국학연구소, 2013.

- 정진상,「한국전쟁과 전근대적 계급관계의 해체」, 경상대학교 사회 과학연구소,『한국전쟁과 한국자본주의』, 한울아카데미, 2000.

- 정호웅,「월남전의 소설적 수용과 그 전개양상」,『출판저널』135, 1993.

- 조서연,「한국 '베트남전쟁'의 정치와 영화적 재현」, 서울대학교 박사 학위논문, 2020.

- 채수홍,「베트남 2017: 정치, 경제, 대외 관계의 현황과 전망」,『동남 아시아연구』28(1), 한국동남아학회, 2018.

- 최호림,「베트남의 시민사회와 NGO」,『민주주의와 인권』8(2), 전 남대학교 5.18연구소, 2008.

- 하진기,「단일민족의식이 다문화한국사회의 인종계층화 형성에 미 치는 영향과 그 함의」,『다문화와 평화』12, 성결대학교 다문화평화 연구소, 2018.

- 후인김응언,「베트남과 한국의 한국군 파병에 대한 인식 연구」, 한남 대학교 석사학위논문, 2016.

- 황병주,「박정희 체제의 지배담론: 근대화담론을 중심으로」, 한양대 학교 박사학위논문, 2008.

3. 국내서

- 강명세 외,『반공의 시대: 한국과 독일, 냉전의 정치』, 돌베개, 2015.

- 강원도,『또 다른 시작』, 강원일보사, 2000.

- 경상대학교 사회과학연구소,『한국전쟁과 한국자본주의』, 한울아카 데미, 2000.

- 고경태,『한 마을 이야기 퐁니·퐁넛』, 보림출판사, 2016.

- 고경태, 『베트남전쟁 1968년 2월 12일』, 한겨레출판, 2020.

- 공보부, 『오늘의 월남』, 공보부, 1966.

- 국가안전기획부, 『96년도 해외산업 경제정보』, 국가안전기획부, 1996.

- 국방부, 『전선 건너온 삶의 여로에』, 도서출판 은빛, 2017.

- 권헌익, 유강은 역, 『학살, 그 이후』, 아카이브, 2012.

- 김광휘, 『귀인』, 나비꿈, 2014,

- 김동리 『귀환 장정』, 수도문화사, 1951.

- 김동춘, 『이것은 기억과의 전쟁이다』, 사계절, 2013.

- 김연숙, 『레비나스 타자윤리학』, 인간사랑, 2001.

- 김원일, 『어둠의 혼』, 문이당, 1997.

- 김진석, 『베트남에 오른 햇불』, 신아각, 1970.

- 김진선, 『산 자의 전쟁, 죽은 자의 전쟁』, 중앙M&B, 2000.

- 김태수, 『베트남, 내가 두고 온 나라』, 푸른사상, 2019.

- 김현아, 『전쟁의 기억 기억의 전쟁』, 책갈피, 2002.

- 리영희, 『전환시대의 논리』, 창비, 2006.

- 리영희, 『대화』, 한길사, 2006.

- 박경리, 『시장과 전장』, 나남, 2002.

- 박명규, 『국민·인민·시민』, 소화, 2009.

- 박경석, 『그날』, 동방문화원, 1985.

- 박안송, 『평화의 길은 아직도 멀다』, 함일출판사, 1969.

- 박영한, 『머나먼 쏭바강』, 민음사, 1992.

- 박영한, 『인간의 새벽』, 까치, 1980,

- 박정희,『새마을운동: 박정희대통령연설문선집』, 고려서적주식회사, 1978.

- 박찬승,『마을로 간 한국전쟁』, 돌베개, 2010.

- 박태균,『베트남전쟁』, 한겨레출판, 2015.

- 방영웅,『분례기』, 창비, 1997.

- 배기섭,『월남 하늘에 빛난 별들』, 세림출판사, 1966.

- 방현석,『랍스터를 먹는 시간』, 창비, 2003.

- 서중석,『대한민국 선거이야기』, 역사비평사, 2008,

- 신정,『쟝글의 벽』, 홍익출판사, 1967.

- 아산사회복지사업재단 편,『한국의 해외 취업』, 아산사회복지사업재단, 1988.

- 안병찬,『사이공 최후의 표정, 컬러로 찍어라』, 커뮤니케이션북스, 2005.

- 안정효,『하얀 전쟁』, 고려원, 1989.

- 오영수,『오영수 전집』, 현대서적, 1978.

- 오현미,『붉은 아오자이』, 영림카디널, 1995.

- 유근주,『종군 작가의 월남 상륙기』, 미경출판사, 1966

- 유중원,『인간의 초상』, 도화, 2022.

- 윤충로,『베트남전쟁의 한국 사회사』, 푸른역사, 2015.

- 윤흥길,『장마』, 민음사, 1990.

- 이규영,『피 묻은 연꽃』, 영창도서사, 1965.

- 이대용,『사이공 억류기』, 한진출판사, 1981.

- 이대환,『슬로우 불릿』, 아시아, 2013,

- 이병천 외,『개발독재와 박정희시대』, 창비, 2003.

- 이상문, 『황색인』, 현암사, 1989.

- 이영미, 『동백 아가씨는 어디로 갔을까: 대중문화로 보는 박정희시대』, 인물과사상사, 2017.

- 이용준, 『베트남, 잊혀진 전쟁의 상흔을 찾아서』, 조선일보사, 2003.

- 이원규, 『훈장과 굴레』, 현대문학, 1987.

- 이윤기, 『하늘의 문』, 열린책들, 2012.

- 이진경, 나병철 역, 『서비스 이코노미』, 소명출판, 2015.

- 임지현, 『희생자의식 민족주의: 고통을 경쟁하는 지구적 기억전쟁』, 휴머니스트, 2021.

- 전진성, 『빈딘성으로 가는 길』, 책세상, 2018.

- 정원열, 『메콩강은 증언한다』, 범서출판사, 1973.

- 정인섭·황필규 편, 『난민의 개념과 인정절차』, 경인문화사, 2011.

- 조성국, 『짜국강』, 형설, 2012.

- 조희연, 『박정희와 개발독재시대』, 역사비평사, 2007.

- 쩐딘반, 김민철 역, 『불멸의 불꽃으로 살아: 한 베트남 혁명전사의 삶과 죽음』, 도서출판 친구, 1988.

- 채명신, 『베트남전쟁과 나』, 팔복원, 2010.

- 최용호, 『증언을 통해 본 베트남전쟁과 한국군 1권』, 국방부 군사편찬연구소, 2001.

- 최용호, 『증언을 통해 본 베트남전쟁과 한국군 2권』, 국방부 군사편찬연구소, 2002.

- 최용호, 『증언을 통해 본 베트남전쟁과 한국군 3권』, 국방부 군사편찬연구소, 2003.

- 황석영, 『무기의 그늘』, 형성사, 1985.

- 황석영, 『황석영 중단편전집 1·2』, 창작과비평사, 2000.

- 황순원, 『황순원 전집』, 문학과지성사, 1980.

4. 번역서

- Sivaram, M, 서울신문사외신부 역, 『얼굴 없는 전쟁』, 서울신문사, 1966.

- Arendt, Hannah, 김선욱 역, 『예루살렘의 아이히만』, 한길사, 2006.

- Benjamin, Walter, 최성만 역, 『역사의 개념에 대하여·폭력비판에 대하여·초현실주의 외』, 길, 2008.

- Bukharin, Nikolai, 최미선 역, 『세계경제와 제국주의』, 책갈피, 2018.

- Browne, Malcolm, 심재훈 역, 『이것이 월남전이다』, 정향사, 1965.

- Cumings, Bruce, 김자동 역, 『한국전쟁의 기원』, 일월서각, 1986.

- Jameson, Fredric, 이경덕·서강목 공역, 『정치적 무의식』, 민음사, 2015.

- Dowling, William C, 곽원석 역, 『정치적 무의식을 위한 서설』, 월인, 2000,

- Gramsci, Antonio, 이상훈 역, 『옥중수고 1』, 거름, 1999.

- Hunt, Lynn, 조한욱 역, 『프랑스 혁명의 가족 로망스』, 새물결, 1999,

- Levi, Primo 이소영 역, 『가라앉은 자와 구조된 자』, 돌베개, 2014,

- Levinas, Emmanuel, 김도형·문성원·손영창 공역, 『전체성과 무한』, 그린비, 2018.

- Marcuse, Herbert, 박병진 역, 『일차원적 인간』, 한마음사, 2009.

- Neale, Jonathan 정병선 역, 『미국의 베트남전쟁』, 책갈피, 2004.

- Nguyen, Van Bong, 배양수 역, 『하얀 아오자이』, 동녘, 2006.

- Nguyen, Viet Thanh, 부희령 역, 『아무것도 사라지지 않는다』, 더봄, 2019.

- Sombart, Werner, 이상률 역, 『전쟁과 자본주의』, 문예출판사, 2019.

- Warner, Denis, 백우근 역, 『印支風雲三十年』, 태양문화사, 1978.

- Zizek, Slavoj, 이수련 역, 『이데올로기의 숭고한 대상』, 새물결, 2013.

- 板垣與一, 김영국 역, 『아시아의 민족주의와 경제발전』, 범조사, 1986.

- 古田元夫, 박홍영 역, 『역사속의 베트남전쟁』, 일조각, 1991.

- 野田正彰, 서혜영 역, 『전쟁과 인간』, 길, 2000.

- 小田實, 이규태·양현혜 공역, 『전쟁인가 평화인가』, 녹색평론사, 2004.

5. 영상 자료

- 〈조국 잃은 7년: 윈티민윅의 7식구〉, KBS1, 1982년 4월 29일자.

- 〈베트남전쟁, 그 후 17년, 제2부 새로운 출발〉, KBS1, 1993년 2월 9일자.

- 〈굿모닝 베트남〉, SBS, 1995년 5월 9일자.

- 〈라이따이한〉, MBC경남, 1996년 2월 1일자.

- 〈아버지의 나라, 한국을 배웁니다〉, MBC경남, 1997년 9월 4일자.

- 〈이제는 말할 수 있다: 월남에서 돌아온 새까만 김 병장〉, MBC, 2004년 3월 28일자.

- 〈사이공 아리랑〉, 대구MBC, 2006년 7월 26일-7월 28일.

- 〈사이공 1975: 제4편 호치민의 한국인들〉, jtbc, 2014년 7일 12일자.

- 〈베트남전쟁 시기 대한민국 군대에 의한 민간인 피해사건 조사에 관한 특별법 제정을 위한 연속간담회〉, 이재정TV, 2021년 7월 7일자.

- 〈시민평화법정〉, 한베평화재단, 2018년 4월 22일-4월 23일.

- 〈별들의 전쟁〉, 극단신세계, 2021년 8월 21일-8월 29일.

- 〈빨간 아오자이〉, MBC, 1992년 9월 6일자.

- 〈사랑 그리고 이별〉(1984), 〈우리는 지금 제네바로 간다〉(1987), 〈알포인트〉(2004), 〈국제시장〉(2014), 〈기억의 전쟁〉(2018), 〈대한뉴스〉(1965-1975)

6. 기타 자료

- 김성진, 「월남 취재보도 소고」, 『신문과방송』, 한국언론진흥재단, 1967년 9월.

- 박경태, 「한국사회와 난민」, 『문화과학』 88, 문화과학사, 2016.

- 신세훈, 「월남서 보낸 시인일기: 비둘기부대 통신 ①-⑥」, 『세대』, 1965년 6월-1965년 11월.

- 심재훈, 「베트남전쟁의 보도」, 『신문과방송』, 한국언론진흥재단, 1967년 12월.

- 손주환, 「월남종군기자고」, 『신문과방송』, 한국언론진흥재단, 1965년 12월.

- 이홍길, 「베트남 이야기(1)」, 『시민의 소리』, 2018년 4월 26일자(http://www.siminsori.com/news/articleView.html?idxno=202608).

- 이석열, 「한국신문의 월남전보도」, 『관훈저널』 14, 관훈클럽, 1967년 4월.

- 임재경, 「회고록(8): 기자생활에서 프랑스로, 다시 돌아와서」, 『녹색평론』 143, 2015년 7월.

- 신실화해를위한과거사정리위원회, 「진실화해위원회 종합보고서 3 민간인집단희생사건」, 2010.

- 천금성, 「보트피플」, 『동서문학』, 1986년 5월.

- 황봉구, 「월남전 종군기자들」, 『신문과방송』, 한국언론진흥재단, 1987년 4월.

찾아보기

하

하미 마을 95, 335~336, 339~340, 343, 361~363, 372

「하얀 전쟁」 47, 268, 298

「학」 86, 89

『한겨레21』 캠페인 36, 51, 53, 230

한국적 민주주의 61, 137, 139

한국전쟁 4~7, 10, 12, 28, 31~34, 36, 39, 58, 62~64, 66~69, 71, 75~76, 82~83, 85~87, 89~90, 92, 100~103, 105, 108~109, 112~116, 122~124, 137, 140, 154, 166~167, 174, 176~177, 179, 183, 187, 200, 218, 230, 240~241, 265, 275, 283, 285, 289~290, 293~295, 297, 311, 322, 328~329,

한국전쟁기 민간인 학살 30, 86, 88, 95, 231, 346

한베 재수교 10, 19, 30~31, 36, 46, 49, 52, 64, 97, 99, 208, 220, 223, 226~227, 241~242, 306, 310, 327~328, 336, 368

한베평화재단 30, 36, 54

한월 공동 운명체론 145, 147, 159, 183, 205~206, 262

호치민 47, 71, 76, 209, 225, 301, 305, 366

황색 거인 11, 112~113, 117~118, 128, 157, 255, 257, 259, 262, 264, 275, 280, 292, 336

「훈장과 굴레」 47, 94, 154, 161

수록 도판 크레디트

총서 ㅛㅛ 知의회랑을 기획하며
arcade of knowledge

대학은 지식 생산의 보고입니다. 세상에 바로 쓰이지 않더라도 언젠가는 반드시 인류에 필요할 지식을 생산하고 축적하며 발전시키는 일을 끊임없이 해나갑니다. 오랫동안 대학에서 생산한 지식은 책이란 매체에 담겨 세상의 지성을 이끌어왔습니다. 그 책들은 콘텐츠를 저장하고 유통시키며 활용하게 만드는 매체의 차원을 넘어, 인간의 비판적 사유 능력과 풍부한 감수성을 자극하는 촉매의 역할을 충실히 해왔습니다.

이와 같은 '책을 읽는다'는 것은 단순히 지식과 정보를 습득하는 데 멈추지 않고, 시대와 현실을 응시하고 성찰하면서 다시 그 너머를 사유하고 상상함을 의미합니다. 그러므로 '세상의 밑그림'을 그리는 책무를 지닌 대학에서 책을 펴내는 것은 결코 가벼이 여겨선 안 될 일입니다.

이제 우리는 다양한 방식으로 존재하는 지식과 정보, 그리고 사유와 전망을 담은 책을 엮어 현존하는 삶의 질서와 가치를 새롭게 디자인하고자 합니다. 과거를 풍요롭게 재구성하고 미래를 창의적으로 기획하는 작업이 다채롭게 펼쳐질 것입니다.

대학의 심장부에 해당하는 도서관이 예부터 우주의 축소판이라 여겨져 왔듯이, 그곳에 체계적으로 배치된 다양한 책들이야말로 이른바 학문의 우주를 구성하는 성좌와 다름없습니다. 우리는 그 빛이 의미 없이 사그라들지 않기를, 여전히 어둡고 빈 서가를 차곡차곡 채워가기를 기대합니다.

앎을 쉽게 소비하는 시대를 살고 있지만, 다양한 앎을 되새김함으로써 학문의 회랑에서 거듭나는 지식의 필요성에 우리는 공감합니다. 정보의 홍수와 유행 속에서도 퇴색하지 않을 참된 지식이야말로 인간이 가야 할 길에 불을 밝혀줄 수 있기 때문입니다. 앞으로 대학이란 무엇을 하는 곳이며, 왜 세상에 남아 있어야 하는 곳인지 끊임없이 되물으며, 새로운 지의 총화를 위한 백년 사업을 시작하겠습니다.

총서 '知의회랑' 기획위원
안대회 · 김성돈 · 변혁 · 윤비 · 오제연 · 원병묵

지은이 김주현

중앙대학교 국어국문학과와 동 대학원을 졸업하고,「1960년대 소설의 전통 인식 연구」 (2007)로 박사학위를 받았다. 중앙대학교 교양학부를 거쳐 현재 인제대학교 리버럴아 츠교육학부 교수로 있다.

여러 연구자들과 함께 1960-70년대 한국소설과『사상계』·『세대』·『문장』·『청맥』· 『한양』등의 잡지들을 읽어나가며, 한국문학과 문화담론 연구에 매진해왔다.『혁명과 여성』(2010),『냉전과 혁명의 시대, 그리고〈사상계〉』(2012),『1960년대 문학과 문화의 정치』(2015) 등을 함께 펴냈다.

인제대학교에 자리 잡으면서부터 관심사가 확장되었다.『녹색평론』읽기 지역독자 모 임에서 만난 이들과 생활문화협동조합을 만들고, 이를 거점 삼아 생태적 감수성을 확 산하는 '우정의 공동체'를 꾸려나가고 있다. 좋은 책을 함께 읽고 쓰자는 마음으로, 김 해·창원의 동네책방과 인문 공간에서 시민들과도 자주 만난다.『작가와사회』편집주 간, 지혜마실협동조합 운영위원장, 인제미디어센터장 등으로 일했으며, 최근에는 전 후문학을 다시 읽는 한편으로 '공유지' 사상을 공부하고 있다.

知의회랑
arcade of knowledge
035

전쟁자본주의의 시간
한국의 베트남전쟁 담론과 재현의 역사

1판 1쇄 발행 2023년 6월 30일
1판 2쇄 발행 2024년 10월 30일

지 은 이   김주현
펴 낸 이   유지범
책임편집   현상철
편   집   신철호·구남희
마 케 팅   박정수·김지현
펴 낸 곳   성균관대학교출판부
등   록   1975년 5월 21일 제1975-9호
주   소   03063 서울특별시 종로구 성균관로 25-2
전   화   02)760-1254 팩스 02)762-7452
홈페이지   http://press.skku.edu

ISBN 979-11-5550-592-2 93810

ⓒ 2023, 김주현
값 28,000원

⊙ 이 저서는 2018년 대한민국 교육부와 한국연구재단의 지원을 받아 수행된 연구임 (NRF-201851A6A4A01038658).